행복한 그림자의 춤

Dance of the Happy Shades

행복한 그림자의 춤

앨리스 먼로
곽명단 옮김

웅진 지식하우스

아버지(로버트 E. 레이들로)에게 바칩니다.

차례

일러두기

각주는 모두 옮긴이의 것입니다.

작업실
THE OFFICE

내 삶을 해결할 방법이 불현듯 떠오른 것은 어느 날 저녁 셔츠를 다림질하고 있을 때였다. 그것은 간단하지만 뻔뻔해져야 할 수 있는 일이었다. 나는 거실로 들어가 텔레비전을 보고 있는 남편에게 말했다.

"아무래도 작업실을 얻어야겠어요."

내가 듣기에도 허황한 소리였다. 구태여 작업실을 얻어야 할 까닭이 뭔가. 집이 있잖은가. 쾌적하고 널찍하고 바다가 훤히 보이니 전망도 좋고, 맞춤한 식당과 침실과 욕실에다 친구들과 담소를 즐길 공간도 있다. 게다가 정원까지 있으니 공간이 없어서 작업을 못 하는 게 아니지 않은가.

맞다. 그런데 이 대목에서 나로서는 쉽지 않은 말을 털어놓아야겠다. 나는 작가다. 하고 보니 당찮다. 너무 주제넘은 소리다. 잔뜩 겉멋이 든, 아니 누구에게도 먹혀들지 않을 소리다. 다시 해보자. 나는 글을 쓴다. 조금 나은가? 나는 습작을 한다. 이건 안 하니만 못하다. 겸손을 가장한 위선으로 들리니까. 그러면?

중요한 건 그게 아니다. 아무리 내가 쓴 글이지만, 침묵할 공간과 저를 드러내 보일 미묘한 순간을 만들어내는 건 글들이 스스로 한다. 그런데 사람들이 친절을 베푼답시고, 내게 건네는 걱정 어린 다정한 목소리가 그 침묵의 공간을 다 차지해 버린다. 참 대단하다, 좋겠다, 이야, 흥미롭다 등등 찬사도 참 가지가지다. 그러면서 무엇을 쓰느냐고, 한사코 캐묻는다. 이쯤 되면 나는 부끄러움을 무릅쓰고, 매번 그런 것은 아니었지만, 자칫 시건방지다고 느낄 만큼 느긋하게 소설을 쓴다고 대답한다. 그러면 눈에 띄게 낙담한 나를 몇 번이고 거듭거듭, 능수능란한 말솜씨로 달래던—그러나 위로할 말들이 바닥나 지칠 대로 지친—사람들은 오직 "아!" 할 뿐이다.

바로 이것이 내가 작업실을 얻으려는 까닭이다.(남편에게도 이렇게 설명했다.) 글을 쓰기 위해서. 잔뜩 제멋에 겨워 유난을 떠는, 같잖은 요구처럼 들리겠다는 생각이 퍼뜩 들었다. 글을 쓰는 데는, 누구나 알다시피, 타자기나 여의치 않을 경우 연필 한 자루와 종이 몇 장에 책상과 의자가 있으면 그만이다. 이것들은 내 침실 한 귀퉁이에 죄다 있다. 그런데도 지금 나는 언감생심 작업실까지 욕심내고 있다.

게다가 글을 제대로 쓰기는 할 것인지 꼬집어 말하자면, 솔직히 그렇다고 장담할 자신도 없었다. 어쩌면 우두커니 앉아서 뚫어져라 벽만 바라보기 일쑤일지 모른다. 그런데 그런다손 쳐도 나로서는 그리 나쁘지 않았다. 정작 내가 좋아한 것은 '작업실'이라는 말이 풍기는, 위엄 있고 안온한 분위기였으니까. 그리고 뜻을 굳게 세우고 대단한 일을 한다는 그 느낌이었으니까. 하지만 그런 말을 남편에게 하고 싶지 않았아서 거창하게 떠벌리기 시작했다. 내 기억으로는 대충 이랬다.

집은 남자가 일하기에는 아주 좋다. 남자가 일감을 가져오는 집은, 말끔히 청소가 되어 있고 일하기에 딱 좋도록 남자 중심으로 새로 배치할 수도 있다. 남자에게는 일이 *있다*는 걸 누구나 알아준다. 따라서 으레 전화를 받는 일도, 어디 두었는지 모를 물건을 찾는 일도, 아이들이 왜 우는지 알아보는 일도, 고양이 먹이를 주는 일도 기대하지 않는다. 방문을 닫아걸어도 무방하다. 방문이 닫혀 있고 그 방 안에 엄마가 있다는 걸 아이들이 안다고 생각해 보라.(생각해 보라고 남편에게 말했다.) 왜냐, 아이들은 그런 생각을 하는 자체도 용납하기 어려울 테니까. 여자가 허공을 응시한 채, 남편도 자식도 없는 엉뚱한 곳을 바라보는 건 자연의 섭리를 저버린 짓과 마찬가지라고 여길 테니까. 그러니 여자에게 집이란 남자와 같은 곳이 아니다. 여자는 누구들처럼 집에 들어와서 이용하고 마음대로 다시 나가는 그런 사람이 아니다. 여자는 *곧* 집이다. 떼려야 뗄 수 없다.

(내가 과연 이런 주장을 내세울 자격이 있는지 저어될 때면 지나치도록 크게 떠벌리고 격해지는 게 내 버릇이긴 해도, 이 말은 사실이다. 어떤 때, 대개 가뜩이나 지루한데 비까지 추적추적 내려서 처량하기까지 한 봄날 밤 꽃처럼 피어난 알전등 불빛들은 차갑고 잘

지켜주리라고 믿기에는 너무 흐릿한 등댓불이 바다 위에서 어룽거리는 그런 때, 창문들을 열어놓고 있던 나는 이따금 집이 숲 속으로 뒤꽁무니를 빼 목재며 석회며 집을 지을 때 쓴 보잘것없는 재료들로 낱낱이 해체되어, 온 식구는 땅속으로 꺼져버리고 나만 홀로 덩그러니 빈손으로 남은 기분에 휩싸이곤 했었다. 그때 나를 공포와 전율에 휩싸이게 했던 그 가차없고 무시무시한 자유와 외로움을, 지금이라면 얼마든지 견딜 수 있을 것 같다. 이제야 비로소 나는 보호를 받았으되 그 나머지 시간에는 얼마나 시달렸는지, 따뜻한 정을 누렸으되 그 나머지 시간에는 얼마나 얽매여 지냈는지 깨닫는다.)

"적당히 싼 거 있으면 그러든지." 남편이 한 말은 이게 다였다. 나와는 달리 구구절절한 설명이 귀찮은 사람이다. 모름지기 다른 사람의 속마음은 가늠하기 어려운 법이라, 이미 마음을 닫은 남편에게 자꾸 물어본들 미안해하는 기색 하나 없이 되풀이하는 말만 들을 뿐이다.

반승낙을 받아놓고도 그건 이룰 수 없는 소원이라는 생각이 들었다. 내 마음 밑바닥에서 바랄 것을 바라야지 하는 생각이 고개를 드는 것 같았다. 밍크코트나 다이아몬드 목걸이를 바랐다면 오히려 쉽사리 뜻을 이루었을 터였다. 모름지기 여자라면 그런 것들을 얻으려 한다고 믿으니까. 내 계획을 알고 나서 아이들은 내가 세상에서 둘도 없이 허무맹랑한 일에 덤벼들기라도 한 것처럼 콧방귀를 뀌었다. 그러거나 말거나 나는 우리 집에서 두 블록 떨어진 곳에 있는 쇼핑센터로 내려갔다. 딱히 관심이 있어서가 아니라 무심

곁에, 약국과 미용실이 있는 건물 위층 창문에 몇 달째 나붙은 '임대' 광고지에 눈길이 쏠렸던 것이다. 위층으로 올라가면서야 비로소 내가 세상 물정에는 까막눈이라는 생각이 들었다. 임대업이라는 것이, 더군다나 사무실을 임대하는 일이라는 것이 복잡한 일일 터였다. 무턱대고 비어 있는 사무실을 찾아가서 문을 두드리고 기다리면 되는 일이 아니지 않은가. 먼저 몇 가지 절차를 마치고 나서야 할 일이지 않은가 말이다. 게다가 임대료가 턱없이 비쌀지도 모르는 일이었다.

그런데 막상 올라가서 보니 노크를 할 필요도 없었다. 한 여자가 빈 사무실에서 진공청소기를 끌고 나오더니 발로 문을 닫고 복도 맞은편, 자유롭게 드나들 수 있는 출입문 쪽으로 갔다. 그 문은 건물 뒤편에 있는 살림집으로 이어진 게 틀림없었다. 알고 보니 그 여자는 남편과 함께 그 살림집에 살고 있었는데, 성씨가 맬리였다. 이를테면 그들 부부가 건물 임자로 사무실 임대인이었던 것이다. 진공청소기로 막 청소를 끝내고 나온 그 사무실은 치과 진료소 설비가 갖추어져 있어서 볼 것도 없겠지만, 관심이 있으면 다른 방은 보여 주겠노라고 여자는 말했다. 그러고는 진공청소기를 갖다 놓고 열쇠를 가져올 동안 자기네 집에 들어와 있으라고 했다. 나로서는 영문을 알 수 없는 한숨을 내쉬면서 남편은 외출했다고 여자는 덧붙였다.

검은 머리에 섬약해 보이고 40대 초반쯤 되었겠다 싶은 맬리 부인은 단정하지는 않아도 아직 매력적인 모습이 어렴풋이 남아 있고, 화사한 립스틱을 살짝 바르고 보나 마나 퉁퉁 부었을 게 뻔한

발에는 털이 북슬북슬한 분홍빛 슬리퍼를 신어 나름대로 여성스러움을 살렸다. 선뜻 결정을 내리지 못하는 소극적인 태도와 피로에 찌들고 벙어리 냉가슴 앓듯 수심이 그득한 부인의 모습, 그것은 때로는 우격다짐으로 때로는 변덕으로 때로는 무턱대고 매달리는 남자에게 사사건건 감시를 받으며 지낸 삶을 말해 준다. 물론 척 보고 한눈에 알게 된 것은 어디까지이고 겪고 나서 내린 판단은 어디까지인지는 딱 꼬집어 말하기 어렵다. 그러나 부인은 자식이 없을 것이고 구체적인 원인은 몰라도 삶에서 받은 스트레스 때문이리라는 내 짐작은 과연 틀리지 않았다.

내가 들어가 기다리고 있던 방은 거실 겸 사무실로 쓰는 모양이었다. 맨 먼저 눈에 띈 것은 책상이며 창문턱이며 텔레비전 위에 놓여 있는 모형 배—갤리언선, 쾌속선, 퀸메리호—들이었다. 모형 배가 없는 곳에는 화초를 심은 화분과 더러 '용맹한 남성'의 훈장이라 일컫는 조각상들—자기로 빚은 사슴 두상, 황동 말, 결이 있고 광택이 나는 묵직한 재료로 만든 커다란 재떨이—이 있었다. 벽에는 사진과 자격증인 듯한 증서들을 끼운 액자들이 걸려 있었다. 각각 남자 옷과 여자 옷을 입은 푸들과 불도그가 침울하고 당혹스러운 자세로 애정을 표하고 있는 사진도 있었다. 그 사진에는 가로로 '오랜 친구들'이라고 쓰여 있었다. 그러나 그 방을 그야말로 압도하고 있는 것은, 전용 전등 아래 금박을 입힌 액자에 들어 있는 한 초상이었다. 금발에 얼굴이 훤하게 생긴, 부티가 잘잘 흐르고 혈색 좋고 호감이 가는 중년 남자가 정장 차림으로 책상 앞에 앉아 있는 사진이었다. 이 또한 그 일을 겪고 나서 내 편에서 말하는 감이 없지 않지만, 그 초상은 어딘지 거북하고 왠지 믿음이 가지 않는 구석도 분명 있다. 지나치게 과장하고 억지스럽게 꾸민 태가 확연해서 그를 아는 사람이라면 너나없이 엉터리라고 결론 내릴 초상이다.

맬리 부부 얘기는 이쯤 해두자. 아무튼 나는 그 사무실을 보자마자 맘에 들었다. 내가 구하려던 것보다 더 널찍한 그 사무실은 진료실로 쓰기에 알맞도록 공간이 나뉘어 있었다.(여긴 카이로프랙터* 가 쓰던 곳이었다고, 맬리 부인은 못내 아쉽다는 듯 내게는 별 보탬이 안 되는 사실을 귀띔했다.) 썰렁하게 텅 빈 벽은 눈이 부시는 현상을 막기 위해 회색을 살짝 섞은 흰색으로 칠해져 있었다. 맬리 부인이 솔직하게 해준 말마따나, 이미 비어 있는 데다 앞으로도 한동안은 이곳에 들어올 의사가 없겠기에, 나는 월세로 25달러를 제시했다. 부인은 남편과 상의해야 한다고 했다.

그다음에 갔을 때 내 제안이 받아들여져 맬리 씨를 직접 만났다. 앞서 부인에게 설명한 대로, 통상적인 근무 시간에는 사무실을 쓰지 않고 주로 주말에 쓰고 평일 야간에 가끔씩 쓰겠노라고 했다. 맬리 씨가 사무실에서 무슨 일을 할 거냐고 묻는 말에, 나는 대답을 꼭 해야 하는지 잠깐 망설이다가 속기를 할 거라고 대답했다.

그는 눈치 빠르게 대뜸 알아들었다.

"아, 작가시군요."

"아, 예. 글을 씁니다."

"그렇다면 저희가 최대한 편의를 봐드려야겠는데요?" 하더니 그

---

* 손으로 진단하고 치료하는 대체 의학의 한 가지를 카이로프랙틱이라고 하며, 그 전문의를 카이로프랙터라 한다.

는 장황하게 말을 늘어놓았다. "취미 생활로 말하자면 저도 한가락 하는 사람입니다. 이 모형 배들은 모두 제가 짬짬이 만든 겁니다. 신경과민에는 축복과도 같은 일이죠. 자고로 정신이 건강하려면 사람한테는 소일거리가 있어야 해요. 주제넘은 소리 같지만 작가님께도 마찬가질 겁니다."

"그런 면이 있지요." 나는 썩 기분이 좋은 정도가 아니라 내 행동을 막연하나마 이처럼 관대하게 보아주다니 마음이 푹 놓이기까지 했다. 이 남자는 적어도 내가 얼마만큼 예상했던 질문들—아이들은 누가 돌보느냐, 남편이 승낙했느냐 따위—은 하지 않았으니까. 10년, 아니 어쩌면 15년이라는 세월이 사진 속 맬리 씨를 여지없이 무너뜨려 살이 흐물흐물해지고 푹 퍼졌다. 엉덩이와 허벅지에 어마어마하게 살이 찐 탓에 움직일 때마다 숨차하고, 덕지덕지 들러붙은 살은 여성 가장이 짊어진 무거운 짐만큼이나 감당하기 버거워 보였다. 머리와 눈동자는 색깔이 바랬고, 또렷하던 이목구비는 두루뭉술해졌으며, 상냥한 표정으로 먹잇감을 노리는 듯한 얼굴은 성가시리만큼 비굴한 겸손과 고질적인 불신으로 삭아버렸다. 아무튼 그 남자는 내 안중에 없었다. 작업실을 얻으면서 내가 세운 계획 가운데 더 많은 인간을 알아가는 일은 없었으니까.

친절하게 도와주었을 식구들에게 도움을 청하지 않고, 나는 주말에 작업실로 짐을 옮겼다. 타자기, 접이식 책상, 의자, 핫플레이트를 올려놓을 작은 나무 탁자, 주전자, 인스턴트커피 한 병, 숟가락 하나와 노란 머그잔 하나. 그것이 다였다. 아무것도 걸지 않은

휑한 벽도, 꼭 있어야 할 가구만 갖춘 부담 없는 위엄도, 먼지를 털어내고 쓸고 닦거나 광내야 할 거리가 쑥 줄어든 것도 생각하면 생각할수록 나는 마음이 흐뭇했다.

맬리 씨는 그 꼴이 영 못마땅했던 모양이다. 내가 입주한 직후 문을 두드리더니 몇 가지 일러줄 게 있다고 했다. 내게는 쓸모없을 바깥방에 있는 전구를 돌려 빼는 법과 라디에이터와 창문 바깥에 설치된 차양의 사용법 따위. 그는 음울하고 도대체가 모를 일이라는 얼굴로 방 안을 샅샅이 둘러보더니 숙녀가 쓰기에는 형편없는 방이라고 했다.

"저한테는 아주 그만이에요." 나는 딱하게 여길 것 없다는 투로, 워낙 까닭 없이 싫거나 굳이 알고 싶지 않은 사람들은 달래고 보는 나답게 대답했다. 때로는 아주 자상하게 대하기까지 하는데, 그건 그래야 얼른 돌아가 나 혼자 있게 되리라는 어리석은 바람에서이다.

"영감이 떠오를 때까지 느긋이 앉아 있을 아늑한 의자는 있어야지요. 지하실에 맞춤한 의자가 하나 있습니다. 지난해 돌아가신 어머니의 유품을 모두 거기에 두었거든요. 양탄자는 돌돌 말아서 한쪽 모퉁이에 세워놓았어요. 그동안 임자를 못 만났는데, 여기 갖다 놓으면 집처럼 한결 편안하실 것 같습니다만."

나는 아니라고, 정말이지 이대로가 좋다고 했다.

"커튼을 다시겠다면 비용은 저희가 대겠습니다. 집도 색감을 잘 살려야 하는데, 이렇게 계시다간 없던 병도 생길까 걱정스럽군요."

아니라고, 절대 그런 일은 없을 거라며 나는 웃었다.

"남자라면 이야기가 달라지겠지만, 여자 분들은 아무래도 아늑한 것을 더 좋아하니까요."

나는 그쯤에서 창가로 가 베네치아 블라인드 틈새로 일요일의 텅 빈 거리를 내려다보았다. 조금만 신경에 거슬려도 티가 확 나는 그의 살진 얼굴을 애써 외면한 건, 머릿속에서는 맴도는데 소심한 내 입은 차갑게 쏘아붙이는 걸 무척이나 힘들어했기 때문이다.

"맬리 씨, 더는 이 문제로 성가시게 하지 마세요. 이대로가 좋다고 말씀드렸잖아요. 내게 필요한 건 다 있습니다. 어쨌거나 전구 돌리는 걸 알려 주신 건 고맙습니다."

내가 민망하리만큼 이 말은 단박에 효과를 거두었다.

"제가 성가시게 해드린 줄은 꿈에도 몰랐습니다." 그는 뚝 부러지면서도 아련한 슬픔이 어린 소리로 대답했다.

"제 딴에는 도와드린답시고 이런저런 말씀을 드린 건데 도리어 방해가 되었나 봅니다. 그런 줄 알았으면 진작 갔을 겁니다."

그가 돌아가고 나니 속이 후련했다. 말 한마디면 쉽게 끝낼 일을 두고 쩔쩔매다니 나도 참 못났다 싶으면서도, 한편으로는 승리감에 도취했다. 그 남자는 이제 곧 단념할 거라고, 이럴 줄 알았으면 처음부터 명토를 박을 걸 그랬다고 나는 속으로 쾌재를 불렀다.

그다음 주말, 남자가 노크를 했다. 겸손기가 철철 넘쳐흘러, 조롱인지 진심인지 가늠하기 어려운 얼굴을 하고서.

"1분도 안 걸릴 겁니다. 귀찮게 할 뜻은 추호도 없어요. 그저 지난번에 불쾌하게 해드린 게 죄송해서 사과를 드리려는 것뿐입니다. 받아주십사 하고 자그마한 선물 하나 가져왔습니다."

그 남자는 이름 모를 화초를 들고 있었다. 반들거리고 두툼한 잎들이 벋어 나온 화분이 분홍빛과 은빛 포일에 싸여 있었다.

"저기요." 화분 둘 곳을 지정하기라도 하듯 작업실 한쪽 귀퉁이를 가리키며 남자는 말을 이었다. "작가님과 제가 서로 악의를 품어서야 되겠습니까? 두 번 다시 그런 일이 없도록 조심하겠습니다. 가만 생각해 보니까 의자나 양탄자는 몰라도 작고 예쁜 화분쯤은 흔쾌히 받아주실 것 같더군요. 작업실에 두면 기분도 산뜻해질 테고요."

이렇게까지 나오는데야, 아무리 화분에 키우는 식물을 질색하는 나일망정 화초가 필요 없다는 말은 차마 할 수 없었다. 그는 재배법이며 물을 주는 횟수 따위를 주워섬겼고, 나는 고맙다고 했다. 하릴없는 노릇이었다. 한편으로는 선물까지 안기면서 사과를 하는데 고마워하지 않을 도리가 없으리라는 계산이 깔린 행동 같아서 께름칙했다. 그는 *악의, 불쾌하게 해서, 사과*라는 말을 계속 들먹였다. 나는 그의 말을 무지르고, 지금껏 내가 살면서 일궈온 내 터전에는 당신과 나 사이에 있을지 모를 호의나 악의가 들어설 여지가 없다고, 아니 솔직히 감정이라는 것 자체가 있을 턱이 없다고 일깨워 줄 작정이었다. 그러나 부질없는 일이라는 생각이 내 뇌리를 스쳤다. 이렇게 대놓고 친밀을 갈구하는 사람을 내가 무슨 수로 대적할 수 있겠는가. 반짝거리는 포장지에 싸인 화초만 해도 벌써 나를 당혹스럽게 만들지 않았던가.

"글쓰기는 잘되어 가십니까?" 유감스러워도 우리 둘의 차이점은 모두 덮어두자는 수작이었다.

"아, 예. 그럭저럭."

"저, 거시기, 혹시 글감이 바닥나지 않았는지. 저는 아주 많은데."

"……."

"그나저나 지금 제가 여기서 작가님 시간을 축내고 있는 건 아닌지 모르겠네요."

말하자면 갑자기 괴로운 기억이 떠올랐다 이거였다. 이것은 시험이었고, 나는 그 시험을 무사히 이겨내지 못했다. 나는 그 대단한 화초에 눈길을 둔 채 미소를 지었다. 그러고는 괜찮다고 했다.

"작가님이 오시기 전에 이 사무실을 썼던 작자 얘기가 막 떠올랐는데. 카이로프랙터요. 그 사람 얘기만으로도 책 한 권은 거뜬히 쓸 겁니다."

나는 듣는 시늉을 하며 자판 위를 오가던 내 손가락을 멈추었다. 소심함과 가식이 나 같은 사람이 지닌 큰 악덕이라면, 누군가에게는 호기심이 커다란 악덕이 될 거였다.

"그 의사 여기서 대단히 성공했습니다. 다만 문제가 있었다면, 카이로프랙틱 의학서에는 적혀 있지 않은 데까지 교정을 했다는 겁니다. 아, 그러니까 건드리면 안 되는 곳까지 떡 주무르듯 한 거지요. 그 사람이 나간 뒤에 제가 여기서 발견한 게 뭔 줄 아세요? 방음 시설이었어요! 글쎄 방 전체를 방음해 놓았지 뭡니까. 진료를 하는 동안 다른 사람의 방해를 받지 않으려고요. 작가님이 앉아서 소설을 쓰는 바로 이 방에서 말이지요. 어느 날 웬 부인이 찾아와서 그 사무실 여벌 열쇠를 줄 수 없겠느냐고 했을 때에야 비로소 우리도 알았지요. 다른 사람이 들어오지 못하게 안에서 문을 잠가 놓았다는 걸. 그때가 그 부인을 특별 환자로 대하는 게 싫증이 나기 시작한 무렵이었겠지요. 문을 두드리다 제풀에 지쳐서 돌아가기를 기다릴 심산이었을 겁니다. 아시겠지만, 부인은 나이가 지긋하고 의사는 한창 젊었지요. 의사한테는 젊고 참한 아내와 한 번 보면 다시 돌아보게 할 만큼 예쁜 아이들이 둘 있었죠. 하기야 추잡한 일들이 그치지 않고 일어나는 세상이라."

한참 듣다가 내가 퍼뜩 깨달은 것은 이 남자가 그냥 그렇고 그런 추문을 들려주는 게 아니라, 소설 쓰는 사람들이 특별히 흥미를 느낄 거리를 제공하고 있다는 사실이었다. 그러니까 이 남자는 외설이 소설에 구미를 돋우는 좋은 양념이라는 생각을 어렴풋이 하고 있다는 얘기였다. 딱해 보이리만큼 유치하기 짝이 없는 생각을 한다고 해서 그 남자를 따잡아 본들 헛수고일 게 뻔했다. 나는 이제야 이 남자의 신경을 건드리는 일은 피하는 게 상책이라는 걸 깨달았다. 이 남자가 아니라 나 자신을 위해서. 따끔하게 일침을 놓으면 꼬리를 사릴 거라는 내 생각은 착각도 이만저만한 착각이 아니었다.

그다음 선물은 차를 우리는 주전자였다. 나는 커피만 마시는 사람이니 다관은 아내에게 주라며 한사코 사양했다. 그랬더니 예민한 신경을 다스리는 데는 차가 더 좋고, 내가 자기처럼 신경이 예민한 사람이라는 걸 한눈에 알아봤다고 했다. 장미꽃 문양에 금박을 두른 그 다관은 볼썽은 사나워도 값은 꽤 나간다는 것쯤은 나도 알고 있었다. 할 수 없이 다관을 받아 탁자에 두었다. 게다가 작업실 한쪽 귀퉁이에서 제멋대로 무성하게 자란 화초도 계속 돌보아야 했다. 나로서는 속수무책이었다. 또 여덟 면에 중국의 만다린을 하나하나 그려 넣은 고급스러운 팔각 휴지통을 사다 주기도 했고, 의자에 깔고 앉으라면서 거품고무 방석을 들이밀기도 했다. 이런 선심성 선물 공세에 무너진 내가 경멸스러웠다. 그가 측은한 것은 정녕코 아니었다. 뿌리치지 못해서, 생색을 내고 싶은 그 갈망을 뿌리치지 못해서였을 뿐이었다. 내 참을성이 매수당했다는 것을 그 남자도 잘 알았다. 그 때문에 나를 깔보는 면도 분명 있었을 것이다.

이제 남자는 아예 내 작업실에 어물쩍 눌러앉아서 자기 이야기를 풀어놓았다. 받아 적기를 바라고 있다는 생각이 불현듯 내 뇌리를 스쳤다. 보나 마나 이렇다 할 이유도 없이 숱한 사람들에게 떠벌려 댔겠지만, 나에게만큼은 특별하다 못해 절실하기까지 한 까닭이 있어 보였다. 무릇 인생살이가 고난의 연속이듯이, 이 남자도 살면서 참담한 일들을 잇달아 겪은 모양이었다. 믿었던 사람들에게 환멸을 느끼기도 하고, 의지해 왔던 사람들에게 도움을 거부당하기도 하고, 물심양면으로 도왔던 가까운 친구들에게 배신을 당하기도 하면서. 생판 모르는 사람이나 지나가는 행인들조차 붙잡고 늘어지며 신기하고 기발한 방법으로 그를 괴롭혔고, 생명의 위협까지 당한 적도 더러 있었으며, 아내마저 건강이 좋지 않고 감정의 기복이 심한 사람이라 애를 먹었단다. 얼마나 막막했을까. 보다시피 그래도 살아야지 어쩌겠느냐고 말하며 그는 두 손을 들어 보였다. 눈으로는 동의를 구하고 있었다.

나는 뒤꿈치를 들고 계단을 올라 소리를 내지 않고 열쇠를 돌리려고 애쓰는 버릇이 들었다. 타자기 소리를 죽일 수는 없는 노릇이고 보면 참 맹한 짓이었다. 사실은 손으로 원고를 쓸 생각도 해보았고, 그 저질 카이로프랙터가 설치한 방음 시설이 못내 아쉽기까지 했다. 이런 고민을 털어놓았더니 남편은 그게 무슨 고민거리냐고 했다. 바쁘다고 말하면 될 일 아니냐고. 그거야 해도 벌써 했다. 한두 번도 아니고, 그가 작은 선물이나 시시껄렁한 볼일로 무장하고 작업실을 찾아와 안녕하시냐고 말을 건넬 때마다 했다. 오늘은 바쁘다고 하면 아, 그러시다면 1분도 안 붙들고 있겠다고 입으로는 그러면서 열려진 문 사이로 냉큼 들어섰다. 그리고 이미 말했다시피 그는 언제나 내 마음속을 훤히 꿰뚫어 보았고, 자신을 쫓아버리려는 내 마음이 얼마나 물러 터졌는지 알아챘다. 그것을 잘 알면서도 배려할 줄은 모르는 사람이었다.

집에 도착해서야 부치려고 했던 편지를 두고 온 것을 깨달은 어느 날 밤, 나는 그길로 다시 작업실로 갔다. 길거리에서 보니 내 작업실에 불이 켜져 있었다. 그리고 그가 내 책상 위에 몸을 숙이고 있는 모습이 보였다. 두말할 나위 없이, 여태까지 밤에 와서 내가 쓴 글을 읽은 거였다! 발기척을 느꼈는지 내가 작업실에 들어서자, 그는 휴지통을 들고 서서 지금 막 청소를 해주려던 참이었다고 했다. 그러고는 부리나케 나가 버렸다. 내가 아무 말도 없이 부르르 떨고 있는 것이, 분노와 동시에 희열을 느끼기 때문이라는 걸 나는 알았다. 꼬투리를 제대로 잡았다는 사실, 그것은 기적처럼 놀라운 기쁨이었고 크나큰 위안이었다.

다음번 그가 내 작업실에 왔을 때 나는 안에서 문을 잠갔다. 그 발소리하며 살살 구슬리는 듯한 노크 소리를 어찌 모를까. 나는 일부러 요란스럽게 타자기를 두드리고 있었지만 간간이 멈추지 않을 도리가 없으니, 내가 노크 소리를 들었다는 걸 그 남자라고 모를 리 없었다. 그는 내가 마치 장난이라도 치고 있는 것처럼 내 이름을 부르며 얼렀다. 나는 입을 꼭 다물고 대답하지 않았다. 얼토당토않게 죄책감이 밀려왔지만 나는 꿋꿋이 타이핑을 계속했다. 그날 화초 뿌리 주변의 흙이 말라 있는 것을 보았다. 그래도 그냥 내버려 두었다.

나는 다음에 일어날 일들에 미처 대비하지 못했다. 어느 날 내 작업실 문에 쪽지가 테이프로 붙어 있었다. 맬리 씨 사무실에 들러주시면 감사하겠습니다, 라고 쓴 쪽지였다. 나는 어차피 겪어야 할 일이라면 얼른 해치우자는 생각에 곧장 사무실로 갔다. 책상 앞에 앉은 그는 권위를 과시하기에는 어정쩡한 증거품들에 에워싸여 있었다. 거리를 두고 나를 바라보는 품이, 슬프게도 이제는 비우호적인 새로운 견지에서 나를 대하지 않을 수 없다는 듯한 태세였다. 그가 난색을 띠고 있는 것은 이를테면 나를 어려워해서가 아니라 내가 못마땅하다는 표시 같았다. 내가 작가라는 사실을 알고 사무실을 빌려주기 전부터 이미 예상했었다는 말부터 꺼냈다. 마지못해 하는 듯 꽤나 과장된 몸짓으로.

"작가입네 예술가입네 하는 작자들에 관해서라면 썩 좋은 소리는 못 들었소만, 내 골칫거리가 될 줄이야 어찌 알았겠소. 무슨 소린지는 아실 테지."

이것은 새판이었다. 어디로 어떻게 튈지 예측할 수 없는 처음 겪는 상황.

"처음 내게 왔을 때 한 말이, 글을 쓸 작업실을 구한다고 했소. 나는 그쪽 말을 믿었어요. 그래서 사무실을 빌려준 거요. 군말 없이. 난 그런 사람이오. 그런데 그쪽은 생각하면 할수록, 거시기 뭐냐, 의심스럽다 이거요."

"의심스럽다뇨?"

"당신 태도가 여간 내 마음에 거슬리는 게 아니었소. 문을 걸어 잠그고서 노크를 해도 못 들은 체하다니, 그건 사람들이 흔히 하는 정상적인 행동이 아니오. 뭔가 숨길 게 있다면야 모를까. 남편과 자식들까지 있다는 젊은 아녀자가 타닥타닥 타자기나 두드리며 시간을 보내는 것보다 더 모를 속이지."

"하지만 내 생각……."

그는 양해를 구하는 몸짓으로 손을 들어 보이며 내 말을 막았다.

"그러니, 같이 올라가 떳떳하게 문을 열고 내게 보여 주면 그만이오. 내게 그만한 자격은 있다고 생각하오만. 다른 목적으로 쓰는 건 아닌지, 애당초 말한 시간 이외에 다른 목적으로 친구든 누구든 끌어들이는 건 아닌지 살필 자격이……."

"무슨 말씀인지 모르겠네요."

"아, 또 있소. 당신 입으로 작가라고 했지요? 뭐냐, 내가 글깨나 읽는 사람인데 당신 이름이 찍혀 나온 걸 본 적이 없어서 말이오. 거, 혹시 다른 이름으로 글을 쓰시나?"

"아닙니다."

"그게 내 나름대로는, 작가들 이름이라면 훤히 다 꿰고 있다고 자부하는 사람이라." 그는 선심 쓰듯 말했다. "좋소, 그건 그냥 넘어갑시다. 허나 이것만은 명예를 걸고 약속해 주어야겠소. 앞으로는 눈속임이나, 난잡한 행위 따위는 하지 않겠다고 말이오. 지금 당신이 들어 있는 그 사무실에서……."

하도 어처구니없고 기가 막혀서 나는 화조차 제대로 내지 못했다. 그저 멍하니 일어나서 그의 목소리를 뒤로 하고 복도를 걸어와 작업실로 들어가 문을 잠갔다. 여기서 나가야 한다고 생각했다. 그러나 나만의 방에서 내 원고 앞에 앉아 있자니, 내가 이 방을 얼마나 좋아했는지 내가 이 방에서 얼마나 열심히 일을 했는지 새록새록 떠올라 이대로 내쫓길 수는 없다고 다짐했다. 어쨌든 우리 두 사람의 싸움은 교착 상태에 이르렀다고 판단했다. 그가 문을 두드리든 말든 문을 꼭 열어주어야 할 까닭도 없고, 그의 쪽지를 볼 필요도 없으며, 오다가다 마주쳐도 말을 섞지 않으면 될 터였다. 월세를 선지급한 터라 지금 나간다손 쳐도 돌려받을 가능성은 없었다. 나는 개의치 말자고 단단히 마음먹었다. 밤에 몰래 숨어들어 훔쳐보지 못하게 그날그날 쓴 원고를 챙겨 집으로 가져갔지만, 지금은 내가 알아서 미리 조심한다고 해서 해결될 상황이 아니었다. 그까짓 원고 좀 훔쳐본다고 대수겠는가. 쥐들도 어둠 속에서 밟고 지나다녔을 것을.

그 뒤로도 몇 번인가 내 작업실 문에 쪽지가 붙어 있었다. 읽지 말자고 작정했으나 그게 마음대로 되지 않았다. 그는 갈수록 구체적인 문제를 들고 나왔다. 내 작업실에서 여러 목소리를 들었다는 둥, 내 행동이 자기 아내의 낮잠을 방해했다는 둥(주말 빼고는 오후에는 있지도 않은 내가), 내 음식물 쓰레기통에서 위스키 병이 나왔다는 둥 하면서 생트집을 잡았다.

그 카이로프랙터에 관한 이야기는 과연 얼마큼이나 사실일까 의문이 들었다. 자기가 살아온 이야기들은 또 어떤 식으로 살을 붙였을지 알 것 같아 언짢았다.

날이 갈수록 쪽지 내용은 악랄해졌고 우리가 서로 얼굴을 대하는 일은 없어졌다. 복도로 들어서다가, 땀에 흠뻑 젖은 등을 구부정하게 숙이고 사라지는 뒷모습을 한두 번 보았을 뿐이다. 우리의 관계는 오로지 공상만으로 맺어진 단계로 서서히 들어서고 있었다고나 할까. 그는 이번에는 쪽지에, *뉘메로 생크* 사람들과 어울린다고 써서 나를 헐뜯었다. 뉘메로 생크는 근처에 있는 커피숍인데, 짐작하건대 뭔가 상징적인 효과를 노리는 모양이었다. 갈수록 해괴망측한 내용이 담긴 쪽지에 시달릴 만큼 시달린 마당에, 이제 와서 충격이 크면 얼마나 큰 일이 생길쏘냐 싶었다.

그가 문을 두드린 것은 일요일 아침, 11시쯤이었다. 내가 막 작업실에 들어서서 외투를 벗고 핫플레이트에 주전자를 올려놓았을 때였다.

이번에는 얼굴이 완전히 딴판으로 변해 있었다. 범죄의 증거를 찾아냈다는 강렬한 희열이 차갑게 빛나고 있는 얼굴이었달까.

"저 복도 끝으로 같이 가주실 수 있으실라나?" 그가 성난 목소리로 말했다.

나는 그를 따라갔다. 세면장에 불이 켜져 있었다. 그곳은 내 전용 세면장이라 다른 사람은 아무도 사용하지 않았지만, 그가 세면장 열쇠를 내게 주지 않았으므로 늘 열려 있었다. 그는 세면장 앞에 서서 문을 밀어젖히더니 눈을 내리깔고 가만히 숨을 내쉬었다.

"자, 누가 이런 거요?" 정말 유감스럽다는 목소리였다.

변기와 세면대 위쪽 벽이 바닷가 공중 화장실이나 내가 자란 쇠락해 가는 작은 도시의 관청 화장실에서 더러 볼 수 있는 그림과 낙서로 뒤덮여 있었다. 그런 낙서들이 흔히 그러하듯, 립스틱으로 한 것이었다. 누군가가 어젯밤에 한 짓이 틀림없다면 토요일 밤이면 일삼아 쇼핑센터 주위를 어슬렁거리며 섭슬려 다니는 패거리 가운데 몇몇의 소행일 가능성이 컸다.

"잠가놓았더라면 이런 일이 없었을 텐데요." 그러니 나는 이 불미스러운 현장과 무관하다는 듯이, 선선하고 단호하게 말했다. "정말 흉측하네요."

"누가 아니랍니까. 내가 볼 때 이건 외설도 보통 외설이 아니오. 당신 친구들에게는 한낱 장난일지 몰라도, 내게는 아니오. 그림은 말할 것도 없고. 당신 집에서 아침에 문을 열었을 때 저 훌륭한 작품을 본다면 참으로 좋겠소이다."

"립스틱은 물로 말끔히 지워질 거예요."

"내 아내가 안 보았으니 그나마 다행이오. 교육을 잘 받고 자란 숙녀라면 놀라 까무러칠 일이니까. 자 이제 당신 친구들을 이곳으로 초대해서 물통과 솔을 들고 한바탕 잔치를 벌이면 어떻겠소. 저런 유머 감각을 지닌 사람들이 어떻게 생겼는지 내 눈으로 한번 보고 싶은데."

내가 두말없이 홱 돌아서서 걸어 나오자 그가 내 앞을 떡하니 가로막았다.

"아무런 요청도 없이 이런 장식물들이 제 발로 내 건물 벽에 들어왔을 거라곤 생각하지 않소만."

"나와 관련이 있다고 말하려는 거라면," 나는 질릴 대로 질려서 맥 빠진 목소리로 말했다. "당신은 미친 겁니다."

"그러면 저들이 어떻게 들어갔겠소? 이 세면장이 누구 거요? 누구 것이냐고?"

"거긴 자물쇠를 채워놓지 않으니 누구라도 들어갈 수 있죠. 길거리를 어슬렁거리던 아이들 몇이 어젯밤 내가 집에 간 뒤에 올라와서 그랬는지도 모르고요. 그걸 내가 어찌 알아요?"

"그 아이들을 망쳐놓은 건 어른들인데, 모든 걸 애들 탓으로 돌리는 건 부끄러운 일이오. 잘 생각해 보시오. 당신도 알겠지만, 법이 있소. 풍기 문란을 단속하는 법. 내가 알기론, 그 법이 이런 짓거리뿐 아니라 문학에도 적용된다고 하던데."

내 감정을 억누르려고, 의식적으로, 숨을 깊이 들이마시는 일은 내가 기억하기로 난생처음이었다. 정말이지 그 남자를 죽이고 싶었다. 영영 잊히지 않을 유들유들하고 징그러운 그 얼굴, 지그시 감은 그 눈, 살랑살랑 풍기는 올바름과 승리의 냄새를 향해 벌름대던 그 콧구멍. 이 기막힌 일만 없었다면, 절대로 그가 이기지 못할 싸움이었다. 그러나 그가 이겼다. 모르면 몰라도 승리를 한 지금 이 순간조차 그는 내가 자신을 꺾어버리고 말 무엇인가를 내 얼굴에서 보았을 것이다. 벽 쪽으로 물러나서 그런 말을 한 것도 사실은 나란 사람이, 더 나아가 나와 가깝게 지내는 친구들이 그런 일을 하지 않았을 거라고 판단해서였을 것이다. 나는 내 작업실로 들어와 문을 닫았다.

주전자가 언제부터 요란한 소리를 내며 끓었는지 물이 거의 다 졸았다. 핫플레이트에서 부리나케 주전자를 낚아채듯 내려놓고 꽂개를 뽑은 뒤 나는 잠깐 서 있었다. 화가 치밀어 올라 숨이 컥컥 막혔다. 가까스로 울화를 가라앉히고 할 일들을 했다. 타자기와 용지를 의자에 올려놓고 책상을 갰다. 인스턴트커피 병마개를 꽉 닫아 노란 머그잔, 찻숟가락과 함께 처음에 넣어 왔던 가방에 넣었다. 그 가방은 접어서 선반 위에 올려두었었다. 유치찬란하게도 나는 복수를 하고 싶었다. 화분에 심겨 한쪽 귀퉁이에 앉아 있는 화초와, 장미꽃 다관, 휴지통, 거품고무 방석, 그리고—그간 잊고 있었던—방석 뒤에 끼어 있던 작은 플라스틱 연필깎이 들에게.

내가 짐을 다 챙겨 내려가려는데 맬리 부인이 왔다. 첫날 만난 이후로 거의 못 보았었다. 으레 그러려니 체념한 사람처럼 당황한 기색은 없어 보였다.

"남편은 누워 있어요. 몸이 좋지 않아서요."

부인은 커피병과 머그잔을 넣은 가방을 들어주었다. 부인의 태도가 어찌나 잔잔한지 내게서 분노가 빠져나가고 그 자리에 우울이 들어차는 느낌이 들었다.

나는 아직 다른 작업실을 구하지 못했다. 언젠가는 다시 찾아볼 생각이지만, 아직은 때가 아니다. 눈으로 직접 본 것은 아니지만 마음속에 또렷이 떠오르는 그 그림—맬리 씨가 걸레와 솔과 비눗물이 든 물통을 들고 어설프게, 일부러 어설픈 동작으로 화장실 벽 앞에 구부정하게 서서 끙끙거리며 문질러 닦고 서러운 한숨을 토해내며, 이미 기이하기 짝이 없는데도 웬일인지 절대 성에 차지 않는, 믿음을 배신하는 또 다른 이야기를 머릿속으로 짜내고 있는—이 가물가물해질 때까지는 적어도 기다릴 참이다. 원고를 다듬으면서 나는 생각한다, 그 남자를 지워 없애는 것은 내 권리라고.

나비의 나날
Day of the Butterfly

두어 해 동안이나 같은 학교에 다닌 건 틀림없건만, 마이라 세일라가 언제 우리 도시에 왔는지는 내 기억에 없다. 마이라에 관한 기억은 지난해, 그애의 남동생 지미 세일라가 1학년 때가 처음이었다. 그 무렵 지미는 화장실에 가야 할 때면 혼자서 가지 않고 꼭 6학년 교실 앞에 와서 마이라에게 아래층까지 데려다 달라고 했다. 누나를 제때 찾아오지 못해 단추로 채우는 면바지에 커다랗고 거뭇한 얼룩을 남길 때도 꽤 많았다. 그러면 마이라는 담임선생님에게 가서 부탁을 해야 했다.

"제 동생을 데리고 집에 가도록 허락해 주세요. 동생이 옷에 오줌을 쌌어요."

이것이 마이라가 처음으로 한 말이었고 앞자리에 앉아 있던 학생들이 모두 다 이 말을 듣고서—마이라가 들릴락 말락 한 가냘픈 목소리로 말했는데도—나머지 학생들이 들을세라 소리 죽여 킥킥거렸다. 가느다란 금테 안경을 쓴 차갑고 점잖은 담임선생님은 목을 길게 뺀 기린처럼 부자연스러운 자세로 걱정스러운 듯이 종이에 무엇인가를 써서 마이라에게 보여 주었다. 그러자 마이라는 머뭇머뭇 되풀이했다.

"제 동생이 일을 냈어요. 제발, 선생님."

모두들 지미의 부끄러운 버릇을 알았던 터라 쉬는 시간(지미가 자주 그러듯이 규율을 어긴 벌로 밖에 나가지 못할 때를 제외하고)에도 감히 운동장에 나갈 엄두를 못 냈다. 같은 또래나 조금 더 큰 남자애들이 지미를 기다리고 있다가 구석으로 몰아붙여 뒷담에 세워두고는 나뭇가지로 마구 때렸기 때문이다. 그러니 마이라와 함께 있어야 했다. 그런데 우리 학교는 남학생 구역과 여학생 구역으로 나뉘어 있었고, 무단으로 구역을 넘어가는 일이 잦으면 징계를 받기 십상이었다. 지미는 여학생 구역으로 갈 수 없었고 마이라는 남학생 구역으로 갈 수 없었던 데다 비나 눈이 오지 않는 한 누구도 교실에 남아 있어서는 안 되었다. 따라서 마이라와 지미는 언제나 두 구역 사이에 있는 작은 뒤편 베란다에 서서 쉬는 시간을 보냈다. 모르면 몰라도 남매는 야구 경기며 술래잡기며 줄넘기, 가을이면 나뭇잎으로 집짓기, 겨울에는 눈으로 요새 쌓기 따위를 하며 아이들이 노는 모습을 지켜보았을 것이다. 어쩌면 아무것도 보지 않았을지도 모르겠다. 어쩌다가 우연히 눈에 띈 남매는 늘 고개를 살짝 수그리고 가녀린 몸을 구부린 채 정물처럼 거의 움직이지 않았다. 길고 밋밋한 타원형 얼굴에는 우수와 조심성이 서려 있었고 검은 머리는 번들번들 빛났다. 어린 남자애는 집에서 자른 긴 머리였고, 마이라는 머리를 두툼하게 땋아 똬리처럼 틀어 꼭대기에 올려서 먼발치에서 보면 그 애한테 너무 큰 터번을 쓰고 있는 것 같았다. 검은 눈을 덮고 있는 눈꺼풀은 단 한 번도 한껏 치올려 뜬 적이 없었고, 두 눈은 지쳐 보였다. 그뿐이 아니었다. 남매가 둥글납작하고 겉늙은 얼굴을 다소곳이 숙이고 비밀을 간직한 듯 입을 꾹 다물고 있을 때면, 중세 그림 속 아이들 같기도 하고 예배나 마법에 쓰이는 작은 목각상 같기도 했다.

우리 학교 선생님들은 대부분 교사 생활을 오래 해서 쉬는 시간에는 교무실로 자취를 감추고 우리 일에 간섭하지 않았다. 그런데 가느다란 금테 안경을 쓴 젊은 여선생님인 우리 담임은 창가에 서서 지켜보거나 때때로 밖으로 나와서 무뚝뚝하고 불편한 모습으로 저학년 여학생들의 싸움을 말리거나 자기들끼리 모여서 '진실 아니면 비밀' 놀이를 하는 고학년들에게 달리기 시합을 시키기도 했다. 그러던 어느 날 담임선생님이 나와서 우리를 불렀다.

"6학년 여학생들, 얘기 좀 하자꾸나!"

선생님은 진심을 다해 설득할 요량으로 웃음을 지었는데 입술 사이로 드러난 금테 두른 이빨들이 무척 거북해 보였다.

"6학년 여학생 중에 마이라 세일라라고 있지. 너희랑 같은 학년, 맞지?"

우리는 우물쭈물했다. 하지만 글래디스 힐리는 정답게 대답했다.

"예, 달링 선생님!"

"그런데, 그 애는 왜 너희들과 통 안 놀지? 날마다 봐도 뒤쪽 베란다에 서 있기만 할 뿐 노는 법이 없더구나. 너희는 저 뒤쪽에 서 있는 그 애가 아주 행복해 보이니? 만일 너희가 뒤쪽에 혼자 남아 있으면 행복할 것 같니?"

아무도 대답하지 않았다. 우리는 현실을 모르는 물음에 따분해하며, 그저 공손하고 태연자약하게 선생님을 바라보았다. 그때 글래디스가 대답했다.

"마이라는 우리랑 같이 못 나와요, 달링 선생님. 남동생을 돌봐야 해서요."

"오." 선생님은 반신반의하듯 말했다. "그렇다면 어떻게든 너희들이 더 잘 대해 주려고 노력해야지. 그렇게 생각하지 않니? 아니야? 너희가 더 잘해 주려고 마음 써야지, 안 그러니? 너흴 *믿으마.*"

딱하기도 하셔라! 달링 선생님의 가르침은 이내 갈피를 잃었고, 설득은 푸념과 모호한 간청으로 바뀌었다.

선생님이 자리를 뜨자 글래디스는 읊조리는 목소리로 흉내를 냈다.

"너희가 더 잘해 주려고 마음 써야지, 안 그래? 너흴 *믿으마!*"

그러더니 이가 다 드러나도록 입을 쫙 벌리고 열띤 목소리로 내뱉었다.

"비가 내리든 비얼음이 내리든 내가 알게 뭐람."

글래디스는 선생님이 한 말을 흉내 낸 뒤 스튜어트 왕가의 타탄체크무늬 스커트를 한껏 뽐내며 한 바퀴 빙 돌았다. 글래디스가 우리 반에서 주도권을 갖게 된 데는 포목점과 여성복 가게를 운영하는 아버지 덕분에 호화로운 격자무늬 스커트와 오건디 블라우스와 황동 단추가 달린 벨벳 재킷을 입고 다녔기 때문이기도 했고, 발육이 빠른 가슴과 몹시 잔인한 글래디스의 타고난 성품 때문이기도 했다. 그때부터 우리는 너나없이 달링 선생님이 한 말을 따라 하기 시작했다.

이 일이 있기 전까지 마이라는 우리의 관심 밖이었다. 그런데 우리는 이제 한 가지 놀이를 만들었다. '마이라에게 잘하자!'로 시작하는 놀이였다. 그렇게 외친 다음 정해진 규칙에 따라 서넛이 한 조를 이루어 마이라에게 걸어가서 한목소리로 '아-안녕 마이라, 안녕 마이-라!'라고 신호를 보낸 뒤 이런 말들을 하는 거였다. '무엇으로 머리를 감았니, 마이라. 냄새가 참 좋고 반짝거리는구나, 마이-라.'

"옳아! 대구 생선 기름으로 머리를 감았구나, 그렇지 않니 마이라? 생선 기름으로 머리를 감았어. 넌 그 냄새 안 나니?"

솔직히 말하자면 마이라에게 냄새가 나는 건 사실이었지만, 그것은 상한 과일에서 나는 썩은 단내와 비슷했다. 그리고 그것은 부모가 작은 과일 가게를 하기 때문이었다. 마이라의 아버지는 셔츠를 풀어 젖히고 불룩한 배와 주위에 검은 털이 더부룩한 배꼽을 다 드러내놓은 채로 하루 온종일 창가 민걸상에 앉아 마늘을 씹고 있었다. 하지만 정작 가게에 들어가는 손님을 맞는 사람은 흐늘흐늘한 날염 커튼 뒤 가게 안쪽에서 소리 없이 나타나는 마이라의 엄마였다. 검은 머리를 곱슬곱슬 지진 마이라의 엄마는 꾹 다문 두 입술을 양옆으로 한껏 벌려 웃음을 지었다. 떽떽거리는 손님에게는 쏘아붙이듯이 퉁명스럽게 값을 말하고, 그렇지 않은 손님에게는 대놓고 비웃는 듯한 눈빛으로 과일 봉지를 건넸다.

그해 겨울 내가 아주 일찍 학교로 이어진 언덕길을 올라가고 있던 어느 날 아침이었다. 이웃 사람이 시내까지 태워다 준 덕분이었다. 나는 시내에서 8킬로미터쯤 떨어진 농장에 살았으므로 시내에 있는 학교에 갈 수 있는 가능성이 전혀 없었다. 집 근처에 있는 시골 학교는 학생 여섯에 교사는 한 명뿐이었고 그나마 그 교사는 갱년기 이후로 정신이 조금 이상해진 사람이었다. 그렇다 보니 야망이 큰 우리 엄마가 나를 시내에 있는 학교에 다닐 수 있도록 해달라고 시 교육 위원들을 설득한 끝에 추가로 교육비를 더 내고 시내에 있는 학교에 다니게 되었다. 나는 우리 반에서 유일하게 점심 도시락을 가지고 와 천장이 높고 휑뎅그렁한 겨잣빛 외투 보관실에서 땅콩버터 샌드위치를 먹었으며, 길이 진흙으로 질척거리는 봄이면 유일하게 고무장화를 신고 다니는 아이였다. 그 때문에 위기감을 살짝 느꼈지만, 어떤 위기감인지는 정확히 알지 못했다.

저 앞에 학교로 올라가고 있는 마이라와 지미가 보였다. 남매는 언제나 일찍 등교했는데, 너무 일찍 오는 바람에 수위가 교문을 열 때까지 밖에 서서 기다려야 할 때도 더러 있었다. 남매는 천천히 걸어갔는데, 마이라가 가끔씩 몸을 반쯤 돌려 뒤를 돌아보곤 했다. 나도 저럴 때가 있었는데, 그건 반에서 제법 영향력이 큰 여자애와 함께 걷고 싶은 마음은 굴뚝같은데 차마 걸음을 멈추고 기다리진 못하고 일부러 꾸물거릴 때였다. 문득 마이라도 어쩌면 지금 나랑 나란히 걷고 싶은 건지도 모른다는 생각이 들었다. 나는 어찌할 바를 몰랐다. 마이라와 함께 걷는 모습을 다른 아이들에게 보여 줄 자신도 없었고 그럴 마음도 없었지만, 다른 한편으로는 무엇인가를 기대하며 계면쩍은 듯이 자꾸 돌아다보며 내게 잘 보이려는 그 아부가 아주 싫지는 않았다. 이윽고 내가 할 일이 구체적으로 떠올랐고 난 그걸 뿌리치기 힘들었다. 내 스스로 착한 일을 하기로 했다고 생각하니 이루 말할 수 없이 기쁨이 용솟음쳤다. 마음을 가다듬기도 전에 나는 소리쳤다.

"마이라! 얘, 기다려봐. 크래커 잭* 좀 줄까?"

마이라가 멈춰 서는 걸 보고 나는 재게 걸었다.

마이라는 기다리기는 했지만, 나를 바라보지는 않았다. 우리를 만날 때면 늘 그런 것처럼 움츠러들고 굳은 자세로 기다릴 뿐이었다. 어쩌면 내가 놀리는 거라고 생각했을지도 모르고, 그래서 어쩌면 내가 옆을 지나쳐 달려가면서 빈 과자 상자를 자기 얼굴에 던질 거라고 넘겨짚었을지도 몰랐다. 내가 상자를 열어 내밀었다. 마이라는 조금 집었다. 지미는 내가 자기 앞으로 상자를 내밀자 과자를 집을 생각은 하지 않고 잽싸게 누나 뒤로 숨어 외투 자락으로 얼굴을 가렸다.

"부끄러움을 타는구나. 이만할 때는 그런 애가 많지. 크면 괜찮아질 거야." 내가 장담하듯 말했다.

"그래." 마이라가 대답했다.

"나도 네 살 먹은 남동생이 하나 있어. 걔도 부끄러움을 지독히 타." 이렇게 말했지만 사실 내 남동생은 그렇지 않았다. "좀 먹어

---

* 캐러멜을 입힌 팝콘과 땅콩이 섞인 과자.

봐. 나는 예전에 크래커 잭을 입에 달고 살다시피 했는데 이젠 아니야. 너무 많이 먹으니까 얼굴빛이 나빠지는 것 같아."

침묵이 흘렀다.

"너 미술 좋아하니?" 마이라가 희미한 목소리로 물었다.

"아니. 난 사회랑 쓰기랑 보건 과목을 좋아해."

"난 미술이랑 수학."

마이라는 더하기와 곱하기 속셈이 우리 반에서 가장 빠른 아이였다.

"나도 너처럼 잘하면 좋겠어. 수학 말이야." 내가 말했다. 아량을 베푼 기분이었다.

"대신 난 쓰기를 못해. 내가 제일 많이 틀려서 어쩌면 낙제할지도 몰라."

그래서 울적하다기보다는 그런 말이라도 하게 된 것을 기뻐하는 사람의 목소리 같았다. 마이라는 고개를 돌려 빅토리아 거리를 따라 둑처럼 쌓인 지저분한 눈 더미를 응시하며 말하면서 입맛을 다시는 듯한 소리를 냈다.

"낙제하지 않을 거야. 넌 수학을 아주 잘하잖아. 너는 커서 뭐가 될 거야?"

마이라가 당황스러워하며 대답했다.

"엄마를 도울 거야. 가게에서 일도 하고."

"음, 난 비행기 승무원이 될 거야. 하지만 아무한테도 말하지 않았어. 이런 생각을 털어놓을 사람이 많지 않거든."

"나도 그래. 너 신문에서 〈스티브 캐니언〉 만화 보니?"

"응."

마이라도 그 만화를 본다는 게, 그러니까 학교에서와는 달리 무엇인가를 한다고 생각하니 기분이 묘했다.

"너 〈립 커비〉*도 보니?"

"〈고아 소녀 애니〉도?"

"〈벳시와 소년들〉은?"

"크래커 잭에는 거의 손도 안 댔잖아. 좀 먹어. 자, 한 움큼 집어."

마이라가 상자를 들여다보더니 말했다.

"여기 상품이 있어." 그러더니 마이라가 그 상품을 꺼냈다. 양철로 만든 작은 나비 브로치였는데, 채색 유리알을 알알이 박고 금빛을 입혀 보석처럼 보였다. 마이라는 그 나비 브로치를 다갈색 손으로 들고 설핏 웃었다.

"맘에 들어?" 내가 물었다.

마이라가 대답했다. "나는 파란 보석이 좋아. 파란 보석은 사파이어야."

"나도 알아. 내 탄생석이 사파이어거든. 넌 탄생석이 뭐니?"

"몰라."

"생일이 언젠데?"

"7월."

"그럼 네 탄생석은 루비네."

---

* 1946년, 미국의 유명한 연재만화가 알렉스 레이먼드가 창작한 연재만화. 사설탐정의 모험을 다뤘다.

"난 사파이어가 더 좋아. 네 탄생석이." 마이라는 이렇게 말하면서 나비 브로치를 내게 내밀었다.

"너 가져. 찾은 사람이 임자니까."

마이라는 말뜻을 모르는 아이처럼 계속 나비 브로치를 내밀고 있었다.

"찾은 사람이 임자라니까."

"크래커 잭은 네 거잖아. 네가 산 거." 기어들어 가는 목소리였지만 단호했다.

"아무튼 찾은 사람은 너잖아."

"그래도……."

"좋아, 그럼! 자, 받아. 내가 너한테 줄게." 나는 나비 브로치를 받았다가 도로 마이라의 손에 쥐어주었다.

우리는 둘 다 놀라 서로를 바라보았는데, 나는 얼굴이 발갛게 달아올랐지만 마이라는 아니었다. 우리 둘의 손가락이 닿았으니 약속이 이루어진 것이라고 나는 받아들였다. 그래서 순간 무척 겁이 났지만 곧 *괜찮아졌다.* 나는 생각했다. 앞으로도 일찍 등교를 하면 아침에 마이라와 나란히 걸어갈 수 있다고, 쉬는 시간에도 마이라에게 가서 이야기를 할 수 있다고, 왜 안 되냐고, *안 될 게 뭐냐고.*

마이라는 나비 브로치를 주머니에 넣고서 말했다.

"좋은 원피스를 입을 때 꽂으면 좋겠다. 그 원피스가 파랑이니까."

내가 아는 그 옷일 거다. 마이라가 지겹도록 학교에 입고 다니는 바로 그 옷. 모두들 격자무늬 모직 치마에 짧은 서지 외투를 입고 있는 틈에서 한겨울에조차도 파란 하늘빛 태피터 치마에 먼지 낀 터키석 빛깔의 크레이프 윗옷을 입은 마이라는 애처롭게 가물거리는 불빛 같았다. 어른 여자 옷을 고쳐 만든 탓에 목둘레선이 V자형으로 깊이 파여 무거워 보이리만치 큼지막한 나비매듭 리본으로 가렸고 품이 커서 헐렁한 가슴께는 주름이 잡혀 있었다.

나는 마이라가 나비 브로치를 꽂지 않기를 속으로 바랐다. 만일 누군가가 어디서 났느냐고 묻는 말에 마이라가 사실대로 대답한다면, 나는 무슨 말을 해야 할까.

그 일이 있은 다음 날인가 그다음 주인가, 마이라가 학교에 오지 않았다. 집안일을 돕느라 종종 결석할 때가 있었지만 이번에는 아니었다. 1주가 지나고, 2주가 되도록 마이라의 책상은 비어 있었다. 그러던 어느 날 교실에서 자리를 바꾸던 날, 달링 선생님은 마이라의 교과서를 책상에서 몽땅 꺼내 벽장 선반에 집어넣으며 이렇게 말했다.

"마이라가 다시 오면 그때 자리를 새로 마련해 줄 거야."

선생님은 출석을 점검할 때에도 마이라의 이름은 아예 부르지도 않았다.

화장실에 데려다 줄 사람이 없어서인지 지미도 학교에 나오지 않았다.

마이라가 학교에 나오지 않은 지 4주인가 5주쯤 되었을 때 글래디스가 학교에 와서 말했다.

"있잖아, 마이라 세일라가 아파서 병원에 있대."

사실일 것이다. 글래디스네 고모가 간호사였으니까. 글래디스가 쓰기 수업을 하는 도중에 손을 번쩍 들더니 달링 선생님에게 알리면서 덧붙였다.

"선생님도 아셔야 할 것 같아서요."

"그렇고말고. 당연히 내가 알아야지."

"무슨 병이래?" 우리가 글래디스에게 물었다.

"백혈병이라나 뭐라나 그렇대. 그래서 수혈을 받는대." 글래디스는 이렇게 대답하고 다시 달링 선생님에게 말했다.

"우리 고모가 간호사거든요."

그리하여 달링 선생님은 우리 반 아이들 모두에게 마이라에게 줄 편지를 쓰도록 했고, 다들 이렇게 썼다. "사랑하는 마이라에게. 우리는 지금 다 함께 너에게 편지를 쓰고 있어. 우리는 네가 어서 나아서 학교에 다시 오기를 바라고 있어. 너의 진실한 벗……. "

달링 선생님은 또 이런 제안도 했다.

"이렇게 하자꾸나. 3월 20일에 병문안을 가서 마이라의 생일잔치를 열어줄 사람?"

"걔 생일은 7월이에요." 내가 말했다.

"안다, 7월 20일이지. 올해는 3월 20일에 생일잔치를 해도 괜찮을 거다. 마이라가 아프니까."

"그래도 마이라의 *생일*은 7월인데요."

"지금 그 애가 아프다잖니." 달링 선생님은 날이 선 목소리로 훈계하듯 말했다. "케이크는 병원 조리사에게 부탁하면 되고 너희는 작은 선물 하나씩 마련하면 된다. 한 25센트쯤 되는 걸로. 2시에서 4시 사이가 좋겠구나. 그때가 병문안 시간이니까. 전체가 다 갈 수는 없어. 그럼 사람이 너무 많다. 그러니 가고 싶은 사람은 가고 나머지는 여기서 읽기 보충 수업을 하기로 하자. 갈 사람?"

모두 다 손을 들었다. 달링 선생님은 쓰기 성적표를 꺼내 성적순으로 열다섯 명을 뽑았다. 여자애 열둘에 남자애가 셋이었다. 남자애들이 가고 싶지 않다고 하자 선생님은 다시 여자애 세 명을 더 뽑았다. 언제였는지 정확히는 몰라도, 마이라 세일라처럼 치르는 생일잔치가 유행한 것이 아마 이때부터였지 싶다.

그 생일을 치를 수 있었던 건 글래디스의 고모가 그 병원 간호사였기 때문일 수도 있겠지만, 어쩌면 아파서 병원에 입원했다는 사실이 지어낸 흥분 때문일지도 몰랐다. 이를테면 마이라가 더할 나위 없이 인상 깊은 방법으로 우리 삶을 규제하고 통제하는 모든 규칙과 조건에서 완전히 벗어났다는 사실 때문일 수도 있었다. 마치 마이라는 마음대로 해도 되는 사람처럼 우리는 멋대로 마이라에 관해 의논하기 시작했고, 마이라의 생일잔치가 곧 대의명분이 되었다. 그런 만큼 우리는 막중한 책임을 띤 여자들처럼 쉬는 시간마다 토론을 벌였고 25센트는 너무 적다는 결론을 내렸다.

눈이 녹고 있는 햇빛 찬란한 어느 날 오후, 우리는 저마다 선물을 들고 병원에 갔고, 간호사가 이끄는 대로 한 줄로 서서 반쯤 열려 있는 문을 통해 어렴풋이 들려오는 말소리를 들으며 2층 복도를 지나갔다. 간호사와 달링 선생님이 줄곧 '쉬! 쉬!'하긴 했어도, 아무튼 우리도 나름대로 발꿈치를 들고 조용조용 걷고 있었다. 병문안을 온 우리의 행동은 더할 나위 없이 훌륭했다.

작은 시골 병원이라 어린이 병동이 따로 있을 리도 없지만 마이라가 실제로 어린이도 아니었으므로, 머리가 희끗희끗한 나이 많은 여자 둘과 같은 병실에 있었다. 우리가 들어가자 간호사가 다른 병상의 휘장을 둘러쳤다.

마이라는 커다랗고 빳빳한 환자복을 입고 침대에 앉아 있었다. 늘 올리고 있던 머리를 내려뜨렸는데, 길게 땋은 마이라의 머리가 어깨를 지나 침대보까지 닿았다. 그러나 얼굴은 여느 때와 하나 다를 바 없었다.

깜짝 파티에 관해 벌써 달링 선생님에게 이야기를 들었는지, 마이라는 그다지 당황해하지 않았다. 다만 믿기지 않거나 어찌된 영문인지 몰라하는 눈치였다. 우리가 학교 운동장에서 노는 모습을 지켜보곤 하던 때처럼 우두커니 우리를 바라볼 따름이었다.

"자, 다 됐다! 이제 시작하자!" 달링 선생님이 말했다.

우리는 저마다 한마디씩 했다. "생일 축하해, 마이라! 안녕, 마이라. 생일 축하해!"

"내 생일은 7월인데." 마이라의 목소리는 바람에 둥둥 실려갈 것처럼 여느 때 없이 가냘팠고 무덤덤했다.

"진짜 생일이 언제든, 아무러면 어떠니. 오늘인 척하는 거야! 몇 살이지, 마이라?"

"열한 살 돼요, 7월에."

비로소 우리는 모두 외투를 벗고 파티복 차림으로 연한 꽃무늬 덮개로 씌운 마이라의 병상 위에 선물을 내려놓았다. 개중에는 엄마들이 고운 공단으로 큼지막하고 정교한 나비매듭 리본을 만들어

묶어준 것도 있었고, 어떤 선물에는 심지어 장미와 은방울꽃 조화(造花)로 만든 앙증맞은 모조 꽃다발까지 테이프로 붙어 있었다.

"자, 마이라. 선물이야, 마이라. 생일 축하해."

마이라는 우리를 보지 않고 분홍과 파랑과 은색이 점점이 박힌 리본들이며 미니어처 꽃다발들을 보았다. 이 선물들이 예전의 나비 브로치처럼 마음에 든 모양이었다. 어리벙벙해하던 마이라의 얼굴에 얼핏 은밀한 미소가 떠올랐다.

"풀어보렴, 마이라. 네 선물이다!" 달링 선생님이 말했다.

살짝 미소를 머금은 채 자기 곁으로 그러모은 선물들을 만지작거리며 눈치를 살피던 마이라가 비로소 실감이 났는지 불쑥 뜻밖의 자랑을 했다.

"토요일에 런던*에 있는 성 조지프 병원으로 갈 거예요."

"우리 엄마도 그 병원에 있었는데. 그때 엄마를 보러 간 적이 있어. 거긴 온통 수녀들이야." 누군가가 말했다.

"우리 고모도 수녀야." 마이라가 태연하게 말했다.

마이라가 선물을 풀기 시작했는데, 글래디스는 저리 가라 할 만큼 거만을 떨며 티슈페이퍼와 리본들을 잘 접어놓고 책이며 조각맞추기며 종이 오리기 따위의 선물들을 꺼내 놓았다. 그 폼이 마치 자신이 이겨서 받은 상품을 자랑스럽게 뽐내는 것 같았다. 달링 선생님이 선물을 풀 때마다 누가 준 건지 확인도 할 겸 선물한 친구의 이름을 부르며 고맙다고 인사를 하는 게 어떻겠느냐고 말하자, 마

* 캐나다 온타리오주 남동부에 있는 시.

이라가 그대로 했다.

"고마워, 메리 루이스. 고맙다, 캐롤." 드디어 내 선물을 풀어보고 나서 내게도 인사를 했다. "고마워, 헬렌."

제가끔 자신의 선물에 관해 마이라에게 설명한 뒤 다소 들뜬 분위기에서 이야기꽃을 피웠다. 비록 쾌활하지는 않았지만 그 자리를 주도한 것은 마이라였다. 하얀 바탕에 분홍 글자로 *생일 축하해 마이라*라고 쓰고 초 열한 개를 꽂은 케이크가 도착했다. 달링 선생님이 초에 불을 붙이자 우리는 다 함께 생일 축하 노래를 부른 다음 소리쳤다.

"소원을 빌어, 마이라. 소원을 말해……."

마이라가 촛불을 껐고 모두 함께 케이크와 딸기 아이스크림을 먹었다.

4시 정각에 버저가 울리자 간호사가 남은 케이크와 지저분해진 접시를 내갔고, 우리는 외투를 입으며 돌아갈 준비를 했다. 모두가 한목소리로 "안녕, 마이라."라고 인사를 하자 마이라는 베개를 받치지도 않고 허리를 곧게 펴고 침대에 앉아서 선물 꾸러미에 손을 올려놓은 채로 우리가 나가는 모습을 지켜보았다. 내가 문가까지 갔을 때 "헬렌!" 하고 마이라가 나를 부르는 소리가 들렸다. 그 소린 두어 사람만 들었는데, 달링 선생님은 앞서 나가서 듣지 못했다. 나는 다시 마이라의 침대로 갔다.

"선물이 너무 많아. 너 좀 가져."

"뭐라고? 이건 네 생일 선물이야. 생일 때는 누구나 선물을 많이 받잖아."

"아무튼 너 좀 가져." 마이라는 이렇게 말하고 나서 빗과 손톱 다듬는 줄과 천연 립스틱과 금실로 가장자리를 두른 작은 손수건이 들어 있는 거울 달린 인조 가죽 화장품통을 집어 들었다. 아까 내가 눈여겨보았던 바로 그 화장품통이었다.

"이거 너 가져."

"네 맘에 안 들어?"

"가지라니까." 마이라가 내 손에 억지로 쥐어주었다. 우리의 손가락이 또다시 닿았다.

"내가 런던에서 돌아오면 수업 끝나고 우리 집에서 놀자."

"좋아."

아마 올해의 마지막이 될 눈싸움을 하면서 쫓고 쫓기며 바깥에서 노는 듯한 소리가 병원 창문을 통해 또렷이 들려왔다. 그 소리에 마이라도, 마이라의 승리감과 많은 선물들도, 나를 위해 이곳을 찾아내기까지 마이라가 바친 그 숱한 시간도 어슴푸레해지더니 어둠으로 바뀐다. 침대 위에 늘어놓은 갖가지 선물들과 정성껏 접어놓은 티슈페이퍼며 리본들, 일말의 죄책감으로 갖다 바친 그 모든 것들이 순수를 잃었다. 이제는 위험을 무릅쓸 각오를 하지 않고는 만져서도, 맞바꾸어서도, 받아들여서도 안 되는 물건들이 돼버린 것이다. 나는 그 화장품통을 받고 싶은 마음이 싹 가셨지만 무슨 거짓말을 둘러대고 어떻게 빠져나와야 좋을지 생각이 나지 않았다. 줘 버리겠다고, 절대로 갖고 놀지 않을 거라고, 나는 속다짐했다. 남동생에게 낱낱이 해체해 버리게 할 작정이었다.

간호사가 초콜릿 우유 한 잔을 들고 돌아왔다.

"무슨 일이니, 아까 버저 울리는 소리 못 들었어?"

그제야 나는 풀려났다. 마이라와 왠지 모르게 우쭐거리게 만들고 에테르 냄새를 풍기는 병원이라는 마이라의 세상을 에워싼 방벽과 다름 아닌 내 마음의 배반부터 놓여난 것이다.

"아무튼 선물 고마워. 안녕."

마이라는 작별 인사를 했던가? 하지 않은 것 같다. 높다란 병상에 앉아 너무나 큰 환자복 위로 섬약한 갈색 목을 꼿꼿이 세우고 배반에는 면역이 된 듯 나무로 깎은 듯한 갈색 얼굴을 들고, 마이라는 이미 자신이 받은 선물도 다 잊은 채 학교 뒤쪽 베란다에 있을 때 그랬던 것처럼 외따로 떨어져 전설처럼 입에 오를 마음의 준비를 했다.

떠돌뱅이 회사의 카우보이

WALKER BROTHERS COWBOY

저녁을 먹고 나서 아버지가 말한다.

"호수가 여전히 거기 있는지 내려가 보련?"

입학식 때 입을 내 옷을 짓느라 식당 전등불 아래서 바느질하는 엄마는 그냥 두고 우리는 집을 나선다. 벌써부터 엄마가 입던 오래된 정장과 격자무늬 모직 치마를 다 뜯어놓았고, 이제는 내 몸에 잘 맞게 마름질을 해야 할 참이다. 서봐라 돌아서 봐라 하면서 가뜩이나 더운 모직 옷감을 끊임없이 내게 걸쳐보고 대보고 하는 바람에 땀도 나고 따갑기도 해서 나는 고마운 줄도 모른다. 앞쪽 베란다 끄트머리에 방충망을 둘러쳐 만든 작은 방의 침대에 있는 남동생도 그냥 둔다. 동생은 침대에서 무릎을 꿇고 방충망에 얼굴을 바짝 들이댄 채 볼멘소리로 외친다.

"아이스크림콘 사다 줘!"

그러나 나는 돌아다보지도 않고 대꾸한다.

"너 곧 자야 하잖아."

이윽고 아버지와 나는 따분하고 초라한 길을 슬슬 걸어간다. 불을 밝힌 손바닥만 한 가게들 바깥 인도에는 실버우즈 아이스크림 따위의 간판들이 서 있다. 이곳은 터퍼타운시로, 휴런호 가녘에 있는 오래된 곡물 항구 도시이다. 거리는 꼭 맨땅에 기어오르는 악어처럼 뿌리가 인도를 비집고 불거져 나와 엉버틈히 뻗은 단풍나무들에 가려 곳곳이 으슥하다. 사람들이 밖에 앉아 있다. 아저씨들은 편안한 셔츠나 속옷 바람으로 아줌마들은 앞치마를 두른 채로.

"해가 졌는데도 푹푹 찝니다그려."

모르는 사이라도 누군가 스스럼없이 고개를 숙이며 인사를 건넬라치면 아버지도 고개를 끄덕이며 선뜻 비슷한 인사말을 한다. 아이들은 아직까지 바깥에서 놀고 있다. 나라고 동네 아이들을 알 턱이 없다. 남동생은 너무 어리다는 이유로 나는 동생을 돌보아야 한다는 이유로 바깥에 나가면 안 된다면서, 엄마가 늘 우리 집 마당에 묶어두기 때문이다. 다저녁때까지 밖에서 노는 아이들을 그저 바라보아야만 한다고 해서 그다지 속상하지는 않다. 놀이라는 게 대개 시시껄렁하고 흐지부지 끝나 버리니까. 아이들은 저마다 마음 내키는 대로 한둘씩 우람한 나무 아래로 들어가 점점이 흩어진 섬처럼 뚝뚝 떨어져, 외따로 노는 내가 온종일 그러하듯이 흙에 자갈돌을 묻거나 막대기로 무엇인가를 끼적이면서 노는 데 흠뻑 빠진다.

어느새 우리는 마을 어귀를 벗어나, 널빤지로 창문들을 둘러친 공장과 밤이면 높다란 나무 대문을 굳게 닫아거는 목재 야적장을 지난다. 그다음부터는 도시의 모습은 간데없이 다 쓰러져 가는 허름한 창고나 자질구레한 고물상들이 들어서 있고 포장길도 끊긴 모랫길에 우엉이며 질경이며 이름 없는 풀들이 지천이다. 어느 빈터에 들어서니 명색이 공원이라고, 깨끗이 청소가 되어 있고 등받이 가로대 하나가 떨어져 나갔을망정 호수가 훤히 내다보이는 자리에 벤치도 하나 있다. 저녁 어스름이 깔려 온통 어둑한데 하늘에 구름까지 끼어 저녁놀이 지기는커녕 수평선마저 아슴푸레하다. 잔잔한 물결이 호숫가 자갈밭을 조용조용 핥는다. 저 멀리 도심 쪽 호숫가에는 널따란 모래톱, 워터슬라이드, 안전한 수영 지대를 에둘러 띄워놓은 부표, 아슬아슬하게 높이 솟은 인명 구조원의 감시대가 보인다. 그리고 지붕을 인 베란다처럼 생긴 진초록빛 기다란 정자도 있는데 일요일이면 어색할 만큼 좋은 옷을 빼입고 부부가 함께 나들이 나온 농사꾼들로 바글바글하다. 저쪽 호숫가라면 우리 식구도 던개넌에 살 적에 여름이면 서너 번씩 놀러 왔던 터라, 이 도시 중에서는 나름대로 낯익은 곳이다. 우리는 그 정자와 근처 부둣가를 거닐다 낡고 녹슬어 기우뚱거리는 곡물 운반선을 보면서, 그 배가 포트윌리엄 항까지 닿기는 고사하고 방파제나 무사히 빠져나갔을지 의문을 품곤 했다.

저녁 이맘때가 되면 부둣가에 섭슬려 있던 뜨내기 일꾼들이 점점 줄어드는 호숫가 모래밭을 어슬렁거린다. 그 가운데 오르락내리락하며 놀던 남자애들의 발길에 자연스럽게 생겨난 메마른 덤불숲으로 이어진 허술한 샛길을 따라 올라오는 사람도 더러 있다. 그 사람이 뭐라 뭐라 하자 아버지는 잔뜩 경계하고, 나는 겁에 질려 무슨 말인지 알아듣지 못한다. 아버지는 자신도 돈에 쪼들린다면서 말한다.

"원한다면 담배나 한 대 말아드리리다."

그러고는 얇은 나비 무늬 담배말지에 가루담배를 살살 흔들어 펼치고 돌돌 말아 혀로 가장자리를 쓱 내리훑어 붙여서 건네주니, 그 뜨내기 일꾼은 담배를 받아 들고 걸어가 버린다. 담배 한 대를 더 말아 아버지도 불을 붙인다.

아버지는 오대호가 어떻게 생겨났는지 내게 들려준다. 지금은 휴런호가 된 이 자리가 예전에는 모두 펀펀하고 너른 들판이었단다, 라고 아버지는 말한다. 그런데 어느 날 북쪽에서 얼음 덩어리가 슬슬 떠내려와 아랫녘을 파고들었단다. *이렇게,* 라고 말하면서 아버지는 손가락을 쫙 펼친 손으로 우리가 앉아 있는 바위처럼 단단한 바닥을 힘껏 누른다. 아무런 손자국이 나지 않자 아버지는 덧붙인다.

"그게 말이다, 옛날 그 빙하는 내 손에 댈 수 없이 엄청나게 큰 자국을 남긴 거야."

그렇게 어마어마한 자국을 남기고 도로 제가 왔던 곳으로 물러가면서 빙하는 깊숙한 곳에 들이박힌, 손가락처럼 생긴 얼음 덩어리를 남겨 두었고, 그 얼음 덩어리가 변하여 오늘에 이른 셈이다. 시간에 견주면, 호수는 *새로운* 것이었다. 나는 아무리 애써도 저 너른 벌판과 그 위를 누비고 다니던 공룡들은커녕 터퍼타운시가 들어서기 전 인디언들이 살았던 때의 호숫가조차 떠올리지 못한다.

우리가 가진 시간이 너무나 짧다는 사실이 나는 오싹한데, 아버지는 담담히 받아들이는 것처럼 보인다. 내게는 때때로 아버지가 이 세상이 생겨나면서부터 내내 살아온 사람처럼 보인다. 하지만 지금까지 이어져 온 그 모든 시간에 견주어 보면 아버지도 사실 이 땅에서 나보다 아주 쪼금 더 오래 살았을 뿐이다. 그러니까 적어도 자동차나 전깃불이 없던 시절로 말하자면 아버지라고 해서 나보다 더 많이 아는 것도 없을 거였다. 금세기*가 시작되었을 때 아버지도 이 세상에 없었던 거다. 이 세기가 끝날 즈음이면 나는 늙고 늙어, 가까스로 살아 있을 테지. 그 생각은 하기 싫다. 나는 저 호수가 그저 호수로, 안전하게 수영할 곳을 표시해 둔 부표와 방파제와 터퍼타운시의 불빛들과 함께 길이길이 남아 있기를 바라본다.

우리 아버지는 워커브라더스 회사의 판매 사원이다. 이 회사 외판원들은 시골 구석구석을 누비고 다닌다. 선샤인과 보일스브리지와 턴어라운드, 이곳이 우리 아버지가 맡은 판매 구역이다. 우리가 지금 사는 곳과 아주 가까운 예전 동네 던개넌이 아버지의 담당 구역이 아니라는 사실을 엄마는 다행으로 여긴다. 감기약, 철분 영양제, 티눈 약, 변비약, 부인병에 좋은 알약, 구강 청결제, 샴푸, 로션제와 연고, 레몬과 오렌지와 라즈베리 따위의 음료용 농축액, 바닐라 향료, 식용 색소, 홍차와 녹차, 생강, 정향유 따위의 양념들, 그리고 쥐약. 이것이 아버지가 파는 상품들인데, 아버지가 지은 노래

* 20세기.

에는 이렇게 두 줄로 담겼다.

> 티눈 약부터 부스럼 약까지
> 연고라면 갖가지 다 있습니다…….

참 한심스러운 노래라는 게 엄마의 생각이다. 이 외판원의 노래는 곧 시골 구석구석을 돌며 부엌문을 두드리는 아버지의 처지를 읊은 노래이기 때문이다. 지난겨울까지만 해도 우리 집은 여우 목장을 하는 자영 농가였다. 그때 아버지는 은여우를 길러서 망토며 외투, 손 토시를 만드는 사람들에게 생가죽을 팔았다. 가죽 값이 떨어져도 이듬해는 좋아질 거라며 희망의 끈을 놓지 않았던 아버지에게, 값이 오르기는커녕 형편없이 떨어져 부여잡을 한 가닥 희망마저 없어졌을 때 남은 건 먹이 회사에 갚아야 할 빚뿐이었다. 엄마가 유일하게 말을 트고 지내는 이웃인 올리펀트 아줌마에게, 이런 이야기를 털어놓는 것을 나는 우연히 몇 번 들었다.(올리펀트 아줌마는 집안이 몰락한 교사로, 그 학교 수위와 결혼한 사람이었다.) 여우를 치는 일에 가진 것을 몽땅 털어 넣었는데 한 푼도 건지지 못했다고 엄마는 푸념한다. 요즘은 비슷한 처지에 놓인 사람이 한둘이 아니지만, 엄마는 내 코가 석 자라는 생각에만 빠져 이 나라 대다수 사람들에게 닥친 불행을 돌아볼 겨를이 없다. 운명이 우리를 빈민가로 내동댕이쳤다고 여기는 엄마에게(우리 집이 예전에도 가난했다는 사실은 대수롭지 않다. 그때의 가난은 지금과 종류가 달랐으니까.), 이 운명과 맞서는 길은 오직 품위를 잃지 않고 악착같이 버티며 끝끝내 타협하지 않는 것이다. 새 발톱 모양의 발이 달린 욕조와 수세식 변기를 갖춘 욕실도, 집 앞까지 깔린 포장길도, 꼭지만 틀면 물이 콸콸 쏟아지는 수도도, 병 우유도 엄마에게는 위안거리가 못 된다. 극장이 두 개나 되고 근사한 비너스 레스토랑이 있다는 사실도, 선풍기가 시원한 바람을 일으키는 한쪽에 진짜 새들이 지저귀는가 하면 손톱만큼 작고 달빛처럼 빛깔이 환한 물고기들이 수조에서 헤엄치며 노니는 신기한 공간을 마련한 울워스 대형 마트가 있다는 사실도 마찬가지다. 그런 건 엄마의 관심 밖이니까.

오후가 되면 엄마는 대개 사이먼네 식품점으로 장을 보러 나서는데 장거리를 들어줄 사람으로 나를 데려간다. 엄마는 네이비블루 슬립 위에 자잘한 꽃무늬가 있는 속이 비치는 네이비블루 드레스까지 멋들어지게 차려입는다. 거기에다 여름용 하얀 밀짚모자를 기우듬히 눌러쓰고, 뒤란 계단에서 신문지를 깔고 내가 방금 광을 낸 백구두까지 갖추어 신는다. 그뿐 아니라 설마른 내 긴 머리를 꼽슬꼽슬하게 말고 얼토당토않게 커다란 리본 머리핀을 여봐란듯이 머리꼭지에 꽂아준다. 다행히도 마른바람이 불면 내 머리는 금방 느슨하게 풀릴 것이다. 한마디로 저녁을 먹은 뒤 아버지와 산책할 때와는 영 딴판이다. 엄마와 집을 나설 때면 두 집을 채 지나기도 전에 모녀가 쌍으로 만천하에 웃음거리가 된 기분이다. 오죽했으면 길바닥에 장난질로 써놓은 추잡한 말들조차 우리를 비웃는 것 같았을까. 엄마는 아무것도 알아차리지 못하는 눈치다. 그야말로 시장 나들이에 납시기라도 하는 *귀부인*처럼, 엄마는 겨드랑이가 터진 헐렁한 통원피스를 입은 아낙네들 옆을 유유히 지나간다. 볼썽사나운 곱슬머리에 어쭙잖은 머리핀을 꽂고 빳빳이 줄을 세워 다림질한 무릎까지 오는 반바지에 하얀 양말을 신은 내 모습, 어디까지나 이건 머리끝에서 발끝까지 순전히 엄마의 작품이지 내가 원한 건 하나도 없다. 일부러 들으라는 듯이 우렁우렁 울리도록 목청을 돋우어, 여느 엄마들과는 달리 튀는 목소리로 사람들 앞에서 내 이름을 부르는 것도 몸서리난다.

엄마는 이따금 굳이 큼지막한 네모꼴 아이스크림—연한 나폴리 아이스크림—한 통을 사 와 생색을 낸다. 집에 냉장고가 없으니, 자는 동생을 깨워 이웃집 벽에 가려 늘 침침한 식당에 앉아 그 자리에서 먹어치워야 한다. 나는 스푼으로 살짝살짝 떠먹으며, 동생이 자기 몫을 다 먹으면 그때 먹을 속셈으로 초콜릿 맛 아이스크림을 마지막까지 남겨둔다. 동생이 제 몫을 다 먹고 나서 조금이라도 더 먹어주기를 바라는 꾀바른 짓이다. 그러고 나면 엄마는 우리가 던개넌에 살던 시절, 그러니까 모녀끼리 이야기꽃을 피웠던 우리의 초창기를 되살리려 애를 쓴다. 동생이 태어나기 전 더없이 한가하게 지냈던 그때, 엄마는 엄마 것과 똑같은 컵에 우유를 따르고 홍차를 조금 타서 내게 주었고 펌프와 라일락, 그 너머로 여우 우리가 보이는 계단에 앉아 둘이서 이야기를 나누곤 했다. 엄마는 그 시절 이야기를 해야 직성이 풀린다.

"얘, 엄마 아빠가 널 썰매에 앉히면 메이저가 끌어주던 거 생각나니?"(메이저는 우리가 키우던 개인데, 이사 오면서 이웃집에 맡길 수밖에 없었다.)

"부엌 창문 쪽 바깥에 두었던 놀이용 모래 상자 기억나?"

동정이나 쓸데없는 감정에 휘말리지 않으려고 마음을 다잡으며, 나는 짐짓 기억이 가물가물한 척 시치미를 뗀다.

엄마는 두통을 달고 산다. 그래서 누워서 지내야 할 때가 많다. 무성한 나뭇가지가 그늘을 드리운, 베란다에 방충망을 친 작은 방에 들여놓은 동생의 그 좁다란 침대에 누워 엄마가 말한다.

"저 나무를 쳐다보고 있으면 꼭 고향에 있는 듯해."

"당신은 신선한 공기도 쐴 겸 시골 드라이브를 좀 해줘야 하는데."

이 말은 아버지가 나서는 장삿길에 함께 가자는 뜻이다.

하지만 그것은 엄마가 생각하는 시골 드라이브와는 거리가 멀다.

"제가 가도 돼요?"

"엄마가 옷을 짓다가 입혀 보려고 할 텐데?"

"오늘 오후에는 바느질을 안 할 거예요."

"그럼 내가 데리고 가겠소. 둘 다 데려갈 테니, 좀 쉬어요."

우리가 뭘 어쩌기에 어른들은 우리에게서 휴식을 얻어야 한다는 건지? 쳇, 관두자. 나는 한껏 들떠서 동생을 찾아 미리 화장실에 가서 볼일을 보고 오라고 시킨 뒤 함께 차에 탄다. 무릎 반바지를 빳빳이 다리지도 않고, 머리를 꼽슬꼽슬하게 말지도 않은 채로. 아버지는 집 안에서 병이 한가득 든 묵직한 짐 가방 두 개를 들고 나와 차 뒷좌석에 싣는다. 햇빛을 받아 눈부시게 하얀 와이셔츠에 넥타이를 매고 산뜻한 여름 정장 바지(아버지의 다른 정장은 장례식 때 입는 검정색으로, 돌아가신 삼촌 것이다.)에 크림색 밀짚모자, 이것이 이를테면 아버지의 외판원 복장이다. 와이셔츠 주머니에는 잘 깎인 연필 몇 자루가 꽂혀 있다. 아버지가 도로 집 안으로 들어간다. 엄마에게 다녀오겠다는 인사도 할 겸 같이 갈 생각이 정말 없는지 다시금 확인하려는 것일 텐데, 들으나마나 엄마는 이렇게 말할 게 뻔하다.

"아뇨, 됐어요. 눈을 감고 그냥 여기 누워 있는 게 훨씬 좋아요."

드디어 차가 마당을 빠져나와 출발하는 순간 우리는 모험을 떠난다는 희망에 부푼다. 희망이라야 고작 구불텅구불텅 굽은 길을 지나 잘 닦여진 찻길로 들어서면 차가 달리면서 뜨거운 공기가 시원한 산들바람으로 바뀌리라는 것과, 아버지가 아는 지름길을 통해 재빨리 마을을 벗어나 멀어지면 멀어질수록 낯선 집들이 속속 나타나리라는 것 정도이다. 설마하니 오후 내내 불볕더위에 메말라 찌든 시골길을 달리다 구멍가게에 들러 아이스크림콘이나 음료수를 사서 하나씩 먹고, 아버지 노래만 듣다가 끝나기야 하겠어? 자신을 주제로 삼아 짓고 제목을 '떠돌뱅이 회사의 카우보이(The Walker Brothers Cowboy)'라고 붙인 아버지의 노래는 이렇게 시작된다.

> 네드 필즈 아저씨는 죽었다네.
> 이제는 내가 대신 그 담당 구역을 돌고 돈다네…….

네드 필즈 아저씨는 누굴까? 아버지가 담당 구역을 물려받은 것이 분명한 사실이니 정말로 그 사람은 죽었는지도 모른다. 그런데도 아버지의 노랫소리는 애달픈 듯 경쾌하니, 그 아저씨의 죽음은 뭐랄까, 한바탕 웃어넘기면 그만인 허무한 비극이 되어버린다. "차라리 리오그란데강으로 돌아가, 거뭇한 모래톱을 지나 물속에 뛰어들고파라." 아버지는 차를 몰면서도 거의 쉴 새 없이 노래를 부른다. 우리 마을을 쏜살같이 빠져나와 다리를 건너고 급회전하여 고속도로에 진입하는 순간까지도 즉석에서 허밍으로 가락을 짓고 흥얼거리며 노랫말을 붙이더니, 침례교회 여름 성경 학교 야영지를 지나는 고속도로를 달리며 마침내 발표를 한다.

침례교도들은 어디 있나, 침례교도들은 어디 있나.
오늘은 침례교도들이 모두 어디로 갔을까.
다들 죄를 말끔히 씻어내려고
물속으로, 휴런호 물속으로 들어갔다네.

동생은 이 노랫말을 곧이곧대로 믿고 무릎으로 서서 호수를 내려다보며 이리저리 살피더니 따지고 든다.

"침례교도는 한 사람도 안 보이는데요?"

"내 눈에도 안 보인다, 아들아. 말했잖니, 죄다 호수 물속으로 들어갔다고."

고속도로를 빠져나온 다음부터는 전부 비포장길이다. 흙먼지가 일어 차창을 올리지 않을 도리가 없다. 농사를 짓는 땅은 하나같이 단조롭고 땡볕에 바싹 메마른 채 그림자 하나 얼씬하지 않는다. 농가 뒤편 수풀땅은 으슥한 그늘이 졌는데, 소나무가 웅덩이 모양으로 거뭇하게 드리운 그 그늘까지 가본 사람은 아무도 없을 것 같다. 좁다란 고샅길을 덜커덩덜커덩 끝까지 달려가 봤자 구경할 수 있는 것이라고는 반겨주는 이 하나 없는 삭막한 땅에 덩그러니 서 있는 페인트칠이 다 벗겨진 농가, 그것도 현관문 바로 앞까지 풀들이 더부룩이 자라 있고, 초록색 블라인드는 다 쳐놓은 채 위층에 있는 허공으로 난 문 하나만 열어 둔 농가는 아닐까? 그런 문이 달린 집이 많았는데, 나는 아직까지도 그 이유를 통 모르겠다. 아버지에게 물으니 잠을 자면서 걸어 다닐 때 쓰는 문이란다. *설마?* 하면서도 잠을 자면서 밖에 나가고 싶을 때가 있을 것 같기도 했다. 여느 때처럼 아버지의 농담에 깜박 속았다는 것을 뒤늦게 깨달은 나는 앵돌아지고, 동생은 다부지게 받아 친다.

"그랬다간 목뼈가 부러져 죽을걸."

1930년대. 숱하게 많은 이런 종류의 농가, 이런 풍경의 오후가 내게는 아버지의 모자며 요란한 빛깔에 너비가 넓은 넥타이며 널찍한 발판이 달린 우리 집 자동차(한물이 가도 벌써 간 에식스*)와 마찬가지로, 그 10년이라는 시간에 속한 것처럼 보인다. 농가들 마당에는 우리 차와 조금 비슷해 보여도, 훨씬 오래됐으나 그렇다고 더 칙칙한 것도 아닌 차들이 주차되어 있다. 개중에는 수명을 다해 문짝은 떨어져 나가고, 좌석은 떼어내 현관 베란다에 옮겨 의자로 쓰는 차들도 있다. 개를 빼놓고는, 닭이든 소든 집짐승은 한 마리도 보이지 않는다. 개들은 그늘진 곳을 찾아 드러누워 있는데, 꿈을 꾸

* 1918년에서 1922년까지 에식스 자동차 회사에서 생산한 소형차.

기라도 하는지 여윈 옆구리가 오르락내리락 급하게 들썩인다. 자동차 문이 열리는 소리에 개들이 일어나니, 아버지는 개들부터 얼러야 한다.

"착하지, 그래그래, 참 착하구나."

개들은 잠자코 그늘로 되돌아간다. 사납게 길길이 날뛰는 여우도 집게로 목 언저리를 지그시 눌러 진정시킬 줄 알았던 아버지에게 개를 달래는 것쯤은 일도 아니다. 개를 어르는 목소리가 부드럽다면, 문 앞에서 사람을 부르는 소리는 우렁차고 경쾌하다.

"계십니까, 사모님. 워커브라더스맨이 왔습니다. 오늘은 무엇이 필요하신가요?"

아버지가 문을 여는가 싶더니 안으로 사라진다. 우리는 뒤를 따라가는 건 고사하고 차에서 내리는 것조차 금지당해 그대로 앉아 기다릴 도리밖에 없으니 아버지가 무슨 말을 어떻게 할지 못내 궁금하다. 엄마를 웃길 요량으로, 농가 부엌에 있는 척하며 아버지가 물건을 파는 모습을 집에서 직접 해 보인 적이 더러 있긴 했다.

"저기 말입니다, 사모님. 붙어사는 것들 때문에 애먹지 않으십니까? 자녀분들 두피에 말씀이죠. 점잖은 체면에 그 기어 다니는 미물들이 금쪽같은 내 새끼들 머리 위에 나타난다는 말을 입에 담을 수는 없지 않겠습니까? 비누는 아무 소용도 없고 등유를 쓰자니 냄새가 고약하고. 한데, 여기 한 가지가 있습죠……."라거나, "제 말을 믿으세요. 하루 온종일 앉아서 운전을 하는 사람이라 이 약이 얼마나 신통한지 아주 잘 *알거든요*. 감쪽같이 없애 줍니다. 그뿐 아니에요. 기력이 쇠한 어르신들에게 흔히 생기는 병에도 잘 듣습니다.

어떠세요, 할머님은?" 하기도 했다.

아버지가 진짜 약통을 들고 있는 것처럼 엄마의 코밑에 손을 대고 흔들면 엄마는 참다 못해 픽, 웃고 말았다.

"아버지가 정말로 저렇게 하는 건 아니겠죠?"

내가 이렇게 물었더니 아버지는 워낙 샌님이라 하늘이 두 쪽 나도 그런 일은 못 할 거라고 엄마가 대답했었다.

이 집 마당을 들여다보고 저 집 마당을 기웃거려도 보이는 거라곤 낡은 자동차, 펌프, 개, 우중충한 헛간과 다 쓰러져 가는 곳간, 돌지 않는 풍차뿐이다. 밭에서 일을 하는지 어쩐지는 몰라도, 적어도 우리 눈에 띄는 밭에는 어른 남자들이 없다. 아이들은 말라붙은 개울 바닥을 따라 멀리까지 갔거나 블랙베리를 따러 갔거나, 그것도 아니면 집 안에 숨어서 블라인드 틈새로 우리를 엿보고 있는지도 모른다. 동생과 내가 어찌나 땀을 흘렸는지 자동차 의자가 미끌미끌해졌다. 나는 배짱 좋게 동생에게 경적을 울려 보라고 부추긴다. 내가 직접 했으면 좋으련만 꾸지람은 듣기 싫어서다. 동생도 그런 눈치는 빤하다. 할 수 없이 우리는 그냥 색깔 *알아맞히기 놀이*를 시작하는데, 다양한 색깔을 찾기가 어렵다. 헛간과 곳간과 화장실과 집들은 죄다 회색이고, 마당과 밭은 갈색이고, 개들은 검정이나 갈색이다. 녹슨 차들의 어룽더룽한 얼룩을 보고, 나는 억지스레 보라나 녹색을 대고, 또 오래돼서 페인트칠이 벗겨지는 곳간의 문을 보면서 밤색이나 노랑이라고 우긴다. 낱말 알아맞히기를 하면 더 좋을 테지만, 동생이 너무 어려서 글자를 모르니 그럴 수도 없다. 결국 놀이는 흐지부지 끝나고 만다. 내가 말한 색깔 이름이 엉터리라면서 다시 하라며 동생이 대든다.

어떤 집은 자동차는 마당에 있는데 문이란 문은 꽁꽁 닫혀 있다. 아버지는 문을 두드려도 보고 휘파람을 불어도 보고 소리도 쳐본다.

"계십니까! 워커브라더스맨이 왔습니다!"

아무런 기척이 없다. 현관도 없는 집이라, 아버지는 비스듬히 치올려 바른 시멘트 바닥에 서 있다. 그러다가 주위를 빙 둘러보고 곳간 안마당을 유심히 살펴본다. 헛간 벽 틈새로 언뜻번뜻 하늘이 보이는 것이 텅텅 빈 게 틀림없다. 아버지는 별수 없이 허리를 굽혀 가방을 집어 든다. 바로 그때 위층에서 창문이 벌컥 열리고 창문턱에 하얀 단지가 보인다 싶더니, 이내 한쪽으로 기울어지고 내용물이 쏟아지면서 바깥벽에 부딪혀 튕긴다. 그나마 아버지의 머리 바로 위에 있는 창문이 아니라서, 설령 아버지에게 튀었다손 쳐도 몇 방울 정도였을 것이다. 아버지는 특별히 서두는 기색 없이 가방을 집어 들고 묵묵히 차로 걸어온다.

"너 저게 뭔지 알아?" 내가 묻고 내가 대답한다. "오줌."

동생은 깔깔 웃어댄다.

아버지는 담배를 말아 불을 붙이고 나서 차에 시동을 건다. 우리는 사람 얼굴은커녕 손끝도 보지 못했는데 아까 그 창문은 어느 결에 굳게 닫히고 블라인드까지 쳐져 있었다.

"오줌, 오줌." 동생은 재미있어 죽겠는지 아예 노래를 불러댄다. "누가 오줌을 쏟아 부었다네!"

"엄마한테는 입도 벙긋하지 마라. 네 엄만 장난이라고 웃어넘기지 못할 테니까."

"그것도 아버지 노래에 있어요?" 동생은 그게 궁금한 모양이다.

아버지는 지금은 없지만 어떻게 끼워 넣을 수 있을지 궁리해 보겠다고 말한다.

얼마쯤 지나, 집으로 가는 길도 아닌 듯한데 아버지가 어느 고샅길에서도 차를 돌리지 않는다는 사실을 나는 알아챘다.

"이쪽이 선샤인으로 가는 길이에요?"

"아닙니다요, 아가씨."

"아직까지도 아빠 담당 구역이에요?"

아버지가 고개를 가로젓는다.

"쌩쌩 달리고 있잖아."

동생이 신바람이 나서 말하는데, 아닌 게 아니라 차가 마른 구덩이를 훌떡거리며 쌩쌩 달리니 가방에 든 병들이 서로 부딪쳐서 딸그락대고 쿨렁거리는 소리가 희망차다.

여느 곳과 다름없는 고샅길에 서 있는 집 한 채. 역시 페인트칠도 하지 않았는데, 햇볕을 쬐어 은빛으로 바랬다.

"여긴 아버지 담당 구역이 아니지 않아요?"

"그래, 아니다."

"그런데 왜 온 거예요?"

"곧 알게 될 거다."

그 집 앞에서 땅딸막하고 억세게 생긴 아줌마가, 햇볕에 쬐어 하얗게 바래도록 풀밭에 널어둔 빨래를 걷고 있다. 차가 멈추자 잠깐 빤히 바라보다 다시 허리를 굽혀 수건 두어 장을 마저 걷어 겨드랑이에 끼우고는 우리 쪽으로 걸어와 싹싹하지도 뚝뚝하지도 않은 덤덤한 목소리로 묻는다.

"길을 잃었나요?"

아버지가 천천히 차에서 내려 대답한다.

"그런 것 같지는 않습니다만, 저는 워커브라더스맨입니다."

"우리 지역 담당은 조지 골리인데요. 게다가 왔다 간 지 1주일도 안 됐고. 세상에 맙소사." 아줌마가 기함할 듯이 소리친다. "이게 누구야?"

"누구긴, 지난번에 내가 거울에 비춰 본 그 남자 아니겠어?"

아줌마는 앞에 있는 수건을 그러모아, 배가 아픈 사람처럼 꼭 부여안는다.

"세상 사람들 다 만나도 당신은 두 번 다시 못 볼 줄 알았어. 그런 데다 워커브라더스맨이라고 했으니."

"조지 골리를 기다리고 있었다면 미안하게 됐군." 아버지가 멋쩍게 대답한다.

"내 꼴이 지금 말이 아닌데, 이걸 어째. 닭장을 치우려던 참이었어. 둘러댄다고 생각하겠지만 정말이야. 날마다 이런 꼴로 지내는 건 아니라고."

아줌마는 농사꾼들이 쓰는, 따가운 햇살이 뚫고 들어와 얼굴에 아른거릴 만큼 성글게 짠 밀짚모자를 쓰고 헐렁하고 지저분한 날염 일복에 운동화 차림이다.

"차에 있는 애들은 누구야, 벤? 당신 아이들 아냐?"

"아마도 그럴걸?" 이렇게 대답하고, 아버지는 우리 이름과 나이까지 말해 준다.

"자, 애들아. 이제 내려도 된다. 이분은 노라 크로닌 양. 아니지, 아직 아가씨인지 아니면 남편을 어디 땔감 창고에라도 숨겼는지는 그대가 말해 줘야겠는데?"

"난 남편이 있다면 그런 곳에 모셔두지는 않아, 벤." 두 사람이 동시에 웃음을 터뜨리는데, 아줌마의 웃음은 느닷없고 살짝 토라진 듯하다.

"옷을 막입었다고 마음까지 막된 사람으로 보는 거야 뭐야? 암튼 햇볕에 서 있지 말고 안으로 들어가자. 집 안은 시원해."

우리는 마당을 가로질러 베란다 계단을 올라가 주방으로 들어선다.

"이쪽으로 오게 해서 미안하지만 아버지 장례를 치른 뒤부터 현관문이 말을 안 들어. 아무래도 경첩이 떨어진 모양이야."

아닌 게 아니라 시원하긴 한데 블라인드들을 쳐놓은 것은 물론 천장이 높은 주방 바닥에는 닳아 해진 리놀륨 장판이 깔려 있고, 깔끔하기는 한데 제라늄 화분, 물통과 바가지, 수도 없이 문질러댔을 오일클로스*로 덮인 식탁이 전부라 간소하다 못해 휑뎅그렁하게 보인다. 깨끗이 쓸고 닦아 정갈한데도 어디선가 어렴풋이 고리타분한 냄새가 풍긴다. 행주나 바가지나 식탁보에서 나는지, 시계 선반 아래 안락의자에 앉아 있는 할머니한테 나는 건지는 잘 모르겠다. 할머니가 우리 쪽으로 고개를 살짝 돌리고 묻는다.

* 면플란넬, 펠트 따위의 두꺼운 피륙에 에나멜을 입히고 무늬를 넣은 천. 책상보 따위로 쓰인다.

"노라, 손님이 온 게냐?"

"앞을 못 보셔." 노라 아줌마는 얼른 아버지에게 귀띔하고 나서 대답한다.

"엄마도 대번에 아실 거예요, 목소리 들으면."

아버지가 안락의자 앞으로 가서 몸을 숙이고 알아맞히기를 기대하며 인사말을 건넨다.

"안녕하세요, 어머니?"

"벤 조던이구먼." 할머니는 하나도 놀라는 기색이 없이 반긴다. "이게 도대체 얼마만이야. 어디 타지에라도 다녀온 게야?"

아버지와 노라 아줌마가 마주 본다.

"결혼했대요, 엄마." 노라 아줌마가 선뜻 걸걸하게 말한다. "결혼을 해서 애를 둘이나 달고 왔지 뭐예요."

그러고는 우리를 바싹 끌어당겨, 메마르고 싸늘한 할머니의 손에 우리의 손을 차례로 쥐어주면서 이름을 알려 준다. 맹인! 내가 이렇게 가까이에서 맹인을 보는 건 난생처음이다. 두 눈은 감기고 눈꺼풀은 우묵 꺼졌는데, 둥그런 눈알은 온데간데없이 그냥 빈 구멍이다. 한쪽 구멍에서 은빛 액체 한 방울이 떨어진다, 약물인지 경이로운 눈물인지 모를.

"난 좀 점잖은 옷으로 갈아입고 올게. 그동안 엄마하고 얘기해. 엄마에게는 그게 큰 대접이야. 우린 사람 구경하기도 힘들거든. 그렇죠, 엄마?"

"이 동네에서 견뎌내는 사람이 많지 않으니까." 할머니의 말씨는 차분하다. "오랫동안 가까이 살던 이웃 중에도 아주 뜬 사람이 더러 있어."

"어디나 마찬가지예요." 아버지가 대답한다.

"그나저나 댁네는 어쩌고?"

"집에 있어요. 워낙 더위를 많이 타서 날이 더우면 맥을 못 추는 사람이에요."

"쯧쯧." 이 말은 시골 사람들의 입버릇인데, 특히 나이 많은 어른들이 쓰는 '쯧쯧'은 '그래?'라는 뜻으로, 실례가 되지 않도록 조심하면서도 걱정하는 마음이 담겨 있다.

들어갔다 다시 나온 노라 아줌마가 쿠반힐* 구두를 신고 뚜벅뚜벅 계단을 내려온다. 아줌마가 입은 갈색 바탕에 초록과 노랑이 어우러진 민소매 원피스는 우리 엄마 것보다 꽃무늬가 훨씬 요란스럽고, 속이 살짝 비치고 하늘하늘한 크레이프 천으로 지은 것이다. 훤히 드러난 두 팔뚝은 굵고 살갗마다 홍역꽃처럼 좁쌀만 하고 거무스름한 점들로 뒤덮여 있다. 짧고 꼽슬꼽슬한 검은 머리는 촌스럽고, 하얗디하얀 이는 튼튼해 보인다.

"초록 양귀비꽃이 있는 줄은 미처 몰랐는데?"

아버지가 아줌마의 드레스를 바라보면서 말한다.

"여태 몰랐던 것들을 하나하나 알게 되면 놀랄 거야."

노라 아줌마가 움직일 때마다 화장수 냄새가 풀풀 날리고, 옷을 갈아입으면서 목소리까지 바꾸었는지 말씨도 아까보다 한결 사근사근하고 생기가 돈다.

---

* 앞쪽은 일직선이고 뒤쪽은 밑으로 갈수록 살짝 가늘어지는 중간 높이의 구두 굽.

"이건 양귀비꽃이 아니라 그냥 꽃일 뿐이야. 마당에 있는 펌프로 물 좀 퍼다 주면 좋겠는데. 아이들 마실 것 좀 만들게."

아줌마는 찬장에서 워커브라더스 회사 제품인 오렌지 시럽 한 병을 꺼낸다.

"설마, 당신 정말 워커브라더스맨은 아니겠지?"

"진짜야, 노라. 믿기지 않으면 직접 가서 견본품을 확인해 보시든지. 내 담당 구역이 바로 요 아랫동네야."

"워커브라더스맨? 정말? 당신이 물건을 팔러 다녀?"

"옙!"

"우린 지금까지 내내 저 너머 던개넌에서 여우 목장을 하는 줄 알고 있었는데."

"그랬지. 그런데 그 사업은 운이 다됐어."

"그럼 지금은 어디서 살아? 외판원 생활은 얼마나 됐고?"

"터퍼타운으로 이사했어. 외판원을 한 지는 어, 두어 달 됐고. 이 일로 궁기는 면해. 궁기란 놈의 발을 뒤뜰 울타리 밖에 묶어둔 셈이지."

노라 아줌마가 깔깔 웃으며 말을 잇는다.

"그런 일자리라도 있으니 다행이네. 이사벨네는 브랜트퍼드에 사는데, 남편이 실직한 지가 언제인지도 모를 정도니까. 그래서 조만간 일을 구하지 못하면 여기 와서 땅 부치고 살게 하면 어떨까 생각 중인데, 당신이니까 하는 말이지만 그게 아무래도 어렵지 싶어. 엄마와 내가 먹고살기도 팍팍한 형편이라."

"이사벨이 결혼했구나. 뮤리얼도 했나?"

"아니, 뮤리얼은 서부 지역에서 학교 선생 해. 집에 다녀간 지도 벌써 5년이나 됐어. 휴일을 더 재미있게 보낼 일을 찾은 모양이야. 나라도 그랬을 거야."

아줌마는 책상 서랍에서 사진 몇 장을 꺼내 보여 주며 주워섬긴다.

"얜 이사벨네 큰아들, 이제 막 학교 들어갔어. 여기 유모차에 앉아 있는 아기는 딸이고. 이사벨 부부. 뮤리얼. 이 여잔 뮤리얼의 룸메이트. 이 사람은 뮤리얼이 예전에 사귀었던 남자고, 이건 그 남자 차. 다른 지역에 있는 은행에서 근무하던 남자야. 이건 뮤리얼이 근무하는 학교, 교실이 여덟 개래. 뮤리얼은 5학년을 가르쳐."

아버지가 고개를 갸웃거리며 말한다.

"뮤리얼 기억은 하나도 안 나. 그런데 당신을 보러 가는 길에 우연히 만나, 학교까지 몇 번 태워다 준 일은 생각나네. 어찌나 수줍음을 타는지 날씨가 좋다는 인사말을 해도 대답 한마디를 못 하던 기억이 나."

"지금은 안 그래."

"누가 말이냐?" 할머니가 끼어든다.

"뮤리얼요. 이젠 수줍음을 타지 않는다고요."

"그 애가 지난여름에 여기 왔었지."

"아니에요, 엄마. 그건 이사벨이죠. 이사벨네가 지난여름에 왔잖아요. 뮤리얼은 서부 지역에 있었고요."

"그러게, 이사벨 말이다."

이 말을 하고 나서 할머니는 이내 고개를 한쪽으로 떨어뜨리고 입을 벌린 채 잠이 든다.

"너그럽게 봐줘. 나이 탓이니까."

노라 아줌마가 양해를 구한다. 그러고는 아프간 담요*로 할머니를 잘 덮어준 뒤 잠을 방해할지 모르니 다들 거실로 나가는 게 좋겠다고 말한다.

"애들아, 밖에 나가서 너희끼리 재미있게 놀래?" 아버지가 인심 쓰듯 말한다.

우리끼리 뭘 어떻게 재미있게? 아무튼 나는 나가기 싫다. 거실은 주방보다 휑뎅그렁해도 훨씬 더 흥미롭다. 전축과 풍금이 있고 벽에는 머리 주위에 뾰족뾰족 뻗어 나간 빛살을 띠처럼 두르고 선명한 파랑과 분홍으로 음영을 살린, 예수의 어머니 마리아—나도 그 정도는 안다—그림이 걸려 있다. 그런 그림은 가톨릭교도 집에서나 볼 수 있고, 따라서 노라 아줌마는 가톨릭교를 믿는 사람이 분명하다는 것을 나는 안다. 가톨릭교도라면 우리 가족은 아는 사람이 없었고, 집을 방문할 만큼 가까이 지내는 사람은 더군다나 없었다. 던개넌에 살 때 우리 할머니와 테나 고모가 가톨릭교도를 가리켜 언제나 에둘러 했던 말이 생각난다. 아무개는 *헛다리를 짚은 거야,* 라고 말하곤 했었다. *그 여자는 헛다리를 짚은 거야.* 노라 아줌마를 두고도 이렇게 말하겠지.

노라 아줌마가 풍금 위에서 뭔가 반쯤 들어 있는 병을 가져오더니 자신과 아버지가 오렌지 음료를 마셨던 잔에 조금씩 따른다.

---

* 털실로 뜬 기하학무늬의 담요.

"울적할 때 마시려고 아껴둔 거 아닌가?"

"웬 울적? 난 울적 같은 거 몰라. 있던 거 내처 두었을 뿐이야. 한 병 사면 꽤 오래 가. 혼자 술 마시는 걸 좋아하지 않아서. 자, 건배!"

아줌마와 아버지가 마시는 게 무엇인지 나는 안다. 위스키다. 엄마가 우리끼리 이야기할 때 말해 준 한 가지가 아버지는 위스키를 입에도 대지 않는다는 거였다. 그런 아버지가 지금 내 눈앞에서 위스키를 마시고 있다. 그러면서 지금껏 내가 이름도 들어본 적이 없는 사람들 이야기를 한다. 그러다 조금 뒤 내가 잘 아는 사건을 꺼낸다. 위층 창문에서 오줌을 쏟아 부었던 바로 그 요강 사건이다.

"거기 서서 *사모님, 워커브라더스맨입니다. 아무도 안 계십니까?* 라고 목청껏 소리치는 내 모습을 상상해 봐."

아버지는 몸짓까지 섞어가며 목청 돋워 외치고, 멋쩍게 웃고, 기다리다, 기대감에 부푼 표정으로 올려다본다. 어머머, 세상에! 그러더니만 머리를 홱 수그리고 두 팔로 감싸며 마치 자비라도 구하는 듯한 시늉을 하는 게 아닌가!(내 두 눈으로 똑똑히 보았지만, 아버지가 지금 해 보인 그런 일은 절대로 없었다.) 노라 아줌마는 아까 내 동생처럼 배꼽이 빠지게 웃어댄다.

"아무러면 그랬을까, 순 허풍!"

"어이쿠, 사실입니다요. 우리 워커브라더스맨 중에는 대단한 용사들이 있습죠. 우스갯소리로 여기시니 다행입니다만." 아버지가 시르죽은 목소리로 말한다.

내가 주뼛거리며 아버지에게 청한다. "그 노래, 불러보세요."

"노래라니? 게다가 가수 활동까지?"

"에이, 가수는 무슨. 운전하면서 그냥 만들어 부르는 거야. 심심풀이로 장단에 맞춰 노랫말을 붙인 것뿐이야." 당황한 아버지가 대답한다.

어서 해보라고 연거푸 채근하자 아버지는 익살스럽게 사정하는 듯한 표정으로 노라 아줌마를 바라보며 노래를 한다. 아줌마는 대목대목 폭소를 터뜨리고, 그때마다 아버지는 노래를 멈추고 따라 웃으며 아줌마의 웃음소리가 그칠 때까지 기다린다. 노래를 다 부른 아버지는 이번에는 손님을 호리는 갖가지 꿤수를 보여 준다. 노라 아줌마가 웃으면서 젖가슴이 짜부라져 살이 삐져나올 정도로 팔짱 낀 두 팔로 커다란 가슴을 덮누르며 말한다.

"암튼 걸작이야, 정말 당신다워."

그러고는 축음기를 요모조모 뜯어보는 동생이 눈에 들어왔는지 자리에서 성큼 일어나 그쪽으로 다가간다.

"여기 앉아서 우리끼리만 노닥거리느라 너희 생각은 안 하다니 참 나쁘다, 그렇지? 음반을 걸까? 그럼 좋겠지? 좋은 노래 한 곡 들어보련? 너 춤출 줄 아니? 누나는 보나 마나 잘 추겠고, 맞지?"

나는 아니라고 대답한다.

"너처럼 다 크고 이렇게 예쁜 여자애가 춤을 못 추다니! 배워도 벌써 배웠을 나인데. 넌 틀림없이 멋지게 잘 출 거야. 그럼, 예전에 내가 춤출 때나 너희 아빠가 한창 열심히 출 때 틀었던 음반을 걸게. 너희 아빠가 춤을 얼마나 잘 추었는지 모르지? 흐음, 네 아버진 재주꾼이야!"

아줌마는 음반 재킷을 내려놓고 대뜸 한 손은 내 허리께에 올리고 한 손으로는 내 손을 잡더니 내게 뒤로 걷게 한다.

"그래, 그렇게 하는 거야. 자, 이제 이렇게 해봐. 날 따라해. 이쪽 발, 잘 봐. 하나 하나둘. 하나 하나둘. 바로 그거야, 참 쉽지? 넌 아주 춤을 멋지게 잘 출 거야. 하나 하나둘. 하나 하나둘. 벤, 당신 딸 춤추는 것 좀 봐!"

나를 꼭 껴안고 속삭여 주세요. 아무도 듣지 못하게 살짝 말해 줘요…….

거실을 몇 바퀴 돌고 나자 자신감이 붙은 나는 절로 열중하게 되고, 노라 아줌마는 흥에 겨워 사뿐사뿐 움직이며 야릇한 환희와 위스키, 화장수, 땀 냄새로 나를 휘감는다. 아줌마의 겨드랑이가 축축하게 젖고, 윗입술 언저리에는 땀이 송골송골 맺히고, 양쪽 입가에는 부드럽고 검은 머리카락이 달라붙어 있다. 아줌마가 아버지 앞에서 나를 빙글빙글 돌리다—그 바람에 나는 비틀거린다. 아줌마가 지어낸 말과 달리, 나는 결코 민첩한 제자가 아니었던 거다—나를 놓아주고는, 숨을 헉헉거린다.

"벤, 나와 춤춰."

"내가 천하의 몸치라는 건 노라도 잘 알잖아."

"정말이지 난 그렇게 생각한 적이 한 번도 없었는데?"

"지금부터라도 알아둬."

아버지 앞에 서서 앞으로 뻗어 살짝 늘어뜨린 아줌마의 두 팔은 덩싯거리고, 방금 전까지만 해도 따뜻함과 풍만함으로 나를 당황스럽게 했던 젖가슴은 헐거운 꽃무늬 드레스 안에서 오르락내리락

하고, 나에게 춤을 가르치면서 달아오른 흥분이 채 가시지 않은 얼굴은 새로운 기쁨까지 더하여 환히 빛난다.

"벤."

아버지는 고개를 숙이고 담담하게 대답한다.

"난 됐어, 노라."

아줌마는 하릴없이 축음기로 가서 음반을 내려놓으며 말한다.

"술은 혼자 마셔도 춤은 혼자 못 추지. 춤 못 춰서 몸살이 났다면야 모를까."

"노라, 무슨 몸살씩이나." 아버지는 어물쩍 웃는다.

"있다가 저녁 먹고 가."

"아니, 아니야. 그런 폐까지 끼칠 순 없지."

"폐라니. 오히려 내가 고마운데."

"애들 엄마도 걱정할 거고. 도랑에라도 처박혔나 속 끓일 거야."

"아, 이런. 그렇겠구나."

"지금까지 있었던 것만으로도 우리가 시간을 너무 많이 빼앗았어."

"시간이라." 노라 아줌마가 씁쓸하게 말했다. "언제 또 들를 거지?"

"형편이 되면 그럴게."

"애들도 데려와. 부인도."

"그래, 그러지. 틈이 나면."

차가 있는 곳까지 우리를 따라 나오는 아줌마에게 아버지가 말한다.

"노라도 우리 집에 한번 와. 그로브 거리 모퉁이에 있어. 왼쪽으로 돌면 북쪽이고, 베이커 거리 그러니까 동쪽에서 두 번째 집이야."

노라 아줌마는 아버지가 알려 주는 약도를 따라 외지 않는다. 하늘하늘하고 눈부신 드레스를 입고 차에 바투 서서, 자동차 흙받기에 내려앉은 흙먼지에 손가락으로 알아보기 힘든 무엇인가를 깨작이고만 있다.

집으로 가는 길에 아버지는 시골 어느 구멍가게에 들어가 아이스크림이나 탄산음료 대신 우리가 함께 나눠 먹을, 감초 사탕 한 봉지를 사 온다. 나는 *저 여잔 헛다리를 짚은 거야*라고 생각하다가 그 말이 전에 없이 못되고 비꼬인 말 같아서 슬퍼진다. 집에 가서 아무것도 말하지 말라고 입단속을 시키지 않는데도 생각에 잠긴 얼굴로 감초 사탕을 건네며 우물쭈물하는 아버지를 보면서, 해서는 안 될 말들이 있다는 것을 나는 깨닫는다. 위스키 얘기와 어쩌면 춤 얘기도. 동생은 알아챈 것이 별로 없으니 걱정 없다. 끽해야 맹인 할머니, 마리아 그림이나 기억할 테니까.

"노래 불러요."

동생이 아주 명령하듯 말하자 아버지가 심각하게 대답한다.

"글쎄다, 노래 밑천이 바닥난 것 같구나. 넌 길을 잘 살펴보다가 토끼를 보거든 알려 주려무나."

그리하여 아버지는 운전을 하고 남동생은 토끼가 지나가나 길을 살피고 나는 우리가 차에 타고 있던 아까 그 오후의 마지막 순간부터 거꾸로 흐르면서, 어리둥절하고 낯설게 변한, 아버지의 삶을 더

듣는다. 마치 마술을 부리는 풍경처럼, 바라보고 있는 동안에는 친근하고 평범하고 익숙하다가도 돌아서면 어느새 날씨는 변화무쌍하고 거리는 가늠하기 어려운, 끝끝내 알 길 없이 바뀌어버리는 풍경 같은 그 삶을.

터퍼타운에 가까워지자, 그 호숫가의 여름날 저녁나절이면 거의 예외 없이 언제나 그렇듯이, 하늘에 구름이 살짝 끼어 있다.

휘황찬란한 집
THE SHINING HOUSES

메리는 달걀 장수 풀러턴 할머니네 뒤란 층계에 앉아 이야기를 하고 있었다. 아니 사실은 듣고 있었다. 이디스네 딸 데비의 생일잔치에 가던 길에 달걀 값을 치르려고 들른 참이었다. 풀러턴 할머니는 먼저 누구를 방문하지도 초대하지도 않는 사람이었지만, 일단 달걀을 사고파는 일을 핑계로 자리가 마련되면 이야기를 술술 잘도 풀어냈다. 그리고 메리로 말하자면 자신이 이웃의 삶을 탐색하고 있다는 사실을 새삼 깨달았다. 할머니들과 아주머니들이 살아온 이야기를 깊이 파고들었던 예전, 메리는 이미 들어서 알고 있는 이야기도 시치미를 뚝 떼고 청하고 또 청해 들었었다. 그렇게 새로 들을 때마다 기억 속에 남았던 일화들은 내용과 의미와 색채가 조금씩 다르면서도 순수한 실재로 거듭나서 대개 전설의 끄트머리에 붙게 된다. 이런 방식으로 삶을 엿볼 수 있는 사람들이 있다는 사실을 메리는 지금껏 거의 잊은 채 살아왔다. 이제는 노인들과 이야기를 많이 나누지 않았다. 메리가 알고 지낸 사람들은 메리 자신과 마찬가지로, 아직 삶의 해결책을 찾지 못했고, 이걸까 저걸까 진지하게 따져 보아도 확신이 서지 않았다. 그런 불확신이나 의문이 플러턴 할머니에게는 없었다. 어느 여름날 남편이 홀연히 길을 떠나 돌아오지 않는데도, 어쩌면 저리 태평할 수 있을까. 이 한 가지만 보아도 그렇다.

"몰랐어요. 전 여태 영감님이 돌아가신 줄로만 알았는데."

"나보다 먼저 죽진 않을 거구먼."

허리를 쭉 펴면서 풀러턴 할머니가 말했다. 플리머스록 닭 한 마리가 배짱 좋게 층계 맨 아랫단을 걸어가자, 메리의 어린 아들 대니가 일어서서 살금살금 뒤쫓았다.

"그냥 나그넷길을 떠난 거여. 천성이 그런 양반이여. 윗녘으로 갔는가 미국으로 건너갔는가 그거야 모르지. 죽지는 않았을 거여. 감이 그려. 젊은네도 알겠지만 그 양반은 나만큼 늙지 않었어. 내 둘째 서방이고 나보단 젊어. 쉬쉬할 일도 아니었고 그럴 것도 없었지. 이 집에서 새끼들 키우고 영감 땅에 묻고 난 뒤에 만났으니께. 뭐시냐, 한번은 우체국에서 창구 옆에 함께 서 있다 편지를 넣으려고 편지통 쪽으로 갔는데, 내가 가방을 놓고 온 거여. 그 양반이 나를 뒤따라오려고 돌아서는 거를 보고 여직원이 부르더니 저기요, 어머니께서 지갑을 두고 가셨어요! 하더구먼."

호탕하면서도 그럴 수는 없다는 듯한 할머니의 웃음에 맞장구치듯 메리도 따라 웃었다. 풀러턴 할머니는 본인 말마따나 상늙은이였다. 아직까지 검은 머리를 뽀글뽀글 볶고 바람기 많은 여인네처럼 요란하게 야한 옷을 입고 너덜너덜한 스웨터에 싸구려 브로치라도 꽂은 보암보암으로 누구나 넘겨짚을 법한 나이보다 훨씬 더 늙었다. 아무리 그래도 눈은 나이를 속이지 못해, 할머니의 눈동자는 색이 거무죽죽하고 게게 풀려 눈빛도 흐렸다. 무엇을 보나 눈 속으로 꺼져버리면 그뿐 눈빛이 바뀌는 법도 없었다. 할머니의 얼굴에서 살아 있음을 보여주는 것은 씰룩거리고 파들거릴 때마다 뺨에 쭈글쭈글한 주름살이 잡히게 하는 코와 입뿐이었다. 달걀을 배달하러 다니는 금요일이면, 할머니는 어김없이 머리를 꼬불꼬불 말고 블라우스 앞트임을 잘 여미며 목화꽃 코르사주를 꽂고 입술에는 빨간 루주를 발라 거미줄처럼 가느다란 잔금이 자글자글 보였다. 이를테면 새 이웃들에게 청승맞고 추접스러운 할망구로 보이지 않으려고 애를 썼던 것이다.

"나를 엄마로 생각한 거여. 어쩌겄어. 한바탕 웃어 젖히고 말았지. 그건 그렇다 치고, 가만 있자, 그러니까 여름 언제 적인가 우리 바깥양반이 한가할 때였구먼. 사다리를 타고 나무에 올라가서 까먼 체리를 따고 있었어. 빨래를 널러 나오니까 생전 못 본 사람이 나무 아래 서 있는데, 바깥양반이 그 사람한테 체리통을 주는 거여. 그 사람은 또, 주저하지도 않고 덥석 받더니 그 자리에 앉아서 체리를 먹는 거여. 뉘냐고 바깥양반한테 물으니까, 그냥 지나가는 길손이랴. 아는 사람이면 저녁이라도 잡숫고 가게 해라 하니까, 뭔 소리냐 생판 모르는 사람이다 하데. 그런가 보다 하고 더는 군소리 안 했지. 그런데 사다리에서 내려오더니 파이 만들라고 딴 체리를 처

먹어대는 그 인간하고 아주 이야기를 하고 앉았네그래. 하기사 따라지든 걸뱅이든 여호와의 증인이든 아무라도 그랬을 거여. 그 양반한테는 누구든 상관이 없었을 테지. 그 사람이 가고 반 시간이나 지났을까? 바깥양반이 갈색 윗도리에 모자까지 쓰고 나와. 시내에서 만날 사람이 있다면서. 얼마나 걸리냐니까, 오래 안 걸린대. 그러곤 그 늙은 따라지가 간 길을 내려가. 그땐 여기가 죄 수풀땅이었구먼. 암튼 뭔가가 자꾸 내 눈을 끌어댕겨. 저 옷은 더울 텐데, 하고 혼잣소리를 하다가 돌아오지 않을 양반이란 걸 눈치챈 거여. 그러면서도 설마설마했지. 그 양반은 여기를 좋아했으니께. 뒤란에서 친칠라를 키우면 좋겄다고 노래하던 양반인데. 같이 살아도 절대 모를 속이 사내 마음이여."

"떠나신 지 얼마나 됐는데요?"

"12년. 아들내미들이 나더러 여기 팔아치우고 방을 얻어 살랴. 나는 싫다 했지. 그적에는 암탉하고 암염소를 쳤어. 정 붙이고 키우는 것들도 있었고. 잠깐 너구리도 키웠는데껌도 먹이고 그랬지. 암튼, 그때 내가 그랬구먼. 서방이야 가면 가는가 보다 오면 오는가 보다 할 수 있을지 몰라도, 50년을 살아온 집은 다르다고. 이 말 했다가 자식들한테 놀림깨나 당했지. 집도 집이지만 맘에 걸리는 게 또 있었구먼. 그 양반이 돌아온다면 여기로 올 거여. 갈 데라곤 여기밖에 없은께. 나를 찾아오기가 여간만 어렵지 않을 거야 말하나 마나겄지. 이렇게나 달라졌으니. 한데 나는 자꾸만 그 양반이 행여 기억을 잃었더라도 되찾지 않을까 싶었지. 그런 일이 일어나기도 했으니께. 내가 지금 넋두리를 하는 게 아녀. 내가 볼 적에는 사람이 떠나는 것도 머무는 것도 다 그럴 만하니께 그러는 거여. 그런 생각이 들 때가 있구먼. 여기가 바뀌는 것도 괜찮어. 달걀을 더 많이 팔 수 있으니 좋겠지. 근데 암만해도 애 보는 드난꾼은 아녀. 나만 보면 이 사람 저 사람 애보개 이야기를 꺼내더구먼. 그럼 내가 그러지. 들앉을 집이라면 내 집이 있고 애 보는 일이라면 나한테 떨어진 몫이 따로 있다고 말이여."

메리는 생일잔치에 가야 한다는 생각이 떠올라, 일어나서 아들을 불렀다.

"내년 여름에는 체리를 팔아볼 생각이구먼. 와서 양껏 따고 한 상자에 50센트만 내. 둘도 아닌 목숨인데, 이 늙은 몸뚱아리로 사다리 오르는 일은 이제 그만둘 참이니께."

"너무 비싼데요? 슈퍼마켓에서는 더 싸게 팔잖아요."

메리가 이렇게 말하면서 빙긋이 웃은 건, 풀러턴 할머니가 이미 달걀 값을 떨어뜨리는 슈퍼마켓을 싫어했기 때문이었다. 메리는 담뱃갑을 흔들어 마지막으로 남은 한 개비를 꺼내 할머니에게 내밀면서, 손가방에 한 갑이 더 있다고 말했다.

담배를 즐기면서도 이렇게 갑작스럽게 들이밀지 않으면 한사코 거절하는 할머니였기 때문이다. 애 보는 일을 하면 담뱃값은 벌 텐데, 라고 메리는 생각했다. 그러면서도 한편으로는 호락호락 넘어가지 않는 할머니가 좋았다. 메리는 할머니의 집을 나설 때면 언제나 방벽을 빠져나오는 기분이 들었다. 집과 그 주변은 채소밭과 꽃밭, 사과나무와 체리나무, 철망을 둘러친 닭장, 딸기밭과 나무를 깔아 만든 산책길, 장작가리, 엉성하나마 숱하게 많은 암탉이며 토끼며 염소 따위의 가축우리 등등이 오밀조밀 구색을 갖추고 있었다. 얼마든지 자급자족할 수 있고, 굳이 뜯어고칠 필요가 없어 보이는 땅이었다. 공개하고 자시고 할 계획도 외부인이 수긍할 만한 질서도 없는 곳, 이곳을 이룩한 것은 우연성의 시간이었다. 굳건한 철옹성으로 자리 잡은 이 터전은 갖춰야 할 것은 다 갖추어서 하다못해 빨랫대야, 대걸레, 침상의 용수철, 뒤쪽 베란다에 쌓여 있는 경찰잡지조차도 언제까지나 그대로일 것 같았다.

메리와 대니가 내려오고 있는 길은 풀러턴 할머니의 한창나이에는 목장길로 불렸는데, 이제는 행정구역 지도에 히더* 길로 표시되어 있었다. 그 지역의 행정구역 이름이 정원마을이라 도로마다 꽃이름을 붙인 것이다. 길 양쪽은 맨땅이었고, 배수로에는 물이 한가득 흐르고 있었다. 덮개 없는 배수로 위로 널빤지를 걸쳐 놓았고, 그 널빤지는 갓 지은 새집들의 출입구까지 닿아 있었다. 하얗게 빛나는 새집들은 상처 입은 땅에 기다란 줄을 이루며 나란히 서 있었다. 집 전체가 다 하얄 리 만무하건만, 메리는 언제나 하얗다고 생각했다. 치장 벽토만 하얗고, 벽널은 파랑, 분홍, 초록, 노랑 등 하나같이 산뜻하고 또렷한 색깔이었다. 지난해 3월 꼭 이맘때, 불도저들이 나타나 덤불숲이며 이차 천연림**이며 우람한 나무들이 자라는 산림을 밀어버렸다. 얼마쯤 뒤 뭉우리돌, 윗동이 뎅겅 잘려나간 거대한 그루터기, 어마어마하게 높이 쌓인 흙더미 사이사이로 집들이 들어서기 시작했다. 처음에는 차가운 봄날의 어스름 속

* 철쭉과 에리카속에 속하는 소관목을 통틀어 이르는 말.

** 원시림이 훼손된 이후에 다시 사람의 힘 없이 저절로 자라 형성된 삼림.

에 생소한 나무 뼈대만 앙상하게 서 있었다. 차츰 검정과 초록, 파랑과 붉은색 지붕들을 얹고 치장 벽토를 바르고 벽널 작업을 한 다음 창문을 설치했는데 거기에는 '머리(Murry) 유리'니 '프랑스 경재(硬材) 바닥재'니 하는 회사 이름들이 덕지덕지 붙어 있었다. 그러고 나니 비로소 집이 집처럼 보였다. 입주민들은 일요일도 마다하지 않고 나와서 진흙땅을 돌며 밟아 다졌다. 이 주택단지는 아이 하나를 둔 메리네 부부처럼, 큰 부자는 아니지만 앞으로 더 많은 재물을 쌓고 싶어 하는 사람들을 겨냥하여 지은 것이었다. 이미 정원 마을은 동네 이름만으로도 그 지역 형편을 훤히 꿰는 사람들의 마음속에 파인 힐처럼 호화로운 부촌은 아니어도 웰링턴파크보다는 더 탐나는 동네로 자리 잡았다. 욕실은 삼면경과 세라믹 타일과 채색 급수관으로 화사하게 꾸몄다. 주방 식기장은 색깔이 밝은 자작나무나 마호가니로 짰으며, 주방과 L자형 식당에는 황동 조명등을 설치했다. 벽돌로 만든 장식 화분은 벽난로와 잘 어울리면서도 거실과 현관을 자연스럽게 구분해 주는 구실까지 했다. 방들은 하나같이 널찍하고 환했으며 지하실은 습기가 차지 않았다. 게다가 집집마다—기가 막히게 똑같은 집들이 서로 고요히 마주 본 채 도로를 따라 줄줄이 서서—견실하고 빼어난 장점들을 여봐란듯이 한껏 뽐내고 있었다.

오늘은 토요일이라 남자들이 모두 바깥으로 나와 일을 하고 있었다. 배수로를 파고 록가든*을 만들고 잘라낸 나뭇가지며 잡풀들

* 자연석을 조화 있게 배치하여 만든 정원.

을 쓸어 모아 불태웠다. 육체노동으로 벌어먹고 사는 사람들이 아니어서 손에 익지 않았지만 힘겨루기라도 하듯 너나없이 안간힘을 쓰며 매달렸다. 토요일과 일요일을 통째로 바쳐가며 죽자 사자 하는 마음으로 덤비니, 한두 해만 지나면 싱그러운 녹지와 돌담, 아름다운 화단과 관상수들이 생겨날 터였다. 지난밤부터 오늘 아침까지 내내 비가 온 탓에, 흙이 진득해서 땅 파기가 어려울게 뻔했다. 그러나 낮부터 날이 개고 구름이 걷히면서 하늘이 길쭉하고 가느다란 세모꼴로 드러났다. 파랗지만 아직 차가운, 살짝 건드리기만 해도 쨍 금이 갈 것 같은 겨울빛 하늘이었다. 도로변 집들 너머에 있는 솔숲은 제아무리 강한 바람에도 꿈쩍하지 않을 것처럼 안정감 있게 떡 버티고 있었다. 듬직한 이 소나무들도 이제 곧 베어내고 상가를 짓기로 예정되어 있었다. 그것이 이 집들을 분양할 때 내건 조건이었다.

새로 조성된 이 신시가지 아래로 또 하나 눈에 띄는 것이 있었다. 그것은 옛날부터 산자락에 제멋대로 자리 잡아 형성된 도시, 이를테면 구도시였다. 그런 곳을 구태여 도시라고 부르는 까닭은 숲속을 달리는 전찻길이 있었고, 집마다 번지수가 있었으며, 강줄기를 따라 공공건물이 집결되어 있었기 때문이다. 그러나 풀러턴 할머니처럼 사는 사람의 집들은 이쪽도 저쪽도 아닌 울창한 나무들과 블랙베리며 새먼베리 따위의 나무딸기 숲 언저리에 있었다. 이렇게 살아남은 집들은 굴뚝에서 짙은 연기를 뿜어내고, 단장을 새로 하지 않고 그때그때 땜질한 벽은 서로 다른 세월의 흔적을 드러내며 거무스름하게 퇴색되고, 투박한 가축우리들과 장작가리와 두엄

더미와 그것들을 둘러친 잿빛 널담들—널빤지로 둘러친 이 담장은 큰 집들이 새로 들어선 미모사 길, 마리골드* 길, 히더 길 사이에서 흔히 볼 수 있었다.—은 암울하게 고립된 채 미개함 비슷한 분위기를 풍겼다. 그 무질서하고 물매도 제가끔 다른 지붕과 달개집들의 부조화라니. 이쪽 거리에서는 있을 수 없는, 그곳에서만 가능한 일이다.

"무슨 얘기들 하고 있어요?"

이디스가 커피를 따르며 물었다. 주방에는 케이크와 젤리와 동물 얼굴 모양을 한 과자 등 생일잔치를 하고 남은 음식 찌꺼기들이 여기저기 널려 있었다. 풍선 하나가 발치에서 굴러다녔다. 아이들은 음식을 먹고 카메라 앞에서 포즈를 취한 다음 생일잔치 놀이까지 겨우겨우 마쳤다. 이제 아이들은 작은방과 지하실을 오가며 놀고 있었고 그사이 부모들은 커피를 마시고 있었다.

"저쪽에서 무슨 얘기들 해요?" 이디스가 다시 물었다.

"귀담아듣지 않아서 모르겠네요." 빈 크림 주전자를 들고 나온 메리가 대답했다. 그러고는 개수대 앞 창가로 갔다. 드넓게 열린 구름짬으로 해가 밝게 빛나고 있었다. 집이 뜨겁게 달구어지는 것 같았다.

"풀러턴 노파네 집 얘길 하나 봐요."

이디스는 이렇게 말하며 부랴부랴 거실로 돌아갔다. 메리는 무

* 국화과의 천수국속을 통틀어 이르는 말.

슨 말이 오갈지 알았다. 이웃들끼리 이야기하는 자리에서는, 아무 문제가 없다가도 느닷없이 불쑥 그런 화제가 불거져 나오기라도 하면, 불만거리가 있는 친근한 사람들 사이에서 사나운 소용돌이가 일기도 해서, 메리는 하릴없이 창밖을 바라보거나 자기 무릎을 내려다보면서 이 이야기판을 끝낼, 기막히게 설득력 있는 말을 찾아내려 했다. 그러나 헛일이었다. 메리는 다시 돌아가야 했다. 크림을 기다리고 있을 테니까.

이웃 여자 여남은 명이 저마다 아이들이 맡기고 간 풍선을 건성으로 든 채 거실에 빙 둘러앉아 있었다. 지금 바깥에 나가 놀고 있는 아이들이 아주 어리기도 하고 이웃 주민끼리 친목을 꾀하는 일은 그 자체로 건전한 일인지라 겸사겸사 참석한 것이었다. 날마다 보는 얼굴들이지만 오늘은 머리를 매만지고 화장을 하고 귀걸이를 하고 스커트에 스타킹까지 신고 왔다. 남자 몇 사람도 자리를 함께한 건 이디스의 남편 스티브가 맥주나 한잔하자며 초대했기 때문이었다. 그들은 모두 일복 차림이었다. 방금 시작된 이야기는 남녀 모두의 관심을 끄는 몇 안 되는 주제 가운데 하나였다.

"내가 만일 그 옆집에 산다면 어떻게 할 것인고 하니." 스티브는 웃음이 터져 나오기를 바라며 선량한 얼굴로 말했다. "우리 아이들을 그 집에 보내 성냥을 가지고 놀게 하겠소이다."

"맙소사, 지금 제정신이에요? 농담이 지나치잖아요. 나는 무엇이든 해보려고 애쓰고 있는데, 당신은 그런 말장난이나 하다니. 시청에다 전화까지 넣었다고요." 이디스가 말했다.

"뭐라던가요?" 메리 루 로스가 물었다.

"글쎄 내가 담을 새로 칠하게 하던가, 헛간들이라도 좀 헐어버리도록 조처할 수 없겠느냐고 했더니 자기네는 그럴 수가 없다지 뭐예요. 그런 사람들에게 적용할 법이 틀림없이 있을 거라고 하니까 내 *심정*은 잘 안다면서 매우 *안타깝다*고 하더라고요."

"그런데도 안 된다는 거예요?"

"그런데도 안 된다는 거죠."

"하지만 닭을 치는 건 막을 수 있지 않을까 싶은데……."

"아, 우리든 누구든 닭치기를 못 하게 할 수는 있대요. 하지만 그 노파는 그마저도 특혜를 받는 모양이에요. 뭐라고 설명하던데, 내가 잊어버렸네요."

"이제부턴 그 집 달걀 그만 살 거예요. 싱싱해 봤댔자 얼마나 더 싱싱하겠어요. 값이야 슈퍼마켓이 더 싸고요. 어휴, 그 냄새라니. 오죽했으면 남편에게 시골 깡촌으로 이사하는 줄은 알았지만 헛간 옆일 줄이야 생각도 못 했다고 했겠어요." 제이니 잉거가 말했다.

"길 맞은편에 비하면 그건 그래도 양반이지 뭐예요. 도대체 우리가 왜 전망 때문에 속을 끓여야 하느냐 말이죠. 집에 손님이라도 오면 부랴부랴 커튼부터 치기 바쁘니."

"자, 자." 스티브가 여자들의 말을 무지르고 나섰다. "칼과 내가 말씀드릴 게 있어요. 만일 이 도로 건설 건이 성사되면, 노파가 그곳을 뜨게 되어 있어요. 간단하고 합법적인 해결책인 셈이죠. 그게 바로 이 방법의 장점이기도 하고요."

"도로 건설 건이라뇨?"

"그게 이렇습니다. 칼과 제가 2주일 동안 머리를 맞대고 짜낸 계획인데, 틀어질지 몰라서 그간 입을 다물고 있었던 겁니다. 칼, 자네가 하지."

"그 노파가 도로 부지를 차지하고 있다, 이 말씀입니다. 그 묘수가 떠올라 시청에 가서 문의를 했던 겁니다." 칼이 대답했다. 그는 땅딸막하고 성실하고 성공한 부동산 중개업자였다.

"그게 무슨 뜻이에요, 여보?" 제이니가 남편에게 살갑게 물었다.

"이를테면 이런 거야. 도로를 만들려고 정부에서 땅을 확보해 두는데, 그런 땅은 늘 있었고. 주택단지가 조성되면 도로를 내야 하니까. 그런데 그런 날이 올 줄 몰랐던 사람들이 멋대로 집을 지었던 거지. 그 노파는 집 일부와 헛간 대여섯 채를 도로를 내야 할 땅 위에 지었다는 말이야. 그러니까 지금부터 우리가 할 일은 시청에 도로를 건설해 달라고 압력을 넣는 거야. 어쨌든 도로는 있어야 하니까. 그리되면 노파는 꼼짝없이 이전해야 하는 거지. 그게 법이니까."

"아무렴, 그게 법이지. 자넨 정말 기발해. 부동산 중개업을 하는 양반이라 확실히 다르네 달라." 스티브가 감탄을 연발하며 거들었다.

"그 노파가 얻는 게 있나요? 그 집은 보기만 해도 진절머리가 나지만 그래도 누군가가 궁지에 빠지는 건 차마 못 보겠어요." 메리루가 말했다.

"아, 보상금을 받을 겁니다. 제값보다 많이요. 따지고 보면 노파에게도 이득이죠. 팔기는커녕 거저 준대도 모두들 손사래 칠 헛간들을 내놓는 대신 보상금을 받게 될 테니까요."

메리는 커피 잔을 내려놓고 격분하지도 주눅이 들지도 않은, 느긋한 목소리로 들리기를 바라며 입을 열었다.

"하지만 그 할머니가 아주 오랫동안 이곳에서 사셨다는 걸 생각해 보세요. 여기 있는 우리들 거의가 태어나기 전부터 여기서 살아오신 분이에요."

메리는 이보다는 더 그럴듯하고 합당한, 뭔가 다른 말들을 생각해 내려고 기를 쓰고 있었다. 자칫 어설픈 낭만에 젖어 있다는 인상을 풍겼다가는 논지를 그르칠 우려가 있었다. 그러나 솔직히 메리에게는 논지랄 게 없었다. 밤새도록 머리를 쥐어짜 본들 지금 사방에서 메리를 향해 단호하게 쏟아붓는 *헛간*이니, *흉물*이니, *악취*니, *재산권*이니, *가치*니 따위를 들먹거리는 저들의 주장에 대응할 만한 어떤 말도 생각해 내지는 못할 터였다.

"자기 재산 가치를 저토록 떨어뜨리는 사람들을 우리가 배려해 주어야 한다고 생각하는 거예요, 진심으로?" 자기 남편의 계획을 비난한다고 느꼈는지 제이니가 발끈하고 나섰다.

"그 노파가 여기서 40년을 살아왔고, 우린 이제 막 살기 시작했죠. 그거야 맞는 말입니다. 알고 계실지 모르겠습니다만, 그런 집이 저기 떡 버티고 있으면 우리 동네 집값이 떨어질 겁니다. 제가 그 분야에서 일하는 사람이 아닙니까." 칼이 말했다.

다른 목소리들도 한데 섞였는데, 자기주장과 분노가 한껏 실려 있기만 하면 무슨 말을 하든 별로 문제될 것이 없었다. 그것이 그들의 힘이었고, 그들이 성숙하다는 증거였고, 그들 스스로를 증명하고 그들의 진지함을 증명하는 방식이었다. 그들 사이에서 고조

된 분노의 기운은 미숙한 목소리들을 끌어당겨 모두 함께 도취경 속으로 휩쓸어 넣었고, 권커니 잣거니 술을 마시는 사람들처럼 그들은 주택 소유자로서 그 새로운 행동을 권하며 서로를 치켜세웠다.

"지금 당장 여기 있는 사람들부터 서명을 하는 게 좋겠어요, 조금이라도 발품을 덜게." 스티브가 말했다.

저녁때가 다 되어 바깥이 점점 어두워지고 있었다. 모두들 집에 돌아갈 채비를 하며 엄마들은 아이들의 외투 단추를 채워주고, 아이들은 심드렁한 표정으로 풍선과 호루라기와 젤리빈 과자가 가득 든 종이 바구니를 움켜쥐고 있었다. 아이들은 티격태격 싸우던 것을 멈춘 정도가 아니라 언제 보았느냐는 듯이 서로 거의 눈길조차 주지 않았다. 생일잔치가 끝났으니 그것으로 그만이었다. 어른들은 어른들대로 차츰 말수가 줄어들었고 피곤한 기색이었다.

"이디스! 여보, 펜 있지?"

이디스가 펜을 가져오자, 칼이 먹다 만 아이스크림이 말라붙은 종이 접시들을 치운 식탁 위에 미리 작성해 둔 도로 건설 청원서를 펼쳐놓았다. 헤어질 때 으레 인사하듯이 저마다 자동으로 서명을 하기 시작했다. 스티브는 그때까지도 살짝 인상을 찌푸리고 있었다. 칼은 사무를 보듯, 그러나 보람찬 모습으로 청원서를 한 손으로 잡고 서 있었다. 메리는 바닥에 무릎을 꿇고 앉아 말을 잘 듣지 않는 대니의 지퍼를 가까스로 올려주었다. 그러고는 일어나 자신도 외투를 입고 머리를 매만진 뒤 장갑을 끼었다가 도로 벗었다. 그런 다음 달리 할 일이 없는 것처럼 식탁을 지나 곧장 현관문 쪽으로 걸어갔다. 칼이 펜을 내밀었다.

"전 서명할 수 없어요." 메리의 얼굴은 화끈 달아올랐고, 목소리는 떨렸다. 스티브가 메리의 어깨에 손을 얹었다.

"왜 이러십니까, 대니 어머니."

"난 우리에게 그럴 권리가 없다고 생각해요. 우린 그럴 권리가 없다고요."

"대니 어머니, 우리 동네 조망이 어떻든 상관없다는 겁니까? 대니 어머니도 여기 사시지 않습니까."

"그래요. 전, 저는 상관없어요."

아, 참 이상한 노릇이 아닌가. 상상 속에서는 반대 주장을 펼치는 당신의 목소리는 우렁차고 사람들은 소스라치게 놀라며 부끄러워 어쩔 줄 몰라하는데, 실생활에서는 사람들이 꽤나 친근한 웃음을 지어 보이고 당신이 한 일이란 사실상 다음번 다과회를 유쾌하게 해줄 이야깃거리를 제공했을 뿐이라는 사실을 깨닫게 되는 것이.

"걱정하지 마요, 메리. 그 노파는 은행에 넣어둔 돈도 있어요. 틀림없다니까요. 한번은 우리 집 애를 봐주면 어떻겠느냐고 했더니, 대뜸 내 얼굴에다 침이라도 뱉을 기세던데요. 말이야 바른 말로 호감 가는 사람은 아니잖아요, 그 노인네가. 메리도 알겠지만." 제이니가 말했다.

"호감 가는 노인이 아니라는 건 나도 알아요."

메리가 대답했다.

그때까지도 메리의 어깨에 손을 올리고 있던 스티브가 말했다.

"지금, 우리를 피도 눈물도 없는 야차들로 생각하시는 겁니까?"

"누군들 노인네를 쫓아내는 일이 좋겠어요? 안타까운 일이죠. 우리도 다 알아요. 그래도 지역사회를 생각해야지요." 칼이 말했다.

"예." 메리가 대답했다. 그뿐, 메리는 두 손을 외투 주머니에 넣은 채로 돌아서서 생일잔치 즐거웠다고 이디스에게 인사를 건넸다. 그러면서 불현듯 메리는 이 사람들은 스스로를 위해서, 그것이 무엇이든 자신들이 살기 위해서 당연한 일을 했다는 생각이 들었다. 그런데 풀러턴 할머니는 늙었고, 시력도 거의 잃었고, 무엇에도 감동을 느끼지 못했다. 메리는 밖으로 나와 대니와 함께 걸어갔다. 거실 창문에 커튼을 치는 것이 보였다. 꽃이며 이파리며 기하학 무늬 들이 폭포수처럼 떨어지며 밤으로부터 실내를 차단하고 있었다. 바깥은 제법 어둑발이 짙게 깔렸다. 하얗던 집들은 점점 희미해졌고 구름들은 이리저리 흩어지고 있었으며 풀러턴 할머니네 굴뚝에서는 연기가 피어오르고 있었다. 낮에는 그토록 위풍당당하던 정원마을도 밤이 되니 개발되지 않은 깜깜한 산속으로 뒤꽁무니를 빼는 것 같았다.

거실에서 오갔던 말들은 이미 바람에 날려 갔다고 메리는 생각했다. 어쩌면 그들의 계획도 잊히고 단 한 가지만 남았을지도 모른다고. 그러나 그들은 승자이고 선량한 사람들이다. 자식들을 위해 집을 마련하려 하고, 어려울 때면 서로 돕고, 지역사회의 발전을 꾀한다. 마치 그 지역사회 안에서 아주 균형을 잘 맞출 수 있는 현대식 마술을 찾았으니 한 치의 실수도 없을 것처럼 운운하면서.

지금 당장 아무것도 할 수 없다면 두 손을 호주머니에 찔러 넣고 정나미 떨어진 마음을 억누르는 수밖에.

망상
Images

메리 맥퀘이드가 왔을 때 나는 기억하지 못하는 것처럼 시치미를 뗐다. 그게 가장 좋은 수 같았다. 그러자 메리가 먼저 이렇게 말했다.

"날 기억 못하다니 기억력이 꽤 나쁜 게로구나. 다 그만두고 딱 한 가지만 말하마. 넌 지난여름에 할머니 댁에 간 적이 절대로 없겠지? 그것도 분명 기억에 없을 테니."

그 집은 아직 할아버지가 살아계시던 그 여름에도 할머니 댁으로 불렸다. 할아버지는 방에, 그것도 가장 큰 앞방에 틀어박혀 계셨다. 다른 방들은 블라인드만 있었는데, 그 방에는 거실과 식당처럼 창문 안쪽에 나무 덧문까지 달려 있었다. 게다가 베란다마저 햇빛을 차단해 놓아 할아버지는 온종일 침침한 어둠 속에 누워 지냈다. 이제는 씻기고 보살펴 주어야 하는 섬약한 갓난아이나 다름없는 백발노인이 되어 하얀 잠옷을 입고 하얀 베개를 벤 채, 사람들이 망설인 끝에 마음을 단단히 하고 다가가는 방 안의 섬이 된 것이다. 간호사복을 입고 또 하나의 섬이 된 메리는 선풍기마저 지쳤는지 수프를 젓듯 느릿느릿 공기를 가르는 그 방에서 대부분 꼼짝도 하지 않고 앉아 있었다. 책을 읽거나 뜨개질을 하려 해도 워낙 어두워서 할 수 없었으니, 딱히 뭐라 말할 수는 없지만, 오랫동안 쌓인 불만을 덜커덩덜커덩 돌아가는 선풍기처럼 푸푸 토해 내며 하릴없이 기다릴 뿐이었다.

나는 그때 아주 어렸으므로 건넌방 아기 침대—편안하지는 않지만 할머니 집에서 나를 재울 때 쓰려고 보관해 둔—에 눕혀 있었다. 그 방에는 선풍기도 없었고 쳐놓은 블라인드 틈새로 바깥의 눈부신 빛—집을 에워싼 평평한 풀밭들이 햇볕이 쨍쨍한 대낮이면 찬란하게 물결쳤다.—이 번갯불처럼 번쩍거렸다. 그러니 어느 누가 잠을 잘 수 있었겠는가. 엄마와 할머니와 고모의 말소리가 베란다에서 주방에서 식당에서 쉴 새 없이 연거푸 뒤섞였다.(그곳에서 엄마는 놋쇠 자루가 달린 솔로 하얀 식탁보를 덮은 둥근 식탁 위에 매달린, 아직 불을 붙이지 않은 풍성한 꽃 모양의 버터스카치 사탕 빛 유리 조명등을 닦고 있었다.) 그 집에서는 식사하는 소리, 음식 만드는 소리, 손님이 찾아오는 소리, 이야기하는 소리, 심지어 누군가가 피아노를 치는 소리—결혼하지 않은 막내고모 이디스가 한 손으로 피아노를 치면서 *니타 후아니타 남녘의 달이 조용히 질 때에,**

* 우리나라에 〈석별의 정〉으로 소개된 스페인 민요의 일부.

하며 노래도 불렀다.—까지 온갖 소리가 그칠 새가 없었다. 그리고 이런 삶은 내내 이어졌다. 아주 높다란 방들의 천장 밑에는 어둑하고 황량한 커다란 공간이 있었다. 아기 침대에 누웠지만 하도 더워 잠을 잘 수가 없을 때면 그 텅 빈 공간과 얼룩진 구석들을 올려다보면서, 무엇인지는 몰라도 그 집에 있는 사람이라면 누구라도 틀림없이 느꼈을 그것을 나도 느꼈다. 푹푹 찌는 무더위가 내리덮고 있는 마법의 얼음 같은 그 작은 덩어리를, 죽음이 담긴 그 엄연한 사실을. 그리고 풀 먹인 하얀 옷을 입은 메리는 커다랗고 음산한 빙산처럼 움쭉달싹도 하지 않고 앉아서 숨을 쉬며 기다리고 있다는 것을. 나는 그것이 메리가 맡은 일이라고 굳게 믿었다.

내가 메리를 기억 못하는 척 시치미를 뗀 것은 그래서였다. 하얀 제복을 입고 있지는 않았지만 그렇다고 메리가 덜 위험스러워 보인 것도 아니었다. 그건 그냥 적어도 아직은 메리가 권한을 휘두를 때가 오지 않았음을 뜻하는 것일지 모른다. 환한 대낮 바깥에서, 그것도 하얀 제복을 입지 않은 모습을 보니 눈에 띄는 곳은 죄다 오트밀을 뒤집어쓴 사람처럼 주근깨투성이였고, 왕관을 쓴 것 같았던 머리는 본래 황동색으로 반짝거리는 머리카락을 꼽슬꼽슬하게 볶은 것뿐이었다. 목소리는 크고 거칠었고 불평이 일상이었다.

"나 혼자 이 빨래를 다 널어야 한단 말이냐?"

메리가 마당에서 나에게 고함을 질러서 빨랫줄이 있는 곳까지 따라갔더니, 바지랑대를 괸 돌 위에 빨래 바구니를 내려놓으며 땍땍거렸다.

"빨래집게를 하나씩 줘. 똑바로 세워서. 난 이렇게 바람 부는 날에는 절대 바깥에 나오면 안 되는 사람이야, 기관지병 때문에."

쇠사슬로 메리의 허리에 묶인 짐승처럼 고개를 숙인 채, 나는 계속 빨래집게를 집어 주었다. 3월 찬바람이 부는 바깥에 있으니 메리는 덩치도 조금 작아 보였고 냄새도 덜 났다. 집 안에 있을 때는 메리가 거의 들어가지 않는 방 안에서조차도 나는 늘 메리의 냄새를 맡을 수 있었다. 그게 무슨 냄새였을까? 쇠 냄새 같기도 하고 까만 향신료(정향* 같은 냄새였는데, 메리는 실제로 치통이 심했다.) 냄새 같기도 하고 내가 열감기에 걸렸을 때 가슴을 닦아내던 약품 냄새 같기도 했다. 언젠가 한번 이 말을 했더니, 엄마는 "되지도 않는 소리 마라. 난 아무 냄새도 안 난다."라고 했다. 그래서 맛에 관해서는 입도 벙긋하지 않았지만 음식 맛도 분명 이상했다. 메리가 준비한 음식은 하나같이, 메리가 보는 앞에서 먹은 거의 모든 음식—아침에 먹은 오트밀도 점심 때 먹은 감자튀김도 마당에서 내게 준 황설탕 섞인 버터 바른 빵 조각도—은 왠지 모래를 씹는 것처럼 이물스럽고 언짢았다. 아니, 우리 부모님은 어떻게 그걸 몰랐을까? 그런데 알고 보니 그럴 까닭이 있어 짐짓 모른 척한 거였다. 그 이유를 나는 1년 뒤에야 알았다.

빨래를 다 널고 돌아서기 바쁘게 메리는 또다시 빨랫대야에 발을 담가야 했다. 김이 무럭무럭 나는 물속에 담긴 메리의 다리는 꼭 둥그런 수채통 같았다. 양 무릎을 두 손으로 짚고 꾸부정하게 뜨거운 물속에 발을 담그며 고통스러운 듯 툴툴거리면서도 만족해했

* 향신료의 한 가지로, 이 열매에서 짠 정향유는 구취를 없애거나 치통을 치료할 때 국부 마취제로도 쓰인다.

다.

"간호사예요?" 엄마에게 간호사라고 들어놓고도, 나는 큰마음을 먹고 물었다.

"그래. 그런데 아니면 좋겠다."

"우리 고모고요?"

"내가 고모면 넌 날 메리 고모라고 불러야겠지? 그런데 그렇게 안 부르잖니, 그렇지? 난 봉이야. 네 아빠의 봉. 이를테면 정식 간호사를 쓰는 대신 날 데려온 거지. 난 간호조무사야. 이 집에는 늘 아픈 사람이 있으니 수발을 들게 하려고. 한시도 쉴 틈 없이."

나는 그 말이 의심스러웠다. 정말로 와달라는 부탁을 받고 온 사람인지 믿기지 않았던 것이다. 메리는 우리 집에 와서 자기가 좋아하는 음식을 만들었고, 제자리에 잘 있는 것들을 트집 잡아 제멋대로 다시 배치했고, 온 집안을 손아귀에 넣고 쥐락펴락했으니까. 메리가 오지 않았다면 우리 엄마가 아예 자리보전을 하는 일도 절대 없었을 거였다.

엄마의 침대를 식당으로 옮긴 것도 메리가 계단을 오르내리는 수고를 덜어주기 위해서였다. 숱이 적은 검은 머리는 두 갈래로 땋고 뺨은 흙빛이었어도 언제나처럼 엄마의 목은 따뜻했고 건포도 냄새가 났지만, 이불에 덮인 몸은 붓고 물렁물렁하고 움직이기 어려운 이상야릇한 물체로 변한 지 이미 오래되었다. 엄마는 자신을 삼인칭으로 부르며 음울한 목소리로 말했다.

"조심해, 엄마 다칠라. 엄마 다리에 앉으면 안 돼."

나는 그 '엄마'라는 말을 들을 때마다 오싹해지는 것이, 예수의 이름을 들을 때처럼 참혹함과 부끄러움이 온몸으로 퍼지는 기분이었다. 나를 낳았고 목이 따뜻하고 성마르면서도, 위안을 주도록 인간 세상에 마련된 '엄마'는, 내가 저지르고도 아직 알아채지 못하는 갖가지 사악함 때문에 예수처럼 슬퍼하는, 영원히 상처 입은 유령 같았다.

엄마는 아프간 담요를 만들 네모난 조각들을 뜨개질했다. 어슷비슷한 자줏빛 조각들이 이부자리 여기저기에 널브러져 있었지만 엄마는 개의치 않았다. 완성하고 나면 그것으로 그만이었다. 엄마는 탑에 갇힌 왕자들 이야기도, 왕비의 목을 베려는 찰나 강아지 한 마리가 왕비의 치마 속으로 숨어들었다는 이야기도, 남편의 상처에 입을 대고 독을 빨아낸 또 다른 왕비의 이야기들도 까맣게 잊어버렸다. 다른 이야기와 마찬가지로 내게는 전설이 된, 엄마 자신의 어린 시절까지 기억을 못했다.

메리의 수발을 받으면서부터 엄마는 "메리, 가려워 죽겠어. 등 좀 긁어줘."라거나 "메리, 차 한 잔 만들어주겠어? 차를 마시면 천장까지 붕 날아오를 것만 같아, 커다란 풍선처럼. 하지만 메리도 알다시피 그저 마음뿐이야." 하면서 어린애처럼 보챘다.

그러면 메리는 픽 웃으며 말했다.

"절대로 붕 떠오르지는 못해요. 기중기로 들어 올린다면 모를까. 자, 이제 좀 일어나 봐요. 안 그러면 좋아지기는커녕 점점 더 악화될 테니!"

메리는 나를 침대에서 쫓아내며 침대보를 거칠게 홱홱 잡아당겨 정리하기 시작했다.

"너, 엄마의 진을 다 빼놓을 셈이야? 이렇게 좋은 날씨에 곁에 꼭 붙어서 엄마를 괴롭혀야겠니?"

"외로워서 그러겠지." 엄마가 힘없는 소리로 나를 실미지근하게 두둔했다.

"외로운 거야 여기서나 마당에서나 다를 바 하나 없잖아요." 메리는 위엄이 있으면서도 은근히 으르는 투로 말했다. "옷 입고, 어서 나가!"

아버지도 메리가 온 다음부터 달라졌다. 메리는 아버지가 식사하러 갈 때마다 꼬박꼬박 대기하고 있었는데, 장난기가 덕지덕지 붙은 불그데데한 얼굴은 잔뜩 몸을 부풀린 황소개구리처럼 사나워 보였다. 메리는 돌멩이처럼 딱딱한 흰콩을 익히지도 않고 수프에 넣어놓고서는, 아버지가 그것을 먹으면서도 점잔을 부리는지 지켜보았다. 물컵 바닥에 파리처럼 보이는 것을 붙여 놓기도 했다. 일부러 살이 하나 떨어져 나간 포크를 식탁에 올려놓고는 실수로 잘못 놓은 척했다. 아버지는 그걸 메리에게 집어던졌는데, 빗나가긴 했지만 그 일로 나는 무척이나 놀랐다. 엄마와 아버지가 함께 저녁을 먹을 때는 조용조용 진지하게 이야기했다. 그러나 친가 쪽 사람들은 어른조차도 고무로 만든 가짜 지렁이며 딱정벌레 따위로 장난치기 일쑤였고, 뚱뚱한 고모들에게 흔들거려서 조금 위태로운 의자에 앉으라고 권유하는가 하면, 삼촌들은 아주 대놓고 방귀를 뀌고는 "워워, 잠깐 조용!" 이러면서 매우 어려운 노래를 휘파람으로 불기라도 한 듯이 뻐겼다. 위아래도 없이 시시껄렁한 장난을 줄기차게 해댔던 것이다. 그래서인지 아버지도 메리와 함께 있을 때면 집안 가풍이 되살아나는 모양으로, 푸짐하게 차려낸 감자튀김과 베이컨과 두툼한 밀떡을 다 먹고 찻주전자에서 약처럼 시커멓고 쓰디쓴 차를 따라 마시며 감사를 표한다는 게 이런 식이었다. "메리, 넌 남자 식성을 참 잘 아는구나!" 그러고 나서 곧바로 "네가 거두어 먹일 너만의 남자를 구할 때가 되었다고 생각하지 않니?"라고 덧붙였다. 결국 아버지는 행주 세례를 받았다.

아버지가 메리를 놀릴 때면 늘 들먹이는 게 남편이었다. "오늘 아침에 너에게 딱 맞는 사람이 하나 떠올랐어! 널 골리는 소리가 아니니까 잘 생각해 봐."라는 식이었다. 처음에는 굳게 다문 입술 사이로 살짝 토라진 웃음을 터뜨리다가도, 어떻게 저럴 수가 있나 싶게 메리는 귀밑까지 빨개지도록 얼굴을 붉혔고 의자가 위태롭게 기우뚱할 정도로 몸을 배배 꼬았다. 엄마는 남자 이야기로 노처녀를 놀리는 것은 너무 잔인하고 점잖지 못한 짓이라고 정색을 하고 말하곤 했지만, 정작 메리는 얼토당토않게 지어낸 배필 이야기를 즐기고 있는 게 틀림없었다. 친가 쪽 일가붙이에게 메리가 번번이 약 올라 하니, 그보다 더 좋은 놀림거리가 또 있었을까. 그러니 점점 뚱뚱해지고 점점 거칠어지고 점점 결혼하기 힘들어질수록, 더 자주 놀림을 받을 수밖에. 그렇게 놀리면서도 친가 쪽 사람들은 야비하게, 우리 엄마에게 그랬듯이 메리를 신경과민으로 몰아붙였다. 그들은 가까운 친척이든 먼촌이든 하나같이 남을 잔인하게 우롱하는 데 이골이 나서, 실패한 사람이나 흠 있는 사람을 세상의 웃음거리로 삼는 일을 개의치 않는 정도가 아니라 도리어 자랑스러워하는 것 같았다.

해가 길어졌는데도 저녁때가 되니 집 안이 어둑했다. 그때까지만 해도 우리 집에는 전기가 들어오지 않았다. 얼마 안 돼, 그 이듬해 여름인가부터 들어왔다. 그때는 식탁에 가스등이 놓여 있었다. 그 불빛에 아버지와 메리의 그림자가 거인처럼 길게 드리워졌는데, 두 사람이 이야기를 하며 웃을 때마다 머리 그림자가 꼴사납게 흔들거렸다. 나는 사람 대신 그림자를 지켜보았다.

두 사람이 물었다.

"너 무슨 몽상을 그리 하고 있니?"

그러나 나는 몽상에 잠긴 게 아니었다. 그 그림자가 얼마나 위험한지 알아내려고, 내게 침입할 조짐은 없는지 읽어내려고 애쓰고 있었다.

아버지가 말했다.

"덫을 살피러 가는 길인데 따라갈 테냐?"

아버지는 사향쥐 덫을 강가에 줄줄이 쳐놓았다. 아버지가 한창 나이에는 와와내시 카운티에 흐르는 강줄기를 누비고 다니느라 몇 주일을 밤낮없이 수풀에서 살다시피 했다. 그때는 사향쥐뿐만 아니라 붉은여우며 야생 밍크며 담비 따위의, 가을이면 최고가로 팔리는 모피의 동물들을 잡을 덫까지 놓았다. 봄철에 덫으로 잡을 수 있는 것은 사향쥐뿐이었다. 결혼을 하여 농장 일에 매달린 뒤로 한 가지 덫만 놓은 지 몇 해 되었다. 그것마저도 언제 마지막이 될지 모를 일이었다.

우리는 지난가을에 일군 밭을 가로질러 갔다. 밭고랑에 눈이 조금 덮여 있었지만 엄밀히 말하면 그건 눈이 아니라, 내 발뒤꿈치로도 박살낼 수 있을 만큼 얇디얇은 유리판 같은 서릿발이었다. 밭은 완만하게 비탈져 강기슭까지 내리벋었다. 밭 울타리가 눈의 무게를 버티지 못하고 넘어진 곳이 몇 군데 있어서 우리는 그곳으로 쉽사리 건너갔다.

나는 아버지의 장화 자국을 따라갔다. 내게는 세상에 둘도 없이 친근한 그 장화는 얼굴보다 훨씬 더 아버지를 잘 알아보게 해주는 징표였다. 벗어서 주방 한쪽 귀퉁이에 세워놓은 아버지의 장화에서는 거름과 기계기름, 밑창에 덕지덕지 들러붙은 개흙, 밑창의 골마다 꽉 낀 채 썩고 분해되는 물질들에서 지독한 냄새가 풍겼다. 아버지 몸의 일부인 그 장화는 잠깐 떨어져서 대기하고 있는 중이었다. 완강하고 집요하다 못해 잔인하게까지 보이는 장화의 모습도 아버지의 일부 같았다. 내게는 언제고 농담할 준비가 되어 있는 장난스러우면서도 점잖은 아버지 얼굴의 이면이라고 생각되었던 거다. 잔인해 보인다고 해서 뜻밖이랄 게 없는 것이, 꼬박꼬박 엄마와 내 곁으로 돌아오기 전까지 아버지가 있었던 그곳을 판단할 수 없기 때문이다.

예컨대 사향쥐 한 마리가 덫에 걸렸을 때만 해도 그랬다. 그것은 처음 보았을 때는 물가에서 흐느적거리는 게 꼭 열대의 검은 수초 같았다. 아버지가 끌어올리자 흐느적거리던 털들이 움직임을 멈춘 채 찰싹 달라붙었다. 나는 그제야 비로소, 수초 같던 그것이 반들반들 윤기가 흐르고 물이 뚝뚝 떨어지는 사향쥐의 꼬리라는 걸 알았다. 이빨은 다 드러나 있었고, 겉은 물기에 젖고 속은 생기를 잃어 거무죽죽한 눈동자는 물에 씻긴 자갈돌처럼 반들거렸다. 아버지가 그것을 탈탈 털어 빙빙 돌리니 얼음같이 차가운 강물이 빗방울처럼 흩날렸다.

"이놈은 품질이 꽤 좋은 오래 된 사향쥐다. 최상품이야. 이 꼬리 좀 봐라."

내가 마음에 쓰였을까, 아니면 단순하면서도 완벽한 그 기계장치의 매력을 내게 일러주고 싶었을까. 아버지는 강물에서 덫을 꺼내 작동 방식을 설명했다. 사향쥐의 머리를 물속에 단박에 처박아 익사시키는 그 자비로운 방식을. 나는 알아듣지도 못했고 그럴 마음도 없었다. 내가 하고 싶었던 건, 그러나 용기가 나지 않아 차마 못 했던 건, 물에 젖고 뻣뻣하게 굳은 몸, 그 엄연한 죽음의 실제를 만져보는 것뿐이었다.

아버지는 다시 겨우내 쭈글쭈글해진 누런 사과 몇 조각을 덫에 미끼로 달았다. 그러고는 등짐장수가 어깨에 둘러메고 다니는 것 같은 사진에서 본 까만 자루에 죽은 사향쥐를 집어넣었다. 아버지가 사과를 자를 때 쓴, 날이 얇고 번쩍거리는 그 칼은 나도 예전에 본 적이 있는 가죽칼이었다.

이윽고 우리는 강에 따라 내려갔다. 가득 차오른 물이 넘실거리고, 햇살이 내리쬐는 한복판이 은빛으로 반짝거리며 쏜살같이 빠르게 흐르는 와와내시강. 저게 해류로구나, 생각하면서 바람이 공기에서 분리되어 저만의 모습을 갖추고 돌진하듯이, 해류도 강물에서 갈라져 나온 것이려니 미루어 짐작했다. 가풀막지고 미끄러운 강둑을 따라 버드나무가 줄줄이 서 있었는데, 아직 헐벗은 채로 축 늘어진 꼴이 연약한 풀처럼 보였다. 강물이 내는 소리가 요란하지 않고 깊이가 있는 게, 땅속에서 우렁차게 뿜어 나온 물이 강 한 가운데 어느 비밀스러운 곳에서 가만히 흘러나오는 것 같았다.

강이 굽이진 탓에 어디가 어딘지 도대체 방향을 가늠하기 힘들었다. 우리는 덫에 걸려든 사향쥐들을 꺼내 흔들어 털어 자루에 집어넣은 다음 덫에 미끼를 새로 달았다. 얼굴도, 손도, 발도 점점 시려왔지만 나는 말하지 않았다. 아니, 아버지에게 그런 말을 할 수 없었다. 아버지는 아버지대로 내게 조심하라고, 강기슭에서 멀찍이 떨어져 걸으라고 이르는 법이 없었다. 굳이 타이르지 않아도 스스로 조심할 만큼 철이 들어야 마땅하다고 여겼으니까. 나는 얼마나 멀리까지 갈 것인지, 덫을 친 곳이 끝나기는 하는 것인지 단 한 번도 묻지 않았다. 한참을 걷다 보니 뒤편으로 숲이 보였고, 날은 저물어 어둑발이 내리고 있었다. 한참이 지나도록 그 숲이 우리 집 마당에서도 올려다보인다는 사실을 나는 미처 깨닫지 못했다. 겨우내 헐벗은 나무들이 하늘을 향해 뻗은 앙상한 잔가지처럼 보이고 한가운데가 봉긋한 부채처럼 생긴 바로 그 야산일 줄이야.

이 근처 강둑에는 버드나무 대신 내 키보다 큰 수풀이 무성하게 우거져 있었다. 아버지가 강기슭으로 내려간 사이 나는 강둑 중턱에 난 길에 서 있었다. 덫을 살피느라 허리를 구부릴 때면, 아버지의 모습은 내 시야에서 사라졌다. 내가 느긋하게 주위를 둘러보는데 무엇인가 색다른 것이 눈에 띄었다. 한 남자가 저 멀리 강둑에서 아래로 내려가고 있었다. 마치 나는 볼 수 없는 어떤 길로 오기라도 하는 것처럼, 그 남자는 소리 없이 가뿐하게 수풀을 헤쳐 나갔다. 처음에는 머리와 상체만 보였다. 살빛은 거무튀튀하고, 앞머리가 다 빠진 민머리에 뒷머리는 길었고, 두 뺨에는 주름이 가로로 깊게 패 있었다. 성긴 수풀을 지날 때에야 비로소 그 남자의 나머지 모습까지 다 보였는데, 길고 가느다란 다리는 날렵했고 얇고 칙칙한 옷을 둘렀으며 손에는 햇빛에 반짝거리는 무엇인가가 들려 있었다. 그건 작은 도끼, 무기로 쓰는 손도끼였다.

나는 아버지에게 조심하라고 소리쳐 알려주지 못했다. 그 남자는 내게서 저만치 떨어진 앞에서 길을 가로질러 강 쪽으로 곧장 내려갔다. 사람들은 공포에 휩싸이면 옴쭉달싹할 수 없이 몸이 굳어버렸다고들 하지만, 벼락을 맞기라도 한 것처럼 내 온몸을 꿰찌른 그 공포가 나는 생각처럼 그렇게 무시무시하게 느껴지지 않았다. 나는 놀라지 않았다. 이건 워낙 놀랠 광경이 아니다. 사람들은 언제나 그것이 아주 자연스럽게, 절대 서두르지 않고 살금살금, 흐뭇하게 다가오고 있다는 것을 알고 있었으니까. 마치 사람들이 애당초 기원하고 희망해서 최후의 무시무시한 것들이 이루어진 것처럼. 이런 남자가 있었다는 것과 그가 문 뒤에, 복도 끝 어둑한 구석에 있었다는 걸 나는 살아오면서 줄곧 알고 있었다. 그래서 나는 그 남자를 보고도 우두커니 서 있었다. 한낮인데도 하늘이 새까맣게 보일 정도로 엄청난 충격에 휩싸여, 고아 소녀 애니*처럼 불길이 활활 타오르듯 머리카락이 쭈뼛쭈뼛 서고 눈이 휘둥그레진 옛날 흑백 영화 속 아이처럼. 그 남자는 수풀을 스르르 빠져나가 아버지 쪽으

---

* 미국 만화가 해롤드 그레이(1894~1968)의 만화 〈고아 소녀 애니(Little Orphan Annie)〉의 주인공. "불길이 활활 타오르듯 머리카락이 쭈뼛쭈뼛 서고 눈이 휘둥그레진" 모습은 만화 속에서 모험을 할 때 형상화한 애니의 모습이다.

로 다가갔다. 나로서는 최악의 상황 말고는 아무것도 생각하지 못했고, 다른 걸 바랄 수도 없었다.

아버지는 알아채지 못했다. 아버지가 허리를 펴고 일어났을 때, 그 남자는 채 100미터도 되지 않은 곳까지 갔고 내 쪽에서는 보이지 않았다. 조금 있으니 아버지의 목소리가 들려왔는데, 잘 아는 이웃 사람에게 하듯 친근하면서도 차분하게 건네는 인사말이었다.

"잘 있었나, 조. 이게 정말 얼마 만인가."

그 남자는 한마디도 대꾸하지 않았지만 아버지가 얼굴을 자세히 볼 수 있는 곳까지 살살 다가섰다.

"조, 나라니까. 벤 조던. 덫을 살펴보러 나왔네. 올해 이 강에는 품질 좋은 사향쥐들이 꽤 많더군."

그 남자는 믿기지 않는 표정으로 아버지가 미끼를 달고 있던 덫을 힐끗거렸다.

"자네도 덫을 한번 놓아보게나!"

묵묵부답이었다. 그 남자는 손도끼를 들어 가볍게 공기를 갈랐다.

"한데 올해는 이미 늦었어. 벌써 강물이 빠지기 시작했거든."

"벤, 조던." 말더듬증을 이겨내려고 기를 쓰는 사람처럼, 그 남자는 아주 어렵사리 말문을 열었다.

"그럼 그렇지. 이제야 날 알아보는군, 조."

"벤, 당신인 줄은 정말 몰랐어. 사일러스 형제들 중 한 놈이려니 했다네."

"나라고, 계속 말했잖은가."

"그놈들이 시도 때도 없이 들이닥쳐 나무를 베어버리고 울타리를 허물고 그래서 말이지. 불이 나서 내가 타 죽을 뻔한 거 알지, 벤? 그게 그놈들 짓이야."

"그래, 그 얘긴 나도 들었네."

"당신인 줄 몰랐어, 벤. 정말로 몰랐다고. 내가 이 손도끼를 들고 다니는 건 그놈들에게 겁을 주려는 거야. 당신인 줄 알았으면 들고 오지 않았을 거야. 함께 가서 내가 사는 곳 좀 보고 가."

아버지가 나를 부르며 말했다. "오늘은 어린것을 데려왔네."

"그럼 딸내미랑 같이 가서 몸 좀 녹이게."

여전히 손도끼를 마구잡이로 휘두르는 그 남자를 따라, 우리는 비탈을 올라 수풀 속으로 들어갔다. 나무들이 둘러서 있는 그 수풀은 오싹하리만큼 찬바람이 돌았고, 밑에는 아직 녹지 않은 겨울 잔설이 한 무더기 쌓여 있었다. 나무줄기의 나이테는, 사람이 숨을 쉬면서 유지하는 온기처럼, 신기하고 비밀스러운 하나의 우주이다.

우리는 마른 풀밭을 지나고 오솔길을 가로질러 또 다른 풀밭으로 들어섰는데, 그곳은 아까보다 더 널찍하고 땅바닥에 무엇인가가 삐죽 솟아 있었다. 지붕이었다. 용마루가 없이 한쪽으로 기운 그 지붕에는 뚜껑 덮인 통이 하나 나와 있었는데, 거기서 연기가 피어오르고 있었다. 계단 비슷한 것을 밟고 내려가니 토굴이 나왔다. 그건 지붕을 이었달 뿐, 말 그대로 토굴이었다.

"자네 손으로 이렇게 말끔히 꾸민 게로군, 조."

"여긴 따뜻해. 땅 밑이란 데가 원래 따뜻하니까. 집을 다시 지으면 그놈들이 또 불을 지를 테고 또 지어도 또 마찬가지일 텐데 집을 지어봤자 뭐 하겠어. 집이 꼭 있어야 하나? 나한테 필요한 방은 여기 다 있어. 내가 편하게 손을 보았지."

그 남자는 계단 밑에 이르러 문을 열었다.

"들어올 때 머리 조심하게. 모든 사람이 다 땅굴에서 살아야 한다고 억지 쓸 생각은 없어, 벤. 짐승들이야 으레 그러고, 또 짐승들은 대개 그렇게 사는 게 이치에 맞지. 그러나 결혼한 남자라면 얘기가 달라지지." 그 남자는 껄껄 웃고 나서 말을 이었다. "난, 결혼할 마음이 없어."

그곳은 아주 컴컴하지는 않았다. 허술한 창문들로 흐릿하나마 빛이 들어왔다. 그런데도 그 남자는 등잔불을 켜서 탁자 위에 올려놓았다.

"자, 한번 보게. 쉬어 갈 만한지."

그건 하나로 이루어진 통방이었다. 통로로 쓰는 부분만 널찍하게 남겨 둔 채 못질도 하지 않은 널빤지가 흙바닥에 깔려 있었고, 받침대 비슷이 생긴 도도록한 곳에는 풍로가 놓여 있었다. 탁자와 침상과 의자들과 찬장에, 우리라면 썰매에 깔거나 말을 덮어줄 때나 쓰던 두툼하고 꼬질꼬질한 담요도 몇 장 있었다. 등유, 오줌, 흙, 탁한 공기에서 나는 고약한 냄새만 아니었다면 아마도 나 혼자 살고 싶었던 그곳과 비슷하다고 생각했을 것이다. 눈보라가 거세게 몰아치던 겨울에 목재 대신 장작개비로 만들었던 집이나, 아주 오래전 베란다 밑에 햇빛도 빗물도 절대로 들어오지 못하는 신기하고 고운 흙으로 바닥을 깔았던 그 집과 다름없다고.

그러나 나는 더러운 침상에 조심스럽게 걸터앉아 짐짓 아무것도 보이지 않는 척했다.

"진짜 방처럼 아늑하게 지내겠군, 조. 그러면 된 거야."

그 남자는 손도끼를 내려놓은 탁자 옆에 앉아 있었다.

"눈이 녹기 시작하기 전에 만났더라면 좋았을 텐데 말이야. 그땐 연통만 보일 뿐 감쪽같았지."

"외롭지는 않은가?"

"외롭긴. 난 외로움이 뭔지도 모르는 사람이야. 게다가 기르는 고양이가 한 마리 있어. 이놈이 어디 갔나? 저기, 풍로 뒤에 있군. 손님이 달갑지 않은가?"

그러더니 뚱한 눈빛으로 바라보고 있는 회색빛 커다란 수고양이를 끌어당기며 말했다.

"이놈 재주 한번 보겠나?"

그 남자는 탁자에서 접시를 내려놓더니 찬장에서 아가리가 넓은 유리병을 꺼내 속에 든 것을 접시에 따랐다. 그러고는 그 접시를 고양이 앞에 놓았다.

"조, 설마 저 고양이가 위스키를 마시는 건 아니겠지?"

"기다려봐."

고양이는 몸을 일으키며 기지개를 펴듯 팔다리를 쭉 뻗더니 험악한 눈으로 주위를 둘러본 다음 머리를 수그리고 마시기 시작했다.

"위스키를 스트레이트로 마시는군."

"이제 난생처음 보는 구경을 하게 될 거야. 물론 앞으로도 두 번 다시 못 볼 구경이지. 이놈은 우유보다 위스키를 먼저 마시는 게 버릇이 됐어. 사실은 우유를 마실 수가 없어. 우유 구경한 지가 하도 오래돼서 우유가 뭔지도 아주 잊어버렸을 거야. 자네도 한잔할 텐가, 벤?"

"어디서 얻었는지도 모를 술을? 난 자네 고양이만큼 위가 튼튼하지 않네."

위스키를 다 마신 고양이는 모걸음질을 치다가 주춤하는 듯싶더니 껑충 건너뛰었는데 비틀거리기는 했어도 쓰러지지는 않았다. 고양이는 몸을 부르르 떨면서 고통스럽게 야옹거리며 허공에다 발길질을 몇 번 하더니 앞으로 풀쩍 몸을 날려 침상 밑으로 스르륵 기어 들어갔다.

"조, 저대로 그냥 두었다간 앞으로는 저 고양이와 함께 못 살걸?"

"술 마셨다고 죽진 않아. 저놈은 술꾼이거든. 가만 있자, 여자애가 먹을 만한 게 뭐 없나?"

나는 제발 아무것도 없기를 속으로 빌었건만, 그 남자는 기어코 크리스마스 캔디 한 통을 찾아 왔다. 줄무늬 색깔이 번져 있는 것으로 보아, 녹았다가 굳기를 몇 번이나 반복한 게 틀림없었다. 사탕에서 쇠못 맛이 났다.

"사일러스 놈들이 나를 못살게 괴롭혀, 벤. 낮이고 밤이고 나타나서. 날 그냥 내버려 둘 치들이 아니야. 밤이면 지붕에서 하는 말소리가 다 들려. 벤, 사일러스 놈들을 보거든 내가 벼르고 있더라고 전해 줘."

그 남자가 손도끼를 들어 탁자를 내리치는 바람에 썩은 오일클로스가 쫙 갈라졌다.

"총도 갖고 있더라는 말도 잊지 말고."

"아마 이제 더는 자넬 괴롭히러 오는 일은 없을 걸세, 조."

그 남자는 고개를 저으며 투덜거렸다. "그만둬? 절대 그만둘 놈들이 아니야."

"그 사람들에게 마음 쓰지 말고 모른 척해 보게. 그러다 지쳐서 제풀에 나가떨어질 테니."

"나를 침대째로 불태울걸? 전에도 그러려고 했어."

아버지는 아무 말도 하지 않은 채 도끼날에 손가락을 이리저리 대보았다. 침상 밑에서는 고양이가 점점 정신이 몽롱해지는지 가벼운 발작처럼 발로 바닥을 긁어대며 야옹거렸다. 지치고 얼었던 몸이 풀리고 당혹스러움도 제법 가신 나는 눈을 뜬 채 가물가물 졸았다. 아버지가 정신이 번쩍 들도록 호통을 쳤다.

"그만 정신 차리고 일어나라. 너도 봐서 알겠지만 사향쥐가 가득 든 자루와 널, 둘 다 떠메고 갈 수는 없지 않겠느냐."

길게 뻗은 야산 꼭대기에 올라서서야 비로소 나는 잠이 완전히 깼다. 날은 점점 더 어두워지고 있었다. 물이 빠져나간 와와내시강 유역 전체—아직 새싹이 돋지 않은 녹갈색 덤불숲과 겨우내 칙칙해지고 초라해진 상록수들, 황갈색 풀밭들과 지난해 갈아엎은 진갈색 밭들, 그리고 그 위를 벗겨지기 시작한 비늘처럼 살짝 덮고 있는 눈(아까 한참 전에 우리가 건너왔던 그 밭처럼)과 나지막한 울타리들, 회색빛 곳간들과 땅에 납작 엎드린 듯 작게 보이는 듬성듬성한 집들—가 우리 앞에 펼쳐졌다.

"저것이 뉘 집이냐?" 아버지가 손가락으로 가리키며 물었다.

그게 우리 집이라는 걸, 조금 지나서야 나는 알아보았다. 언덕배기에서 빙 둘러 내려오는 길에 집 한 채를 보았다. 겨울에는 아무도 살지 않아서 11월부터 이듬해 4월까지는 현관문이 열리는 법이 없는 집인데도 동풍(東風)이 들지 못하도록 헝겊으로 가장자리를 메워 두었다.

"이제 1킬로미터도 안 남았다. 게다가 내리막길이니 집까지는 걷기가 편할 거야. 이제 곧 엄마가 있는 우리 집 식당 불빛도 보일 거고."

길을 내려오면서 내가 물었다. "그 아저씬 왜 손도끼를 들고 다니는 거예요?"

"잘 들어라. 내 말 듣고 있는 거냐? 누굴 해치려고 들고 다니는 게 아니다. 그냥 어딜 가나 손도끼를 들고 다니는 게 버릇일 뿐이야. 아무튼 집에 가서는 입도 벙긋 마라. 엄마에게도 메리에게도. 괜히 겁먹을지 모르니까. 너나 나는 괜찮아도 두 사람은 아마 다를 거다. 공연히 긁어 부스럼 만들 소리야."

조금 뒤 아버지가 내게 확인 삼아 물었다.

"무슨 얘길 하지 말라고?"

"손도끼요."

"넌 무섭지 않았지, 그렇지?"

"예."

나는 내친 김에 한 가지 더 물었다.

"누가 그 아저씨가 자는 침대에 불을 지르려고 하는 거예요?"

"아무도 아니다. 지난번에 그 아저씨가 한 일에 비하면 새 발의 피다."

"그럼 사일러스 형제들은 누군데요?"

"아무도 아니라니까. 말 그대로 아무도 아니야."

"우리가 오늘 너한테 딱 맞는 짝을 찾았다, 메리. 이런, 아주 이참에 집에 데리고 올걸."

"와와내시강에 빠져 죽은 줄 알았잖아."

메리가 불같이 화를 내면서 부리나케 내 장화며 젖은 양말을 벗겼다.

"조 피핀, 그 친구가 수풀 너머 사람이 살지 않는 땅에 살고 있더라."

"그 작자!" 메리가 폭발음처럼 빽 소리쳤다. "자기 집에 제 손으로 불을 싸지른 치잖아. 그 남자라면 나도 알지!"

"그래 맞아. 지금은 집 없이도 잘 지내고 있더라. 땅속 굴에서 말이지. 메리, 너도 우드척다람쥐*처럼 아주 아늑하게 지낼 수 있을 거야."

"틀림없이 자기가 눈 똥 덩어리들 속에서 살걸. 안 봐도 뻔하지."

메리는 저녁식사를 차렸고 아버지는 조 피핀과 지붕을 인 토굴과 맨 흙바닥에 깔아놓은 널빤지 이야기 들을 주절거렸다. 손도끼는 건너뛰고 위스키와 고양이 이야기도 했다. 메리는 그것만으로

* 동부와 중부 미국에서부터 북쪽으로 캐나다를 거쳐 알래스카까지 분포하며, 개활지와 삼림의 변두리에서 서식하고 굴 파는 능력이 뛰어나다.

도 펄쩍 뛸 일이었으니까.

"그런 짓을 저지르는 사람은 가둬두어야 마땅한데."

"그럴지도 모르지." 아버지는 내 쪽으로 몸을 수그리며 대답했다. 내가 메리를 두려워하던 마음이 없어졌다는 걸 이때까지만 해도 나는 깨닫지 못했다.

"이 앨 좀 봐. 거기서 무얼 보았기에 눈이 퉁방울처럼 튀어나왔어. 애한테도 위스키를 먹인 거야?"

"한 모금도 안 줬다."

아버지는 대답을 하면서 식탁에 앉아 계속 나를 내려다보았다. 부모가 무시무시하게 생긴 낯선 사람들과 계약을 하는 것을 목격했고 우리가 느끼는 두려움의 밑뿌리는 오직 사실뿐이라는 것을 깨닫고도 기적처럼 탈출해서 집에 돌아와 얌전하고 예절 바르게 나이프와 포크를 든 채 앞으로 영원히 행복하게 살리라 마음을 다잡는 동화 속 아이들, 바로 그들처럼 나는 아뜩하게 강렬한 비밀들에 관해 단 한마디도 하지 않았다.

태워줘서 고마워
Thanks for the Ride

나는 조지 사촌형과 함께 호숫가 작은 도시에 있는 팝스카페라는 레스토랑에 앉아 있었다. 날은 점점 어둑해지고 실내에는 불을 켜지 않았지만 거울에 덕지덕지 나붙은 게시문들은 아직 읽을 만했다. 거울 양쪽에는 어딘가에서 오려낸 광고사진이 붙어 있었다. 파리똥이 점점이 박히고 누리끼리하게 빛바랜 딸기 아이스크림선디와 토마토 샌드위치 사진이었다.

조지 형이 소리 내어 읽었다.

"묻지 마쇼. 그걸 알면 여기서 썩고 있을쏜가."

"할 일 없어 무료했다면, 아주 끝내주게 좋은 곳을 고르신 겁니다."

형은 무엇이든—포스터든, 광고 게시판이든, 버마쉐이브의 도로 광고 표지판이든—언제나 큰 소리로 읽었다.

"미션크리크. 인구 1,700명. 브루스 반도의 관문. 아이들을 무척 사랑하는 곳."

나는 저런 글들을 써 붙일 만한 유머 감각을 지닌 사람이 누구일지 궁금했다. 짐작으로는 금전등록기 뒤에 있는 남자일 것 같았다. 불쑥 떠올랐을까? 성냥개비를 잘근잘근 씹으며 거리를 내다보다 갈라진 길바닥 틈바구니에 발이 걸려 꽈당 고꾸라지는 행인이나 바퀴가 펑 터지는 자동차 말고는 도대체 볼거리가 없는 사람이나, 금전등록기 뒤에서 오도 가도 못하는 붙박이 신세가 한심하다는 듯 팩팩 쓴웃음을 날리는 사람이 아니고서는 지어낼 수 없는 글귀 같았다. 아니 그보다 더한 사람일지도 모른다. 어쩌면 그저 걷거나 차를 몰고 다니며 여기저기서 본 것만으로, 나머지 세상은 부조리하다고 단정해 버린 사람인지도 모를 일이다. 하기야 차를 몰고 작은 도시들을 지나다 차창 너머로, 아니면 어느 집 현관 계단 앞에 앉아 지나가는 사람들의 얼굴을 보면 그렇게 생각할 만도 하다. 환멸의 불씨들을 묻어둔 채 그냥저냥 살아가는 사람들처럼 그들의 얼굴은 무심하기 짝이 없으니까.

그 레스토랑의 유일한 웨이트리스는 똥짤막한 여자로, 카운터에 기대어 손톱에 칠한 매니큐어를 벗겨내고 있었다. 다 벗겨낸 엄지손톱을 이에 대고 앞뒤로 문질러댈 뿐, 이름이 뭐냐고 물어도 대답하지 않았다. 그녀는 입에서 빼낸 엄지손가락을 살펴보며 잠시 뜸을 들이더니 말했다.

"그건 내 알 바 아니니 그쪽 좋을 대로."

"좋았어. 미키, 어때요?" 조지 형이 말했다.

"나야 아무래도 좋지."

"척 보니 미키 루니가 떠오르네. 그나저나, 이 마을에서는 다들 어딜 가지? 이 마을에서 갈 만한 데가 어디예요?" 조지 형이 말했다.

미키는 등을 돌리고 커피를 내리기 시작했다. 이제 더는 이야기할 뜻이 없다는 몸짓으로 보였는지 조지 형은 은근히 조바심을 냈다. 입을 다물고 조용히 있어야 한다거나 혼자 있게 될지 모른다는 위기감이 들 때면 나오는 조지 형의 버릇이었다.

"이봐요, 이 마을에는 여자애들도 없어요?" 목소리가 거의 애원조였다.

"이 마을엔 여자애들도 없고 춤출 데나 뭐 그런 데도 없어요? 이 마을에 처음 온 사람들인데, 좀 도와주지그래요?"

"저 아래 호숫가에 댄스홀이 있는데 노동절이라 문을 닫았어요." 미키가 시큰둥하게 대답했다.

"다른 댄스홀은 없어요?"

"윌슨 *학교*에서 오늘 밤에 무도회가 있어요."

"그 고리타분한 학교? 말도 안 돼. 나더러 고리타분한 학교 댄스파티에 가란 거야? *버림받은 떨거지들이* 예배당 지하실로 내려가서 춤추던 그곳에? *단체로 스윙을 추는?* 못 가지. 내 발로 그 *예배당* 지하 소굴에 들어갈 순 없지."

조지 형이 발끈 성을 내더니 내게 말했다.

"넌 기억나지 않을 거야. 너무 어렸으니까."

그때 당시 나는 중등학교를 갓 졸업했고 조지 형은 졸업 후 시내

백화점의 남성 구두 매장에서 일한 지 3년이 되었으니, 그것도 차이라면 차이였다. 그러나 우리 둘이 함께 도시 변두리에서 애먹은 것은 전에 없던 일이다. 지금 우리가 같이 있는 것은 뜻밖에도 낯선 곳에서 만났고 나는 가진 돈이 조금 있었지만 조지 형은 빈털터리였기 때문이었다. 게다가 나는 아버지의 차라도 있었지만, 조지 형은 그 시절 대다수 사람들과 마찬가지로 차를 처분해서 다시 구입해야 할 처지였으므로 걸핏하면 짜증을 부렸다. 그런데다 이런 일들을 한 가지씩이라도 바로잡아야 했으므로 신경이 곤두서 있었다. 낌새를 보니 형은 오랫동안 가깝게 지내온 꽤나 친한 사이인 척하면서 나를 얼뜨기나 착한 동생, 아니면 듬직한 친구로 가장하려는 눈치였다. 나야 어느 쪽이든 상관은 없었지만, 형의 피둥피둥 살진 유들유들하면서 잘생긴 뽀얀 얼굴과 반들거리는 핑크빛 입술하며 당황할 때가 잦고 그때마다 대번에 찡그리는 이맛살을 보건대 나는 조지 형의 비위를 맞출 자신이 없었다.

내가 그 호숫가로 차를 몰고 간 것은 여성 전용 휴양지에서 어머니를 집으로 모셔 가기 위해서였다. 그 휴양지는 체중 감량을 위해 과일 주스와 코티지치즈로 식사를 하고, 호수에서 새벽 수영을 하고, 작은 교회가 딸려 있는 것으로 보아 분명 종교 활동을 하는 곳이었다. 내게는 이모가 되는 조지 형의 어머니도 그곳에 같이 있었는데, 형은 나보다 한 시간쯤 뒤에 도착했다. 그런데 형이 온 목적은 이모를 모시고 가려는 것이 아니라 돈을 타기 위해서였다. 아버지와 사이가 좋지 않은 데다 남성 구두 매장에서 받는 급료도 많지 않았으므로 돈 한 푼 없는 빈털터리가 될 때가 많았던 것이다. 이곳에 와서 다음 날 함께 예배에 참석하면 돈을 빌려줄 수도 있다는 이모 말에 조지 형은 그러겠다고 했다. 그 뒤 조지 형과 나는 호숫가를 따라 차를 몰아 1킬로미터가 채 되는 않는 곳에 있는 이 작은 도시에 왔다. 한 번도 와본 적이 없는 이 소도시에는 밀주업자며 여자가 득시글거릴 거라고 조지 형은 말했다.

이 소도시의 큰길은 포장되지 않은 모래흙 길이었고, 골목골목은 살풍경했다. 기껏해야 붉거나 노란 꽃을 피운 추위에 강한 한련 아니면 잎사귀 끝이 돌돌 말려 올려간 라일락 무더기만 갈라진 땅 틈새로 자라고 있을 뿐이었다. 인가는 드문드문 서 있고, 뒤편으로 펌프와 헛간과 변소가 집집이 딸려 있었다. 대부분 나무로 지어 초록이나 회색이나 노랑으로 페인트칠을 했다. 버드나무인지 미루나무인지 모를 높다란 나무들의 가느다란 잎사귀들은 뿌옇게 먼지를 뒤집어쓰고 있었다. 큰길가에는 나무들이 없었지만, 상가 건물 사이사이의 빈터에는 키 큰 풀들이며 민들레며 엉겅퀴가 우부룩했다. 뜻밖으로 크고 연한 페인트칠을 한 빛바랜 나무 울담을 두른 시청 한가운데에, 다소 현란해 보이고 커다란 종이 달린 붉은 벽돌탑이 서 있었다. 그 종탑의 문 옆 표지판에는 제1차 세계대전 전몰장병 추모탑이라고 쓰여 있었다. 우리는 앞에 있는 음수대에서 물을 마셨다.

차를 몰고 큰길을 이리저리 둘러보는 사이 조지 형은 계속 투덜거렸다.

"맙소사, 쓰레기터도 이런 쓰레기터는 없겠다. 야, 저것 봐! 심하다 심해."

다저녁때라 길거리에 있던 사람들은 집으로 돌아갔고, 상가 건물의 그림자들은 길을 가로질러 줄줄이 드러누웠다. 우리는 팝스 카페로 들어갔다.

"야, 이 마을에 레스토랑은 여기밖에 없을까? 다른 레스토랑 못 봤어?"

"응."

"내가 가본 다른 마을들은 창문 밖에도 나무 밑에도 개나 소나 다들 우글거렸는데, 여긴 뭐야, 도대체! 한물간 마을인가 보다."

"쇼 보러 갈래, 형?"

그때 문이 열렸다. 한 여자애가 들어와 치맛자락을 모아 엉덩이 밑에 넣고 민걸상에 앉았다. 지루하다 못해 보기만 해도 졸리게 하는 얼굴에 가슴은 절벽이고 머리는 빠글빠글 볶았다. 나무토막처럼 밋밋하고 못생긴 편이었지만, 설명할 길 없는 섹시미를 풍기는 여자애였다. 조지 형은 그나마 다행이라는 듯 얼굴이 조금 환해졌다.

"좋아, 됐어. 우리가 지금 이것저것 가릴 처지야, 어디? 저 정도만 해도 감지덕지해야지."

조지 형은 카운터 끝 여자애 옆에 앉아 말을 걸었다. 한 5분쯤 이야기를 주고받더니 같이 우리 자리로 돌아왔고, 여자애는 오렌지 음료수를 마셨다.

"이쪽은 애들레이드야. 애들레인? 애들라인? 스위트 애들리인? 그래 이제부터 스위트 A라고 부르겠어."

조지 형이 그러거나 말거나 애들레인은 빨대로 음료수를 빨아

마셨다.

"데이트하는 사람이 없대. 그렇지, 자기?"

애들레이드는 머리를 가볍게 까닥했다.

"그 여자애에게 말해 보라던 내 말, 설마 귓등으로 들은 건 아니겠지? 애들레이드, 스위트 A, 정말 여자 친구가 있긴 한 거야? 저 꼬맹이와 데이트할 착하고 풋풋한 여자 친구 있어? 자기와 나, 그리고 그 여자애와 저 꼬맹이랑 데이트하면 좋을?"

"어딜 가느냐에 따라 다르지."

"어디든 말만 해. 드라이브할까? 오언 사운드까지 갈 수도 있지."

"차가 있어?"

"아무렴. 있지. 자, 우리 꼬맹이와 어울릴 만한 괜찮은 여자 친굴 찾아봐."

조지 형은 여자애를 감싸 안고 손으로 블라우스 위를 더듬었다.

"자, 나가자. 차 보여 줄게."

"아마 한 여자애가 오긴 올 거야. 사귀던 남자가 있었는데 알고 보니 이미 약혼했던 거야. 지금 그 약혼녀가 와서 호숫가에 있는 그 남자 부모네 별장에 머물고 있대. 그래서……."

"오호, 흥미가 동하는걸? 걔 이름이 뭐야? 자, 차를 타고 나가서 데려오자. 밤새 죽치고 앉아서 음료수나 홀짝거릴 테야?"

"다 마셨어. 어쩜 안 올지도 몰라. 나도 장담 못해."

"왜, 엄마가 밤에는 못 나가게 하나?"

"아니. 걘 무엇이든 자기 하고 싶은 대로 할 수 있어. 자기 기분

내키는 대로 하는 아이니 내가 어찌 알겠어."

우리는 밖으로 나가 차를 탔는데, 조지와 애들레이드는 뒷좌석에 앉았다. 큰길을 따라 한 블록쯤 나와 바지를 입은 가냘픈 금발 여자애를 지나치는 순간 애들레이드가 소리쳤다.

"차 세워! 바로 재야. 로이스!"

내가 차를 세우자 조지 형은 차창으로 머리를 내밀고 휘파람을 불었고 애들레이드는 큰 소리로 그 여자애를 불렀다. 그러자 그 애가 주저하는 기색도 서두르는 기색도 없이 차 쪽으로 다가왔다. 애들레이드에게 설명을 들은 여자애는 살짝 웃었다. 조금은 싸늘하면서도 상대방을 배려하는 듯한 미소였다. 그러는 사이에도 조지 형은 끊임없이 채근했다.

"빨리빨리. 자, 어서 타! 타고 나서 이야기하면 되잖아."

여자애는 웃기만 할 뿐 눈길은 딴 데 가 있었는데, 놀랍게도 조금 뒤 차 문을 열고 쓱 올라탔다.

"딱히 할 일이 없어, 남자 친구가 가버려서." 여자애가 말했다.

"그래?"

조지 형이 이렇게 물었고, 내가 뒷거울로 보니 아는 척 말라고 경고하듯 애들레이드가 찡긋했다. 로이스는 조지 형이 한 말을 못 들은 것 같았다.

"우리 집 쪽으로 돌아서 가면 좋겠는데. 콜라를 사러 나온 참이라 집에서 입던 바지를 그대로 입고 나왔거든. 금방 옷 갈아입고 나올게. 근데 어디 갈 건데? 갈 데를 알아야 무얼 입을지 결정하지."

이렇게 말하는 로이스에게 내가 되물었다. "넌 어디 가고 싶은

데?"

"좋았어. 차근차근 하자. 먼저 술을 한 병 사고 나서 결정하지 뭐. 술 살 만한 데 알아?" 조지가 말했다.

애들레이드와 로이스가 동시에 안다고 대답했고, 로이스가 이번에는 내게 말했다.

"괜찮으면 옷을 갈아입는 동안 우리 집에 들어와 있어도 돼."

나는 뒷거울을 힐끔거리며 아무래도 로이스가 애들레이드와 입을 맞춘 모양이라고 생각했다.

로이스네 집 현관 베란다에는 오래된 긴 의자가 하나 놓여 있었고 난간에는 융단이 몇 개 걸려 있었다. 나는 마당을 가로질러 가는 로이스를 뒤따라갔다. 색깔이 연한 긴 머리가 목덜미께에 묶여 있었다. 살갗은 주근깨로 가뭇가뭇했지만 햇볕에 타지는 않았고, 눈동자조차 색깔이 연했다. 차갑고 가늘고 창백한 여자애. 입가에는 냉소가 흐르고 자물통을 채운 듯 입이 무거운 여자애. 짐작에 나와 동갑이거나 한두 살 많아 보였다.

로이스는 현관문을 열고 들어서면서 짐짓 밝게 꾸민 목소리로 말했다.

"우리 가족 소개해 줄게."

작은 거실 바닥에는 리놀륨이 깔려 있었고 창문에는 꽃무늬 종이 커튼이 드리워 있었다. 번질번질한 체스터필드 소파에는 '나이아가라 폭포'를 그려 넣은 쿠션과 '엄마에게'라는 글귀를 새긴 쿠션이 놓여 있었고, 여름이라 작고 까만 난로에는 가리개가 둘려 있었고 커다란 꽃병에는 종이로 만든 사과꽃이 꽂혀 있었다. 키가 크고 연약한 여자가 거실로 들어와 행주에 손을 닦고는 의자에 풀썩 주저앉았다. 목에서 흔들리는 줄이 긴 목걸이의, 청백색 사기로 만든 이빨 모양 구슬을 입안 가득 물고 있었다. 내가 얼떨결에 처음 뵙겠습니다, 하고 인사를 한 것은 로이스가 아주 뜬금없이 짐짓 상투적으로 나를 소개했기 때문이다. 나는 원하지 않았으나 조지 형이 꿍꿍이수작으로 꾸민 이 데이트에 관해, 어쩌면 로이스가 오해를 했을지도 모른다는 의문이 들었다. 내가 볼 때 로이스의 얼굴에는 순진함이라고는 눈곱만큼도 없었다. 알 건 다 아는 사람의, 무심하면서도 적대감이 서린 얼굴이었다. 그렇다면 나를 골탕 먹이려고 작정한 것인가. 남자애가 멋쩍게 웃으면서 거실을 오락가락하며 착한 여자애의 부모에게 선보이기를 기다리고 있는 풍자 만화 '데이트' 속 주인공으로 만들 셈이었을까. 그러나 그건 어딘지 앞뒤 아귀가 맞지 않았다. 내 얼굴 한번 쳐다보지 않은 채 데이트를 하겠다고 순순히 응해 놓고서 왜 나를 난처하게 만들려는 걸까. 그러면서까지 노리는 것이 도대체 무얼까.

나는 로이스의 어머니가 앉아 있는 체스터필드 소파에 앉았다. 내가 데이트를 하러 온 것으로 여겼는지, 그 어머니는 내게 이것저것 묻기 시작했다. 나는 집 안에서 나는 냄새에 신경 쓰였다. 작은 방과 침구에서 나는 퀴퀴한 냄새, 튀김 냄새, 빨래 냄새, 약용 연고 냄새들. 보기에는 지저분하지 않건만, 어디선가 오물 냄새도 났다.

"앞에 세워둔 차 좋던데? 네 차니?"

"아버지 겁니다."

"정말 멋진 일 아니니? 아버지께 저렇게 근사한 차가 있다는 게?

사람들이 많은 것을 가질 수 있다는 건 언제 생각해 봐도 멋진 것 같아. 내게는 가진 사람들을 악의에 찬 눈으로 질투하면서 속을 끓일 여유조차 없었어. 보나 마나 네 어머니는 원하는 게 있으면 무엇이든 상가에 가서 사겠지. 외투든 침대보든 냄비든 프라이팬이든 뭐든. 아버지는 무슨 일을 하시지? 변호사나 의사나 그 비슷한 일을 하시나?"

"공인회계사입니다."

"아, 말하자면 사무직인 셈이군. 그렇지?"

"예."

"내 남동생, 그러니까 로이스 삼촌도 런던에 있는 캐나다-태평양 철도 회사의 사무직원이야. 내가 알기론 직급도 꽤 높고."

그러더니 공장에서 사고를 당해 죽은 로이스의 아버지 이야기를 하기 시작했다. 나는 필시 로이스의 할머니로 보이는 노파가 문간에 서 있는 것을 알아챘다. 로이스 모녀처럼 몸이 가냘픈 게 아니라 뭉크러진 푸딩처럼 흐늘흐늘한 살들이 볼품없이 늘어졌고, 얼굴과 팔에는 연갈색 검버섯이 퍼져 있었으며, 뻣뻣한 머리카락이 입가에 들러붙어 있었다. 집 안에서 풍기는 냄새의 일부가 그 할머니에게서 났나 보다. 눈에 잘 띄지 않는 작은 짐승이 베란다 밑에서 죽었을 때 나는 것과 같은, 보이지 않는 부패의 냄새. 그 냄새, 그 구질구질함, 넉살스러운 목소리. 그것은 내가 알지 못했던 삶, 내가 몰랐던 사람들 것이었다. 우리 엄마와 이모, 그들은 순수하다고 나는 생각했다. 아니 조지 형, 심지어 조지 형조차 순수하구나 싶었다. 그러나 이 타자(他者)들은 천성이 교활하고 청승맞고 얍삽하다.

목이 잘렸다는 것 말고 로이스 아버지의 죽음에 관해 내가 들은 것은 별로 없었다.

"상상해 봐. 머리가 댕강 잘려서 바닥에 굴러 떨어진 것을! 차마 관을 열지도 못했지. 그때가 6월이라 날도 무더웠지. 마을사람들은 너나없이 뜰에 있는 나무와 화초들을 모두 베어냈어, 장례식을 치르려고. 조팝나무도 작약도 큰꽃으아리*도 죄다. 그보다 더 끔찍한 사고는 우리 마을에서 없었을 거야. 올여름 로이스에게 좋은 남자 친구가 있었어. 밖에서 데이트를 즐기고 이따금 우리 집에서 밤을 새기도 했지. 부모님이 별장을 비워서 혼자 지내기 싫을 때면 말이야. 아이들에게 사탕도 주고 내 선물도 가져오곤 했어. 저기 있는 저 코끼리 도자기는 꽃병으로도 쓸 수 있는데, 로이스 남자 친구가 내게 준 선물이야. 라디오도 고쳐줘서 고장이 나도 수리점에 가져갈 필요가 없었지. 네 부모님도 여기에 별장이 있나?"

내가 아니라고 대답하는 순간 로이스가 나왔다. 노랑과 초록이 섞인 원피스—크리스마스 선물 포장지처럼 빳빳하고 반짝거리는—에 하이힐을 신고 인조 다이아몬드 목걸이를 하고 주근깨를 감추려고 진한 파우더를 덕지덕지 바르고 나타난 딸이 로이스의 어머니는 자못 뿌듯한 모양이었다.

"저 원피스 맘에 들어? 런던까지 가서 산 건데. 이 근처에서는 사고 싶어도 없어서 못 사는 옷이거든!"

---

* 미나리아재빗과의 낙엽활엽 덩굴나무.

밖으로 나가려면 할머니 곁을 지나치지 않을 도리가 없었다. 그제야 비로소 알아보았다는 듯 할머니는 흐릿하고 불안하게 흔들리는 눈을 우리에게 고정했다. 그러고는 내게 얼굴을 쑥 들이밀었는데 씰룩거리는 입은 다물리지 않았다.

"우리 손녀딸과 맘껏 놀아날 수도 있겠지만, 조심해야 할 거야. 무슨 말인지 알 테지!" 할머니는 여느 시골 아낙네의 투박한 말씨로 강다짐하듯 말했다.

로이스의 어머니는 할머니를 뒤로 밀쳤는데, 돌처럼 굳은 얼굴에 미소를 지어서 눈썹은 치켜 올라가고 두 눈초리는 관자놀이까지 팽팽하게 뻗쳤다. 그러면서 내게 설레발치며 엉너리를 부렸다.

"신경 쓰지 마. 마음에 둘 것 없어. 노망이 나서 그런 거니까."

여전히 웃음기는 남아 있었지만 찌푸린 눈살은 풀렸다. 로이스의 어머니는 머릿속에서 끊임없이 쟁쟁거리는 시끄러운 소리에 귀를 기울이고 있는 사람 같았다. 로이스를 뒤따라 현관문을 나서는데 그 어머니는 내 손을 덥석 잡으며 속삭였다.

"우리 딸 좋은 애야. 재미있게 놀아. 울적하게 만들지 말고."

일순 괴기스러운 느낌이 쫙 끼쳤고, 처음부터 희롱당한 것 같아 눈썹과 눈꺼풀이 파르르 떨렸다.

"안녕히 계세요!"

로이스는 종잇장처럼 얇은 치마를 살랑거리며 뻣뻣하게 앞서서 걸어갔다.

"춤추러 가거나 뭐 그러고 싶었던 거야?"

"아니. 관심 없어."

"난 또, 쫙 빼입었길래……."

"토요일 밤엔 늘 이렇게 차려입어."

나직하고 멸시하는 듯한 로이스의 목소리가 뒤따르는 내 귓가로 날아왔다. 이내 깔깔 웃기 시작하는 로이스에게서, 나는 얼핏 그 애 어머니에게서 보았던 변덕스러움과 히스테리를 느꼈다.

"오 맙소사!" 로이스가 나직이 토해 냈다.

조금 아까 집 안에서 있었던 일 때문이려니 생각하면서, 딱히 대꾸할 말이 떠오르지 않아 나는 그냥 웃었다. 그렇게 우리는 친한 사이처럼 웃으며 차로 돌아갔으나, 실은 그렇지 않았다.

우리는 도시를 벗어나 어떤 농가의 여자에게 술 한 병을 샀다. 집에서 빚은 흙물처럼 탁한 술을 위스키 병에 담아 파는 것인데 조지 형도 나도 일찍이 먹어본 적이 없는 술이었다. 앞서 애들레이드는 술 파는 여자가 어쩌면 거실을 빌려줄지도 모른다고 말했었지만, 막상 그 여자는 빌려줄 생각이 없었는데 알고 보니 그건 로이스 때문이었다. 남자 모자를 둘러쓴 그 아줌마는 나를 유심히 살피더니 로이스에게 말했다.

"바꾸어 보는 것도 쉬는 것만큼 좋지, 안 그래?"

로이스는 싸늘한 얼굴로 대답하지 않았다. 조금 뒤 아줌마는 오늘 밤 진탕만탕 즐기려면 자기네 거실보다는 숲 속으로 가는 게 좋을 것이라고 귀띔했다.

"농담 모르는 사람들도 있긴 있나 봐? 그래, 진탕만탕 좋지……."

농가에서 되돌아 나오는 내내 애들레이드는 내가 그 입을 막으려고 술병을 건네줄 때까지 쉴 새 없이 주절거렸다. 조지 형은 별로 개의치 않았는데, 그러면서 오언 사운드로 드라이브 가기로 한 약속을 잊어버리기를 바라는 낌새가 엿보였다.

우리는 골목 끝에 차를 세우고 차 안에 앉아 술을 마셨다. 조지 형과 애들레이드가 우리보다 많이 마셨다. 두 사람은 아무런 이야기도 나누지 않은 채 술병만 주거니 받거니 했다. 그 술은 내가 전에 마셔본 것과는 맛이 아주 달랐다. 걸쭉하고 메스꺼웠다. 그 밖에 별다른 이상은 느끼지 못했는데, 나는 기분이 가라앉기 시작해서 취하도록 마시지는 않을 작정을 했다. 로이스는 술병을 도로 내게 건네줄 때마다 공손하면서도 은근히 경멸하는 말투로 고맙다고 말했다. 나는 썩 내키지는 않았지만 로이스의 어깨에 팔을 둘렀다. 속으로는 도대체 무엇이 잘못된 것인지 내내 의아해하면서. 내 어깨에 기대고 있으면서 경멸스러워하고, 순순히 따르면서 성이 나 있고, 거부 의사를 분명히 밝히지 않으면서 다가가기 어렵게 하는 여자애라니. 그때 나는 만지는 것보다 이야기를 나누고 싶은 마음이 더 컸는데, 그건 당찮은 바람이었다. 몸을 만지는 일보다 대화를 한다는 게 로이스에게는 그리 녹록한 일이 아니었으니까. 그러는 동안 나는 이 단계를 넘어서야 한다고, 두 번째 단계로 잘 넘어가야 한다고 생각했다.(그도 그럴 것이 나는 썩 많이는 아니어도 자동차 데이트의 관례와 순차적 진행 단계를 알 만큼 알았기 때문이다.) 난 차라리 애들레이드와 짝이 되었으면 좋았겠다는 생각을 계속했다.

"나가서 좀 걸을까?" 내가 로이스에게 말했다.

"그거 참 기똥찬 생각이다. 오늘 밤 네가 한 생각 중에 가장 훌륭해." 뒷좌석에서 조지 형이 환호했다.

"서두르지 마. 서둘러 돌아올 것 없어." 우리가 차에서 내릴 때 조지 형이 덧붙였다. 형과 애들레이드는 숨죽여 키득거렸다.

로이스와 나는 찻길을 따라 수풀 쪽으로 걸어갔다. 풀밭에는 달빛이 내리비치고 있었고 바람이 불어 쌀쌀했다. 앙심이 생긴 내가 나직이 말했다.

"네 어머니와 꽤 많은 이야기를 했어."

"알 만해."

"지난여름에 너랑 데이트했다는 남자 얘길 하시던데?"

"올여름이야."

"이젠 지나간 여름이지. 약혼인지 뭔지 했다면서."

"맞아."

나는 호락호락 넘어가지 않겠다고 단단히 별렀다.

"그 남자가 더 좋아했어? 그래? 그 남자가 널 더 많이 좋아한 거야?"

"아니. 그 남자가 날 좋아했다고는 말 못 해."

비아냥거림이 짙게 배어나는 것으로 보아 취기가 돌기 시작한 모양이었다.

"그 남잔 우리 엄마와 동생들은 좋아했지만 난 아니었어. *날 좋아하는 거,* 그게 뭔데?"

"어쨌거나, 너와 데이트를 했으니……."

"여름철에 함께 지낸 것뿐이야. 호숫가 위쪽에 사는 남자애들이 늘 써먹는 수법이지. 우리 마을에 내려오는 건 춤추러 가고 잠깐 즐길 여자를 만나려는 속셈 때문이야. 여름 한철 동안. 언제나 그래. 그 남자가 날 *좋아하지* 않았다는 걸 어떻게 아냐고? 그 남자는 내가 늘 분위기를 잡쳐놓는다고 그랬거든. 자기에게 감지덕지하지 않으면, 분위기를 잡쳐놓는 거야. 너도 알겠지만."

모든 것을 술술 털어놓는 것에 조금 놀라며 내가 물었다.

"넌 그 남자를 좋아했어?"

"물론! 좋아해야, 그래야 마땅한 거 아냐? 무릎을 꿇고서라도 고마워할 일 아니겠어? 우리 엄마가 그 남잘 왜 좋아했게. 시답잖은 싸구려 코끼리 도자기를 가져다주고……."

"그 남자가 처음이었어?"

"진심으로 좋아한 남자였냐, 이 뜻이야?"

그건 아니었다.

"너 몇 살이야?"

로이스가 잠깐 생각하더니 대답했다.

"조금 있으면 열일곱 살 돼. 열여덟, 열아홉이라고 해도 믿을 거야. 맥줏집에서도 통하니까. 실제로도 한 번 가봤고."

"몇 학년인데?"

조금 뜻밖이라는 듯이 나를 바라보며 로이스가 대답했다.

"내가 아직도 학교에 다닌다고 생각한 거야? 2년 전에 그만뒀어. 시내에 있는 장갑 공장에서 일해."

"2년 전에 학교를 그만두었다면 그건 위법이잖아."

"아하! 너라면 아버지가 죽었든 아니든 다닐 수 있었겠지."

"장갑 공장에서 무슨 일을 하는데?"

"기계를 돌리지. 재봉틀 비슷한 기계. 이제 곧 성과급제로 일할 거야. 그러면 돈을 더 벌거든."

"그 일이 좋니?"

"이런, 좋아한다고는 말 못 하지. 그건 밥벌이야…… 근데 너 너무 많은 걸 묻는다."

"거슬려?"

"내가 너한테 그런 대답을 해야 할 까닭이 있어? 내가 그러고 싶다면 모를까."

로이스는 도로 시큰둥해졌다. 치맛자락을 들어 올려 손바닥에 쫙 펼치며 말했다.

"치맛자락에 가시가 붙었어."

로이스는 몸을 수그리고 가시를 하나씩 떼어내며 말을 이었다.

"이거 내가 아끼는 옷인데 자국이 남을까? 올이 풀리지 않게 찬찬히 모두 떼어내도?"

"애당초 입지 말았어야지. 그 원피스를 왜 입은 건데?"

로이스는 치맛자락을 흔들어 가시를 털어냈다.

"모르겠어."

기분 좋게 살짝 취기가 오른 로이스는 그 파삭거리고 반짝거리는 치맛자락을 계속 붙잡고 있었다.

"너희 남자들에게 보여 주고 싶었어!"

갑작스럽고 작은 폭발음처럼 로이스가 독기 서린 말을 토해 냈다. 술에 취해 엄지손가락으로 콧등을 문지르고 발가락을 꼼지락거리며, 쫙 펼친 치맛자락을 배배 꼬고 있는 맹한 여자애가 했다고 오해하려 해도 오해할 수 없는 말투였다.

"집에 짝퉁 캐시미어 스웨터가 있어. 12달러짜리. 모피 외투도 있고. 할부로 사서 내년 겨울까지 갚아야 해. 모피 외투도 있다고……."

"좋겠네. 사람들이 많은 걸 가질 수 있다는 건 멋진 일이라고 생각해."

로이스는 치맛자락을 떨어뜨리고 손바닥으로 내 따귀를 후려쳤다. 나를, 아니 우리 둘을 건져준 따귀였다. 그제야 비로소 우리가 한바탕하고야 말겠다고 내내 벼르고 별렀음을 깨달았던 것이다. 둘이 서로 바짝 긴장한 채 노려보았는데, 둘 다 조금 취한 상태라는 점을 생각하면서 로이스가 또다시 따귀를 때릴 기세면 손을 움켜잡거나 나도 같이 때리리라 마음을 다졌다. 서로에게 품은 적의가 무엇이든 끝장을 보고야 말겠다는 태세였다. 그러나 팽팽하던 순간은 지나갔다. 우리는 숨을 씩씩거리면서 한동안 꿈쩍도 하지 않았다. 그리고 그다음 순간, 어떻게 해야 적대감을 털어낼 것인지, 어떤 식으로 한발 물러서야 좋을지 생각할 짬도 없이 우리는 키스를 했다. 나로서는 처음 있는 일이었다. 미리 마음먹은 것도 아니고, 망설이거나 허겁지겁 덤벼들지도 않고, 흔히 겪었던 왠지 실망스러운 뒷맛도 느끼지 않은 키스는. 그러고 나서 로이스는 내게 기대어 온몸을 흔들며 웃어대더니, 마치 우리 사이에 아무 일도 없었다는 듯한 말투로 아까 나누었던 이야기를 다시 꺼냈다.

"우습지 않니? 너도 알겠지만 여자애들은 너나없이 겨우내 지난 여름 타령이고 그때 그 남자들 이야기를 하고 또 한다는 게. 남자들은 보나 마나 여자애들 이름조차 까맣게 잊었을 텐데 말이지……."

그러나 나는 아무런 말도 하고 싶지 않았다. 적대감 못지않게 로이스의 마음을 움직이는 또 다른 힘을 발견했기 때문이다. 그것은, 사실 막 꿈틀거리기 시작한, 인간계를 넘어선 힘이었다. 잠시 후 내가 속삭였다.

"우리가 갈 만한 데 어디 없을까?"

"이 너머 풀밭에 헛간이 하나 있어."

로이스는 이 시골을 알고 있었다. 예전에도 와봤다는 얘기였다.

우리가 시내로 돌아온 것은 자정이 넘어서였다. 조지와 애들레이드는 뒷좌석에서 잠들어 있었다. 로이스는 눈을 감은 채 한마디도 하지 않았지만, 잠든 것 같지는 않았다. 어디에선가 읽었던 *옴네 아니말**에 관해 말해 주려다가, 생각해 보니 로이스가 라틴어를 알 리가 없고 자칫하면 잘난 체하고 시건방진 사람으로 비칠 것 같아 그만두었다. 나중에야 그때 로이스에게 이야기를 해주었더라면 좋았겠다 싶었다. 무슨 뜻인지는 알았을 테니까.

그 뒤 몸에 찾아드는 나른함과 한기, 그리고 분리.

서로 떨어져 무지근한 몸으로 각자 검불을 털어내고 매무새를 가다듬고, 헛간을 나와 달은 졌으되 그루터기만 남은 평평한 밭들

---

* "Post coitum omne animal triste est(모든 짐승은 성행위를 하고 난 뒤에 쓸쓸해진다)"라는 라틴어 속담.

도 미루나무들도 별들도 변함없이 그대로 있음을 발견하고, 그 무모한 여정을 끝낸 다음 한기에 오슬오슬 떨던 우리도 여전히 그대로라는 걸 발견하고, 차로 돌아가 두 사람이 널브러져 자고 있는 모습을 발견하는 것. 그것이 바로 *트리스테*(쓸쓸함)이다. *트리스테 에스트.*(쓸쓸해지는 것이다.)

그 무모한 여정. 처음이라서였을까? 술기운이 알딸딸하게 올라서였을까? 아니다. 그건 로이스 때문이었다. 사랑을 할 때 어떤 사람은 조금만 나아가고 어떤 사람들은 꽤 멀리까지 가서 신비주의자처럼 아주 많은 것을 내던지기도 한다. 그 사랑의 신비주의자, 로이스가 이제는 꼬깃꼬깃 구겨지고 추운 모습으로 완전히 자기 안에 갇힌 사람처럼 자동차 좌석 한쪽 끝에 앉아 있었다. 내가 로이스에게 하고 싶었던 모든 말들이 머릿속에서만 요란하게 헛돌고 있었다. *널 보러 또 올게, 기억해, 사랑해* 이런 말들을 나는 하지 못했다. 우리 사이에 놓인 공간을 절반조차도 제대로 건너지르지 못할 것 같았으므로. 다음번 나무 앞에서, 다음번 전신주 앞에서는 말하리라 나는 마음먹었다. 그러나 번번이 못했다. 다만 도시에 더 빨리 닿도록 속력을 높여 무섭도록 빨리 차를 몰았을 뿐이다.

앞에 까맣게 서 있는 나무들 속에서 가로등이 꽃처럼 피어났다. 뒷좌석이 소란스러웠다.

"몇 시야?" 조지 형이 물었다.

"12시 20분."

"우리가 그 술병의 바닥을 비우고 말았어. 속이 너무 안 좋아. 이런, 제길. 넌 어때?"

"괜찮아."

"괜찮지, 어? 오늘 밤 수업을 제대로 받은 거 같지, 어? 그 기분이 어때? 네 거시기도 곯아떨어진 모양이네? 내 거시기도 그렇고."

"난 아냐." 애들레이드가 잠 묻은 목소리로 말했다.

"내 벨트 어딨어, 조지? 맙소사, 신발 한 짝은 또 어디로 갔지? 토요일 밤치곤 아직 이른 거 아냐? 어디 가서 뭣 좀 먹어도 될 텐데."

"난 속이 안 좋아. 잠이나 더 자야겠어. 내일 아침 일찍 우리 어머니 모시고 교회에 가야 해."

"그래, 알지." 애들레이드는 기분이 썩 나쁜 것은 아니지만, 믿기지는 않는다는 말투였다. "그럼 언제든 내게 햄버거를 사줄 수 있겠네."

나는 로이스네 집으로 차를 몰았다. 로이스는 차가 멈추고 나서야 눈을 떴다.

눈을 뜨고도 잠깐 가만히 앉아 있더니 내게는 눈길을 주지 않은 채 손바닥으로 치맛자락을 꾹꾹 누르면서 주름을 폈다. 내가 키스를 하려고 몸을 돌리자 로이스가 보일락 말락 하게 살짝 고개를 돌렸다. 그 마지막 몸짓은 어딘지 모르게 지금까지 했던 행동들이 결국 속임수였고 연극이었다는 느낌이 들게 했다. 로이스답지 않았으니까.

조지 형이 애들레이드에게 물었다.

"집이 어디야? 이 근처에 살아?"

"응. 반 블록만 내려가면 돼."

"좋았어. 그럼 너도 여기서 내려도 되지? 우리가 날이 새기 전에 돌아가야 하거든."

조지 형이 애들레이드에게 키스를 한 뒤 여자애 둘이 차에서 내렸다.

나는 시동을 걸었다. 차가 움직이기 시작하자, 조지는 잠을 자려고 뒷좌석에 누웠다. 그때 우리를 쫓아오며 소리치는 여자의 목소리, 지독히 노골적인 독설 같은, 버림받은 여자의 목소리가 들렸다.

"태워줘서 고마워!"

소리친 건 애들레이드가 아니었다. 로이스였다.

하룻강아지 치유법
An Ounce of Cure

우리 부모님은 술을 안 했다. 그렇다고 술이라면 칠색 팔색을 하는 사람들도 아니었다. 사실 한시적이긴 하지만 특별 교화 수업을 받는 다른 학생들과 함께 내가 7학년 때 금주 서약서에 서명했을 때 엄마가 이렇게 말했던 것으로 기억한다.

"참 어처구니없고 기막힌 일이구나, 어린 학생들한테."

날이 무더울 때면 아버지는 더러 맥주를 마셨지만, 그때도 엄마는 아버지와 자리를 같이하지 않았고 더욱이—우연이든 상징성을 띤 행동이든—술은 늘 집 *밖에서* 마셨다. 우리가 아는 사람들, 그러니까 우리가 살던 작은 도시에 사는 사람들은 대부분 마찬가지였다. 그렇기 때문에 내가 곤경에 빠졌다고 말하기 뭣한 것이, 내가 곤욕을 치른 건 오로지 용통한 내 성격대로 행동한 데서 비롯되었기 때문이다. 예로부터 어머니의 뿌듯한 성취감을 불러일으키게 하는 기회가 있을 때마다(이를테면 내가 첫 번째 정식 댄스파티에 갔을 때나 대학 입시 준비에 죽어라 매달렸을 때) 헤어날 길 없는 절망에 빠진, 시름겨운 표정으로 엄마가 나를 바라보는 것도 바로 그 소견머리가 없고 미련한 내 성격 때문이었다. 여느 여자애들처럼 잘해 내기를 기대하기는커녕 아예 포기했달까, 적당한 때가 되면 여자애들이 으레 동경하며 갖지 못해 안달하는 것들—유명 브랜드, 멋진 남자 친구, 다이아몬드 반지—을 엄마 친구들의 딸내미들은 절실하게 바랄 테지만 나는 아니라고 단정했달까 뭐, 그런 표정이었다. 엄마는 그저 내가 불행 중에도 조금이나마 덜 불행한 일을 겪기만을 바랄 뿐이었다. 이를테면 납치되어 윤락 업소에 팔려 가느니 영영 밥벌이도 못할 남자애와 눈이 맞아서 도망가는 게 차라리 낫다고 여기는 편이었다.

그러나 무지라는 게, 네가 좋다면 순진무구라고 불러도 무방한 그 무지라는 게 사람들 생각처럼 언제나 좋은 것만도 아니고, 너 같은 여자애들을 구렁텅이에 빠뜨리지 않으리라고는 장담 못하겠다고 엄마는 말했다. 그러고 나서 정작 엄마가 하려는 말은 윤똑똑이니 젖비린내 따위에 빗댄 옛말들로 대신했다. 그게 엄마의 습관이었다. 나는 그런 엄포에 눈썹 하나 까딱하지 않았다. 베리먼 씨에게 일자리를 따낼 만큼 놀라운 수완을 발휘한 내가 아니던가.

내가 베리먼 부부의 아이들을 돌보는 부업을 하기로 한 그날 밤은 공교롭게도 4월이었다. 그때 나는 1년 내내, 아니 적어도 9월 첫째 주 이후로 사랑에 빠져 있었다. 마틴 콜링우드라는 남학생이 학교 조회 시간에 뜻밖이라는 듯, 새삼스레 알아보았다는 듯, 조금 불길하긴 해도 만족스럽다는 듯, 내게 미소를 보냈던 거다. 나의 무엇이 그를 놀라게 했는지 도대체 모를 일이었다. 나 같은 아이는 둘도 없을 만큼, 나는 유행에 뒤떨어진 블라우스를 입었고 집에서 한 파마머리도 그날따라 볼꼴 사나웠으니까. 그 몇 주일 뒤 마틴과 나는 첫 데이트를 했고, 마틴은 현관 옆 어둑한 곳에서 내게 키스를 했다. 그것도 입에다, 했다는 말을 빼놓을 수 없다. 그야말로 키스다운 키스는 처음이었으므로, 그 키스 자국을 고이 간직하려고 그날 밤인지 이튿날 아침인지 아무튼 세수를 하지 않았던 것으로 기억한다.(앞으로 알게 되겠지만, 이것은 이 데이트 사건을 통틀어 내가 보여 준 진부함의 극치였다.) 두 달 뒤, 그리고 데이트의 몇 단계까지 거친 뒤 그 애는 나를 차버렸다. 크리스마스 때 공연한 연극 〈오만과 편견〉에서 상대역을 맡은 여자애와 사랑에 빠진 거였다.

나는 그 연극과 관련된 일이라면 거들떠보지도 않겠다고 밝히고 내가 맡기로 했던 분장 일도 다른 여자애에게 넘겼지만, 결국 공연을 보러 갔고 단짝 조이스와 함께 앞자리에 앉았다. 조이스가 손을 꼭 잡아준 덕분에 괴로워도 꿋꿋이 견디며 하얀 승마복 바지에 비단 양복 조끼를 입고 살쩍을 근사하게 기른 다아시 씨를 보니 기뻤다. 다아시 씨로 분장한 마틴의 연기가 마치 내게 하는 것처럼 느껴졌던 게 틀림없었다. 어쨌거나 여자애들은 하나같이 다아시에게 반했고, 내 눈에도 다아시 역을 맡은 마틴이 오만하면서도 남성미 넘치는 근사한 남자로 보였다. 그 배역만 아니었더라면 무난한 얼굴에 남에게 뒤떨어지지 않을 만큼의 머리를 지닌(거기에 '연극 동아리'와 '취주 악단'으로 활동한다는 이점 때문에 조금 더 좋은 평을 얻은) 그렇고 그런 학교 선배로밖에는 기억에 남지 않았을 남자애가 어쩌다가 내게 관심을 가졌고, 남들에게 버젓이 소개하고픈 내 첫사랑이 되었던 거다. 끝막에서 다아시 씨가 엘리자베스(얼굴은 누리끼리하고 몸매도 보잘것없었지만, 눈이 서글서글한 메리 비숍이 맡은)를 포옹하는 장면이 나왔고, 실감 나는 해후가 이루어지는 사이 내 손톱은 나를 안쓰러워하는 조이스의 손바닥을 사정없이 꾹꾹 찌르고 있었다.

스스로 화를 부른 감이 없지 않지만, 그 밤은 내가 몹시 비참하게 지낸 몇 달의 시작이었다. 설명할 길 없는 지난 일에 얽매어 터무니없는 감정들에서 헤어나지 못하는 사람의 기분을 아무렇지 않게 비꼬고 심지어 재미있어하면서까지 끄집어내려는 유혹을 느끼는 그 심리는 도대체 뭘까. 사랑을 말할 때, 우리는 그런 유혹에 빠지기 쉽다. 사춘기 시절의 사랑이라면 두말할 나위도 없을뿐더러, 그것은 사실상 의무에 가깝다. 따분한 오후 나절에 우리끼리 둘러앉아 아픈 추억들을 심심풀이 삼아 노는 것쯤으로 여기면 된다. 그러나 사랑에 빠진 사람들이 늘 그러하듯이 내가 저지른 그 어리석고 딱하고 창피스러운 모든 일들을 회상한다는 게, 난 사실 그다지 달갑지—그러기는커녕 새삼스러운 감회조차 들지 않는—않았다. 나는 마틴을 만날 법한 곳들을 어슬렁거리고서 막상 마주치기라도 하면 못 본 척하기도 했고, 이야기를 할 때도 무심결에 그의 이름이 언급되는 씁쓸한 기쁨을 맛보려고 터무니없이 이야기를 그쪽으로 몰고 가기도 했다. 또 끊임없이 공상에 잠기기도 했는데, 사실 그 시간을 수치로 따져본다면 마틴 콜링우드를 생각하면서—그렇다,

그를 그리워하고 찔찔거리면서—보낸 시간이 실제로 그와 함께한 시간보다 모르긴 해도 열 배는 더 많았다. 마틴 생각은 내 마음을 손아귀에 넣고 제멋대로 주물렀고, 얼마쯤 지나서는 급기야 내 의지마저 거역했다. 만일 처음에 울며불며 야단스럽게 감정을 다 토해 냈더라면, 아마도 그때쯤에는 가뿐하게 훌훌 털어냈을 것이다. 그런데 궁상을 떨며 질질 끌다 보니 우울해졌고 한시도 편안하지 않았다. 수학 문제를 풀고 있으면 나도 모르는 사이에 불쑥, 마틴이 혀를 깊숙이 들이밀어 키스하던 기억이 낱낱이 떠올라 꼼짝없이 고문을 당해야 했다. *하나도 빠짐없이* 정확하게 되살아나는 그 기억이라니. 어느 날 밤 나는 충동으로 욕실 수납장에 있는 아스피린을 모조리 집어삼키려다 여섯 알에서 멈췄다.

엄마가 뭔가 잘못된 낌새를 알아챘는지 내게 철분 영양제 몇 알을 주면서 물었다.

"학교에서 정말 아무 일 없니?"

학교에서라! 마틴과 헤어졌다고 말하자 엄마는 이 말만 했다.

"그렇다면 차라리 잘되었구나. 아무리 저 잘난 멋에 산다지만 세상에 그렇게 기고만장한 남자애는 둘도 없을 테니."

"교만이 하늘을 찌르고도 남을 애예요." 나는 씁쓸하게 말하고 위층으로 올라가 펑펑 울었다.

내가 베리먼 씨네 집에 간 것은 토요일 밤이었다. 토요일 밤에 그 집 아이들을 맡아줄 때가 꽤 많았다. 부부가 차를 몰고 30킬로미터쯤 떨어진 훨씬 크고 활기 넘치는 도시 베일리빌에 가는 걸 즐겼기 때문이다. 아마도 외식을 하고 공연도 보는 모양이었다. 이 부부가 우리 도시에 산 지는 두어 해밖에 되지 않았는데—베리먼 씨는 새로 세운 문을 제작하는 공장에 공장장으로 부임했다.—내 짐작에 이들은 이 소도시 사교계에 진출하지 않고 주변에 남기로 결정한 사람들 같았다. 베리먼 씨네가 어울리는 사람들은 거의가 그들처럼 타지에서 태어난 젊은 부부들로, 터보건*을 하러 다니며 도시 외곽의 언덕배기에 새로 지은 목장식 주택 단지에 사는 사람들이었다. 바로 그 토요일 밤에는 베일리빌에 새로 문을 연 고급 나이트클럽의 개업식에 참석하기로 했는데, 그전에 베리먼 씨 집에 들른 다른 두 쌍과 함께 술을 마셨다. 모두들 축제라도 벌이는 것처럼 흥겨워했다. 나는 주방에 앉아 라틴어 공부를 하는 척했다. 지난밤에는 중등학교에서 봄철 댄스파티가 열렸지만, 나는 참석하지 않았다. 내게 파트너를 신청한 남자애가 밀러드 크럼프턴뿐이었는데, 반 여학생들을 알파벳순으로 쫙 내리훑지 않았을까 의심스러울 정도로 파트너가 되어달라고 청한 여자애가 한둘이 아니었기 때문이다. 하필이면 그 댄스파티가 우리 집에서 겨우 반 블록밖에 떨어지지 않은 예비군 훈련장에서 열렸다. 그러니 검정 양복을 입은 남자애들과 연한 파티용 드레스를 입고 외투를 걸친 여자애들이 아직 녹지 않고 군데군데 쌓여 있는 눈 더미를 에둘러 가로등 밑을 의젓하게 걸어가는 모습을 볼 수 있었다. 음악 소리까지 들려왔는데 그때 악단이 연주한 〈발레리나〉와 〈느린 배를 타고 중국까지〉—

* 바닥이 편평하고 긴 썰매를 타고 눈 덮인 사면이나 인공 빙상으로 덮인 활강로를 미끄러져 내려가는 스포츠.

아, 내 가슴을 미어지게 하던 노래—는 지금까지도 잊히지 않는다. 조이스가 그날 아침에 전화를 걸어 숨죽인 목소리로(내가 걸린 난치병에 관해 토론이라도 하듯) 맞다고, M. C.가 M. B.와 함께 댄스파티에 *왔고*, 그 여자애는 낡아빠진 레이스 식탁보로 누군가가 지어준 게 틀림없어 보이는 파티복을 입었다고, 꼭 *둘러쓴* 것 같더라고 전해 주었다.

베리먼 씨 부부가 친구들과 함께 집을 나선 뒤 나는 거실로 나가 잡지를 읽었다. 못 견디게 우울했다. 초록빛과 갈색 나뭇잎 빛깔로 치장하고 불빛이 은은하게 흐르는 커다란 거실은 무대에 오른 배우처럼 감정을 한껏 살려 보라고 완벽하게 마련해 준 자리 같았다. 집이라고 해서 감정을 살리지 못할 건 없었다. 그러나 우리 집에서는 손보아야 할 일, 다림질, 아이들의 조각 그림 맞추기며 돌 모으기 들을 하다 보면 감정은 늘 묻혀 버렸다. 집이란 데가 워낙 계단을 오르내리다 서로 마주치고 라디오로 하키 경기니 슈퍼맨 드라마를 듣게 마련인 곳이니까.

나는 일어나서 베리먼 씨의 〈죽음의 무도〉* 음반을 찾아 축음기에 올려놓고 거실의 불을 모두 껐다. 커튼은 반쯤 내렸다. 거리의 불빛이 살짝 먼지 낀 네모난 금괴처럼 유리창에 비껴들었고, 헐벗은 나뭇가지의 그림자는 대단히 감미로운 봄바람에 어른거렸다. 바야흐로 겨울 잔설이 녹고 있는 포근하고 까만 밤이었다. 1년 전이었더라면 이 모든 것—음악, 바람과 어둠, 나뭇가지의 그림자—

* 한밤중에 묘지에서 죽은 사람의 해골이 나타나 무도회를 연다는 유럽 전설을 소재로 만든 춤곡.

이 주는 행복을 듬뿍 누렸을 것이다. 그러나 지금은 아니었다. 지겹도록 익숙하고 어쩐지 부끄러운 속생각들만 불러일으켰으므로, 나는 내 영혼이 이미 죽었다고 단념하고 주방으로 들어가 술에나 취해 보자고 마음먹었다.

아니다, 그게 아니었다. 냉장고에서 콜라든 뭐든 마실 것을 찾으려고 주방으로 들어간 것이었다. 그런데 조리대 앞에 커다랗고 예쁜 병 세 개가 놓여 있었고 병마다 샛노란 게 반쯤 들어 있었다. 그 병들을 보다가 들어보고 묵직함을 느꼈을 때까지도 술에 취할 작정은 아니었다. 그냥 한번 마셔볼 참이었다.

나의 무지가, 그 불운한 천진난만함이 바로 이 대목에서 드러난다. 내가 콜라를 마시듯이 베리먼 씨 부부와 그 친구들이 대중없이 하이볼*을 마시는 걸 목격한 것은 사실이지만, 그렇다고 그대로 따라하지는 않았다. 나는 독한 술이란 극한 상황에 이르렀을 때 취할 수 있는 방법이라고 생각했고, 그 엄청난 결과가 무엇이든 나를 거기에 내맡겼다. 내가 만일 마녀가 준 맑고 투명한 약을 마시는 인어공주와 같은 처지였더라면 그렇게 무턱대고 일을 벌이진 않았을 것이다. 싱크대 위의 까만 창에 비친 내 굳은 얼굴을 심각하게 힐끔 살펴본 뒤 나는 병 세 개(지금 생각해 보니 라이위스키**와 값비싼 스카치위스키, 두 종류가 있었다.)를 번갈아 가면서 조금씩 위스키를 따라 유리컵을 가득 채웠다. 그때껏 단 한 번도 술을 따르는 것을 직접 본 적이 없었고, 흔히 물이나 탄산수 따위로 희석해서 마시

* 위스키나 브랜디에 소다수나 물을 타고 얼음을 넣은 음료.
** 호밀을 주원료로 증류한 위스키.

는 줄은 꿈에도 몰랐던 데다, 내가 거실로 들어갔을 때 베리먼 씨네 집에 온 손님들이 들고 있던 유리컵이 거의 가득 차 있는 것을 보았으니까.

나는 되도록 빨리 쭉 들이켰다. 유리컵을 내려놓고 얼마쯤은 달라진 모습을 기대하면서 창문 앞에 서서 얼굴을 비춰보았다. 목이 타는 듯했지만, 그 밖에는 아무렇지도 않았다. 일껏 궁리해 낸 일이 그 모양이라니, 이만저만 실망스럽지가 않았다. 거기서 그만둘 수는 없는 노릇이었다. 또다시 유리컵에 위스키를 가득 따른 뒤, 그 병에다 내가 처음 보았을 때 들어 있었던 분량을 대충 가늠하여 물을 채웠다. 두 번째 잔은 처음 마실 때보다 조금 느리게 마셨다. 빈 유리컵을 조리대 위에 조심조심 올려놓는데 머릿속에서 오만 것들이 뒤죽박죽되는 느낌이 들어 거실로 가서 의자에 앉았다. 그러고는 손을 뻗어 의자 옆에 있는 거실 스탠드를 켜는 순간 방이 나를 덮쳤다.

내가 바란 엄청난 결과는 이런 게 아니었다. 감정을 싹 바꾸어줄 어떤 변화들을 생각했던 거다. 이를테면 마구잡이로 용솟음치는 기쁨, 굴레에서 벗어난 듯한 해방감, 거기에 덧붙여 약간의 어지러움과 큰 소리로 한바탕 웃고 싶은 충동이 샘솟기를 바랐다. 누군가 내게 거대한 접시를 집어던지기라도 한 것처럼 천장이 빙빙 돈다든지, 흔들거리는 연초록빛 의자들이 괴물처럼 한껏 부풀어 올랐다가 하나로 뭉쳤다 흩어졌다 하면서 의미 없고 김빠진 악의에 가득 차서 나와 내기를 하려고 들 줄은 정말이지 꿈에도 생각지 못했다. 머리가 뒤로 축 늘어졌고, 나는 눈을 감았다. 그러고 나서 다시 눈을 뜬 순간, 눈을 부릅뜨고 의자에서 벌떡 몸을 일으켜 복도를 따라가 베리먼 씨의 침실에 닿았는데—세상에나, 맙소사!—여기저기 사방에 게워놓고, 나무토막처럼 푹 고꾸라져 버렸다.

그 이후로 일어난 일들이 연속된 그림으로 떠오르지 않는다. 그 다음 한두 시간에 관한 기억이 생생한 부분과 있을 법 하지 않은, 깜깜부지와 불확실 사이를 오가는 부분으로 나뉜 거다. 내가 욕실 바닥에 누워 작고 하얀 육각형 타일을 곁눈으로 바라보았던 기억은 또렷하다. 감탄스러울 만큼 고르고 가지런한 그 타일의 모습을, 게워낸 오물로 망쳐놓은 사람이 띄엄띄엄 맑은 정신으로 감사하면서 바라보았던 기억도 난다. 그 뒤에 현관 벽에 걸린 전화기 앞 민걸상에 앉아 전화를 걸어 힘없는 소리로 조이스를 바꿔달라고 했다. 조이스는 집에 없었다. 조이스네 엄마(꽤나 호들갑스러운 아줌마인데 아무것도 눈치를 채지 못한 것 같아서 설핏 고마운 마음이 저절로 들었다.)가 케이 스트링어네 집에 갔다고 했다. 케이네 전화번호를 몰라서 교환원에게 물었다. 전화번호부를 뒤적거리다가는 그대로 고꾸라질 것만 같아서.

케이 스트링어는 조이스가 새로 사귄 친구로 나는 모르는 아이였다. 드센 왈가닥이라는 막연한 소문의 주인공 케이는 머리가 기다란 갈기 같았는데, 색깔이 비누 빛 노랑과 캐러멜 빛 갈색이 섞여 자연스러운데도 참 기이했다. 그 애는 마틴 콜링우드보다 훨씬 더 끌리는 남자애들, 학교를 그만두었거나 하키 팀 선수로 영입해 온 남자애들을 많이 알았다. 케이와 조이스는 그런 남자애들의 차를 타고 여기저기 돌아다녔고, 이따금—물론 엄마들한테는 거짓말을 하고—고속도로를 타고 도시 북부에 있는 가일라 댄스홀에 가기도 했다.

마침내 조이스와 통화를 했다. 남자애들과 어울릴 때면 늘 그랬듯이 매우 들떠 있어서인지 내 말이 잘 들리지 않은 모양이었다.

"아, 오늘은 안 돼. 다른 애들이랑 같이 있거든. 카드놀이를 하려는 참이야. 너 빌 클라인 알지? 걔도 있어. 로스 아모······."

"나 메슥거려." 나는 또박또박 말하려고 애썼는데도, 짐승이 낑낑거리는 듯한 소리만 났다.

"나 취했다고, 조이스!" 그 말을 하고 난 뒤에 나는 민걸상에서 떨어졌고 그 바람에 내 손에서 튕겨나가 벽에 부딪힌 송수화기가 한동안 음울하게 울렸다.

미처 내가 있는 곳을 조이스에게 말할 새가 없었다. 그러니 잠깐 머리를 굴리다 조이스가 우리 엄마에게 전화를 걸었을 테고, 쓸데없는 것까지 미주알고주알 캐내기 명수인 여자애들이 잔꾀를 발휘하여 이곳을 기어코 알아낸 모양이었다. 조이스는 케이와 남자애들—세 명—을 데리고 케이 엄마에게는 대충 둘러대고 차를 몰고 왔을 것이다. 나는 그들이 도착했을 때까지도 복도에 깔린 널따란 융단에 널브러져 있었다. 또다시 속이 메슥거렸지만, 이번에는 용케 참고 욕실로 갔다.

케이 스트링어, 우연히 이 현장에 함께 왔을 뿐인 그 애가 결과를 놓고 보자면 내게 꼭 필요한 사람이었다. 그 애는 위기, 특히 이번처럼 떳떳이 드러낼 수 없는 불미스럽고 어른들에게는 비밀로 해야 할 위기를 즐겼다. 흥분해 있었고, 적극적이었고, 능숙했다. 드세다는 꼬리표를 얻은 것은 그저 관리하고, 위로하고, 통제하는 여성의 위대한 본능이 넘쳐흘렀기 때문이었다. 케이가 하는 말들이 사방에서 들려왔다. 걱정하지 말라고 나를 다독이는 소리, 제일 큰 커피포트를 찾아 커피를 한가득 끓이라고 조이스에게 말하는 소리(*진한* 커피, 라고 케이는 말했다.), 나를 들어서 소파로 옮기라고 남자애들에게 지시하는 소리. 얼마 뒤에는 내 귀에 잘 들리지 않는 아련한 목소리로, 케이는 바닥을 닦는 솔을 찾고 있었다.

그 뒤 나는 그 애들이 침실에서 찾아낸, 손으로 짠 담요 비슷한 얇은 덮개를 덮고 소파에 누워 있었다. 난 쑥스러워서 고개를 들지 못했다. 집 안에서 커피 냄새가 진동했다. 조이스가 해쓱한 얼굴로 들어와서, 베리먼 씨네 아이들이 자다가 깼는데 과자를 주고 침대로 가서 자라고 얼렀으니 괜찮다고 말했다. 방에서 나오면 안 된다고 타일렀지만, 그 애들이 새겨들었는지는 모르겠다고도 했다. 자기가 케이랑 같이 욕실과 복도를 깨끗이 청소한다고는 했는데 그래도 융단에는 얼룩이 남은 것 같다는 말도 덧붙였다. 드디어 커피가 다 끓었다. 나는 뭐가 뭔지 얼떨떨하기만 했다. 남자애들은 라디오를 틀어놓은 채 베리먼 씨의 음반을 훑어보았다. 그러더니 바닥에 앉아 담판을 지었다. 낌새가 이상했지만 나로서는 무엇 때문인지는 짐작할 수 없었다.

케이가 아침 식사 때 쓰는 커다란 머그잔에 커피를 가득 따라왔다.

"무슨 말을 해야 할지 모르겠어. 고마워."

"일어나 앉아." 케이가 대뜸 말했다. 술꾼을 해결하는 것이 케이의 일상 업무 같아서, 딱히 내가 무슨 대단한 일을 치렀다는 기분은 들지 않았다.(내가 그런 말투를 경험하고 깨달은 건 몇 년 뒤 분만실에서였다.)

"이제 마셔." 케이가 말했다. 커피를 마시면서야 나는 비로소 내가 슬립만 입고 있다는 걸 알아차렸다. 조이스와 케이가 내 블라우스와 치마를 벗긴 거였다. 치마는 솔로 문지르고 블라우스는 나일론이라 물로 빨아 욕실에 널어두었다고 했다. 내가 이불을 끌어 올려 겨드랑이에 끼우자 케이가 깔깔거렸다. 케이는 다들 커피를 날라 오라고 시켰다. 조이스가 커피포트를 통째로 가지고 와서 케이가 시키는 대로 내가 커피를 마시는 족족 머그잔을 채웠다. 누군가가 재미있다는 듯이 내게 말했다.

"아주 거나하게 취하고 싶었나 봐?"

"아니야. 딱 두 잔밖에 안 마셨어." 나는 고분고분 커피를 마시면서 조금 퉁명스럽게 말했다.

케이가 깔깔 웃으며 말했다. "그렇담 술이 널 마셨다고 해두자. 집주인이 몇 시쯤 돌아오기로 했는데?"

"늦게. 1시 넘어서 올 거야, 아마."

"그때쯤이면 너도 멀쩡해질 거야. 커피 더 마셔."

케이가 한 남자애와 라디오에서 흘러나오는 음악에 맞춰 춤을 추기 시작했다. 케이는 아주 섹시하게 춤을 추었지만, 아랫사람의 응석을 너그러이 받아주는 듯한 어른스러운 얼굴은 내게 일어나서 커피를 마시라고 할 때와는 반대로 쌀쌀맞게 보였다. 남자애가 뭐라고 귀엣말을 하자 케이는 웃으면서 고개를 저었다. 조이스는 배가 고프다면서 먹을 것—포테이토칩이나 크래커처럼 조금 집어내도 티가 나지 않는—을 찾으러 주방으로 갔다. 빌 클라인이 내가 앉아 있는 소파로 와서 곁에 앉더니 담요 사이로 내 다리를 쓰다듬었다. 아무런 말도 하지 않고 마냥 내 다리를 쓰다듬으면서, 아주 멍청하고 살짝 맛이 가고 어처구니없고 놀랍게 여기는 듯한 표정으로 나를 바라보았다. 나는 기분이 매우 언짢았다. 어떻게 저런 표정을 짓는 빌 클라인을 두고 지금까지 아주 잘생겼다는 소문이 돌았는지 의아하기도 했다. 내가 초조하게 다리를 움직였지만 그는 개의치 않고 더듬거리는 손길을 멈추지 않았다. 결국 나는 담요를 몸에 둘둘 감고 소파에서 일어나 블라우스가 다 말랐는지 보려고 욕실로 가려고 했다. 걸음을 떼기 시작하자 조금 비틀거렸는데, 웬일인지—아마도 빌 클라인에게 겁먹지 않았다는 걸 여봐란듯이 보여주려고—이내 과장스러운 몸짓으로 소리쳤다.

"똑바로 잘 걷는지 봐줘!"

나는 아이들의 웃음소리를 들으며 비틀비틀 갈지자걸음으로 현관 복도 쪽으로 나아갔다. 거실과 현관 복도 사이의 아치문에 서 있을 때 현관문 손잡이가 아주 작게 달각, 돌아가는 소리가 났다. 물론 라디오를 제외하고 내 뒤에 있는 모두가 침묵에 잠겼고, 내 몸에 감겨 있던 담요는 저도 알 수 없는 어떤 미묘한 악의에 사로잡히기라도 한 듯 스르르 미끄러져 발치에 떨어졌다. 바로 그 순간—오, 잘 짜인 익살극의 짜릿한 순간!—베리먼 부부가 거기 서 있었다. 한물간 익살극 감독이라면 누구라도 쾌재를 불렀을 상황에 딱 맞은 표정을 짓고서. 그 표정도 단단히 준비했음에 틀림없었다. 그렇게 시끌벅적하게 굴었으니 차에서 내리는 순간 그들이 못 들었을 리 없을 테고, 우리는 우리가 낸 떠들썩한 소리에 차 소리를 듣지 못했던 거다. 두통 때문이든 부부 싸움을 했든, 그렇게 일찍 귀가한 까닭을 알 길도 없고 물어볼 처지도 아니었다.

베리먼 씨가 나를 차에 태워 우리 집까지 데려다 주었다. 어떻게 그 차에 올랐는지, 옷을 어디서 어떻게 찾아 꿰입었는지, 베리먼 부인에게 인사를 했다면 어떤 식으로 했는지 하나도 기억나지 않는다. 얼떨결에 외투를 집어 들고 불명예스러운 퇴각을 엄호라도 하듯 반사적으로 저항의 함성을 내지르며 달아났으리라 짐작될 뿐, 친구들에게 무슨 일이 생겼는지도 기억에 없다. 조이스가 손에 크래커 한 통을 들고 있던 기억, 저녁으로 먹은 것—조이스가 사우어크라우트*라고 말한 것 같다.—때문에 내 속이 몹시 메스꺼운 거라고 말한 기억, 내가 친구들에게 도움을 청했던 기억은 난다.(그게 소용이 있었느냐고 내가 나중에 물었더니, 조이스는 아무 소용이 없었고, 내게서 *지독한 냄새가 났다*고 말했다.) 조이스가 이런 말을 한 것도 기억난다.

"오, 베리먼 씨. 부디 우리 엄마에게 알리지 말아주세요. 신경이 아주 예민해서 어떤 충격을 받을지 몰라요. 원하신다면 제가 무릎을 꿇고 빌겠습니다. 하지만 *우리 엄마에게 전화만은 하지 말아주세요*."

---

* 양배추를 발효해서 만드는 독일식 김치로 신맛이 강하다.

조이스가 무릎을 꿇었던 모습이 떠오르지 않는 걸 보면—진짜로 꿇었다면 말을 끝내자마자 곧바로 꿇었을 테니—애원이 먹히지 않은 모양이었다.

베리먼 씨가 내게 말했다.

"오늘 밤에 네가 한 행동은 대단히 심각한 일이라는 걸 너도 알 거라고 생각한다."

그 말은 내가 과실범 따위로 고소를 당할 수도 있다는 소리 같았다.

"이런 일을 묵과한다면 내가 큰 잘못을 하는 셈이다."

화도 나고 *내가* 혐오스럽기도 했겠지만, 이런 상태로 나를 고지식한 우리 부모에게 데려가야 한다는 게 걱정스러운 모양이었다. 내가 술을 마신 곳이 자기네 집이라는 사실을 너나없이 문제 삼을 게 뻔하니 말이다. 절주(節酒)하는 사람들 대다수가 그의 책임이 더 크다고 여길 테고, 이 도시는 절주하는 사람들 천지였으니까. 이 도시 사람들과 좋은 관계를 유지하는 것이 사업적인 면에서 볼 때 그에게는 무척 중요했다.

"보아하니 이번이 처음은 아니지? 처음인데 술병 세 개를 물로 가득 채워놓을 꾀를 냈겠니? 어쨌거나 이번 경우에는 머리를 쓰긴 했다만, 나를 감쪽같이 속이기에는 모자랐지. 네 생각은 어떠냐?"

나는 대답하려고 입을 열었는데 술은 깰 만큼 깬 것 같았으나 나온 소리는 실없고 처량하게 들리는 웃음소리뿐이었다. 베리먼 씨가 우리 집 앞에서 차를 세웠다.

"불이 켜져 있구나. 이제 들어가서 부모님께 이실직고해라. 어물쩍 넘겼다간 내가 말씀드릴 테니 그리 알고."

베리먼 씨는 그날 밤 내가 아이들을 보아준 대가에 관해서는 언급하지 않았고 나도 미처 생각할 겨를이 없었다.

나는 집으로 들어가 곧장 위층으로 올라가려 했으나 엄마가 나를 불렀다. 내가 불 꺼진 현관홀로 들어온 순간, 냄새를 맡은 게 틀림없었다. 누군가가 쓰러지는 것을 목격한 사람처럼 깜짝 놀라 외마디 비명을 지르며 엄마는 대번에 달려들어 내 어깨를 잡았다. 내가 휘청거리며 난간에 몸을 기댄 건 사실 재수도 지독히 없다는 생각에 아찔해져서였다. 그리고 마틴 콜링우드의 이름부터 병에 든 아스피린을 다 먹어버리고 싶었던 충동까지 자초지종을 털어놓고 잘못했다고 말했다.

월요일 아침 엄마는 버스를 타고 베일리빌로 나가 주류 판매점에서 스카치위스키 한 병을 샀다. 그리고 나서 집으로 오는 버스를 기다리다 아는 사람 몇을 만났는데, 엄마의 손가방으로는 술을 숨길 수 없었다. 그 때문에 엄마는 맞춤한 쇼핑백을 가져오지 않은 자신에게 몹시 분개했다. 엄마는 우리 동네에 도착하자마자 내처 베리먼 씨네로 걸어갔다. 점심도 거른 채로. 그때까지 베리먼 씨는 공장에 가지 않고 집에 있었다. 엄마는 그 집으로 들어가서 부부와 함께 이야기를 나누면서 대단히 좋은 인상을 주었고 베리먼 씨가 엄마를 집까지 태워다 주었다. 엄마는 감정에 치우치지 않고 솔직하고 차분하게 이야기를 했는데, 그런 태도는 언제고 한 아이의 엄마를 대할 각오를 단단히 하고 있는 사람들에게 뜻밖의 호감을 얻었다. 엄마는 내가 학교생활은 잘해 나가는 것 같아 보여도 정서 발달이 무척 더디다고—아니 희한하기 짝이 없다고—말했다. 아무래도 내 행동을 그런 식으로 분석한 게 아동 상담 지도에 관한 책들을 많이 읽는 베리먼 부인에게 특히 잘 먹혀든 것 같다. 내가 힘들어하는 이유를 구체적으로 밝히면서부터 세 사람 사이는 화기애애해졌고, 그에 엄마는 마음을 푹 놓고 마틴 콜링우드와 있었던 일을 시시콜콜 다 말해 버렸다.

며칠도 안 되어 마틴 콜링우드 때문에 내가 자살을 기도했다는 이야기가 온 동네와 학교에 쫙 퍼졌다. 하지만 그 전에 이미, 베리먼 씨 부부가 토요일 밤에 귀가했을 때 내가 술에 취해서 비틀걸음으로 슬립만 입은 채 남자애 세 명과 한방에 같이 있었고, 그중 하나가 빌 클라인이었다는 소문이 파다하게 퍼져 있었다. 베리먼 씨 부부에게 변상하느라 산 위스키 값은 애보개 일을 해서 번 돈으로 갚아야 한다고 엄마는 다짐을 받았는데, 4월 마지막 잔설이 녹아 없어지듯 내 고객은 다 끊겼으니 갚을 길이 막막했다. 우리 마을에 새로 이사 온 사람이 7월까지 집 밖 출입을 하지 않는다거나, 이웃들과 아직 말을 트기 전에 애보개를 구할 필요가 있다면 또 모를까.

엄마는 또 남자애들과 어울려 다니도록 허락한 것이 큰 실수라고 했으니, 이제 나는 열여섯 살이 될 때까지 남자애들과 놀러 다니지 못할 것이다. 그 때문에 내가 구체적으로 겪은 어려움은 전혀 없었다. 적어도 누군가가 내게 데이트를 신청한 것은 한참 뒤였으니까. 만약 베리먼 씨네 집에서 벌인 모험담이 입소문을 탄 덕분에 우리 도시 안팎에서 흥청망청 즐기는 이런저런 자리에 내가 불려 다녔으리라고 생각한다면, 그건 착각도 이만저만한 착각이 아니다.

내가 난생처음으로 마신 술 때문에 타게 된 그 엄청난 유명세는 아주 특별한 불운의 징표 같았다. 사생아를 낳았는데 세쌍둥이였다는 어떤 여자와 처지가 똑같았다고나 할까. 어느 누가 그 여자를 알은척이나 하고 싶었겠는가. 아무튼 나는 전화 연락이 거의 끊기다시피 한 아이들 중 하나가 된 동시에 중등학교 전체를 통틀어 가장 큰 오명을 입은 아이가 되었다. 이듬해 가을 금발에 뚱뚱한 10학년 여학생이 유부남과 도망했는데 두 달 뒤, 수세인트마리 시에서 동거 생활—같이 도망한 그 유부남과는 아니었지만—을 하다 붙들린 사건이 일어날 때까지 나는 이 수모를 견뎌야 했다. 그리고 그때에야 비로소 모든 사람이 나를 잊었다.

그래도 이 사건 덕분에 정말이지 아주 뜻밖의 바람직한 결과를 얻었다. 바로 마틴 콜링우드를 말끔히 잊은 거였다. 그 사건 말고 한 가지 일이 더 있었다. 마틴이 한번은 공공연하게, 자신은 나를 늘 얼뜨기라고 여겼노라고 떠벌린 거였다. 자존심이라고는 없는 아이였고, 한 달, 1주일, 아니 어쩌면 그보다 더 빨리 무너뜨릴 수 있는 방법을 알아낼 수 있는 아이라서 끌렸던 것뿐이라고. 나는 그런 소리를 듣고도 어떻게 얼굴 들고 바깥을 돌아다닐 수 있었을까? 그것은 내가 겪은 불행이 끔찍하면서도 매혹적이었기 때문이었다. 세상만사란 게 다 그렇지 않던가. 내가 그것을 즐겼다는 건 아니다. 나는 자의식이 강한 소녀였고 그 사건이 동네방네 소문나면서 상당히 큰 곤욕을 치렀다. 그러나 그 토요일 밤에 벌어진 사건들에 나는 매혹되었다. 파렴치하고 터무니없고 철저히 부서뜨리는 부조리를 살짝 맛보고 나서 소설은 아니어도, 삶의 이야기를 즉석에서 써

내려가는 기분이었다. 하여 나는 눈을 돌릴 수 없었다.

물론 마틴 콜링우드는 그해 6월 전문대학 입학원서를 썼고, 도시로 나가 장의사 양성 학교에서 공부를 하고 고향으로 돌아와 자기 삼촌이 운영하는 장의업소에서 일했다. 우리는 같은 도시에서 살았고 서로에게 일어난 일들을 소문으로 들어 거의 다 알았지만, 먼발치로 본 것 말고는 몇 년 동안 단둘이 또는 여럿이 함께 직접 만난 적은 없었다. 그와 결혼할 여자의 샤워 파티*에 가기는 했지만, 거기는 누구라도 가는 자리였다. 마틴을 직접 다시 만난 것은 내가 결혼하고 몇 해 뒤, 친척 장례식에 참석하려고 고향에 왔을 때였던 것으로 기억한다. 그때서야 비로소 만난 셈이었다. 다아시 씨와 비슷한 데는 별로 없었지만 그래도 검정 양복을 입은 모습은 여전히 근사해 보였다. 장례식장이라는 자리에서 갖춰야 할 예절에 어긋나지 않게 그는 살포시 회상에 젖은 듯한 미소를 띠며 나를 건너다보았다. 나는 그런 그를 보면서 그때 내가 보였던 열성이랄지 아니면 잠깐 매장당하다시피 했던 나의 비극에 그도 놀랐었다는 것을 알았다. 나는 다소곳이 알쏭달쏭한 표정을 지어 보였다. 나는 이제 어엿한 여인이다. 그 사람 자신의 비극을 밝히는 건 그에게 넘긴다.

* 결혼을 앞둔 예비 신부를 축하하며 선물을 주는 파티.

죽음 같은 시간
THE TIME OF DEATH

그 엄마, 리오나 패리가 누비이불을 둘러쓰고 침상에 누운 뒤에도 여인네들은 이미 주방이 후터분한데도 난로에 계속 장작을 얹을 뿐 누구 하나 전등을 켜는 사람은 없었다. 리오나는 차만 조금 마시고 음식은 거부하면서, 듣기 거북하고 억지스럽긴 할지언정 아직 히스테릭하지는 않은 목소리로 말문을 열었다.

— 난 그다지 집을 안 비웠어요, 한 20분밖에는…….

(못해도 45분은 된다고 앨리 맥기는 생각했다. 그 자리에서는 밝히지 않았어도 똑똑히 기억했다. 앨리가 날마다 꼬박꼬박 즐겨 듣는 라디오 방송 세 편을 채 반도 듣지 못했는데, 리오나가 앨리네 주방에서 퍼트리샤를 두고 구시렁거리고 있었으니까. 리오나는 앨리네 재봉틀로 퍼트리샤가 입을 소몰이꾼 옷을 짓던 참이었다. 바늘이 부러지기 십상이니 그러지 말라고 앨리가 누누이 당부를 했

건만 리오나는 재봉틀을 어찌나 빨리 돌리는지 실이 팽팽하다 못해 끊어질 지경이 되어도 뒤로 되감는 법이 없었다. 퍼트리샤는 그날 밤 소몰이꾼 옷을 입고, 전국을 돌며 연주와 춤 공연을 하는 메이틀랜드밸리 악단과 함께 노래를 부르기로 되어 있었다. 퍼트리샤는 '메이틀랜드밸리의 사랑스러운 귀염둥이', '금발의 꼬마 아가씨', '거인의 목소리를 가진 땅꼬마'로 소개되었다. 그처럼 연약한 어린아이의 것이라고는 믿기지 않을 만큼 퍼트리샤의 목소리는 쩌렁쩌렁했다. 리오나는 세 살 적부터 퍼트리샤를 대중 앞에서 노래 부르게 했다.

— 겁 같은 거 집어먹은 적은 한 번도 없어요. 노래 부를 팔자를 타고나서 그런가.

몸을 앞으로 숙이고 재봉틀 발판을 꽉꽉 밟아대며 리오나가 말했다. 밑으로 처져 벌어진 실내복 틈새로 야윈 가슴이 드러났고, 푸르스름한 굵은 핏줄이 내비치는 젖무덤은 축 늘어져 있었다.

— 영국 임금님이 보는 앞이라도 그래요. 아무렇지 않게 일어나서 노래를 하고 다 부르면 제 자리에 가서 앉지요. 그런 아이네요. 이름도 벌써 딱 가수 같잖아요. 퍼트리샤 패리, 하면 막 방송에서 소개하는 것을 듣는 것 같지 않은가요? 타고난 금발도 그렇고요. 평생 매일 밤마다 지친 몸으로 머리치장에 매달려야 할 판이지만, 알짜배기 금발이 귀한 거로 치면 타고난 곱슬머리에 댈 게 아니지요. 검어지지도 않아요. 검어지지 않은 알짜배기 금발, 그게 우리 집 내림이네요. 일전에 말했던 내 사촌, 왜 그 1936년도 미스 세인트캐서린스 말이에요. 그 사촌도, 돌아가신 우리 이모도 그런 금발

이네요…….)

앨리 맥기는 잠자코 있었고, 리오나는 한숨을 몰아쉬더니 계속 주저리주저리 늘어놓았다.

— 20분이었네요. 현관을 나서면서 마지막으로 단단히 일렀어요. 한눈팔지 말고 동생들 잘 보라고! 아홉 살이나 먹었는데 그만한 일도 못해? 후딱 길 건너 가서 옷을 박아올 것이니 동생들 잘 보고 있으라고 했어요. 그러고는 현관을 나서서 층계를 내려와 뜰을 지나 대문 문고리를 막 벗겼는데, 왠지 발이 내키질 않데요. *별일도 다 있다!* 생각하고는 뭔 일이 나려나, 혼잣말로 그랬네요. 자꾸 마음이 쓰여서 뜰을 둘러보니 껑충한 옥수숫대와 양배추가 얼어 죽은 것 말고는 암 것도 없데요. 올해는 하나도 거두지를 못했어요. 그러고는 또 길 위아래를 훑어보니 먼디네 늙은 개가 그 집 앞에 퍼질러 누워 있을 뿐, 이쪽저쪽 다 봐도 오가는 차 한 대 없이 길이 텅텅 비었데요. 날이 추우니 애들도 밖에서 안 노는구나, 하다가 아이고 이런 정신머리! 날짜도 모르고 사네. 토요일 아침은 아닌 게 분명하고 무슨 날은 날인 것 같은데 내가 잊어버린 무슨 특별한 날인가 보다 했네요. 그때 문득 눈이 올 모양이라는 생각이 들었네요. 그런 기운이 확 끼쳤거든요. 다들 알잖아요, 길바닥에 고인 물들이 얼어붙고 쩍쩍 갈라지도록 지랄같이 추운 그런 날. 한데 눈은 안 왔어요. 여태도 안 왔잖아요. 그때서야 길을 건너고 앨리네 현관 계단을 올라가니까 앨리가 그러데요. 리오나, 무슨 일이야? 왜 그렇게 얼굴이 창백해…….

앨리 맥기가 이 말을 듣고도 아무 소리 하지 않은 것은, 지금은 옳고 그름을 따지고 자시고 할 때가 아니었기 때문이다. 리오나는 갈수록 목청을 높였고 제풀에 꺾이겠다 싶은 대목에 이르자 갑자기 비명을 질러댔다.

— 그 앨 내 옆에 얼씬도 못 하게 해요. 내 눈에 안 보이게. 그냥 내 옆에만 못 오게.

그러자 주방에 모여 있던 여인네들은 당연히 해야 할 일처럼 침상 주위로 우르르 몰려들었는데, 그 커다란 몸들이 어슴푸레한 불빛 아래 형체가 흐릿해졌고, 파리하고 힘겨워 보이던 얼굴들마다 애도와 측은지심이라는 의례용 가면을 둘러쓰고 있었다.

— 이제 그만 누워요. 자, 어서. 리오나, 아무 걱정 마요. 그 앤 여기 못 올 테니.

그네들은 의례를 치르듯 엄숙한 말투로 위로했다.

구세군에서 나온 여자 대원은 늘 그렇듯이 시종일관 자애로운 목소리로 말했다.

— 그 애를 용서해야 합니다, 패리 부인. 그 앤 아직 어린아이일 뿐이에요.

구세군 여자 대원이라면 가끔씩 하게 마련인 이런 말도 잊지 않았다.

— 그건 하느님의 뜻입니다, 우리는 헤아리지 못하는.

얼굴에 개기름이 번질번질하고 누르튀튀한 나이 많은 구세군 여자 대원은 아주 굵직한 남자 같은 목소리로 이렇게 말했다.

— 하늘나라 정원에서는 아이들이 꽃처럼 피어납니다. 하느님께서 다른 꽃이 필요해서 부인의 아이를 데려가신 겁니다. 자매님, 하

느님께 감사드리고 기뻐할 일입니다.

나머지 여인네들은 그런 말을 듣는 게 거북해서, 어찌할 바를 모르고 쩔쩔매다 숙연해지고 마는 어린아이 같은 표정들을 짓고 있었다. 그네들은 차를 끓이고 파이며 과일 케이크며 스콘이며 마을 사람들이 만들어 보낸 음식과 자신들이 직접 만든 음식 들을 식탁에 차렸다. 리오나가 한사코 먹지 않았으니 누구도 음식에 손을 대지 않았다. 우는 여인네가 많았지만, 구세군에서 나온 두 여자는 울지 않았다. 앨리 맥기도 울었다. 땅딸막한 키에 얼굴은 평온해 보이고 가슴이 풍만한 앨리는 자식이 없었다. 리오나는 누비이불에 덮인 두 다리를 그러당겨 무릎을 끌어안고 몸을 앞뒤로 흔들며 목 놓아 울었고, 고개를 숙였다가 뒤로 젖히기도 했다.(목주름에 낀 때가 보여 몇몇 사람이 무안해했다.) 이윽고 울음소리가 잦아들더니 리오나는 무슨 놀라운 소식이라도 전하듯 말했다.

— 열 달까지 젖을 먹였어요. 얼마나 착한 순둥이였게요. 직접 데리고 있어 보지 않은 사람들은 절대로 몰라요. 오죽했으면 내가, 이 놈이 제일 낫다는 말을 입에 달고 살았을라고요.

어둡고 후터분한 주방에서 그 모성애가 처연한 위엄으로 어미인 자신들의 살을 파고드는 것을 느끼며, 여인네들은 그 불결하고 상종하기를 꺼렸던 리오나 앞에서 몸을 낮추었다. 남정네들—장작을 한 아름 들고 오거나 부끄럽게도 먹을 것을 달라는 아이 아버지와 일가붙이와 이웃 아저씨—은 이내 입도 벙긋하지 못하도록 자신들을 책망하는 무엇인가를 느꼈다. 그들은 쫓기듯 밖으로 나가 다른 남자들에게 안쪽 분위기를 전했다.

— 짐작한 대로네. 아직도 그대로야.

그리고 살짝 취기가 오른 아이 아버지는, 사람들이 자신에게 어떻게 좀 해보기를 바라는 낌새를 느꼈지만 그럴 깜냥이 못 되었으므로 거칠게 내뱉었다.

— 제길, 저런다고 베니가 살아나기라도 하나. 눈이나 퉁퉁 붓고 말걸.

조지와 아이린은 상품 안내서를 가지고 오리기 놀이를 하고 있었다. 상품 안내서에서 사람들을 오려 엄마와 아버지와 아이들이 있는 가정을 만들고, 그들이 입을 옷가지도 오렸다. 퍼트리샤는 동생들이 가위질하는 것을 지켜보다가 말했다.

— 얘들아, 잘 봐. 이렇게 오려야지. 가장자리에 있는 하얀 부분을 싹 오려내야 해! 옷을 망가뜨리지 않으려면, 겹친 부분이 잘려 나가지 않도록 조심하고.

퍼트리샤는 가위를 들고 하얀 테두리 부분을 남김없이 깔끔하게 오렸다. 해쓱하고 날카로워 보이는 얼굴을 한쪽으로 기울이고 입은 앙다문 채 하는 행동을 보면 영락없는 어른이었지, 어른 시늉을 하는 게 아니었다. 퍼트리샤는 커서 가수가 될 작정이었고 어쩌면 영화나 라디오 방송에 출연할지도 몰랐지만, 가수 놀이는 하지 않았다. 또 영화 잡지 보는 걸 좋아했고 옷이나 방 따위의 사진이 실린 잡지들을 즐겨 보았다. 창문으로 시내 주택가에 있는 집들을 구경하는 것도 좋아했다.

베니가 기엄기엄 소파로 올라가려고 애쓰고 있었다. 상품 안내서를 움켜잡았다가 아이린에게 찰싹 손을 얻어맞자 울먹이기 시작했다. 그런 베니를 퍼트리샤가 번쩍 들어 안고 창가로 갔다. 베니가 창밖을 내다볼 수 있도록 의자 위에 세워놓고 말했다.

— 베니, 저기 봐. 멍멍이.

먼디네 개가 일어나서 몸을 흔들어 털더니 길 저쪽으로 가고 있었다.

— 멍멍이?

베니가 묻듯이 말끝을 올리며, 개가 걸어가는 모습을 보려는 듯 손바닥으로 창문을 짚고 내다보았다. 베니는 태어난 지 열여덟 달이 되었지만 할 줄 아는 말은 멍멍이와 브램뿐이었다. 브램은 가끔씩 집 앞길을 지나가는 칼갈이 아저씨였다. 원래 이름은 브랜던이다. 베니는 그 남자를 기억하고 있었고, 그가 올 때면 보려고 허둥허둥했다. 다른 아이들은 태어난 지 열세 달이나 열네 달쯤 되면 베니보다 할 줄 아는 말이 훨씬 더 많았고, 손을 흔들며 인사를 한다거나 박수를 치는 동작 들도 더 많이 했고, 생김새도 대부분 훨씬 귀여웠다. 베니는 꼬챙이처럼 앙상하게 말랐고 얼굴은 아버지—핏기 없고, 과묵하고, 아무런 기대감도 없는—를 닮았다. 그리고 갖고 싶어 하는 건 꼬질꼬질한 챙 달린 모자뿐이었다. 하지만 베니는 순했다. 몇 시간이고 서서 창밖을 내다보며 어떨 때는 묻듯이 나직한 소리로 멍멍이? 하거나 어떨 때는 흥얼흥얼 노래하듯이 멍멍이 하면서 창틀을 손으로 어루만지며 지냈다. 키는 껑충하니 자랐어도 아직 갓난아이처럼 안고 보듬어주는 것을 좋아했다. 누워 있을 때는 살짝 겁을 먹거나 미심쩍은 듯한 표정으로 쳐다보며 미소를 짓곤 했다. 베니가 모자란 아이라는 걸 알고 있는 퍼트리샤는 워낙 모자란 사람들을 끔찍이 싫어했다. 그러니까 베니는 모자란 사람들 가운데 퍼트리샤가 유일하게 싫어하지 않은 아이였다. 그래서 능숙하고 태연하게 코를 풀어주기도 했고, 자기가 하는 말을 따라하도록 말하는 연습을 시키기도 했고, 걱정스러운 얼굴로 베니의 얼굴을 내려다보며 안녕, 베니, *안녕* 하기도 했다. 그러면 베니도 퍼트리샤를 마주 보면서 알쏭달쏭한 표정으로 느릿하게 웃곤 했다. 그러다가 지긋지긋하다는 생각이 들면, 퍼트리샤는 베니를 혼자 두고 영화 잡지를 보고는 했다.

아침을 홍차 한 잔과 슈거번으로 때운지라 퍼트리샤는 배가 고팠다. 식탁 위에 그대로 둔, 우유와 오트밀이 남은 지저분한 그릇들을 살펴보았다. 빵을 하나 집었다가 우유에 젖어 눅어서 그냥 던져 버렸다.

— 우리 집은 냄새가 지독해.

아이린과 조지는 아랑곳하지 않았다. 퍼트리샤는 리놀륨 바닥에 말라붙은 오트밀을 발로 걷어찼다.

— 이것 좀 봐. 이게 도대체 뭐야! 우리 집은 왜 만날 이렇게 구질구질하지?

퍼트리샤는 오락가락하며 발에 걸리는 대로 걷어찼다. 그러고는 싱크대 밑에서 작은 양동이와 바가지를 꺼내, 난로의 물통에서 물을 푸기 시작했다.

— 청소해야겠어. 다른 집들처럼 깨끗이 청소한 적이 단 한 번도 없어. 먼저 바닥을 박박 문질러 닦을 테니 너희도 나를 도와줘…….

퍼트리샤는 양동이를 난로에 올렸다.

— 그 물은 지금도 뜨거워.

아이린이 말했다.

— 이 정도로는 안 돼. 팔팔 끓이는 게 좋아. 앨리 아줌마가 집 바닥 청소하는 거 내가 봤어.

그 아이들은 밤새 앨리 맥기 부인네 집에 있었다. 구급차가 오고 나서 여기로 건너왔다. 리오나와 앨리와 동네 사람들이 부리나케 베니의 옷을 벗기기 시작했는데 마치 살갗까지 벗기는 것처럼, 베니는 울면서 난리를 치는 정도가 아니라 한쪽 다리를 차에 치인 개가 내지르던 소리보다 훨씬 더 끔찍하고 더 크게 울부짖었다……. 그러자 앨리가 그 아이들을 보고 소리쳤다.

— 저리 가. 여기 있지 말고 가! 우리 집에 가 있어.

구급차가 와서 베니를 병원으로 싣고 간 뒤에 앨리는 자기 집으로 돌아와 베니는 한동안 입원해야 하니 자기 집에 있으라고 아이들에게 말했다. 그러고는 아이들에게 땅콩버터를 바른 빵과 딸기잼을 바른 빵을 주었다.

아이들은 속을 깃털로 채우고 옺잇은 다림질한 보드라운 침대보를 깔고, 가볍고 포근하면서 색깔이 연하고 좀약 냄새가 어렴풋이 풍기는 담요를 덮고 잤다. 무엇보다 눈에 띄는 것은 '베들레헴의 별'이 그려진 누비이불이었다. 아이들이 꽃 이름을 알게 된 건 잠자리에 들 준비를 할 때 퍼트리샤가 한 말 때문이었다.

— 어머나, 이 누비이불 정말 예뻐요!

그러자 소스라치게 놀라며 넋이 빠진 사람처럼 앨리가 대답했다.

— 그래, 그렇지? '베들레헴의 별'이라는 꽃이야.

퍼트리샤는 앨리네 집에서 아주 예의 바르게 행동했다. 앨리네 집은 위뜸 주택가에 있는 근사한 집들에 비하면 그다지 좋은 편은 아니었다. 그래도 모조 벽돌로 만든 모조 벽난로도 있었고 양치식물을 꽂아둔 바구니도 있었다. 이를테면 고속도로 언저리에 있는 여느 집들과는 달랐다. 앨리의 남편 맥기 씨는 한동네에 사는 다른 남자들처럼 공장에서 일하지 않고 가게에서 일했다.

조지와 아이린은 그 집에 있으면서 너무 수줍어하고 겁을 내서 말을 시켜도 대답조차 제대로 못했다.

아이들은 모두 아주 일찍 잠을 깼다. 새 이부자리에 어색하게 누운 채 방이 희붐하게 밝아오는 것을 지켜보았다. 그 방은 연한 자줏빛 비단 커튼과 베네치아 블라인드가 쳐져 있었고 벽지에는 연한 자줏빛 장미와 노란 장미가 섞여 있었다.

— 여긴 손님방이야. 우리가 손님방에서 잔 거야.

퍼트리샤가 말했다.

— 화장실 가야 해.

조지가 말했다.

— 화장실이 어디 있냐면, 복도를 쭉 따라가면 있어.

조지는 거기 있는 화장실에 가지 않겠다고 고집을 피웠다. 퍼트리샤가 구슬려도 막무가내였다.

— 침대 밑에 요강이 있나 살펴봐.

아이린이 말했다.

— 앨리 아줌마네는 침실에다 요강을 두지 않아. 그 지린내 나는 걸 방에다 두겠어?

퍼트리샤가 성을 냈다.

조지는 복도 끝에 있는 화장실에 가지 않겠다고 버텼다.

퍼트리샤가 일어나 뒤꿈치를 들고 화장대로 가서 커다란 꽃병을 가져왔다. 조지가 거기에 소변을 본 뒤 퍼트리샤는 소리가 나지 않도록 아주 조심스럽게 창문을 열고 쏟아버린 다음 꽃병을 아이린의 팬티로 닦아냈다.

— 자, 이제 너희들은 문을 닫고 침대에 가만히 누워 있어. 큰 소리 내지 말고 소곤소곤 말해.

— 베니는 아직도 병원에 있을까?

조지가 소곤소곤 물었다.

— 그래.

퍼트리샤가 짤막하게 대답했다.

— 죽을까?

— 내가 백 번 천 번 말했지, 안 죽는다고.

— 죽으면?

— 아니라니까! 살갗만 데었을 뿐이야. 몸속은 안 뎄어. 그깟 살 좀 뎄다고 베니가 죽을 것 같아? 그리고 그렇게 큰 소리로 말하지 말랬지.

아이린이 베개에 머리를 박고 마구 흔들기 시작했다.

— 너 왜 그래?

퍼트리샤가 물었다.

— 베니 울음소리가 무시무시했어.

아이린이 베개에 얼굴을 묻은 채로 대답했다.

— 무척 아팠겠지. 그래서 운 거야. 병원에 데려갔으니까 아프지 않게 하는 약을 줄 거야.

— 누나가 어떻게 알아?

조지가 물었다.

— 난 알아.

한동안 잠자코 있다가 퍼트리샤가 말했다.

— 살이 데어서 사람이 죽었다는 소리는 지금까지 들어본 적이 없어. 살을 몽땅 다 뎄다고 해도 괜찮아. 금방 새살이 돋을 테니까. 아이린, 울음 뚝 그쳐. 안 그럼 때려줄 테니.

침대에 누워 계속 천장을 쳐다보고 있는 퍼트리샤의 옆얼굴이 앨리네 손님방에 걸린 연자줏빛 비단 커튼과 대비되어 유난히 하얗게 돋보였다.

아이들은 콘플레이크와 잼을 바른 토스트, 그리고 한 번도 먹어본 기억이 없는 그레이프프루트를 아침으로 먹었다. 조지와 아이린이 덥석 집어 드는 것을 보고 있던 퍼트리샤가 타일렀다.

— 고맙습니다, 잘 먹겠습니다! 인사 드려야지.

그러고는 다시 앨리네 부부에게 말했다.

— 정말 춥네요. 오늘 같은 날 눈이 안 온다면 참 이상하겠죠?

그러나 부부는 대답이 없었다. 앨리의 얼굴은 퉁퉁 부어 있었다. 아침을 다 먹고 나서 앨리가 말했다.

— 애들아, 일어나지 말고 내 말 들어. 너희 동생…….

아이린이 울음을 터뜨렸고 조지도 울기 시작했다. 조지가 흐느껴 울면서 그것 보라는 듯이 퍼트리샤에게 대들었다.

— 죽었잖아! 내 말이 맞잖아!

퍼트리샤는 대꾸가 없었다.

— *누나 잘못이에요.*

조지가 흐느껴 울면서 말했고 앨리가 아니라고, 그렇지 않다고 했다. 그러나 퍼트리샤는 하나 흐트러짐이 없는 자세로 여전히 조신하게 앉아 있었다. 동생들의 울음소리가 차츰 잦아들고 앨리가 한숨을 쉬면서 일어나 식탁을 치울 때까지도 한마디 말이 없었다. 그러더니 설거지를 돕겠다고 나섰다.

앨리는 장례식 때 신을 신발을 사주려고 아이들을 데리고 시내로 나갔다. 리오나가 살아생전에는 두 번 다시 보고 싶지 않다고 했으니 퍼트리샤는 장례식에 참석하지 못하겠지만 그래도 새 신발은 사줄 참이었다. 퍼트리샤만 빼놓을 수는 없는 노릇이었다. 앨리는 아이들을 신발 가게로 데리고 들어가 앉혀 놓고 주인 남자에게 사정을 설명했다. 두 사람은 마주 서서 이따금 고개를 끄덕여가며 심각한 낯빛으로 나직나직 말했다. 가게 주인 남자가 아이들에게 신발과 양말을 벗으라고 했다. 조지와 아이린이 모두 벗고 맨발을 내밀었는데 시커먼 때가 발톱에 끼어 있었다. 퍼트리샤가 앨리에게 화장실에 가야겠다고 소곤거리자 앨리가 가게 뒤편에 화장실이 있다고 일러주었다. 퍼트리샤는 화장실에 가서 신발과 양말을 벗고 찬물로 발가락 사이사이까지 꼼꼼히 씻은 다음 종이수건으로 물기를 닦아냈다. 가게로 도로 들어가려던 퍼트리샤의 귀에 앨리가 주인 남자에게 살며시 하는 말이 들렸다.

— 저 애들이 잔 우리 집 침대보를 봤어야 하는데.

퍼트리샤는 아무 말도 못 들은 척 두 사람 옆을 지나갔다.

아이린과 조지는 옥스퍼드 단화를 샀고 퍼트리샤는 자신이 직접 스트랩 슈즈를 골라 신었다. 그러고는 앉은뱅이 거울에 요리조리 비춰 보았다. 퍼트리샤가 앞으로 뒤로 걸어보면서 구두를 살피는 모습을 지켜보던 앨리가 말했다.

— 퍼트리샤, 지금은 구두에 신경 쓸 때가 아니야.

아이들이 가게 문을 나설 때 언제나처럼 부드러운 목소리로 앨리가 가게 주인에게 말했다.

— 저런 게 믿기세요?

장례식이 끝난 뒤 아이들은 자기네 집으로 갔다. 여인네들이 집을 청소하고 베니의 물건들을 치웠다. 아이들의 아버지는 장례식을 치르고 뒤란 헛간에서 맥주를 진탕 마신 탓에 탈이 생겨 고생하다 집을 나가고 없었다. 아이들의 엄마는 몸져누웠다. 엄마가 사흘을 자리보전하고 있었으므로 고모가 집안일을 꾸렸다.

리오나는 퍼트리샤를 자기 방에는 얼씬도 못 하게 하라고 울면서 부탁했다.

— 여기 올라오지 못하게 해요. 꼴도 보기 싫네요. 그 어린것이 지금도 눈에 밟혀서.

그런데 정작 퍼트리샤는 위층으로 올라가려고도 하지 않았다. 그런 생각은 안중에도 없었다. 영화 잡지를 뒤적거리거나 머리치장을 했다. 누군가 울부짖어도 몰랐다. 퍼트리샤에게는 마치 아무 일도 일어나지 않은 것 같았다.

메이틀랜드밸리 공연단의 단장이라는 남자가 리오나를 찾아왔다. 록랜드에서 대규모 공연과 반댄스를 준비하고 있는데, 이런 말을 꺼내기엔 아직 이른 줄 알지만 퍼트리샤가 거기서 노래를 해주면 좋겠다는 것이었다. 리오나는 생각해 보겠다고 말했다. 리오나는 자리를 털고 일어나 아래층으로 내려갔다. 퍼트리샤가 내내 고개를 수그린 채 침상에 앉아 잡지를 보고 있었다.

— 그러고 있으니 머리가 예뻐 보인다. 그동안 네 손으로 직접 손질을 한 게로구나. 브러시와 빗을 가져와라!

그러고는 리오나가 시누이에게 말했다.

— 인생 뭐 있어요? 계속 살아가는 수밖에.

리오나는 시내로 나가 두 곡이 실린 낱장 악보를 샀다. 〈바퀴가 부서지진 않겠죠〉*와 〈하느님의 능력, 그건 비밀이 아니에요〉. 리오나는 퍼트리샤에게 노래를 외우라고 시켰고, 퍼트리샤는 록랜드 공연에서 이 두 곡을 불렀다. 관객들이 쑥덕거리기 시작했다. 베니 이야기를 소문으로 듣기도 하고 신문에서도 읽었던 것이다. 그들이 손가락으로 가리키는 곳에 정장 차림으로 관객석에 앉아 있던 리오나는 고개를 떨어뜨리고 울고 있었다. 몇몇 관객들도 울었다. 퍼트리샤는 울지 않았다.

---

* 어머니의 죽음을 애도하며 부르는 가스펠송.

11월 첫 주(눈은 그때까지도 아직 오지 않았다.) 칼갈이 남자가 고속도로를 따라 수레를 끌고 지나가고 있었다. 골목길에서 놀고 있던 동네 아이들은 그가 오는 소리를 들었다. 아직 저 아래 한참 멀리 있어 알아듣기 힘든데도 아이들은 벌써 노랫소리를 들었다. 그것이 칼갈이의 소리라는 걸 모르는 사람은 세상천지를 떠도는 미친 사람이 내는 소리라고 여길 만큼, 그 노랫소리는 애잔하면서도 새되고 아주 기이했다. 그는 그날도 여느 때와 다름없이 꼬질꼬질하고 가장자리가 너덜너덜한 갈색 외투를 입고 몸통 없는 펠트 모자를 쓰고 있었다. 이윽고 칼갈이 남자가 골목길로 들어섰다. 아이들은 집으로 후다닥 뛰어 들어가 칼이며 가위를 들고 나오거나 신이 나서 이리저리 뛰어다니며 브랜던 아저씨, 브랜던 아저씨를 외치며 불러댔다.

바로 그때 리오나네 집 마당에서 퍼트리샤가 비명을 지르기 시작했다.

— 저 칼갈이 아저씨가 싫어! 싫단 말이야! 끔찍하게 싫어!

퍼트리샤는 나무 그루터기처럼 땅에 붙박인 듯 꼼짝도 하지 않은 채 마당에 서서 얼굴이 새하얗게 질리도록 고래고래 악을 써댔다. 온 동네를 뒤흔드는 날카로운 울음소리에 리오나도, 동네 사람들도 뛰쳐나왔다. 그들은 계속 비명을 질러대는 퍼트리샤를 집 안으로 끌고 들어갔다. 차마 무슨 일이냐고 물어볼 엄두는 내지 못했다. 발작을 일으킨 게 틀림없다고 여겼으니까. 눈이 완전히 뒤집히고 입은 딱 벌어져 있었다. 뾰족뾰족하고 작은 이빨이 아주 투명하고 밑이 살짝 썩어 있는 모습이 꼭 페럿*처럼 보였다. 화나 두려움을 견디다 못해 펄쩍펄쩍 미쳐 날뛰는 불쌍한 작은 짐승. 그들은 퍼트리샤의 몸을 마구 흔들기도 하고, 따귀를 찰싹찰싹 때리기도 하고, 얼굴에 찬물을 끼얹기도 했다. 급기야는 물약으로 된 진정제를 위스키에 듬뿍 타서 억지로 먹인 뒤 침대에 눕혔다.

— 저 애는 리오나에겐 과분한 복덩이지.

이웃 사람들은 집으로 돌아가며 이러쿵저러쿵했다.

— 저래 봬도 *가수*잖아.

평상으로 돌아온 지금 그네들은 예전 못지않게 리오나를 혐오했다. 그들은 음울하게 웃으며 말했다.

— 그러게. 저 미래의 영화배우가 담장을 넘어가도록 고래고래 악을 쓰다니, 아무래도 머리가 돌았지 싶네.

이 집도, 나무로 지은 나머지 다른 집들도 페인트칠을 한 적이 한 번도 없었고, 물매가 가파른 지붕마다 덕지덕지 땜질을 했고, 좁다란 베란다들은 비스듬히 기울었다. 굴뚝마다 장작 연기가 피어올랐고, 유리창에 짓누르고 있는 아이들의 얼굴이 흐릿하게 보였다. 집들 너머에는 군데군데 갈아놓은 밭과 풀이 무성하고 돌투성이인 나머지 땅이 가느다란 띠처럼 길게 늘어져 있었으며 그 뒤로 오종종한 소나무들이 서 있었다. 앞쪽으로는 마당과 메마른 텃밭과 시내로 통하는 잿빛 고속도로가 있었다. 눈이 왔다. 고속도로와 집들

* 유럽 긴털족제비 품종의 하나. 몸의 길이는 31~35센티미터이며, 모피 또는 의학 실험용으로 기른다.

과 소나무들 사이로 눈은 천천히 고루고루 내렸다. 처음에는 커다랗더니 차츰차츰 작아진 눈송이가 딱딱하게 굳은 밭고랑에서도 땅에 박힌 바위에서도 녹지 않았다.

사내아이와 계집아이
Boys and Girls

우리 아버지는 여우 목장을 했다. 다시 말해, 은여우를 길러 모피 값이 비싼 가을과 초겨울에 잡아 껍질을 벗기고 그 털가죽을 허드슨베이 회사나 몬트리올 모피 무역업체들에 팔았다. 이 회사들이 나눠준 영웅 달력이 주방 문 안팎에 하나씩 걸려 있었다. 시리도록 푸른 하늘과 검은 솔숲하며 언제 어떻게 돌변할지 모를 위험한 북부 지방의 강들을 배경으로, 깃털 모자를 쓴 영국이나 프랑스의 탐험가들이 제 나라 국기를 꽂고 있고 고귀한 미개인*들은 등이 휘도록 짐을 지고 있는 그림이 실린 달력이었다.

크리스마스를 앞두고 몇 주일 동안, 아버지는 저녁 식사를 마치면 우리 집 지하실에서 일을 했다. 석회로 벽을 바른 지하실의 작

* 문명에 때 묻지 않은 자연인을 이상화한 표현으로 여기서는 캐나다 원주민, 곧 인디언을 가리킨다. 캐나다는 지난날 프랑스와 영국의 식민지였다.

업대 위에는 100와트짜리 전구가 켜 있었다. 나는 남동생 레어드와 함께 계단 맨 위에 앉아 아버지가 일하는 모습을 지켜보았다. 아버지가 날가죽을 뒤집어 벗기자 도도하고 중후한 털가죽을 빼앗긴 그 여우의 몸은 뜻밖에도 작고 야비한 쥐새끼처럼 보였다. 미끌미끌한 여우의 알몸은 자루에 모아두었다가 쓰레기터에 묻었다. 한번은 일꾼 헨리 베일리 아저씨가 이 자루를 내 앞에서 휘두르며 "크리스마스 선물이다!" 했다. 엄마는 그런 장난을 못마땅해했다. 사실 엄마는 모피 제조 작업—여우를 잡아 죽이고, 껍질을 벗기고, 털가죽을 약물 처리하는—전체를 싫어해서 그 작업을 집 안에서 하지 않기를 바랐다. 냄새도 진동했다. 아버지는 뒤집어 벗긴 털가죽을 긴 작업대에 쫙 펼쳐놓고 핏줄이 엉긴 작은 덩어리와 기름방울들을 꼼꼼하게 긁어냈다. 피와 동물 기름 냄새가, 여우가 본디 타고난 지독한 노린내와 섞여 집 안 구석구석까지 스며들었다. 오렌지와 솔잎 냄새나 마찬가지로, 나는 그 냄새로 계절을 알았다.

헨리 아저씨는 기관지염을 앓았다. 그래서 좁다란 얼굴이 시뻘게지고 늘 찬웃음이 어린 연푸른 눈에 눈물이 차오도록 기침을 해댔다. 그러고 나서 아저씨는 난로 뚜껑을 열고 맞춤하게 뒤로 물러서서 커다란 가래 덩이를 훅, 하고 내쏘아 난롯불 한가운데에 정확히 꽂아 넣었다. 그 동작과 배에서 천둥이 치듯 우르릉거리는 소리를 마음먹은 대로 낼 수 있는 묘기며 가슴속에 다 망가진 기계가 들어 있는 게 아닐까 싶을 정도로 쌕쌕거리고 가르랑대는 높다란 웃음소리에 우리는 반했다. 아저씨가 무엇을 보고 웃는지 알기 어려운 때도 더러 있었는데, 언제나 우리를 비웃고 있을 가능성이 없지 않았다.

우리는 잠자리로 쫓겨 들어온 뒤에도 여전히 여우 냄새를 맡고 헨리 아저씨의 웃음소리를 들을 수 있었다. 하지만 따뜻하고 안전하고 환하게 불 밝힌 계단 밑 세상을 떠올리게 해주는 그 냄새와 웃음소리가 길을 잃고 헤매다 작아져 위층의 퀴퀴하고 차가운 공기 속에서 떠다니고 있는 것 같았다. 우리는 겨울밤이 두려웠다. 겨울이면 눈보라에 똘똘 휘감긴 우리 집이 잠자는 고래 같았고, 묘지와 얼어붙은 늪에서 불어오는 바람 소리와 겁을 주고 덜덜 떨게 하는 옛날 도깨비곰*의 떠들썩한 소리가 합세하여 밤새도록 우리를 못살게 괴롭혔다. 그러나 우리가 정작 무서워한 것은 *바깥*이 아니라 집 안, 그것도 우리가 잠자는 방이었다. 이 무렵 우리 집 위층은 아직 공사가 마무리되지 않은 상태였다. 벽돌 굴뚝은 한쪽 벽만 쌓아 올렸고, 바닥 한가운데는 나무 난간으로 빙 둘러친 네모난 구멍이 있었다. 바로 아래로 내려가는 계단 통로였다. 그 계단 밑 텅 빈 공간에는 쓸모없는 것들—돌돌 말린 채 늠름한 군인처럼 거꾸로 서 있는 리놀륨, 고리버들로 짠 유모차, 실고사리로 짠 바구니, 금이 간 자기 물병과 세면대, 보기만 해도 너무나 슬픈 발라클라바 전투** 그림—이 쌓여 있었다. 나는 레어드가 알아들을 수 있을 만큼 자라자마자 저 너머에 산다는 박쥐와 해골 귀신 이야기를 들려주었다. 한 30킬로미터쯤 떨어진 감옥에서 탈옥 사건이 생길 때마다, 나는 그

* bugbear. 말을 듣지 않는 어린이들을 겁주기 위해 만들어진, 서양 민담에 나오는 곰 형상을 한 요괴.

** 크림전쟁(1853~1856) 중 영국군과 러시아군이 벌인 전투.

죄수가 어떻게든 우리 집 창문으로 들어와 돌돌 말아 세워둔 리놀륨 뒤에 숨었을 거라고 상상했다. 그러나 우리는 스스로를 안전하게 지키기 위해 규칙을 정했다. 불이 켜 있는 동안에는, 우리가 잠자리로 정해 둔 네모난 낡은 양탄자를 벗어나지 않으면 안전했다. 불이 다 꺼졌을 때 안전한 곳은 우리가 누워 있는 침대뿐이었다. 불을 끄려면 무릎걸음으로 침대 끝에 가서 최대한 팔을 뻗어 전등 줄을 잡아 당겨야 했다.

우리는 어둠 속에서 우리의 목숨을 구해 줄 좁다란 뗏목 같은 침대에 누워 계단통으로 올라오는 희미한 불빛에 눈을 붙박고서 노래를 불렀다. 레어드는 크리스마스 철이든 아니든 아무 때나 부르는 〈징글벨〉을, 나는 〈대니 보이〉*를 불렀다. 나는 끊길 듯 끊길 듯 어둠 속에 울려 퍼지는 가녀리고 애절한 내 목소리가 좋았다. 이때쯤이면 창문 유리창에 성에가 가득 끼어 희부옇게 보였다. *'나 죽었거든, 이미 오래전에 죽었을지라도'*라는 대목에 이르면 몸이 부르르 떨렸다. 한기가 나서가 아니라 무아지경에 빠져서. *'넌 무릎 꿇고 저 높은 곳을 우러러보며 성모송(聖母誦)**을 부르겠지.'* 성모송이 뭘까? 궁금해서 찾아본다 하면서 번번이 잊어버렸다.

레어드는 노래를 부르다 곧장 잠이 들었다. 곤히 잠들어 쌔근거

---

* 북아일랜드의 민요 〈런던데리의 노래(Londonderry's Air)〉에 영국인 변호사이자 작사가인 프레더릭 웨덜리가 노랫말을 붙여 1913년 발표한 노래로, 영국과 오랜 독립투쟁을 벌여온 아일랜드에서 자식을 전쟁터에 보낼 수밖에 없는 부모의 애절함을 담았다. 세계 곳곳의 아일랜드 이민자들 사이에서는 고국을 상징하는 대표곡으로 불린다.

** 성모 마리아에게 바치는 기도.

리는 숨소리가 들렸다. 그때부터 남은 이 시간은 오롯한 나만의 시간이자 아마도 하루 중 최고의 시간일 터였다. 이불을 꼭 덮고 밤이면 밤마다 한 가지씩 내 자신에게 이야기를 들려주는 시간. 나에 관한 이야기라지만 지금껏 내가 해보지 못한, 용기와 담력을 발휘하고 자기희생을 베푸는 이야기들이었다. 폭격당한 건물에서 사람들을 구해 내기도 했고(진짜 전쟁은 주빌리에서 멀리 떨어진 곳에서 일어나서 내가 용기를 발휘할 기회를 빼앗겼다.), 학교 운동장에서 사람들을 위협하며 미친 듯이 날뛰는 여우 두 마리를 총으로 쏘기도 했고(선생님들은 내 등 뒤에 숨어서 벌벌 떨었다.), 근사한 말을 타고 주빌리의 큰길을 의기양양하게 달리며 아직 실행에 옮기지도 않은 영웅적 행동으로 마을 사람들에게 감사의 인사를 받기도 했다.('오렌지회*의 날' 기념 행진 때 빌리 왕을 맡은 사람 말고는 그곳에서 아무도 말을 타본 적이 없었다.) 내 이야기 속에는 늘 말타기와 총 쏘기가 나오는데, 내가 실제로 말을 타본 적은 딱 두 번뿐이었다. 그것도 한 번은 안장이 없어서 그냥 맨등에 올라탔고, 두 번째는 올라타자마자 곧바로 미끄러져 말발굽 아래로 떨어졌는데 말이 나를 유유히 밟고 지나갔었다. 총 쏘기는 그때 익히고 있었지만, 아직 무엇인가를 명중시키기는커녕 울타리 말뚝에 올려놓은 깡통조차 쓰러뜨리지 못하는 실력이었다.

---

* 가톨릭교도와 개신교도들이 서로 적대시하여 전쟁까지 치렀던 아일랜드의 개신교 정치 단체로, 가톨릭교도 왕 제임스 2세를 물리치고 윌리엄 3세가 된 오렌지 공의 이름을 딴 것이다. 빌리 왕은 윌리엄 왕을 가리킨다.

산 여우들은 아버지가 만들어준 세상에서 살았다. 그곳은 중세 도시처럼, 높다란 울타리에 둘러싸여 있었고 밤이 되면 맹꽁이자물쇠로 문이 잠겼다. 우리 마을에는 길을 따라 크고 튼튼한 우리들이 줄줄이 들어서 있었다. 우리마다 한 사람이 간신히 드나들 수 있는 문, 여우들이 오르내릴 수 있도록 철조망을 따라 나무를 대서 만든 비탈길, 여우가 잠을 자고 겨울을 나고 새끼를 낳는 굴—공기구멍을 숭숭 뚫어놓은 옷궤 같은—이 하나씩 있었다. 먹이통과 물통은 바깥에서 비우고 씻을 수 있게끔 철조망에 매달아 놓았다. 이 통들은 양철로 만들었고 비탈길과 굴은 허섭스레기 나무로 만들었다. 하나같이 깔끔하고 기발했다. 아버지는 끊임없이 무엇인가를 새로 만들었고 가장 좋아하는 책이 『로빈슨 크루소』였다. 우리까지 물을 길어 나르는 외바퀴 손수레에 드럼통을 단 것도 아버지가 생각해 낸 꾀였다. 여름에는 여우에게 물을 하루에 두 번씩 대주어야 했는데 그 일은 내 몫이었다. 아침 9시에서 10시 사이와 저녁을 먹고 나서 한 번씩, 나는 마당에 있는 펌프로 물을 퍼 올려 양동이에 채운 뒤 외바퀴 손수레를 밀고 가 우리 앞에 세워놓은 다음, 내 양동이에 물을 채워 들어 날랐다. 레어드도 같이 하긴 했는데, 채소밭에서 쓰는 작은 크림색 통에 물을 한가득 채워서 나르다 보니 걸을 때마다 다리에 부딪혀 즈크화가 다 젖도록 물을 엎질렀다. 내 것은 아버지가 쓰는 것과 똑같은 양동이였다, 한 3분의 1쯤만 채워서 나르기는 했지만.

여우도 다 이름이 있어서, 양철에 새겨 넣은 이름패를 우리의 문 옆에 걸어두었다. 여우 이름은 태어나면 바로 짓지 않고, 날가죽을 벗길 대상에서 제외되어 첫해를 무사히 넘기고 살아남아 씨가축이 될 때 지어주었다. 그리하여 아버지가 지은 이름은 프린스, 밥, 베티 따위였다. 나는 스타, 투르크(장난꾸러기), 모린, 다이애나라고 붙여 주었다. 동생이 이름을 지어준 여우로는 자기가 어렸을 때 우리 집에서 일하던 하녀의 이름을 딴 모드, 학교 친구의 이름을 딴 해럴드, 그리고 이유를 밝히지 않은 멕시코가 있었다.

이름을 지어준 사람이라고 해서 그 여우를 애완동물 다루듯 대하지는 못했다. 아버지 말고는 아무도 우리 안에 발을 들여놓을 수 없었는데, 아버지도 우리 안에 들어갔다가 여우에게 물려서 두 번이나 패혈증에 걸렸다. 내가 물을 나르는 동안 여우는 철조망을 따라 만든 나무 비탈길을 어슬렁어슬렁 오르내리면서도 거의 짖지는 않았다. 깊은 밤 떼를 지어 광기 서린 단체 합창을 할 때 말고는 여우는 좀처럼 울음소리를 내지 않는 짐승이니까. 그러나 금빛처럼 샛노란 눈동자를 이글거리며 악의에 찬 뾰족한 얼굴로 나를 계속 노려보고 있었다. 여우가 아름다운 것은 섬세한 다리며 중후하고 기품 있는 꼬리, 그리고 거뭇한 등줄기를 따라 반짝반짝 빛나는 털—그래서 은여우라고 불린다.—때문이었다. 그러나 그보다 더 돋보이는 것은 순전한 적의가 서린 절묘하게 날카로운 얼굴선과 금빛 눈동자였다.

물 나르기 말고도 아버지를 도와 내가 하는 일은, 우리 사이사이에 무성하게 자란 명아주며 물쫘리 따위의 풀들을 베는 것이었다. 아버지가 커다란 낫으로 풀들을 베어내면 내가 갈퀴로 긁어모았다. 그러고 나서 아버지는 쇠스랑으로 갓 베어낸 풀들을 우릿간 지붕에 던져 골고루 덮었다. 여우도 시원하게 지내게 해주면서 햇볕을 너무 쬐면 갈색으로 변하는 여우 털을 보호하기 위해서였다. 아버지는 일과 관련된 것 말고는 내게 말을 건네는 법이 없었다. 그런 면에서는 엄마와 많이 달랐다. 엄마는 기분이 좋으면 온갖 이야기를 시시콜콜 해주곤 했다. 어렸을 때 키웠던 개 이름, 나중에 더 커서 데이트를 했던 남자아이들의 이름, 엄마가 원피스를 입었을 때의 모습 따위의 지금은 어떻게 되었을지 상상조차 할 수 없는 그런 이야기들을. 어떤 생각 무슨 이야기들을 아버지가 남몰래 품고 있었든, 나는 아버지가 조심스러워서 아무것도 묻지 못했다. 그런데도 나는 아버지가 보는 앞에서 기꺼이 일을 했고 그러면서 뿌듯함을 느꼈다. 어느 날 먹이 외판원이 우리 쪽으로 내려왔을 때 아버지가 이렇게 말했다.

"새로 고용한 우리 일꾼을 소개하지."

나는 돌아서서 아주 열심히 풀을 긁어모았다. 좋아서 발그레하게 달아오른 얼굴로.

"절 놀리시는 거죠? 여자애로밖에는 안 보이는데."

풀을 다 베고 나면, 갑자기 한 해가 성큼 지나간 것 같았다. 나는 초저녁에 그루터기만 남은 풀밭을 거닐며 하늘이 붉게 물드는 것을 보면서 깃들기 시작하는 가을의 침묵을 감지했다. 울타리 문에 대놓았던 물통 달린 외바퀴 수레를 끌어내고 문에 맹꽁이자물쇠를 채울 때면 어둑어둑해졌다. 그러던 어느 날 밤 나는 엄마와 아버지가 헛간 앞, 땅이 도도록이 솟아 우리가 디딤널이라고 부르는 곳에 서서 이야기를 나누고 있는 모습을 보았다. 막 도축장에서 나왔는지 피범벅이 되어 뻣뻣해진 앞치마를 두른 아버지의 손에는 갓 발라낸 고깃덩이를 넣은 통이 들려 있었다.

헛간 앞에서 엄마를 보다니 뜻밖이었다. 할 일—빨래를 널거나 텃밭에서 감자를 캘 때—이 없으면 엄마가 집 밖으로 나오는 일은 좀처럼 없었으니까. 그곳은, 햇볕을 쬐지 않아 희멀겋고 퉁퉁한 맨 종아리를 내놓고 저녁을 준비하느라 허리께가 축축하게 젖은 앞치마를 그대로 입은 엄마가 있을 자리가 아닌 것 같았다. 머릿수건으로 단단히 동여맨 엄마의 머리에서 머리카락 몇 올이 삐져나와 있었다. 엄마는 아침마다 머리를 묶으면서, 머리를 매만질 시간도 없을뿐더러 이렇게 묶으면 하루 종일 그대로라고 말하곤 했다. 그건 그랬다. 정말로 엄마는 머리에 신경 쓸 시간이 없었다. 이맘때가 되면 뒤쪽 베란다에는 시내에서 사온 복숭아와 포도와 배, 집에서 기른 양파와 토마토와 오이가 바구니마다 그득그득 담겨 있었다. 모두 젤리와 잼, 피클, 칠리소스 따위의 저장 식품을 만들 재료들이었다. 주방에서는 하루 온종일 풍롯불을 피웠고 끓는 물속에서는 병들이 달그락댔다. 엄마는 때때로 의자 두 개에 막대기를 걸쳐놓고 무명베 자루를 묶어 젤리를 만들려고 포도의 검푸른 열매살을 꽉 짜내기도 했다. 엄마가 내게 일을 시키면 나는 식탁에 앉아 뜨거운 물에 담가두었던 복숭아의 껍질을 벗기거나 눈이 매워 눈물을 줄줄 흘리면서 양파를 썰기도 했다. 엄마가 시킨 일을 끝내기가 무섭게 나는 집 밖으로 줄행랑쳤다. 뒤늦게 또 시킬 일이 떠오른 엄마가 나를 불러도 들리지 않는 곳으로 멀찍이 도망치려는 속셈이었다. 나는 여름날의 후텁지근하고 어둑한 주방도, 초록색 블라인드와 끈끈이도, 언제 보아도 늘 너절한 오일클로스 식탁보도, 건들거리는 거울도, 바닥에 깔린 울퉁불퉁한 리놀륨도 모두 싫었다. 일에 치여 정신이 팔린 엄마는 내게 말을 걸 짬도 없을뿐더러, 학교 공식 행사인 졸업 댄스파티에 관해 이야기해 줄 기분도 전혀 아니었다. 땀방울이 뚝뚝 떨어지는 얼굴로, 중얼중얼 한 컵 두 컵…… 숫자를 세어 손가락으로 가리키고 있던 병에 설탕을 쏟아붓기 바빴다. 내게는 집안일이 해도 해도 끝이 없고, 지겹고, 몹시 우울하게 만드는 일 같았다. 그런 반면에 집 밖에서 하는 일과 아버지를 돕는 일은 무슨 의식을 치르는 것처럼 중요해 보였다.

내가 물통을 매단 외바퀴 수레를 제자리에 두려고 헛간으로 밀고 갔는데, 마침 엄마가 하는 말이 들려왔다.

"레어드가 조금 더 클 때까지 기다리면, 당신을 도와줄 듬직한 일꾼이 생기잖아요."

아버지가 뭐라고 대답했는지는 듣지 못했다. 외판원이나 낯모르는 사람들을 대할 때처럼 아버지가 정중하게 엄마 말을 듣고 서 있으면서도 얼른 일을 하러 갈 분위기라 마음이 놓였다. 내가 엄마를 여기 일과는 아무런 관계없는 사람처럼 느꼈던 것처럼 아버지도 그랬으면 싶었다. 레어드를 두고 엄마가 저렇게 말하는 속내는 무엇일까? 동생은 누구에게도 도움이 안 되었다. 지금은 또 어디에 처박혀 있을까. 싫증이 날 때까지 혼자서 그네를 타거나, 괜히 제자리에서 맴돌거나, 애벌레를 잡으러 다니고 있는지 알게 뭐람. 내가 일을 마칠 때까지 같이 있어본 적이 단 한 번도 없는 아이인걸.

"그러면 내가 그 앨 집 안에서 더 많이 부릴 수 있잖아요."

엄마가 저렇게 소리 죽여 안타깝다는 식으로 내 이야기를 하는 것이 나는 늘 못마땅했다.

"내가 등을 돌렸다 하면 어느 틈에 벌써 내빼고 없어요. 이래서야 어디 내가 딸을 둔 엄마라고 할 수 있겠냐고요."

나는 헛간 귀퉁이에 있는 먹이 포대 위로 가서 걸터앉았다. 두 사람이 이야기를 마칠 때까지는 나가지 않을 셈이었다. 나는 엄마를 못 믿을 사람이라고 여겼다. 아버지보다 훨씬 다정하고 잘 속아주지만 믿고 따라서는 안 된다는, 엄마가 하는 말도 행동도 겉 다르고 속 다르다는 생각이 들었던 거다. 나를 사랑했고, 아무리 까다로운 요구를 해도 밤늦도록 앉아서 새 학년이 되면 입을 옷을 내가 원하는 스타일로 지어준 엄마. 그러면서도 엄마는 내 적이 되기도 했다. 언제나 음모를 꾸미고 있었으니까. 당장 지금만 해도 나를 집 안에 더 붙들어 둘 꿍꿍이를 하고 있잖은가 말이다. 집안일이라면 질색하는 줄 알면서도(그걸 알기 *때문에* 일부러 더) 아버지 일을 돕지 못하도록 방해하다니. 그런 엄마가 내게는 심술이 나서 떠세를 부리는 것으로밖에는 보이지 않았다. 엄마도 외로울 수 있고 샘을 낼 수도 있다는 생각을, 나는 그때 미처 하지 못했다. 어른이라면 누구든 그럴 리가 없었으니까, 누리는 것이 참 많았으니까. 지루하게 앉아 발꿈치로 먹이 포대만 자꾸 차대는 통에 먼지가 풀풀 날렸어도, 나는 엄마가 돌아갈 때까지 나가지 않았다.

나는 아무쪼록 엄마가 한 말을 아버지가 한마디도 귀담아듣지 않았기를 바랐다. 내가 해온 일을 레어드가 하다니, 그게 상상이나 할 수 있는 일인가. 하루도 잊지 않고 꼬박꼬박 맹꽁이자물쇠를 채우고, 끝에 잎사귀가 달린 나뭇가지로 여우 먹이통을 깨끗이 닦아 내고, 더욱이 외바퀴 손수레를 자빠뜨리지 않고 물을 나르는 일을 그 애가? 이것이야말로 엄마는 바깥일이 어떻게 돌아가는지 아무것도 모른다는 사실을 보여 준 것이 아닌가.

아차, 여우가 무엇을 먹고 사는지 말한다는 걸 깜박했다. 피범벅이 된 아버지의 앞치마를 보고서야 생각났다. 여우의 먹이는 말고기였다. 이때까지만 해도 농사꾼들은 대부분 말을 키웠다. 말이 더는 일을 못할 만큼 늙거나 다리가 부러지거나, 그도 아니면 더러더러 그냥 주저앉아 일어나지 않으려고 버댈 때면 말 주인이 우리 아버지에게 전화를 하곤 했다. 그러면 아버지는 헨리 아저씨와 함께 트럭을 타고 그 농장으로 갔다. 대개는 그곳에서 바로 말을 총으로 쏘아 죽이고 도살한 뒤 주인에게 (말고기 값으로) 적게는 5달러에서 많게는 12달러를 치렀다. 당장 쓸 말고기가 넉넉할 때는 말을 산 채로 싣고 와 며칠 또는 몇 주일 동안 우리 집 마구간에서 키우다가 여우 먹이를 장만해야 할 때가 되면 잡았다. 전쟁*이 끝난 뒤 농사꾼들이 트랙터를 사기 시작하면서 말 사육을 그만두었으므로, 이따금 꽤 건강한 말들이 우리 차지가 되기도 했는데 딱히 쓸모는 없었다. 이처럼 건강한 말이 겨울철에 우리 집에 오게 되면 봄이 될 때까지 마구간에서 키우는 편이었다. 꼴로 쓸 마른풀도 넉넉했고 눈이 많이 내려서—넉가래로는 길마다 쌓인 눈을 다 치울 수가 없

---

* 제2차 세계대전.

었다.—시내에 갈 때 말에다 썰매를 매달아 타고 가면 편리했다.

내가 열한 살이었던 그해 겨울 우리 마구간에는 말이 두 마리 있었다. 그전 이름을 몰라서 맥과 플로라라고 지어 불렀다. 맥은 일꾼 노릇을 하던 검정말로 꾀죄죄하고 시르죽은 모습이었다. 플로라는 밤색 암말로 몰이꾼이었다. 우리는 두 말에 썰매를 매달아 타고 나갔다. 맥은 굼떠서 다루기가 쉬웠다. 플로라는 무엇인가에 갑작스럽게 놀라면 몹시 흥분해서 자동차고 다른 말들이고 가리지 않고 돌진했다. 그러나 우리는 겅중겅중 힘차게 뛰어오르고 날쌔게 내달리는 용감무쌍하고 자유분방한 플로라의 모습에 반했다. 토요일이면 우리는 마구간으로 내려가곤 했는데, 우리가 문을 열기가 무섭게 짐승 냄새가 풍기는 아늑한 어둠 속에 있던 플로라는 고개를 홱 쳐들며 눈을 부라리고 절망스럽게 히힝거리다 히스테리 발작을 일으켰다. 그럴 때 마구간 안으로 들어가는 것은 위험천만한 일이었다. 플로라에게 채이고 말 테니까.

그해 겨울은 예전에 헛간 앞에서 엄마가 꺼냈던 그 이야기를 귀가 따갑도록 듣기 시작한 때이기도 했다. 이제 나는 몹시 불안했다. 내 주변 사람들의 마음속 깊은 곳에서 유유히 흐르는 생각의 물줄기가 이 한 가지 주제에서만큼은 곁길로 새는 일이 없는 것 같았다. 예전에는 *계집애*라는 말이 아이라는 말과 다를 바 없이 천진난만하고 무엇에도 얽매이지 않는다는 뜻이라고 여겼었다. 그런데 이제는 그것이 어림 반 푼어치도 없는 생각 같았다. 계집애는, 내가 지금껏 생각했던 것과 달리, 그냥 본디부터 타고난 내가 아니라 어떠어떠하게 되어야 마땅한 존재였다. 계집아이를 규정하는 말은 언제나 강다짐과 꾸지람과 실망의 뜻으로 덧칠되어 있었다. 게다가 나를 웃음거리로 만드는 말이기도 했다. 언젠가 레어드와 싸우면서 지지 않으려고 안간힘을 쓴 적이 있었다. 그런 적은 난생처음이었다. 그뿐 아니라 팔을 눈 깜짝할 사이에 동생에게 잡혔는데 옴쭉달싹도 할 수 없었고 무척 아팠다. 그걸 본 헨리 아저씨가 너털웃음을 터뜨리며 말했다.

"이야, 요즘은 레어드가 너한테 한 수 가르치려 드는구나!"

레어드는 하루가 다르게 무럭무럭 자라고 있었다. 그렇지만 나도 쑥쑥 커갔다.

할머니가 우리 집에서 몇 주일 묵을 때면 으레 듣는 말들은 또 어떻고.

"계집애가 그렇게 문을 꽝꽝 닫으면 못쓰느니라."

"계집애는 다리를 모으고 앉아야 하느니라."

그보다 더 심한 말을 들은 건 내가 질문을 했을 때였다.

"계집애가 그건 알아서 어디다 쓰게."

그래도 나는 계속 문을 꽝꽝 소리 나게 닫았고 되도록 다리를 쫙 벌리고 볼썽사납게 앉았다. 그것이 내 자유를 스스로 지키는 길이라고 생각하면서.

봄이 오자 말들은 마구간에서 놓여났다. 맥은 헛간 담에 기대어 선 채 목과 등을 문지르려고 애쓰는 게 고작이었지만, 플로라는 이리 뛰고 저리 뛰다 다리를 번쩍 들어 울타리에 걸쳐놓고 발굽을 철커덩거리며 가로대를 흔들어댔다. 겨우내 쌓였던 눈이 하루가 다르게 녹아 스러지면서 환상적인 겨울 풍경이 걷히자 울퉁불퉁하고 보잘것없는, 낯익고 단단한 회갈색 맨땅이 드러났다. 바야흐로 훌훌 다 벗어던지고 새로 시작한다는 크디큰 해방감을 느끼는 때였다. 이제 우리가 덧걸친 것은 신발에 끼어 신은 고무 덧신뿐이었다. 우스꽝스럽게 느껴질 만큼 우리 발걸음은 가뿐했다. 그러던 어느 토요일, 우리가 마구간에 가보니 문이란 문은 모두 다 활짝 열려 있었다. 햇빛과 신선한 공기를 쏘이는 건 보통 때와는 달랐다. 헨리 아저씨가 거기서 빈둥거리며, 그동안 모아서 마구간 한쪽 칸막이 뒤쪽에 압정으로 붙여 둔 달력들을 구경하고 있었다. 아마도 그곳이라면 절대 엄마에게 들킬 리 없다고 판단했을 터였다.

"정든 친구 맥에게 작별 인사하러 온 게냐? 옜다, 이 귀리나 좀 먹여 주거라."

한데 모아 컵처럼 오므린 손에 아저씨가 귀리를 쏟아주자 레어드는 맥에게 가서 먹였다. 맥은 이빨 상태가 엉망이었다. 그래서 씹을 수 있을 만한 어금니 뿌리를 찾느라 참을성 있게 귀리를 입 안에서 이리저리 굴리면서 아주 천천히 오물거렸다.

"가엾은 맥. 말이 이빨을 못 쓰면 갈 때가 된 거야. 그게 자연의 이치지." 헨리 아저씨가 처량하게 말했다.

"오늘 맥을 쏘아 죽일 거예요?" 내가 물었다. 맥과 플로라는 마구간에 아주 오래 있어서 그들도 죽일 거라는 사실을 거의 잊고 지냈다.

헨리 아저씨는 대답은 하지 않고, 대신 높고 떨리는, 짐짓 구슬픈 목소리로 노래를 부르기 시작했다. *아, 이제 가엾은 네드 아저씨는*

*일을 그만해도 된다네. 착한 검둥이들이 사는 곳으로 갔다네.** 맥은 두툼하고 거무튀튀한 혀를 레이드의 손바닥에서 부지런히 놀렸다. 나는 노래가 끝나기 전에 밖으로 나와 디딤널에 앉았다.

나는 지금까지 말을 총으로 쏘아 죽이는 것을 직접 본 적은 없었지만, 그 일을 어디서 하는지는 알고 있었다. 지난여름에 레이드와 함께 우연히, 곧 땅에 묻힐 말 내장을 본 적이 있었다. 우리는 그것이 햇볕에서 똬리를 틀고 있는 커다란 검정 구렁이라고 생각했었다. 그랬는데 그런 것들이 헛간을 에두르고 있는 꼴밭에 널려 있었던 것이다. 헛간 안으로 들어가 넓은 틈새나 옹이구멍을 찾아 엿본다면, 말을 죽이는 장면을 직접 볼 수 있을 것 같았다. 보고 싶은 광경은 아니었다. 다만 어차피 실제로 일어나는 일이라면 직접 보고 알아두는 편이 더 낫겠다 싶었다.

아버지가 집에서 총을 들고 내려왔다.

"여기서 뭐 하니?"

"아무것도 안 해요."

"저쪽으로 올라가 집 근처에서 놀아라."

아버지가 레이드를 마구간 밖으로 내보냈다.

"너, 맥을 총으로 쏘는 거 보고 싶지?"

나는 대답을 기다리지도 않고 레이드를 끌고 헛간 앞으로 돌아가 조용히 문을 열고 들어갔다.

"조용히 해. 들키지 않게."

---

* 미국의 작곡가 포스터(1826~1864)가 남부 흑인을 소재로 작곡 작사한 〈네드 아저씨〉의 일부.

아버지가 헨리 아저씨와 이야기하는 소리가 들리더니 뒤이어 마구간에서 뒷걸음질 치는 맥의 둔중하고 질질 끄는 발걸음 소리가 났다.

헛간 더그매는 춥고 컴컴했다. 햇살이 서로 엇갈려 틈새로 쏟아져 들어왔다. 마른풀은 많지 않았다. 불룩 솟았는가 싶으면 움푹 꺼져 기복이 심한 바닥은 자칫 발을 잘못 디디면 미끄러지기 쉬운 시골 땅 같았다. 거기서 한 100미터쯤 위에 헛간 벽을 빙 두른 들보가 있었다. 마른풀을 한쪽 귀퉁이에 쌓은 다음 레어드가 올라가도록 받쳐 주고 나도 올라갔다. 들보는 너비가 그다지 넓지 않았다. 두 손으로 헛간 벽을 짚고 들보 위를 기어갔다. 많은 옹이구멍들 가운데 내가 보려는 곳—헛간 앞마당 한 귀퉁이와 울타리 대문과 꼴밭 한 자락—이 잘 보이는 것을 찾았다. 옹이구멍을 찾지 못한 레어드가 투덜거리기 시작했다.

나는 널빤지 사이가 많이 벌어진 틈새 쪽으로 레어드를 밀어주었다.

"조용히 있어. 들키면 우리 둘 다 혼쭐날 테니까."

총을 멘 아버지가 시야에 들어왔다. 헨리 아저씨가 고삐를 잡고 맥을 끌고 나왔다. 그러더니 고삐를 놓고 담배말지와 담배를 꺼내 둘이 피울 담배를 말았다. 그러는 사이 맥은 울타리 언저리를 돌아다니며 시들어 죽은 풀에 코를 대고 냄새를 맡고 있었다. 이윽고 아버지가 울타리 문을 열더니 아저씨와 같이 맥을 그리로 끌고 나갔다. 헨리 아저씨가 길을 벗어나 풀밭 한쪽으로 맥을 끌고 갔고 둘이서 뭐라 뭐라 했지만, 우리 귀에는 들리지 않았다. 맥은 또다시 코를 박고 싱싱한 풀을 찾기 시작했다. 찾을 길 없는 풀을. 아버지가 곧장 앞으로 걸어 나가 총을 쏘기에 맞춤한 곳에 멈춰 섰다. 헨리 아저씨도 맥에게서 물러났지만, 옆으로 비켜서서 느슨하게 고삐를 잡고 있었다. 아버지가 총을 들어 올리자 맥은 벌써 알고 있었다는 듯 물끄러미 바라보았고 아버지는 총을 쏘았다.

맥은 단번에 쓰러지지 않고 이리저리 휘청거리고 비틀거리다 모로 넘어졌다. 그러더니 몸을 옆으로 굴려, 놀랍게도 몇 초 동안 허공에 발길질을 해댔다. 그걸 본 헨리 아저씨가 껄껄 웃었다, 마치 맥이 묘기라도 부린 것처럼. 레어드는 총을 쏘는 순간 깜짝 놀라서 들이켠 숨에 목이 막혀 캑캑거리다 소리쳤다.

"안 죽었다."

내가 봐도 그런 것 같았다. 그러나 맥은 발길질을 멈추고 다시 모로 돌아 몸을 부르르 떨더니 풀썩 쓰러졌다. 두 사람은 그쪽으로 걸어가 사무적인 태도로 살펴보았다. 몸을 수그리고 총알이 박힌 이마를 확인했다. 그때 내 눈에 들어온 것은 갈색 풀밭을 적시는 맥의 피였다.

"이제 껍질을 벗기고 살을 베어낼 거야. 가자."

나는 다리가 조금 후들거려 아래로 뛰어내렸는데 다행히도 마른 풀 위로 떨어졌다.

"자, 너도 이제 말을 어떻게 쏘아 죽이는지 본 거야."

마치 나는 벌써 여러 번 보기라도 한 것처럼 축하하는 말투로 얘기했다.

"고양이가 마른풀에 새끼를 낳았나 봐야지." 레어드가 훌쩍 뛰어내렸다.

레어드는 다시 고분고분 말 잘 듣는 어린 동생이 된 것 같았다. 동생이 어렸을 때 헛간으로 데리고 들어가, 사다리를 타고 들보 꼭대기로 올라가라고 시켰던 일이 퍼뜩 떠올랐다. 그때도 역시 봄이어서 마른풀이 많지 않았다. 그 일을 꾸민 건 이야깃거리가 될 만한 흥미진진한 일이 벌어지기를 바라는 마음에서였다. 동생은 그때 내게 물려받은, 갈색과 흰색이 섞인 조금 거추장스러운 체크무늬 외투를 입고 있었다. 동생은 내가 시킨 대로 끝까지 올라가 들보 꼭대기에 앉았다. 한참 내려다보이는 헛간 바닥 한쪽에는 마른풀이 있었고 다른 한쪽에는 낡은 기계들이 있었다. 그렇게 시켜놓고 나는 소리소리 지르며 아버지에게 뛰어갔다.

"레어드가 들보 꼭대기로 올라갔어요."

아버지가 오고, 엄마가 왔다. 아버지는 아주 부드럽게 어르면서 사다리를 타고 올라가 레어드를 옆구리에 끼고 내려왔다. 엄마는 사다리에 기대어 울기 시작했다.

"넌 동생 안 보고 뭐 했어?"

두 분이 나를 나무랐지만 지금까지도 그 진실을 아는 사람은 아무도 없다. 사실대로 일러바치기에는 레어드는 아직 어린 나이였다. 그러나 벽장에 걸려 있다가 결국 헌옷 자루 맨 밑에 처박힌 그 체크무늬 외투를 볼 때마다, 나는 된통 체한 것처럼 가슴이 답답했고 가시지 않는 죄책감에 시달렸다.

나는 그 일을 기억조차 못하는 레어드를 바라보았다. 지금도 하얗다 못해 한겨울 추위에 꽁꽁 얼어붙은 것처럼 푸르뎅뎅한 동생의 낯빛이 마음에 걸렸다. 무섭다거나 당황한 정도가 아니라 아예 넋이 빠져 멀거니 먼 산만 바라보는 듯한 표정이었다.

"잘 들어. 말하기 없기다, 알지?" 내 목소리는 전에 없이 밝고 사근사근했다.

"응." 레이드가 멍한 얼굴로 대답했다.

"약속."

"약속."

그래도 약속을 어길까 걱정스러워 나는 동생 손을 등 뒤로 돌려 꽉 움켜잡았다. 약속은 지킨다 쳐도 어쩌면 자다가 악몽을 꿀지도 몰랐다. 그 바람에 들통이 나는 수도 있다. 나는 어떻게든 동생이 본 것을 마음속에서 말끔히 없애 버려야겠다고 마음먹었다. 내게는 마음이 한꺼번에 많은 것들을 품을 수 없는 것처럼 보였으니까. 그날 오후 내가 모아둔 돈으로 동생과 함께 주빌리 시내에 나가 공연을 보았다. '주디 카노바*와 함께'라는 쇼 공연을 보면서 둘 다 실컷 웃었다. 그제야 비로소 내 마음이 홀가분해졌다.

2주일 뒤 나는 플로라의 차례가 왔다는 것을 알게 되었다. 그 전날 밤, 꼴로 쓸 풀을 저대로 웃자라게 두어도 괜찮겠느냐고 엄마가 아버지에게 묻는 소리를 우연히 들었던 것이다. 그때 아버지가 이렇게 대답했다.

"내일이 지나면 소만 키울 테니, 다음 주에 그 녀석을 끌고 나가 풀을 뜯기면 될 거요."

---

* 미국의 코미디언이자 배우, 가수로도 활동한 연예인(1913~1983).

그러니까 바로 다음 날 아침이 플로라의 차례였던 거다.

이번에는 안 볼 셈이었다. 그런 구경은 한 번으로 족했다. 그 광경을 본 이후로 자주는 아니었지만 가끔 이런 생각이 들었다. 학교에서 열심히 공부를 하다가, 또는 거울 앞에서 머리를 빗다가 그 모든 장면이 불쑥 떠오를 때면 내가 과연 예쁘게 자랄 수 있을까 하는 의문이 들었던 것이다. 총을 들어 올리는 아버지와 맥이 허공에서 발버둥 치는 걸 보고 웃는 헨리 아저씨를 으레 있는 일처럼 태연하게 보다니. 도시 아이들이라면 품었을 엄청난 공포와 거부감이 나에게는 일지 않았다. 나는 동물을 죽이는 일은 우리가 살자면 어쩔 수 없이 해야 하는 거라고 너무도 자연스럽게 받아들였다. 그러면서도 나는 조금 부끄러웠고, 새삼 경각심이 생겼다. 아버지와 아버지의 일을 멀리하고 경계하는 태도가.

날씨가 맑게 갠 그날, 우리는 마당을 돌아다니며 겨울 폭풍에 찢겨 떨어진 나뭇가지들을 줍고 있었다. 아버지가 우리에게 시킨 일이기도 했지만, 티피*를 만들 때 쓰려고 우리 스스로 원한 일이기도 했다. 플로라가 히히힝 우는 소리에 뒤이어 아버지와 헨리 아저씨가 소리치는 소리가 들렸다. 우리는 무슨 일인가 싶어 헛간 마당으로 뛰어갔다.

마구간 문이 열려 있었다. 헨리 아저씨가 막 끌고 나온 찰나, 플로라가 도망친 모양이었다. 플로라는 헛간 마당의 끝에서 끝으로 마구 달리고 있었다. 동생과 나는 울타리 위로 올라갔다. 이리 뛰고

* 미국의 그레이트플레인스(대평원)에 사는 인디언들이 쓰던 높은 거주용 천막.

저리 달리고, 히히힝 울부짖고, 앞다리를 번쩍번쩍 들어 올리고, 겅중겅중 뛰면서 위협하는 플로라의 모습은 흥미진진했다. 한낱 늙다리에 지나지 않았지만, 그때만큼은 서부영화에 나오는 목장의 길들지 않은 말 같았다. 아버지와 아저씨가 뒤를 쫓으며 대롱거리는 고삐를 낚아채려고 애썼다. 드디어 한쪽 구석으로 몰아넣는 데 성공했다 싶은 순간, 플로라가 눈을 부릅뜨고 두 사람 사이로 내달려 헛간 모퉁이를 돌아 사라졌다. 덜커덩 쓰러지는 소리가 들리는 것으로 보아 플로라가 울타리를 뛰어넘은 모양이었다. 헨리 아저씨가 소리쳤다.

"꼴밭으로 들어섰어요!"

그 말은 곧 플로라가 우리 집 언저리에 L자 모양으로 길게 펼쳐진 꼴밭에 있다는 얘기였다. 만일 그 꼴밭 가운데에서 돌아 샛길 쪽으로 향한다면, 열려 있는 울타리 대문으로 빠져나갈 수 있을 터였다. 오늘 아침에 그 문을 통해 트럭을 꼴밭으로 몰고 갔으니까. 아버지가 나에게 소리를 친 것도 내가 그 샛길과 가장 가까운 울타리 맞은편에 있었기 때문이다.

"가서 문 닫아!"

나는 달리기가 아주 빨랐다. 텃밭을 가로지르고 그네를 매단 나무를 지나 도랑을 건너뛰어 찻길로 달음박질했다. 아니나 다를까 울타리 문이 활짝 열려 있었다. 찻길 저 너머에 플로라가 보이지 않는다는 건 아직 이곳을 빠져나가지 않았다는 얘기였다. 꼴밭 반대쪽으로 달려간 게 틀림없었다. 문은 무거웠다. 자갈 바닥에 박아둔 문을 들어 올려 찻길로 이어진 통로를 가로막았다. 반쯤 닫았을 때 내 쪽으로 곧장 질주해 오는 플로라가 보였다. 지금 당장 쇠사슬을 걸어야 했다. 레어드가 나를 도우려고 허둥지둥 도랑을 건너왔다.

나는 문을 닫는 대신 되도록 활짝 열어젖혔다. 그럴 작정을 했던 것은 아니었고 그냥 그렇게 했을 뿐이다. 플로라는 속력을 조금도 늦추지 않고 나를 스쳐 곧장 내달렸다. 이미 늦었건만 레어드가 펄쩍펄쩍 뛰면서 소리쳤다.

"닫아! 빨리 닫아!"

아버지와 헨리 아저씨는 뒤늦게 꼴밭에 도착했으므로 내가 한 일은 보지 못했다. 그저 플로라가 마을로 통하는 길 쪽으로 달려가는 모습만 보았을 뿐이다. 내가 제때에 도착하지 못했다고 생각할 터였다.

두 사람에게는 나를 붙잡고 물어보며 꾸물거릴 시간이 없었다. 헛간으로 되돌아가 총과 칼을 찾아 트럭에 싣고 나서, 꼴밭 쪽으로 차를 돌려 덜커덩거리며 우리 쪽으로 왔다.

"나도 갈래요, 나도 데려가 주세요!" 레어드가 소리쳤다.

헨리 아저씨가 트럭을 멈추고 레어드를 태워주었다. 모두 떠난 뒤에 나는 울타리 문을 닫았다.

레어드가 고자질하겠지 싶었다. 내가 도대체 어떻게 된 걸까. 지금껏 아버지의 말을 거스른 적이 단 한 번도 없는 나였으므로, 내가 왜 그랬는지 나도 모를 일이었다. 플로라는 얼마 달아나지 못할 것이다. 곧 트럭을 타고 쫓는 무리에게 붙잡힐 것이다. 당장 오늘 아침나절에 잡히지 않더라도 오늘 오후나 내일이면 누군가가 그 말을 보았다고 전화로 알려 줄 것이다. 이 근방에는 농장만 있을 뿐,

플로라가 내처 달아날 야생 지대가 없다. 더욱이 아버지가 돈을 주고 플로라를 산 것은 여우에게 먹일 말고기가 필요했기 때문이고 우리가 먹고살자면 여우를 먹여 살려야 했기 때문이었다. 내가 한 짓은 가뜩이나 뼈 빠지게 고생하는 아버지를 더 고생시키는 꼴밖에 되지 않았다. 내가 한 짓을 알게 되면 아버지는 앞으로 날 믿지 않을 거였다. 온전한 아버지 편이 아니라고 여길 테니까. 나는 플로라를 편들어 주었고, 그로써 나는 누구에게도 쓸모없는 사람이 되었다. 심지어 플로라에게조차. 그렇다고 해도 후회스럽지는 않았다. 플로라가 나를 보고 뛰어왔을 때 나는 열린 문을 잡고 있었을 뿐이었다. 그것만이 내가 할 수 있는 일이었으니까.

내가 집으로 돌아가자 엄마가 물었다.

"무엇 때문에 저리 야단법석이라니?"

플로라가 울타리를 걷어차고 달아났다고 말해 주었다.

"네 아버지가 안됐구나. 지금쯤 사방팔방을 뒤지며 찾아다닐 테니. 그나저나 1시 전에는 식사를 준비해도 쓸데없겠구나."

엄마가 다리미판을 치우며 말했다. 나는 솔직히 털어놓으려다 그만두고 위층으로 올라가 내 침대에 걸터앉았다.

얼마 전부터 내가 쓰는 방 한쪽을 멋지게 꾸밀 요량으로 내 침대를 낡은 레이스 커튼으로 덮어씌우기도 하고 치마를 만들고 남은 크레톤 천 자투리로 화장대를 모양내기도 했다. 내 침대와 동생 침대 사이에 무엇으로든 칸막이를 세워서 동생과 따로 떨어져 있을 내 공간을 만들 궁리도 했다. 하지만 환한 낮에 보면 그 레이스 커튼은 꼬질꼬질한 누더기일 뿐이었다. 이제 우리는 밤에 노래 부르던 것도 그만두었다. 어느 밤 내가 노래를 부르고 있는데 레어드가 말했다.

"멍청하게 들려."

그때는 모르는 척 계속 불렀지만 다음 날 밤에는 아예 시작도 하지 않았다. 이젠 우리도 무서움을 타지 않아서 딱히 노래를 부를 까닭도 없었다. 저편에 있는 것들은 낡은 가구들과 잡동사니들일 뿐이라는 사실을 알았으니까. 이젠 안전 규칙도 지키지 않았다. 레어드가 잠든 뒤에 내가 나에게 이야기를 들려주는 것은 계속했다. 그러나 그 이야기들조차 어딘지 모르게 달라졌고, 신기한 변화가 생겼다. 예전처럼 화재나 야생동물들과 관련된 굉장히 위험한 이야기로 시작해서 얼마쯤 뒤엔 내가 사람들을 구해 주는데, 다시 상황이 바뀌면서 도리어 누군가가 나를 구해 준다. 그 누군가는 같은 반 남학생 같기도 하고, 심지어 여학생들의 겨드랑이를 간질이며 장난했던 캠벨 담임선생님 같기도 하다. 게다가 이 무렵은 이야기 자체가 나의 외모—머리가 얼마나 긴지, 어떤 치마를 입고 있는지—를 장황하게 늘어놓는 쪽으로 빠지곤 했다. 외모를 자세하게 설명하는 데 골몰하다 보니 정작 이야기 자체에는 흥미를 잃어버렸다.

1시가 넘어서야 트럭이 돌아왔다. 트럭 짐칸이 타르 방수포로 덮여 있었는데, 그것은 곧 거기에 고기가 있다는 뜻이었다. 엄마는 음식을 전부 다시 데워야 했다. 헨리 아저씨와 아버지는 피투성이가 된 작업복을 헛간에서 일할 때 입는 보통 작업복으로 갈아입고 개수대에서 얼굴과 목과 팔을 씻은 뒤 머리에 물을 뿌리고 빗었다. 레어드가 팔을 들어 올려 자랑스레 핏자국을 보여 주며 말했다.

"우리가 늙은 플로라를 쏴 죽이고 살을 쉰 덩어리나 베어냈어."

"그런 얘기는 듣고 싶지 않다. 그리고 식탁에 올 때는 씻고 와야지."

아버지가 동생에게 가서 핏자국을 씻고 오라고 했다.

모두 자리에 앉자 아버지가 식전 감사 기도를 했고 헨리 아저씨는 언제나처럼 씹던 껌을 포크 손잡이 끝에 붙였다. 아저씨가 껌을 다시 떼어 내는 모습도 우리는 마냥 우러러보였다. 김이 모락모락 나는 푹 익힌 야채 그릇을 돌리기 시작할 때였다. 레어드가 식탁 너머로 나를 건너다보며 당차게 또박또박 말했다.

"아무튼 플로라가 달아난 건 누나 잘못이에요."

"뭐라고?" 아버지가 물었다.

"누나가 문을 닫을 수 있었는데도 안 닫았어요. 그냥 열어두고 있으니까 플로라가 도망쳤어요."

"그게 정말이냐?" 아버지가 재우쳐 물었다.

식탁에 앉아 있던 사람들이 모두 나를 쳐다보고 있었다. 나는 고개를 끄덕였다, 겨우겨우 음식을 삼키면서. 부끄럽게도 내 눈에서 눈물이 주르륵 흘러내렸다.

아버지는 역정을 내며 툭 쏘아붙이듯 물었다.

"왜 그랬어?"

나는 대답하지 못했다. 포크를 내려놓고 여전히 고개를 들지 못한 채 식탁에서 쫓겨날 때를 기다렸다.

그러나 그런 일은 일어나지 않았다. 한동안 모두 말없이 잠잠한데, 레어드가 무덤덤한 목소리로 말했다.

"누나, 운다."

"됐다."

아버지는 체념한 듯 심지어 유쾌하게까지 들리는 목소리로 나를 용서하되 영원히 내치겠다는 듯한, 그 말을 했다.

"계집애일 뿐이니까."

나는 그 말에 반발하지 못했다, 마음속에서조차. 어쩌면 맞는 말일지 모르니까.

그림엽서
POSTCARD

어제, 그러니까 어제 오후였다. 나는 우체국을 향해 걸어가며 인후염도 눈도, 질기게 물러갈 줄 모르는 겨울 끄트머리도 지긋지긋하다는 생각이 들었다. 클레어처럼 나도 훌쩍 플로리다로 떠나고 싶었다. 그날은 내가 오전 근무를 하는 수요일 오후였다. 내가 일하는 곳은 킹스 백화점인데, 백화점이라는 이름이 무색하게 기성복과 직물 매장만 있다. 예전에는 식료품 매장도 있었지만, 기억이 가물가물할 정도로 오래전 일이었다. 엄마는 나를 데리고 가서 높다란 의자에 앉혀 놓곤 했었는데 그럴 때면 킹 아저씨는 건포도를 한 줌 쥐어주면서, 예쁜 여자아이에게만 주는 거라고 말하곤 했다. 킹 아저씨가 죽자 식료품 매장을 빼버렸고, 이제는 소유주도 킹 씨가 아니라 크루버그라는 사람으로 바뀌었다. 그들은 근처에는 얼씬도 하지 않고 호스 씨를 점장으로 보낼 뿐이다. 나는 위층 아동복 매장에서 일하는데 크리스마스 철에는 장난감 매장 일도 거든다. 호스 씨도 이곳에서 14년째 근무하고 있는 나를 함부로 부리지 않는다. 하란다고 순순히 따를 사람이 아니라는 걸 아니까.

수요일이라 우체국의 창구 업무는 마감됐지만 내게는 사서함 열쇠가 있었다. 나는 개인 사서함을 열어 엄마 이름으로 온 주빌리 신문과 전화 요금 청구서와 못 보고 지나칠 뻔한 그림엽서 한 장을 꺼냈다. 먼저 엽서 앞면의 그림을 보니 새파란 하늘 아래 야자수가 서 있다. 모텔 정면에 세워둔 풍만한 금발 여자를 본떠 만든 대형 간판에 네온등이 켜진 것이 밤 풍경 같았다. 그 금발녀는 *우리 집에서 주무세요*라고 말하고 있었다. 그러니까 이런 글귀가 쓰인 말풍선이 금발녀의 입가에 걸려 있었던 것이다. 엽서를 뒤집어 뒷면을 읽어 보았다.

그래도 저 여자 집에서 자지 않았어. 턱없이 비싸더군. 날씨는 끝내주고. 기온은 25도쯤. 주빌리의 겨울은 당신을 어떻게 대접하고 있는지? 형편없지 않기를. 얌전하게 잘 있어. 클레어. 날짜는 열흘 전으로 적혀 있었다. 흠, 더러 늦게 도착하기도 하지만 며칠 동안 엽서를 주머니에 넣고 다니다 문득 생각나서 부쳤을 가능성이 더 컸다. 이것이 3주 전에 간 플로리다에서 그이가 내게 보낸 유일한 엽서였고, 나는 여기서 금요일이나 토요일쯤 돌아올 그이를 기다리는 참이다. 그이는 해마다 겨울이 되면 윈저에 사는 여동생 내외 포키, 해럴드와 플로리다 여행을 같이 갔다. 나는 그들이 나를 마뜩잖게 여기는 느낌을 받았지만, 클레어는 그건 내 생각일 뿐이라고 했다. 웬일인지 포키와 이야기를 해야 할 때면 아는 말인데도 '관계없

는'을 '간개없는'으로 말하는 따위의 실수를 저지르기 일쑤였다. 그럴 때마다 포키가 내색을 하지는 않았지만, 나중에 그 생각만 하면 나는 얼굴이 화끈거렸다. 그들처럼 말하려고 애쓰는 것이 내게 이롭다는 건 알지만 주빌리에서 표준말을 쓴다는 건 있을 수 없는 일이었다. 포키에게 좋은 인상을 주려고 노력한 것은 그녀가 맥쿼리 명문가 사람이기 때문이고, 그들 못지않게 우리도 좋은 집안이라고 끊임없이 늘어놓은 우리 엄마의 설교 때문이기도 하다.

여행을 가거든 *편지*를 하라고 내가 누누이 당부할 때마다, 그이는 무엇을 쓰면 좋겠느냐고 물었다. 여행 삼아 집을 떠난 적이 있다고 해도 버펄로보다 먼 데를 가본 적이 없으니, 나로서는 경치든 사람들이든 당신이 구경한 것이라면 무슨 이야기를 읽어도 기쁠 거라고 대답했다.(친척을 만나러 가는 엄마를 모시고 기차로 위니펙에 간 것을 어찌 여행이라 할 수 있겠는가.) 그러나 클레어는 돌아와서 직접 이야기해 주는 편이 더 낫겠다고 했다. 그래 놓고도 한 번도 말해 준 적은 없었다. 그이가 여행을 다녀온 뒤에 만나서 여행담을 들려달라고 하면 무슨 이야기를 듣고 싶으냐고 물었다. 그러면 나는 약이 바싹 올랐다. 도대체 그걸 *내가* 어떻게 안단 말인가.

엄마가 현관문 작은 유리창으로 내다보며 나를 기다리고 있는 모습이 보였다. 내가 우리 집 마당길로 들어서자 문을 열고 소리쳤다.

"조심해, 길이 미끄러워. 오늘 아침에 우유 배달부도 고꾸라질 뻔했다."

"다리 좀 부러져 봤으면 좋겠다는 생각이 들 때도 있는데요, 뭐."

"그런 방정맞은 소리 하지도 마라. 말이 씨 될라."

"클레어가 엄마한테 그림엽서를 보냈네요."

"설마, 그럴 리가!" 엄마가 엽서를 뒤집어 보고는 말했다. "그럼 그렇지. 너한테 보낸 거네."

환하게 웃던 엄마가 웃음을 거두며 덧붙였다.

"이까짓 그림은 별것도 아니다. 고르기야 클레어가 골랐겠지만 마땅한 게 없었을 거다."

클레어는 모르면 몰라도 아장아장 걸을 때부터 나이 든 여자들에게 귀여움을 받았을 것이다. 그들에게는 지금도 여전히 그이가 예절 바르고 맥쿼리가(家) 사람이면서도 거드름을 피우지 않는 포동포동한 귀여운 아이였고, 사람들을 한껏 추어올려 기분 좋게 얼굴을 살짝 붉히게 만드는 재주가 있는 사람이었다. 엄마는 클레어와 죽이 척척 맞아서 쉴 새 없이 수작을 주고받았는데, 나는 그 틈에 낄 엄두도 못 냈다. 예컨대 이런 식이다. 어느 날 클레어가 문을 노크하고 "안녕하십니까, 부인. 혹시 육체 개발에 관한 강좌에 관심이 있으신지요. 제가 그 일을 해서 대학을 마쳤습니다만." 그러면 엄마는 웃음을 삼키며 짐짓 근엄한 얼굴로 "여보게, 젊은 양반. 내가 육체 개발 강좌를 들을 필요가 있는 사람으로 보이나?"라고 응수한다. 또 어떨 때는 클레어가 수심에 찬 얼굴로 "부인, 제가 여기 온 건 부인의 영혼이 심히 걱정되기 때문입니다."라고 엉너리를 치면 엄마는 와하하 웃음을 터뜨리며 "자네 영혼이나 걱정하시게."라고 했다. 그러고는 닭고기 만두와 레몬 머랭 파이같이 그이가 좋아하는 갖은 음식을 차려주었다. 클레어는 식사를 하면서 나로서는 엄마가 귀담아들으리라고는 꿈에도 생각하지 못했던 야한 이야기들을 늘어놓았다.

"젊은 아내를 얻은 노신사가 병원에 간 이야기 아세요? 노신사 왈, 의사 선생님 제게 고민이 좀 있는데요……."

"아서, 그만둬. 헬렌 루이스가 무안 탈라." 엄마는 말리면서도 다음 이야기를 기다렸다.

나는 내 성씨 루이스를 집에서만 쓸 뿐 다른 어느 곳에서도 쓰지 않았다. 클레어는 그 사실을 엄마에게 얻어듣고는 내가 싫다고 해도 계속 썼다. 둘은 우스갯소리를 주고받으며 즐겁게 식사를 하면서 나에게 담배를 너무 많이 피운다는 둥 그렇게 구부정하게 앉아 버릇하면 등이 휠 거라는 둥 타이르는 통에 클레어와 엄마 사이에 앉아 있자면 내가 꼭 두 사람의 자식 같다는 생각마저 들 때도 더러 있었다. 클레어는 나보다 열두 살이 많았으므로 언제고—물론 지금도—아저씨뻘쯤으로 여기지 않은 기억이 없다.

예전에 길을 오다가다 만난 클레어는 늙어 보였다. 적어도 여느 어른들만큼 나이 들어 보였다. 그는 젊어서는 나이 들어 보이고 늙어서는 오히려 젊어 보이는 유형이다. 그는 퀸스 호텔 언저리에서 살다시피 했다. 돈 많은 맥쿼리가 사람이라 그런지 열심히 일하는 법은 없이 작은 사무실을 하나 차려 공증서를 작성해 준다거나 보험을 판매한다거나 부동산을 소개하는 따위의 일을 슬렁슬렁하는 정도였다. 지금도 그 작은 사무실을 운영하는데, 전면 유리창은 늘 먼지가 끼어 희뿌옇고, 겨울이고 여름이고 언제나 벌겋게 달아오르도록 히터를 켜놓은 뒤쪽에서는 여든 살쯤 된 미스 메이틀랜드가 타이핑 따위의 그가 시키는 일들을 한다. 퀸스 호텔에 없을 때에는 친구 두엇과 함께 난로에 둘러앉아 잠깐 카드놀이를 하거나 조용히 술을 마셨고, 대부분은 그냥 한담을 나누었다. 소도시라면 어디나 마찬가지리라 짐작되는데, 주빌리에도 유명 인사라 부를 만한 특별한 부류의 남자들이 있다. 유명 인사라 함은 국회의원이나 시장 선거에 출마할 만큼(클레어는 본인이 정말로 원한다면 그럴 수도 있지만) 유력한 공인을 말하는 게 아니다. 시도 때도 없이 시내를 활보하고 다녀서 얼굴이 익히 알려진 남자들일 뿐이다. 클레어와 그 친구들이 그런 사람들인 셈이다.

"클레어가 누이랑 같이 간 거니?"

엄마는 마치 한 번도 들은 적이 없는 사람처럼 또 물었다. 엄마랑 한 이야기는 이처럼 몇 번이고 되풀이하게 된다.

"그 누이 이름이 뭐라던?"

"포키요."

"그래. 성숙한 여인이 되면 이름이 좀 그렇겠다고 생각했던 기억이 난다. 그 애가 세례식을 받을 때며 세례명이 이사벨이라는 것도 기억나. 내가 결혼하기 전 성가대에서 노래할 때였거든. 갓난아이에게 치렁치렁한 최신식 세례복을 입혔었지. 너도 그런 세례복 알지?"

엄마는 클레어 일이라면 무조건 두둔했지만 맥쿼리 집안에 대해서는 그러지 않았다. 숨을 쉴 때조차 무게란 무게는 다 잡는 사람들이라고 아니꼬워했다. 한두 해 전 엄마와 내가 그 집 앞을 지나갈 때였다. 엄마는 행여 동티가 날지 모르니 조심하라는 투로, 저 저택 것이라면 풀 한 포기라도 밟지 말라고 했다.

"엄마, 몇 해만 있으면 엄마 딸이 여기서 살 테고 이 집이 곧 *내 집*이 될 텐데 그렇게 못마땅한 투로 말하는 건 이제 그만하는 게 좋지 않겠어요?"

엄마와 나는 동시에 옛날 영어 알파벳 M을 본떠 커다랗고 하얗게 장식한 진녹색 덧창들, 베란다, 교회의 벽면처럼 스테인드글라스 창으로 꾸민 으리으리한 그 저택을 쳐다보았다. 생명의 흔적이라고는 없어 보였지만, 클레어 노부인이 위층에서 누워 지냈다. 반신불수에다 말조차 못하게 되어서 낮에는 윌라 몽고메리가, 밤에는 클레어가 시중을 들었다. 집 안에서 낯선 목소리라도 들릴라치면 노부인이 난리를 일으키는 탓에, 클레어가 나를 데리고 올 때마다 소리 죽여 속삭여야 했다. 그러지 않으면 내 말소리에 몸이 더더욱 뻣뻣하게 굳으며 발작을 일으키기 때문이었다. 한참이나 그 집을 우두커니 바라보고 있던 엄마는 이렇게 대답했다.

"그렇게만 된다면야 저절로 입이 벌어질 일이다만 네가 그 집 사람이 되어 맥쿼리라는 성씨를 쓴다는 게 영 상상이 안 되는구나."

"엄만 클레어를 무척 좋아하는 줄 알았는데요?"

"그거야 그렇지. 한데 난 클레어를 토요일 밤에 널 데리러 오고, 일요일 밤에는 우리 집으로 저녁 먹으러 오는 남자로만 여길 뿐이야. 너와 클레어가 결혼하리라는 생각은 안 해봤다."

"노부인이 돌아가시면 무슨 일이 일어나는지 두고 보세요."

"클레어가 그렇게 말하더냐?"

"그걸 꼭 말로 해야 아나요?"

"알 만하다."

"괜히 클레어가 내게 마음 두고 있는 것처럼 행동하지 마세요. 장담하건대 많은 사람들은 오히려 그 반대로 생각할 테니까요."

"내가 입만 꾹 다물고 있으면 아무 탈 없으려나?" 엄마가 나긋이 말했다.

클레어와 나는 학교 수업을 마친 어린 학생 둘이 살금살금 숨어들듯이 토요일 밤마다 그 집 샛문으로 몰래 들어가 천장이 높고 고풍스러운 주방에서 커피와 먹을 것을 준비했다. 그러고 나서 발꿈치를 들고 뒤쪽 계단을 통해 클레어의 방에 들어가 노부인이 아들 혼자서 본다고 여기게끔 텔레비전을 켰다. 클레어가 노부인에게 불려 가면 나는 커다란 침대에 혼자 누워서 텔레비전을 보거나 벽에 걸려 있는 옛날 사진들—중등학교 하키 팀에서 골키퍼로 활동하던 클레어의 사진, 졸업 가운을 입은 포키의 사진, 두 오누이가 내가 모르는 친구들과 함께 여행을 가서 찍은 사진—을 구경했다. 클레어가 노부인에게 오래 붙들려 있어 심심해지면 텔레비전 소리에 발소리가 덮이겠지 싶어 아래층으로 내려가 커피를 더 끓여 왔다.(나는 무엇이든 독한 것은 마시지 않았으므로, 진한 커피는 클레어가 마시도록 남겨 두었다.) 주방 등 하나만 켜고 식당으로 들어가 식기장 서랍을 열어 린넨 식탁보며 냅킨을 살펴보고 나서 도자기 진열장과 은그릇 상자를 열어보다가 문득 내가 도둑 같다는 생각이 들었다. 그러면서도 누가 뭐라 해도 맥쿼리가 사람과 아주 관계가 없는 것도 아닌데, 내가 이깟 것쯤 누린다고 안 될 게 뭔가 싶기도 했다.

데이트를 시작한 직후 클레어가 "결혼하자."라고 했을 때, 나는 "미안하지만 결혼에 관해서는 생각하고 싶지 않아요."라고 대답했다. 그 뒤로 클레어는 두 번 다시 그 말을 입에 올리지 않았다. 그로부터 몇 년이 지난 얼마 전, 내가 결혼 이야기를 꺼냈을 때 그가 기뻐하는 것처럼 보였다. "이런, 나 같은 늙다리들 중에 당신처럼 어여쁜 아가씨에게 결혼하고 싶다는 말을 듣는 사람은 많지 않을 거야."라면서.

나는 결혼할 때까지 킹스 백화점에 다니면서 그 말뼈 같은 호스가 고개를 조아리며 나를 떠받드느라 종종걸음을 치게 만들어주겠다고 생각했다. 그에게 따끔하게 본때를 보여 주고 싶은 마음이 없지 않았지만, 품위를 유지하려면 자제해야 했다.

"그럼 그 그림엽서는 내 상자에 넣어둘게요. 그리고 오늘 오후에는 한잠씩 자는 게 우리 둘 다에게 제일 남는 장사 같아요."

나는 이렇게 말하고 위층으로 올라가 잠옷으로 갈아입었다.(자수를 놓은 중국산 비단 잠옷으로 클레어가 선물한 것이다.) 크림으로 얼굴 화장을 지운 뒤 엽서며 편지, 기념품들을 보관하는 상자를 꺼내 그림엽서를 넣었다. 거기에는 이전에 받은 플로리다의 그림엽서 몇 장과 밴프 국립공원, 재스퍼 국립공원, 그랜드캐니언과 옐로스톤 국립공원의 그림엽서들도 들어 있었다. 나는 느긋하게 내 학창 시절의 사진들이며 성적표며 중등학교 때 상연했던 〈군함 피나포어〉의 공연 일람표를 보았다. 나는 그 코믹 오페라에서 이름이 뭐였더라, 아무튼 여주인공인 함장 딸 역을 맡았었다. 지금도 공연이 끝나고 길에서 만난 클레어가 노래도 잘 불렀고 무척 예뻤다며 축하해 주던 기억이 난다. 그때는 클레어가 나이도 지긋하고 안전해 보였으므로 잠깐 말장난을 했다. 그러다 이내 돌아선 나를 스스로 얼마나 대견해했던가. 만일 일어날 수 있는 온갖 일을 그때 알아차렸더라면 허를 찔리는 일은 생기지 않았을까? 그때 테드 포기를 만나지 않았더라면?

겉봉만 보고도 무슨 내용인지 짐작이 갔으므로 읽지도 않고 그냥 넣어두었던 편지. 나는 문득 내용이 궁금해져 봉투를 뜯고 그 편지를 읽어보았다.

사람의 손길을 느끼기 어려워 타자기로 편지 쓰는 걸 질색하는 사람인데 오늘 밤은 뭔지 모를 갖가지 중압감에 시달린 탓에 기진맥진해 있으니 너그러이 봐줘. 타이핑을 했든 어쨌든 예전에는 편지를 보기만 해도 사랑을 느끼곤 했다. 그 자리에 풀썩 무너져 내려 넋이 나간 듯 멍해질 만큼 강렬한 그 감정을 사랑이라고 부르고 싶다면 말이다.

테드 포기는 주빌리의 라디오 방송국에서 여섯 달 동안 아나운서로 일했는데, 그때 나는 중등학교를 졸업할 무렵이었다. 엄마는 내 상대가 되기에는 나이가 너무 많다고 했지만—클레어를 두고는 이런 말을 한 적이 없었다.—그래 봤자 고작 스물넷이었다. 테드는 일찍이 결핵을 앓아 이태를 요양소에서 지냈고 그 때문인지 나이에 비해 폭삭 늙었다. 둘이서 설리번 동산에 올라가곤 했는데, 그때 테드는 자신을 잔뜩 노려보고 있는 죽음과 더불어 살아왔고 그래서 한 사람과 가까워진다는 것이 얼마나 소중한지 깨달았지만 그럼에도 자신이 발견한 것은 외로움뿐이라고 말했다. 내 무릎에 고개를 묻고 울고 싶다고 했지만, 그때마다 그는 딴전을 *부렸다.*

그가 떠났을 때 나는 꼭 몽유병자 같았다. 오후에야 가까스로 일어나 허청허청 우체국으로 걸어가 사서함을 열고 편지가 왔는지 확인했다. 편지는 딱 한 통으로 끝이었다. 장소들이 나를 괴롭혔다. 설리번 동산도 라디오 방송국도 퀸스 호텔 커피숍도. 우리가 속삭였던 이야기들을 머릿속으로 되뇌고 그의 얼굴 표정을 하나하나 그려보며 아무리 빌어본들 그 사람이 문으로 들어올 리 없건만 얼마나 오랫동안 그 커피숍에 앉아 있었는지 모른다. 클레어와 가까워지게 된 곳이 바로 거기였다. 그는 뭔가 기운을 북돋울 만한 것이 필요한 사람 같다며 내게 이런저런 이야기를 들려주었다. 내 고민을 다 털어놓고 데이트를 시작하면서 내가 줄 수 있는 건 우정뿐이라고 나는 말했다. 그는 그래도 고맙다면서 때를 기다리겠다고 했다. 그리고 정말 그렇게 했다.

나는 편지를 끝까지 다 읽고 나서, 그때 처음 한 생각은 아니었지만, 편지를 제대로만 읽었다면 제아무리 바보 멍텅구리라도 그게 마지막 편지라는 걸 대번에 알았을 거라고 생각했다. *상냥하게 대해 주고 너그러이 이해해 주어서 내가 얼마나 고마워하는지 알았으면 해.* 그때 *상냥함*이라는 그 한 마디가 찡하도록 가슴에 박혀 나를 추스를 힘이 되었다. 클레어와 결혼하면 이 편지를 바로 없애버리겠다고 나는 생각했다. 버릴 거라면 지금이라고 안 될 게 뭐야 싶어서 편지를 쫙쫙 찢었다. 학교를 졸업하고 나서 공책을 찢을 때처럼 후련했다. 혹시라도 엄마가 보고 휴지통에 찢어버린 것이 무엇이냐고 물으면 성가실 것 같아 꼬깃꼬깃 뭉쳐 지갑에 넣었다. 그런 뒤에야 나는 비로소 침대에 누워 이런저런 생각에 잠겼다. 예컨대 내가 만일 테드 포기에게 그토록 푹 빠져 있지 않았다면 클레어가 다르게 보였을까 하는 생각. 그럴 것 같지는 않았다. 제정신이었다 해도 클레어는 거들떠보지도 않았을 테고, 고향을 떠나 뭔가 다른 일을 했을 것이다. 이제 와서 그런 생각을 해본들 부질없는 노릇이다. 몸이 달아서 어쩔 줄 몰라 하던 모습을 처음 보았을 때 나는 그가 안쓰러웠다. 둥그렇게 벗겨지기 시작한 머리를 내려다보면서, 헐떡거리고 끙끙거리는 온갖 신음 소리를 들으면서, 내가 할 수 있는 건 얌전히 있어주는 것밖에 없지 않을까 생각했다. 그는 내게 그냥 가만히 누워서 자신을 받아들여 주는 것 이상을 바라지도 않았고, 나도 거기에 익숙해졌다. 돌이켜 보니 내가 참 매정한 사람이 아닌가 싶다. 그냥 가만히 누워서 나를 끌어안고 애무를 하고 귓가에 신음을 토해 내며 별별 소리를 하도록 내버려 두면서도, 사랑한다는 말 한마디 해주지 않다니. 절대 매정한 사람이 되고 싶지도 않았고 클레어에게 야박하게 굴 생각도 없었다. 더군다나 열에 아홉은 그가 하는 대로 고스란히 받아주지 않았던가.

엄마가 일어났는지 찻주전자에 물을 붓는 소리가 들렸다. 차를 마시며 신문을 읽을 모양이었다. 얼마쯤 있자니 엄마의 외마디 비명이 들렸다. 누가 죽었구나 싶어 벌떡 일어나 복도로 뛰쳐나갔더니 엄마가 아래층에서 날 올려다보며 말했다.

"가서 더 자거라. 놀라게 해서 미안하구나. 내가 잘못했다."

나는 도로 침대에 누워 엄마가 전화를 거는 소리를 들으며 오랜 친구에게 신문에 난 소식들을 전해 주려나 보다 짐작하다가 잠이 들었다.

나를 깨운 건 차가 멈춰 서고 뒤이어 누군가가 차에서 내려 현관으로 올라오는 소리였다. 클레어가 일찍 돌아온 건가 생각했다. 비몽사몽간에도 그 편지를 찢어버리기를 잘했다고 생각했다. 그런데 그건 클레어의 발소리가 아니었다. 초인종이 울릴 새도 없이 엄마가 문을 열었을 때 내 귀에 들린 건 알마 스톤하우스의 목소리였다. 주빌리 초등학교 교사로 일하는 내 단짝 친구가 온 것이었다. 나는 복도로 나가 난간에 기대어 내려다보며 소리쳤다.

"알마, 너 또 저녁 얻어먹으러 온 거야?"

친구는 베일리네 집에서 하숙을 하는데 음식 맛이 들쭉날쭉 해서 셰퍼드 파이* 냄새만 풍겼다 하면 우리 집으로 쳐들어올 때가 더러 있다.

알마는 외투도 벗지 않고 곧장 위층으로 올라왔는데, 가무잡잡한 얼굴이 흥분되어 벌겋게 달아오른 것을 보니 무슨 일이 생겼나 보았다. 보나 마나 남편과 관련된 일이려니 넘겨짚은 건 별거 중인 남편이 끔찍한 편지를 보내기 일쑤였기 때문이다.

"헬렌, 잘 있었어? 기분은 어때? 방금 일어난 거야?"

"네 차 소리에 깼어. 얼핏 클레어인가 싶었거든. 그런데 그이는

---

* 다진 쇠고기 위에 으깬 감자를 뒤덮어 굽는 파이.

이틀 뒤에나 돌아올 거야."

"헬렌, 잠깐 앉을 수 있어? 네 방에 들어가서 좀 앉아, 마음 단단히 먹고. 내 입으로 이 소식을 전하고 싶지는 않았는데, 놀라지 말고 들어."

나는 알마 뒤에 서 있는 엄마를 보며 말했다.

"엄마, 얼마나 짓궂은 말을 하려고 이런 데요?"

"클레어 맥쿼리가 결혼했대."

알마가 말했다.

"뭐라는 거야, 지금? 클레어는 지금 플로리다에 있고, 바로 오늘 그이한테 그림엽서 받은 걸 엄마도 아는데."

"헬렌, 진정해라. 플로리다에서 결혼했단다."

"어떻게 플로리다에서 결혼을 할 수 있어요? 여행 간 사람이?"

"지금 주빌리로 돌아오고 있는 중이래. 여기서 살 거래."

"알마, 무슨 소릴 들었는지 모르지만 허튼소리가 얼마나 많니? 방금 그이한테 엽서도 받았다니까? 엄마……."

나는 그제야 내가 여덟 살 적 홍역에 걸려 40도가 넘는 고열에 시달렸을 때처럼 엄마가 나를 바라보고 있다는 걸 깨달았다. 엄마는 손에 들고 있던 신문을 펴서 읽어보라며 내게 주었다.

"옜다." 엄마는 자신이 귀엣말하듯 목소리를 낮추고 있다는 사실조차 깨닫지 못했을 것이다. "그 《뷰글 헤럴드》에 났구나."

"차라리 그 사람이 증발했다는 말을 믿으라고 하세요."

나는 처음부터 끝까지 읽고 또 읽어보았다. 마치 거기 실린 이름들이 내가 난생처음 본 이름인 것처럼. 몇몇은 듣도 보도 못한 이름이긴 했다.

플로리다 코럴게이블스에서 조촐한 결혼식이 거행되었다. 주빌리에 거주하는 제임스 맥쿼리 부인과 유명한 지역 사업가이자 의회 의원을 오래 지낸 고(故) 제임스 맥쿼리 씨의 자제 클레어 알렉산더 맥쿼리 씨가 미국 네브래스카 주 링컨 시에 사는 클라이브 티벗 부부의 딸 마거릿 토라 레슨 부인과 부부의 연을 맺었다. 신랑의 여동생 내외인 해럴드 존슨 부부만 참석했다. 신부는 회녹색 정장 차림에 짙은 갈색 액세서리와 황동으로 빚은 난초 코르사주로 멋을 냈다. 신랑의 여동생인 존슨 부인은 베이지색 정장에 검정 액세서리를 하고 초록빛 난초 코르사주를 달았다. 신랑 신부는 자동차를 타고 앞으로 살아갈 주빌리로 향했다.

"이래도 쓰레기 같은 소리라고 할 거야?" 알마가 야멸치게 말했다.

나는 모르겠다고 대답했다.

"너 괜찮아?"

괜찮아.

이 닭장처럼 갑갑하고 비좁은 방에 있지 말고 아래층으로 내려가 차를 마시며 뭐라도 좀 먹으면 기분이 한결 좋아질 거라고 엄마가 말했다. 그렇지 않아도 다저녁때였다. 그리하여 우리 세 사람은 아래로 내려갔다. 나는 잠옷을 입은 채로 가만히 있었고 엄마와 알마는 집 안 분위기가 침울하고 입 안이 소태같이 쓸지라도 기운을 잃지 않으려면 먹어두는 게 좋을 그런 음식을 준비했다. 콜드미트* 샌드위치와 갖가지 피클과 슬라이스 치즈와 대추야자 커피케이크.

"피우고 싶거든 담배 한 대 피우렴."

엄마가 내게 *이런* 말을 한 적은 평생 처음이었다. 그 말에 내가 담배를 피웠고, 알마도 덩달아 피웠다.

"내가 가방에 넣고 다니는 진정제가 있는데 그다지 독하지 않으니까 한두 알 먹어도 될 텐데." 알마가 말했다. 그러나 나는 고맙지만 됐다고, 아직은 괜찮다고 했다. 아직 진정제를 먹어야 할 정도는 아니라고.

"그 남자 해마다 플로리다에 가지, 응?"

내가 그렇다고 대답했다.

"그게 말이야 내 생각은 이래. 과부인지 이혼녀인지 뭔지, 암튼 그 여자를 예전에 만난 거야. 그동안 둘이 편지를 주고받으면서 이 일을 꾸민 거지."

엄마는 클레어가 그런 짓을 저지르다니 도무지 믿기지 않는다고 말했다.

"그냥 내 짐작일 뿐이야. 그 여잔 클레어의 여동생과 잘 아는 사이일 거야, 틀림없이. 여동생이 공작을 폈을 테고. 그 여동생 부부가 참석했다잖아. 그 여동생은 너를 좋아하지도 않았다면서. 헬렌, 네가 그랬잖아."

"소 닭 보듯 했지."

---

* 로스트비프, 로스트치킨 따위를 냉장한 것. 샐러드, 샌드위치 따위를 만들 때에 쓴다.

"헬렌 루이스. 너와 클레어는 노부인이 세상을 뜰 때까지 기다리기만 하면 된다고 했잖니. 클레어가 너한테 한 말이 아니었어?"

"널 가지고 놀 셈으로 둘러댔겠지."

"오, 아니다. 그럴 리가 없어. 세상에, 클레어가 그런 짓을 하다니, 참으로 알다가도 모를 일이로구나!"

"열 계집 마다할 사내가 어디 있겠어요."

알마가 툭 내뱉었다. 일순간 침묵이 흐르는가 싶더니, 두 사람의 눈길이 동시에 내게 쏠렸다. 나는 차마 말할 수 없었다. 그때 내 머리를 스치던 그 생각을 어찌 말할 수 있었겠는가. 지난 토요일 밤, 그러니까 여행을 떠나기 전날 밤에 자기 방에서 클레어는 갓난아기라도 된 듯 알몸으로 내 머리카락을 얼굴에 뒤집어쓰고 이빨로 물어뜯는 시늉을 했었다. 내 머리에 다른 사람의 침이 묻는다는 게 불쾌하기 짝이 없었지만 그냥 가만히 있었다. 다만 만일 머리카락을 물어뜯으면 미용실에 가서 머리를 다듬을 돈을 내야 한다고 으름장을 놓았을 뿐이다. 그날 밤 그의 행동에서 *결혼하러* 떠날 사람이라는 낌새는 보이지 않았다.

엄마와 알마는 이런저런 짐작을 늘어놓고 있는데 나는 갈수록 졸음이 쏟아졌다.

"그보다 더한 일들도 얼마든지 일어날 수 있어요. 제가 4년을 생지옥에서 살았잖아요."

알마에 이어 엄마가 하는 말도 들렸다.

"워낙 무골호인 같은 사람이라 그 여자에게 간도 쓸개도 다 빼준 게야."

이렇게 이른 저녁에, 그것도 오후 낮잠까지 자고 일어났는데도 어쩌면 이렇게 졸음이 쏟아지는지 알 수 없는 노릇이었다.

"졸린 건 아주 좋은 현상이야. 자연스러운 일이지. 이를테면 자연 마취인 셈이거든."

나는 두 사람이 나를 위층으로 데려다 침대에 눕히고 나서 내려가는 소리조차 듣지 못했다.

나는 아침에도 늦게 일어났다. 대개는 일찍 일어나서 내 손으로 아침을 차려 먹었다. 엄마가 부스럭거리는 기척이 들렸고 나는 여느 날 아침처럼 그냥 두라고 소리쳤다. 엄마가 아래층에서 나무랐다.

"너 꼭 출근해야겠니? 아프다고 내가 호스 씨에게 전화해 주마."

"왜 안 해요? 실컷 입방아를 찧으라고요?"

나는 불도 켜지 않고 현관 마루의 거울 앞에서 화장을 하고 두 블록 반쯤 떨어져 있는 킹스 백화점까지 걸어갔다. 하룻밤 사이에 훌쩍 봄이 왔다는 사실도 알아채지 못했는데, 하물며 아침 날씨야. 백화점 안에서, 오, 그들은 기다리고 있었다. 안녕, 헬렌. 오늘 아침 날씨 참 좋지, 헬렌? 이제 곧 바닥에 쓰러져 히스테리 발작을 일으키는 모습을 구경하게 되기를 바라는 그 은근한 목소리들. 맥쿨 부인, 약혼반지를 끼고 있는 베릴 앨런, 벌써 25년 전에 버림받고 그 뒤 누군가—크레스—에게 갖은 학대를 받으며 살다가 그 남자마저 종적을 감춰버린 크레스 부인. 그런데도 내게서 뭘 알고 싶은 걸까. 능구렁이 호스는 혀를 잘근잘근 씹으며 미소를 짓고 있다. 그보다 더할 수는 없다 싶을 만큼 쾌활하게 아침 인사를 건네고 위층으로 올라오면서 나는 내 전용 세면실이 있다는 사실에 감사하며, 오늘은 아동복 매장이 한몫 톡톡히 보겠구나 하고 속으로 장담했다. 아니나 다를까, 오늘 아침나절처럼 머리띠나 양말 따위의 자잘한 물건들을 사려고 수없이 많은 어머니들이 기꺼이 계단을 올라온 적은 일찍이 없었다.

나는 엄마에게 전화를 걸어 점심은 밖에서 먹겠다고 했다. 퀸스 호텔에 가서, 라디오 방송을 통해 이름 정도나 들었을까 얼굴은 거의 모르는 사람들 틈에 앉아서 햄버거로 간단히 때울 셈이었다. 그런데 12시 15분 전에 알마가 찾아왔다. 보나 마나 위장이 뒤틀려 있을 거라면서 친구는 내게 햄버거가 아닌 달걀 샌드위치를, 콜라가 아닌 우유 한 잔을 먹이려 들었지만 나는 거부했다. 주문한 음식을 받아들고 자리를 잡고 앉기가 무섭게 기다렸다는 듯이 친구는 말부터 꺼냈다.

"있지, 돌아왔대."

누구 얘긴지 이내 알아들은 내가 물었다.

"언제?"

"어제저녁께. 그 소식을 전해 주려고 내가 막 차를 몰고 네 집으로 가던 그 무렵. 어쩌면 그들과 딱 만날 수도 있었는데."

"누가 그래?"

"저어, 비처 선생이 맥쿼리 씨네 옆집에 살잖아."

두 사람은 동료 교사로 비처 부인은 4학년, 알마는 3학년을 가르친다.

"비처 선생이 그들을 봤대. 이미 신문 기사를 읽었으니 알아본 거지."

"어떻게 생겼다던?"

나도 모르게 튀어나온 말이었다.

"비처 선생 말로는 젊지도 않대. 하기야, 남자 나이가 있으니까. 그 여동생 친구일 거라고 왜 내가 말했잖아. 그리고 미인 대회에는 명함도 못 내밀 얼굴이더래. 미모가 신경 쓰였던 모양이구나?"

"크대 작대?" 이제는 멈출 수가 없었다. "흑발이래 금발이래?"

"모자를 써서 확인 못했지만 검어 보이더래. 몸집은 풍만하고. 비처 선생 말이, 그랜드 피아노 뚜껑처럼 궁둥이가 불룩하다나? 돈이야 많겠지."

"돈 얘기도 비처 선생이 한 거야?"

"아니, 내 말. 그냥 짐작일 뿐이야."

"클레어가 돈을 보고 결혼할 까닭은 없지. 돈이야 얼마든지 있는데."

"그건 우리 기준이고. 그 남자는 아닐 수도 있어."

나는 그날 오후 내내 클레어가 직접 찾아오거나 하다못해 전화라도 할 것이라고 생각했다. 그때 가서 자신의 행동에 대해 어떻게 생각하는지부터 물어볼 셈이었다. 만일 황당무계한 변명들을 늘어놓는다면 어떻게 할 것인지 마음속으로 정리를 했다. 가령 이 가엾은 여자가 암에 걸려 여섯 달밖에 살지 못하는 데다 지금까지 내내 (사무실 청소부처럼) 죽을 고생만 해서 조금이라도 편안하게 해주고 싶었다거나, 아니면 부정 거래를 빌미로 자기 매제를 공갈 협박해서 그 입막음으로 결혼을 했다고 하면 어떻게 해야 하는지. 그러나 손님들이 끊이지 않고 밀려드는 통에 마음을 정리할 시간이 나지 않았다. 나이 많은 할머니들은 숨을 헉헉거리며 계단을 올라와 손자나 손녀들에게 줄 생일 선물을 사러 왔다고 했다. 주빌리에 사는 손자 손녀들은 어쩌면 그렇게 하나같이 3월에 태어났을까. 조금이나마 삶의 자극이 되는 재밋거리를 마련해 준 내게 사람들은 고마워해야 하는 것 아닐까 싶은 생각이 들었다. 알마조차도 겨우내 보았던 모습보다 한결 생기가 돌았다. 알마를 탓할 일은 아니라고 생각했고, 그건 사실이다. 또 누가 알겠는가. (알마의 전남편) 돈 스톤하우스가 불쑥 찾아와 겁탈한 것도 모자라 머리에서 발끝까지 그야말로 온몸을 시퍼런 피멍투성이로 만들어놓았다면—이건 그 작자 말이지 내 말이 아니다.—나도 똑같이 행동할지. 하기야 나라도 더없이 안쓰러워하며 친구를 도울 수 있는 일이라면 발 벗고 나섰을 테지. 그러나 그 길고 지루한 겨울을 나면서 몸서리치게 끔찍한 일이라도 뭔가 일어나 주기를 은근히 바라고 있었는지 모를 일이다.

저녁을 먹으러 집에 가지 않겠다는 생각 자체가 부질없는 일이었다. 그러면 엄마의 골탕이 이만저만이 아닐 테니까. 엄마는 연어 커틀릿과 내가 좋아하는 건포도를 섞은 양배추 당근 샐러드와 브라운베티 푸딩*을 차려놓고 기다리고 있었다. 그런데 식사를 하는

* 다지거나 얇게 썬 사과, 빵가루, 건포도, 설탕, 버터, 향료 따위를 섞어 구운 후식용 음식.

도중에 엄마의 눈에서 루주를 바른 입술까지 눈물이 주르륵 흘러내리기 시작했다.

"정작 울 사람은 따로 있는 것 같은데, 엄마는 뭐가 그다지도 서러우세요?"

"내가 클레어를 얼마나 좋아했니. 정말 좋아했다. 이 나이에 1주일 내내 기다려지는 사람이 몇이나 되겠니."

"죄송해요."

"그건 그렇고, 남자란 여자를 존중하는 마음을 한번 잃고 나면 싫증 내기 십상이다."

"그게 무슨 뜻이에요, 엄마?"

"내가 꼭 설명을 해야 알아듣겠니?"

"부끄럽지도 않으세요? 세상에 엄마라는 사람이 자기 딸에게 어떻게 그런 말을 해요?"

나도 울기 시작했다. 엄마가 알고 있었다니! 그런데도 나는 까맣게 모르고 있었다니! 물론 클레어는 아무 잘못이 없다. 다 내 탓이다.

"아니지. 부끄러워해야 할 사람은 내가 아니야." 엄마는 계속 흐느끼면서 말을 이었다. "내가 뒷방 늙은이가 다 되었다만 그래도 알 건 안다. 남자는 존중하지 않는 여자와는 결혼하지 않아."

"엄마 말대로라면 이 도시에서 결혼할 사람이 한 사람이나 있겠어요?"

"굴러들어 온 복을 네 발로 차버린 거야."

"그 사람이 우리 집에 드나들 땐 일언반구도 없다가 이제 와서 그런 말이 무슨 소용이 있겠어요."

나는 위층으로 갔다. 엄마는 따라오지 않았다. 나는 옷도 갈아입지 않은 채로 몇 시간을 앉아서 담배를 피워 댔다. 엄마가 위층으로 올라와 침대에 눕는 소리가 들렸다. 얼마쯤 뒤 나는 아래층으로 내려가 잠깐, 교통사고 소식을 전하는 텔레비전을 보았다. 그러다 외투를 걸치고 밖으로 나왔다.

내 차는 지난해 크리스마스 때 클레어가 선물로 준 소형 모리스였다. 두 블록 조금 넘는 직장을 자가용으로 출근한다는 것이 스스로 생각해도 우스꽝스럽기도 하고, 실제로 그런 사람이 있음에도 괜히 뽐내는 것 같아 출근할 때는 이용하지 않는 편이었다. 나는 돌아서 차고로 가 차를 뒤로 뺐다. 지난 일요일 어머니가 요양원에 있는 케이 할머니를 문병하러 갈 때 태워다 드린 이후로 처음 하는 운전이었다. 이 차는 여름철에 더 많이 이용한다.

난 시계를 들여다보고 나서 깜짝 놀랐다. 새벽 0시 20분이었다. 나는 몸이 떨리고 맥이 없어 한참을 앉아 있었다. 알마가 말했던 진정제를 지금 먹었으면 싶었다. 그저 드라이브나 할 생각이었지만, 마땅히 갈 곳이 떠오르지 않았다. 주빌리 시내로 차를 몰고 나갔는데 다른 차는 한 대도 보이지 않았다. 집이란 집은 모두 어둠에 잠겼고, 도로는 깜깜했으며, 잔설이 덮인 골목길은 희끗희끗했다. 그 집들에 사는 사람들은 하나같이 내가 모르는 것을 알고 있는 것만 같았다. 모두가 다 무슨 일이 일어났으며 필시 그런 일이 일어나리라는 것을 알고 있었는데 나 혼자만 모르고 있었던 것 같은 기분이었다.

나는 그로브 거리를 빠져나와 미니 거리로 들어가 뒤쪽에서 그의 집을 보았다. 그 사람 집도 역시 불이 모두 꺼져 있었다. 앞쪽에서 보려고 차를 돌려 집 앞으로 갔다. 그들도 살금살금 계단을 올라가 텔레비전을 계속 켜놓아야 했을까? 궁둥이가 그랜드 피아노 뚜껑처럼 툭 불거진 여자라면 그렇게 하려고 해도 못할 일이었다. 보나 마나 그 사람이 신부를 데리고 곧장 노부인의 침실로 들어가 소개했겠지. "이 사람이 우리 집 새 식구가 된 맥쿼리 부인입니다." 뭐, 그렇게.

나는 차를 세우고 차창을 내렸다. 그런 뒤 무슨 짓을 하려는지 앞뒤 생각할 겨를도 없이 몸을 숙이고 내가 참을 수 있을 만큼 최대한 길고 크게 경적을 울렸다.

그 소리에 나는 마음이 푹 놓여 한껏 소리칠 수 있을 것 같았다. 그리고 그렇게 했다.

"이봐, 클레어 맥쿼리. 할 얘기가 있어!"

아무런 기척이 없었다.

"클레어 맥쿼리! 클레어 나와!" 나는 깜깜한 집에다 대고 고래고래 악을 썼다.

나는 또다시 경적을 울렸다. 한 번, 두 번……. 몇 번인지 모르게 수도 없이. 경적을 울리는 사이사이에 고함도 계속 질러댔다. 나 자신이 저쪽에 몇 발짝 비켜서서, 주먹으로 꽝꽝 내리치는지, 고함을 질러대는지, 경적을 눌러대는지 나를 지켜보고 있는 것 같은 기분이었다. 난리굿을 벌이는지, 무엇이든 머리에 떠오르는 대로 재깍 재깍 하는지. 보기에 따라서는 신 나는 놀이였다. 내가 무엇 때문에 그러고 있는지도 거의 잊었다. 나는 리듬을 살려 경적을 울리는 동시에 고함을 질러대기 시작했다.

"클레어, 정말 안 나올래? 클레어 맥퀴리, 5월 열매* 따러 가자. 안 나오면 끌어내고 말 테다……."

나는 길바닥에서 울부짖고 고래고래 악을 쓰면서도 눈곱만큼도 창피하지 않았다.

"헬렌, 동네 사람들 다 깨울 셈이십니까?"

버디 실즈가 창문으로 고개를 내밀고 소리쳤다. 버디는 야간 순찰을 돌고 있는 경찰로 예전에 주일학교에서 내게 배운 적이 있었다.

"난 지금 신혼부부를 축하하는 시바리**를 하고 있을 뿐이야. 그게 문제가 된다는 거야?"

"소란 피우는 거 그만하시라는 겁니다."

"그만두고 싶지 않은걸?"

"헬렌, 그러시면 조금 곤란해질 텐데요."

"계속 부르는데 안 나오고 있잖아. 그 사람이 나오기만 하면 되

---

* 아이들이 놀이를 하면서 남녀가 짝을 지을 때 부르는 전래 동요. 5월은 열매를 따기에는 이른 철이기 때문에 서양의 봄맞이 축제인 오월제에 쓸 Knots(꽃을 묶을 매듭이나 꽃다발을 뜻함)가 와전되었을 것이라고 주장하는 연구자들도 있다.

** 한바탕 야단법석을 떤 다음 규범을 어긴 자에게 벌금을 물리고 용서하여 공동체의 일원으로 다시 인정해 주는 샤리바리(charivari)라는 풍습은 중세 프랑스에서 젊은이들을 중심으로 행해진 이후 세계 곳곳에 퍼졌다. 미국과 캐나다에서는 주전자나 냄비 따위를 두드리거나 경적을 울려 익살스럽게 소야곡을 연주하면서 갓 결혼한 부부를 축하하는 놀이 시바리(shivaree)로 변형되었다.

는데."

"얌전한 숙녀답게 이제 경적 그만 울리세요."

"그 사람 불러내야 해."

"그만. 당장 멈추라니까요."

"그럼 네가 그 사람을 불러낼 테야?"

"헬렌, 원하지 않는 사람을 자기 집에서 나오게 할 수는 없어요."

"넌 법을 집행하는 경찰인 줄 알았는데? 버디 실즈?"

"그렇긴 하지만 경찰이 할 수 있는 일에도 한계가 있습니다. 정 만나고 싶으면 돌아가셨다가 낮에 오셔서 다른 숙녀들처럼 얌전하게 노크를 하시지요."

"도둑장가를 간 남자라면?"

"헬렌, 그런 거라면 밤과 낮이 따로 없지 않겠습니까."

"그게 재미있을까?"

"그렇지는 않겠지만, 또 모르죠. 이제 그만하시고 옆자리로 옮기세요. 제가 댁까지 운전해 드릴 테니. 이 거리에 있는 집들이 위아래로 줄줄이 불을 켠 것 좀 보세요. 비처 선생이 내다보고 있고 홈스네는 창문이 올라가 있는 거 보이죠? 계속 말밥에 오르고 싶은 건 아니시죠?"

"이러나저러나 입방아는 찧어대겠지."

버디 실즈가 내 차창 쪽으로 숙이고 있던 몸을 살짝 움직였을 때였다. 검은 옷을 입은 누군가가 맥쿼리가의 잔디밭을 가로질러 오고 있는 모습이 보였는데 바로 클레어였다. 잠옷 바람이 아닌 셔츠와 윗옷과 바지를 모두 갖춰 입은 차림새였다. 그가 내 차 쪽으로 곧장 걸어오는 사이 나는 무슨 말을 하라고 일러주는지 내 마음의 소리에 가만히 귀를 기울이고 있었다. 아무것도 달라진 게 없었다. 뚱뚱하고 편안하고 졸린 얼굴, 그 모습 그대로였다. 그러나 바로 그 모습, 여느 때와 다름없는 만사태평한 그 모습 때문에 울부짖거나 악을 쓰고 싶은 마음이 싹 가셨다. 얼굴이 새파랗게 질리도록 소리소리 지르며 울부짖는다고 해서 클레어의 표정이 달라질 리도 발걸음이 조금 더 빨라질 리도 없었다.

"헬렌, 집으로 돌아가."

우리가 토요일 밤마다 함께 텔레비전을 보고 별별 일들을 하고 나서 그만 집에 가서 편히 잘 때가 되었다고 말하는 투였다.

"어머니께도 안부 전해 주고. 어서 돌아가."

그가 하려는 말은 그게 다였다. 그는 버디를 바라보며 "자네가 집까지 운전해 줄 텐가?"라고 물었고 버디는 그러겠다고 대답했다. 나는 클레어 맥퀴리를 바라보면서 언제나 자기가 하고 싶은 대로 하는 사람이라는 사실을 떠올렸다. 내 위에 올라타서 별별 짓을 다 하면서도 내 기분에는 그다지 마음 쓰지 않았던 사람, 다른 여자와 결혼했다고 내가 길바닥에서 난리굿을 해대도 아랑곳없는 사람. 그러고도 변명 한마디 하지 않는 남자. 변명할 거리가 아예 없었을까. 아니 있었다손 쳐도 못 한 것은, 글쎄, 금방 잊어버리는 버릇 때문이었을까. 지금 이렇게 이웃 사람들이 우리를 지켜보았어도, 내일 거리에서 그들을 만나면 농지거리를 던지겠지. 나는? 만일 며칠 뒤에 거리에서 나를 만나도 "헬렌, 잘 지내?"라고 천연덕스럽게 인사를 건네고 농담을 하겠지. 그런데 내가 만일 클레어 맥쿼리라는 남자의 됨됨이를 진지하게 생각했더라면, 제아무리 열 길 물속은 알아도 한 길 사람 속은 모른다지만 내가 만일 그를 찬찬히 살펴보았더라면, 그랬다면 애당초 그를 대하는 태도가 사뭇 달랐고, 그에게 느끼는 감정도 달랐을까.

“그 야단법석을 떨다니 후회스럽지 않으세요?”

버디가 하는 말을 귓등으로 흘리며 나는 집으로 돌아가는 클레어를 의자 너머로 지켜보면서, 그래 맞아. 찬찬히 살폈어야 했어,라고 생각했다.

“이제 저 부부를 괴롭히는 일은 두 번 다시 하지 않을 거죠? 그렇죠, 헬렌?”

“뭐라고?”

“클레어 부부를 괴롭히는 일은 또다시 하지 마시라고요. 이제 결혼했으니, 그것으로 모든 게 끝난 거예요. 그리고 헬렌도 내일 아침에 일어나면 오늘 밤 한 일이 창피해서 죽고 싶은 심정일 거예요. 어떻게 얼굴을 똑바로 들고 걸어 다니며 사람들을 볼까 싶을걸요? 그렇지만 이것만은 알아두세요. 그런 일들은 언제나 끊임없이 일어난다는 것, 그러니 할 수 있는 일이란 그저 살아가는 것뿐이라는 거요. 헬렌 혼자만 그런 게 아니라는 사실도요.”

버디는 전혀 의식하지 못하고 있는 것 같았다. 지금 자신이 설교를 늘어놓고 있는 상대가 나라는 사실을. 예전에 자기가 읽는 성경 구절을 귀 기울여 들어주던 바로 그 주일학교 선생이라는 사실을. 그래서 「레위기」를 슬쩍 인용하고 있다는 걸 단박에 알아챌 사람이라는 사실을.

"지난주에 있었던 일인데요." 그는 천천히 그로브 거리를 달리면서, 나를 집에다 데려다 줄 생각에 쫓기기보다는 느긋하게 설교를 마무리했다. "지난주에 신고 전화를 받고 던녹 습지로 출동했더니 차 한 대가 늪에 빠져서 꼼짝 못하고 있더군요. 신고를 한 농부 영감이 장전한 총을 까딱거리며 사유지를 불법 침입했으니 당장 차에서 나오지 않으면 쏘겠다고 으름장을 놓고 있더라고요. 그들은 그냥 컴컴한 밤에 찻길을 따라갔던 거예요. 이맘때면 늪에 빠져서 나오기 어려운 곳이라는 걸 바보 천치라도 아는 그 길을 말이죠. 이름을 들으면 헬렌도 알 만한 사람들이고 둘이 같이 차를 탈 까닭이 전혀 없다는 것도 알 겁니다. 두 사람 다 성가대 대원인데, 어느 파트인지는 말하지 않겠어요. 한 사람은 유부녀예요. 성가대 연습을 마치고 돌아올 시간이 되었는데도 부인이 오지 않으니까 이상하게 여긴 그 남편이 막 실종 신고를 한 바로 그 부인이었어요. 우리가 트랙터로 차를 끌어냈지요. 영감님을 진정시키느라 진땀을 흘리는 남자는 그냥 두고, 여자만 따로 집에 데려다 주는데 환한 대낮에 가는 내내 엉엉 울더군요. 내 말은 세상 일이 다 그렇고 그렇다는 겁니다. 어제 보니까 그 남자가 아내와 함께 저 아랫길에서 시장을 보더군요. 썩 행복한 모습은 아니었지만, 아무튼 함께 있었어요. 그러니까 얌전한 숙녀처럼 그냥 계세요. 다른 사람들처럼 살다 보면 곧 봄이 올 테니까요."

오, 버디 실즈. 그대는 계속 설교를 늘어놓고 클레어는 농지거리를 던지고 엄마는 속이 후련해질 때까지 울면 될지 모르지. 그러나 내가 처음으로 손을 뻗어 *만지고* 싶었던 클레어였건만, 지금은 어찌하여 도대체 말이 안 되는 남자로 여기게 되었는지 나는 끝끝내 이해하지 못할 거야.

붉은 드레스—1946
RED DRESS-1946

엄마는 내 치마를 짓고 있었다. 11월 한 달 내내 학교에서 돌아왔을 때 내가 본 엄마는 잘라놓은 벨벳 옷감과 박엽지 옷본들에 둘러싸여 있었다. 엄마가 낡은 발재봉틀을 창문가에 바짝 붙여 놓고 일을 하는 건, 햇볕도 쬘 겸 그루터기만 남은 밭들과 텅 빈 채소밭을 지나가는 사람들을 감시할 겸 길 가는 사람들도 구경할 겸 해서였다. 좀처럼 사람을 구경하기는 힘들었지만.

그 붉은 벨벳 옷감은 잘 늘어나서 가뜩이나 바느질하기가 어려운데, 엄마가 결정한 스타일도 만만치 않았다. 사실 엄마는 바느질 솜씨가 썩 좋지 않았다. 옷 만드는 걸 즐기기는 했지만, 그건 별개의 문제다. 할 수만 있으면 시침질과 다림질을 건너뛰려고 했고, 할머니나 고모처럼 마름질을 정교하게 잘하고 단춧구멍을 야무지게 마무르고 솔기를 잘 휘갑치는 솜씨를 대단하게 여기지도 않았다.

할머니나 고모와 달리, 엄마는 영감과 대담하고 기발한 착상이 떠오르면 일을 벌이는 축이었다. 그리고 시작하는 순간부터 엄마의 즐거움은 차츰 줄어들었다. 처음부터 엄마의 마음에 쏙 드는 옷본을 찾은 적은 단 한 번도 없었다. 그건 새삼스러운 일도 아니었다. 엄마의 머릿속에서 번쩍 떠오른 착상들에 걸맞은 옷본은 없었으니까. 엄마는 어렸을 적부터 내게 이런저런 옷들을 지어 입혔다. 빅토리아 시대의 드레스처럼 높다란 목둘레 옷깃에 간질간질한 레이스로 테를 두른 꽃무늬 오건디 원피스를 입히고 포크 보닛*을 쓰게 하기도 했고, 스코틀랜드 격자무늬 치마에 벨벳 재킷을 입히고 탬**을 씌우거나, 온통 빨간 치마에 자수를 놓은 페전트블라우스***와 검정 레이스 보디스****를 입히기도 했다. 세상 사람들의 이목을 알지 못했던 그 시절에는 고분고분하게, 심지어 기뻐하면서 나는 이런 옷들을 입었었다. 그런데 이제는 커서 세상에 얼마큼 눈뜬 지금, 나는 친구 로니가 빌 상점에서 산 것과 같은 옷들을 입고 싶었다.

난 로니의 옷을 입어보기로 했다. 학교 수업을 마치고 이따금 나랑 같이 곧장 우리 집에 놀러 온 로니는 소파에 앉아서 망을 보곤 했다. 무릎에서 삐걱거리는 소리가 나는 다리로 거친 숨을 토해 내며 살금살금 내 주위를 기웃거리는 엄마 때문에 나는 당혹스러웠다. 엄마는 혼잣말을 구시렁댔다. 그리고 집 안에서는 코르셋도 안

---

* 턱밑으로 끈을 매는 두건 모양의 모자.
** 원래 옛날 스코틀랜드 농부들이 쓰던 챙이 없고 둥글납작하게 생긴 모자.
*** 등이나 가슴에 주름 또는 장식 스모킹을 넣어 낙낙하게 만든 블라우스.
**** 대개 블라우스나 드레스 위에 덧입는, 몸통에 꼭 맞는 여성용 조끼의 한 가지.

입고 스타킹도 신지 않은 채, 발목 양말에 웨지힐 구두를 신었다. 다리에는 멍이 잔뜩 든 것처럼 푸르죽죽한 핏줄이 보였다. 부끄럽다 못해 차마 얼굴 들고 보기에 민망한 자세로 쪼그리고 앉아 있을 엄마의 모습이 떠올랐다. 그래서 되도록 엄마 쪽으로 눈을 돌리지 못하도록 로니에게 일부러 계속 말을 걸었다. 로니는 순하고 다소곳하고 감사해하는 표정을 짓고 있었는데 그건 어른들 앞에서 떠는 내숭이었다. 로니가 어른들을 한껏 비웃으며 얼마나 악랄하게 흉내 내는지, 어른들은 알 길이 없었다.

엄마는 나를 이리 잡아끌고 저리 잡아당기고 바늘로 찌르기도 했다. 돌아보아라, 저리 걸어가 보아라, 움직이지 말고 가만히 서 있어라 하면서 이것저것을 시켰다.

"네가 보기에 어떠니, 로니?"

입에 핀을 잔뜩 물고 엄마가 물었다.

"근사해요!"

다정하고 진심 어린 말투로 로니가 대답했다. 로니의 친엄마는 죽었다. 함께 사는 아버지는 딸에게 아무런 관심이 없는데, 내게는 그것이 로니의 취약점이자 특권처럼 보였다.

"그렇게 될 거다. 변덕스러운 내 마음만 잘 다스리면 말이지. 아, 그나저나……."

삐거덕거리는 무릎을 힘겹게 펴고 일어나서 엄마는 한숨을 쉬며 과장스럽게 말했다.

"재가 고마운 줄이나 알까 모르겠다."

마치 로니는 다 컸고 나는 아직도 코흘리개라는 듯이 말하는 엄마의 태도에 열이 받쳤다.

"가만히 있어."

엄마는 핀으로 시침질한 원피스를 내 머리 위로 벗기며 말했다. 머리에는 벨벳을 뒤집어쓰고, 면으로 된 낡은 학생용 면 속치마만 걸친 몸이 고스란히 다 드러났다. 그런 내가 온몸에 닭살이 돋은 볼썽사나운 거대한 살덩어리처럼 느껴졌다. 나도 로니처럼 뼈대가 가늘고 파리했으면 좋겠다는 생각이 들었다. 로니는 청색아*였다.

"내가 중등학교에 입학할 때는 아무도 옷을 지어주는 사람이 없었다. 내 손으로 짓거나 헌옷을 입었지."

10킬로미터가 넘는 시내까지 걸어가 어느 하숙집에서 식모 자리를 얻고 나서야 중등학교에 다닐 수 있었다는 그 타령을 또 할까 싶어 나는 조바심이 일었다. 한때는 엄마가 살아온 내력이 관심거리였지만 이제는 시대에 동떨어지고 따분한 멜로드라마처럼 들리기 시작했으니까.

"옷을 선물받은 적이 한 번 있었지. 앞판 가장자리를 감청색으로 두르고 고운 자개단추를 단 크림색 캐시미어 원피스였어. 해서 이게 무슨 조홧속인가 싶었단다."

이윽고 로니와 나는 엄마에게 풀려나 2층 내 방으로 갔다. 방이 추웠지만, 그래도 거기에 그냥 있었다. 우리 반 남학생들을 차근차근 짚어가면서 수다를 떨었다.

"얘, 좋아? 그냥 그저 그래, 아님 *싫어*? 얘가 데이트 신청하면 받

---

* 울혈 때문에 피부나 점막이 보라색인 유아. 선천적인 심장 결함으로, 산소가 부족한 혈액이 전신의 순환계를 흐르는 것이 원인이다.

아줄 거니?"

지금껏 데이트 신청을 받아본 적이 없던 우리였고, 중등학교에 다닌 지 두 달 된 열세 살이었다. 우리는 잡지에 실린 성격과 인기도를 알아보는 설문지를 작성했다. 장점을 돋보이게 하는 화장법이며 첫 데이트에서 대화를 잘하는 법이며 남자애가 선을 넘으려 할 때 대처하는 법에 관한 기사도 읽었다. 그뿐 아니라 폐경기 불감증, 낙태, 남편들이 집 밖에서 만족을 얻으려는 이유를 다룬 글들도 읽었다. 숙제할 때만 빼고 성(性)에 관한 정보를 모아 따져보고 토론하며 대부분의 시간을 보냈다. 일찍이 로니와 나는 모든 것을 서로에게 숨김없이 말하기로 약속했었다. 그러나 내가 로니에게 말하지 않은 게 한 가지 있었다. 그건 이번 댄스파티, 그러니까 지금 엄마가 짓고 있는 옷을 입고 갈 중등학교 크리스마스 댄스파티 이야기였다. 그 파티는 왜 그렇게 가기 싫었는지.

중등학교에 입학하고부터 나는 단 1분도 마음 편한 날이 없었는데 로니는 어땠는지 모르겠다. 로니는 시험이 닥치면 손이 얼음장처럼 차가워지고 가슴이 두근거렸다지만, 나는 하루하루가 지옥 같았다. 수업 시간에 질문을 받으면, 아주 간단하고 쉬운 질문인데도 쥐가 찍찍거리는 듯한 소리가 나오거나 아니면 쉰 목소리가 떨려나오기 십상이었다. 칠판 앞으로 나가서 문제를 풀어야 할 때면—달거리를 하지 않을 때조차—치마에 피가 묻은 것처럼 굴었다. 칠판 앞에서 컴퍼스로 그리기를 해야 할 때면 손이 미끌미끌할 정도로 땀범벅이 되었다. 배구를 할 때는 공을 제대로 치지 못했다. 다른 애들이 보는 앞에서 버젓이 해내야 할 때마다 내 반사 행동은 번번이 실패했다. 나는 실업 실습 시간이 끔찍이 싫었다. 공책에 회계 장부를 그려야 하는데 곧은자를 대고 그리는데도 선생님이 어깨너머로 살펴볼라치면 미세한 선들이 왜뚤비뚤 엉망이 되었다. 과학도 싫었다. 우리는 강렬한 빛을 받으며 생소하고 깨지기 쉬운 실험 도구들이 놓인 책상 뒤 민걸상에 앉아서, 목소리—그 목소리로 아침마다 성경 구절을 읽어준다.—가 차갑고 제멋에 살고 창피 주는 재능이 남다른 교장 선생님에게 배웠다. 내가 영어를 싫어하는 까닭은 땅딸막하고 너그럽고 눈이 살짝 사팔뜨기인 선생님이 워즈워스 시를 낭송하는데도 교실 뒤쪽에서 빙고 게임을 하는 남자애들 때문이었다. 선생님은 그 남자애들을 야단치다가 애걸했는데, 그때 선생님의 얼굴은 홍당무처럼 빨갰고 목소리는 내 목소리만큼이나 미덥지 못했다. 건들거리며 대충 사과를 한 남자애들은 선생님이 다시 낭송을 시작하면 감격해 마지않는 몸짓을 보였고, 황홀하다 못해 넋이 빠진 듯한 표정을 지으며 사팔눈을 한 채 손으로 가슴을 쾅쾅 두드렸다. 이따금 선생님은 왈칵 울음을 터뜨리곤 했고 그래도 아무 소용이 없으면 급기야 복도로 뛰쳐나가고 말았다. 그러고 나면 남학생들은 큰 소리로 음매음매 소 울음을 울어댔고, 우리의 허기진 웃음소리—오, 내 웃음소리도—는 선생님을 뒤쫓았다. 그러한 때면 교실은 약자를 위협하고 나 같은 사람을 수상쩍어하는 잔혹한 사육제 같은 분위기에 휩싸인다.

그러나 정말 중요한 학교생활은 실업 실무와 과학과 영어 따위의 수업 시간이 아니었다. 우리 삶을 절박하고도 찬란하게 하는 건

따로 있었다. 친친한 지하실과 깜깜한 외투 보관실들이 있고 죽은 왕족과 실종된 탐험가들의 사진이 걸린 그 오래된 석벽 건물은 짝짓기 경쟁의 긴장과 흥분으로 가득 차 있었다. 나는 이 경쟁에서 장대한 승리를 거두리라는 백일몽을 꾸면서도 철저히 패배하리라는 불길한 예감을 떨치지 못했다. 그러니 그 댄스파티에 가지 못할 무슨 일이 생겨야만 했다.

12월 들어 눈이 오면서 한 가지 수가 떠올랐다. 그 전까지는 자전거에서 떨어져 발목을 삔 채 아픔을 견디면서 딱딱하게 언 땅과 푹 팬 시골길을 걸어 집으로 오면 되지 않을까 생각했었다. 아무래도 그건 너무 힘들 것 같았다. 그렇지만 내 기관지와 목구멍이라면 가능할 것 같았다. 찬바람을 쐬는 것쯤이야. 나는 밤에 침대에서 내려와 창문을 조금 열었다. 그러고는 무릎을 꿇고 앉아 입을 쫙 벌리고 눈이 섞여 이따금 얼얼하기까지 한 바람을 목구멍으로 한껏 들이마셨다. 그러고도 모자라 잠옷 윗도리를 젖혔다. '퍼렇게 얼다.'라는 말을 읊조리면서 무릎을 꿇고 눈을 감은 채 가슴과 목이 퍼렇게 얼어붙고 살 속 핏줄이 푸르죽죽하게 변하는 것을 그려보았다. 더는 버티기 힘들 때까지 그대로 있다가 창턱에서 눈을 한 줌 집어 가슴에 뒤바른 뒤 잠옷 단추를 잠갔다. 눈이 녹으면서 플란넬 잠옷에 스며들면 젖은 옷을 입고 잠을 자는 것이나 다를 바 없으니 몹시 심각한 상황이 벌어질지도 몰랐다. 아침에 눈을 뜬 순간 나는 따끔거리는지 알아보려고 목청을 가다듬어 보았고, 시험 삼아 기침을 해보았으며, 간절한 심정으로 열이 있나 이마를 짚어보았다. 모두 허탕이었다. 댄스파티 당일까지, 나는 아침마다 좌절했고 내 건강은 더할 나위 없이 좋았다.

댄스파티가 열리는 날, 나는 헤어 컬러로 머리를 말았다. 원래 곱슬머리라 지금껏 컬러로 머리를 말아본 적이 없었지만, 오늘만큼은 여성들이 철칙처럼 여기는 온갖 미용술의 혜택을 누리고 싶었다. 주방에 있는 긴 의자에 누워 『폼페이 최후의 날』을 읽다가 나도 거기 있었으면 좋았을 텐데 싶은 생각까지 들었다. 절대로 만족할 줄 모르는 엄마는 드레스 목깃에 하얀 레이스를 달고 있었다. 옷이 너무 노숙해 보인다고 판단한 결과였다. 나는 엄마가 작업하는 것을 내내 지켜보았다. 하지만 그것은 그해 가장 시간이 짧게 걸린 축에 들었다. 긴 의자 위 벽지에 해묵은 동그라미와 가위표며 그림이며 낙서들이 보였다. 기관지염에 걸렸을 때 동생과 내가 그리고 끼적거린 것들이었다. 그것들을 보면서 어린 시절 저편의 안전한 곳으로 돌아가고 싶은 마음이 굴뚝같았다.

컬러를 풀었더니 원래 곱슬곱슬한 데다 인위적인 힘까지 보탠 머리는 무성하고 번들거리는 덤불숲 같았다. 삐죽삐죽 솟은 부분에 물을 뿌려 빗으로 빗고 브러시로 펴면서 아래로 끌어당겼다. 벌겋게 달뜬 얼굴에 파우더를 바르니 분필 가루를 뒤집어쓴 듯 얼굴이 하얘졌다. 엄마가 아직 한 번도 쓰지 않은 '애시 오브 로즈' 향수를 가져와 내 어깨 위에 뿌리게 했다. 그러고 나서 드레스 지퍼를 올린 뒤 나를 거울 앞으로 돌려 세웠다. 드레스는 몸통이 꽉 조이는 공주풍 스타일이었다. 딱딱한 새 브래지어를 한 내 가슴이 놀랍도록 불거져 나와, 유치한 목깃 주름 장식 아래서 성숙한 위광을 떨쳤다.

"내가 사진을 찍을 수 있었으면 참 좋았을걸. 이렇게 꼭 맞다니, 정말이지 내가 참으로 자랑스럽구나. 넌 고맙다는 인사라도 해야 하지 않겠니?"

"고맙습니다."

이윽고 문이 열리고 나를 본 로니의 첫마디.

"맙소사, 머리를 도대체 어떻게 한 거니?"

"내가 말았어."

"꼭 아프리카 줄루족 같다. 아, 걱정 마. 빗을 가져와. 내가 앞머리를 잘 말아줄게. 그럼 괜찮을 거야. 오히려 더 성숙해 보일 수도 있겠어."

내가 거울 앞에 앉자 로니가 뒤에 서서 머리를 손질해 주었다. 엄마는 아무래도 우리 곁을 떠날 수가 없는 모양이었다. 제발 가주기를 속으로 빌었건만. 내 앞머리가 둥글게 말리는 걸 지켜보던 엄마가 감탄했다.

"솜씨가 대단하구나, 로니. 미용사 해도 되겠어."

"그럴 생각도 있어요."

로니는 페플럼*과 나비매듭 리본이 달린 담청색 크레이프 드레스를 입고 있었다. 목깃이 없는데도 내 것보다 훨씬 더 성숙해 보였다. 머리는 머리핀 광고지에 실린 여자처럼 멋들어졌다. 로니는 덧니 때문에 아무리 꾸며도 예뻐질 수가 없겠다고 나는 속으로 늘 생각했었다. 그런데 지금 덧니박이든 아니든 로니의 맵시 있는 드레

---

* 윗옷이나 블라우스에 붙은, 허리만 두르게 된 짧은 스커트 모양의 천.

스와 멋들어진 머리와 견주어보니, 내가 오히려 붉은 벨벳에 쑤셔 박혀 눈은 휘둥그렇게 뜨고 머리카락은 죄다 삐쭉삐쭉 일어선 꼴이 영락없는 골리워그 인형이었다.

엄마는 우리를 현관문 앞까지 따라나와 어둠 속에서 소리쳤다.

"오르부아(안녕, 또 봐)!"

그건 오래전부터 로니와 내가 주고받던 인사말이었다. 그런데 엄마 입에서 나오는 그 말은 바보스럽고 쓸쓸하게 들렸고, 그 말을 쓴 엄마에게 너무 화가 나서 나는 아무런 대꾸도 하지 않았다. 로니만 신이 나서 쾌활하게 대답했다.

"안녕히 계세요!"

강당에서 소나무와 히말라야삼나무 냄새가 났다. 골판지로 만든 붉은빛과 초록빛 종들이 농구대 링에서 대롱거렸고, 창살을 친 높다란 유리창들은 초록빛 나뭇가지로 가렸다. 고학년들은 모두들 쌍쌍이 온 것 같았다. 12학년과 13학년 가운데는 남자 친구를 데려온 여학생들도 더러 있었는데, 그들은 우리 도시에서 청년 실업가로 통하는 졸업생들이었다. 그 졸업생들은 강당에서 담배를 피웠는데, 그건 누구도 제지할 수 없는 그들의 자유였다. 함께 온 여학생들은 초연하고 아름답게 그들 곁에 서 있었다. 참 부러웠다. 마치 이 무도회장에는 그야말로 자기들—상급생들—만 있고 나머지는 안 보이는 것은 아니나 생명 없는 사물인 것처럼, 우리들 사이를 오가기도 하고 둘러보기도 했다. 첫 번째 춤곡—폴 존스의 노래—의 제목이 발표되자 그들은 마지못해 앞으로 나가 웃음 띤 얼굴로 마주 보았다. 기억조차 가물가물한 어린애들의 놀이에 참가해 달라는 요청을 받은 것 같은 표정으로. 로니와 나를 비롯한 9학년 여학생들은 손을 잡고 떨면서 다 함께 우르르 뒤를 따랐다.

나는 예절을 모르는 덤벙이로 보이지 않았을까 싶어서 지나온 바깥 원을 돌아볼 엄두가 나지 않았다. 음악이 멈추고 제자리에 섰을 때 어정쩡하게 고개를 든 내 눈에, 심드렁한 얼굴빛으로 내 쪽으로 오고 있는 메이슨 윌리엄스라는 남학생이 보였다. 나는 다리가 풀리고 어깨부터 팔까지 덜덜 떨리고 말도 할 수가 없었다. 메이슨 윌리엄스라는 그 남자애는 우리 학교의 킹카로 몇 손가락에 드는 아이였다. 농구도 하키도 잘했고 복도를 걸어갈 때면 무뚝뚝한 왕자 같기도 하고 경멸에 찬 야만인 같기도 한 분위기를 풍겼다. 그런 남자애가 나처럼 존재감 없는 여자애와 파트너가 되었으니 셰익스피어의 시를 암송해야 하는 것만큼이나 왕짜증이 날 법도 했다. 그 남자애 못지않게 신경이 곤두선 나로서도 그 남자애가 친구들과 실망한 눈빛을 주고받는 것만 같았다. 그 남자애가 이끄는 대로 따라가던 나는, 플로어 가장자리에서 비틀거렸다. 그 남자애가 내 허리에서 손을 떼고 팔을 놓았다. 그러더니 "또 보자." 하고는 걸어가 버렸다.

1~2분쯤 지나서야 나는 무슨 일이 생겼는지 비로소 알아챘고 그 애가 돌아오지 않으리라는 걸 깨달았다. 나는 벽 쪽으로 가서 혼자 서 있었다. 체육 선생님이 10학년 남학생에게 안겨 열렬히 춤을 추며 지나가면서 의아한 눈빛으로 나를 보았다. 학교에서 유일하게 입심을 사회생활의 무기로 삼는 선생님이었기 때문에, 혹시

나 내가 당한 일을 직접 보거나 알게 되어서 모두가 보는 앞에서 메이슨에게 나와 끝까지 춤을 추라고 시키지나 않을까 겁이 났다. 나로 말하면 메이슨에게 화도 나지 않았고 놀라지도 않았다. 학교라는 세상에서 차지하고 있는 그와 나의 위치를 인정한 만큼, 그가 한 행동은 현실적이라고 여겼다. 그는 '타고난 킹카'였다. 학교 밖 세상에서 출세를 꿈꾸는 '학생회' 출신의 킹카가 아니었던 거다. 설령 타고난 킹카 중 누군가가 선심 쓰는 척 정중하게 나와 끝까지 춤을 추었다고 해도 꺼림칙했을 것이다. 그럼에도 내 꼴을 본 사람이 많지 않기를 바랐다. 사람들에게 구경거리가 되는 건 끔찍하니까. 나는 엄지손가락 끝을 물어뜯기 시작했다.

마침내 첫 번째 음악이 끝나고 여자애들이 강당 끝으로 우르르 몰려와 내 곁에 섰다. 아무 일도 없었던 것처럼 행동하자고 나는 속으로 다짐했다. 시작은 지금부터라고.

악대가 다시 연주를 시작했다. 플로어의 가장자리에 빽빽이 서 있던 여자애들이 움직이면서 눈 깜짝할 사이에 급속도로 줄어들었다. 로니가 갔다. 내 양쪽에 서 있던 여자애들도 갔다. 나를 청하는 사람은 아무도 없었다. 문득 로니와 함께 읽었던 잡지의 기사가 떠올랐다. *남자들에게 초롱초롱 빛나는 눈을 보여 주어라. 웃음 띤 목소리를 들려주어라! 단순 명쾌한데도 잊어버리는 여자들이 숱하다!* 맞는 말이었다. 나도 잊고 있었다. 눈썹을 찌푸리고 긴장한 모습이 잔뜩 겁먹은 얼뜨기로 보였을 게 뻔했다. 나는 심호흡을 하고 긴장한 얼굴을 풀려고 애를 썼다. 웃음도 지어보았다. 그런데 혼자 웃고 있자니 덜떨어진 애 같은 기분이 들었다. 그러다가 가만 보니, 인기가 좋아 플로어에 나간 여자애들은 웃고 있지 않았다. 졸리고 시큰둥한 얼굴들만 많았지 웃는 얼굴은 없었던 거다.

그러면서도 여자애들은 계속 플로어로 나가고 있었다. 체념한 듯, 여자끼리 짝을 지어 나가는 애들도 더러 있었다. 그러나 대부분은 남학생과 나갔다. 뚱뚱한 여자애도, 여드름쟁이 여자애도, 좋은 드레스가 없어 치마에 스웨터를 걸치고 온 가난한 여자애도 청을 받아 춤추러 나갔다. 왜 나에게는 춤 신청을 안 하는 걸까? 다른 여자애들은 다 받는데 난 왜? 붉은 벨벳 드레스까지 입고, 컬러로 머리까지 말았고, 방취제에 향수까지 뿌렸건만. 나는 *기도를 하자*고 생각했다. 눈까지 감을 수는 없었지만, *제발, 나 좀, 제발* 하면서 마음속으로 빌고 또 빌며 등 뒤로 손을 돌려 깍지를 끼었다. 그것은 수학 시간에 칠판 앞으로 불려 나가지 않는 행운이 따르기를 바라며 로니와 내가 쓰는 비밀 신호로, 두 손가락을 엇거는 것보다 더 강력한 것이었다.

그 신호도 효과가 없었다. 내가 두려워한 것이 현실이 되었다. 혼자 남겨지리라는 두려움이. 내게는 참으로 희한한 무엇인가가 있다는 걸 모두들 알았고 나도 알았다. 지독한 구취처럼 고치기 어렵거나 여드름처럼 너그럽게 보아 넘기기 힘든 문제가 있다는 걸 모른 적이 없었다. 그러면서도 내가 아는 것이 틀렸기를 바랐으니, 정녕코 나는 아는 것이 아니었던 셈이다. 내 안에서 욕지기가 솟구치는 느낌이었다. 나처럼 버림받은 여자애 두엇을 지나쳐 나는 황급히 여학생 화장실로 들어갔다. 그러고는 용변실 안으로 숨어버렸다.

그렇게 거기 박혀 있었다. 여자애들이 막간을 이용하여 화장실에 왔다가 서둘러 나갔다. 용변실이 많았으므로 내가 한곳에 계속 틀어박혀 있다는 사실을 아무도 알아채지 못했다. 내가 좋아하는 춤곡이 연주되고 있었지만, 하릴없이 마냥 듣기만 했다. 이제 더는 어떻게 해볼 마음도 들지 않았다. 그저 그곳에 숨어 있다가 아무도 모르게 빠져나가 집으로 돌아가고만 싶었다.

새로운 음악이 시작되었는데도 누군가가 나가지 않고 한동안 그대로 있었다. 오랫동안 물을 틀어놓은 채 손을 닦고 머리를 빗었다. 내가 오랫동안 여기 있으면 그 여자애가 이상하게 여길 테니 나가서 손을 닦는 편이 좋을 것 같았다. 내가 손을 씻고 있는 사이에 나가겠지 싶었다.

나가 보니 메리 포춘이었다. 메리 포춘은 여학생 운동부 간부이자 우등생으로서 학교 행사가 있을 때마다 준비 위원으로 활동해서 나도 이름은 알고 있었다. 이번 댄스파티 때도 마찬가지였다. 교실마다 돌아다니며 행사장 꾸미기에 동참할 지원자를 모집하고 다녔었다. 11학년 아니면 12학년쯤 되는 선배.

"여기 있으니까 시원하고 좋네. 더위 좀 식히려고 왔어. 오죽 더워야 말이지."

메리 포춘은 내가 손을 다 씻을 때까지도 계속 머리를 빗고 있었다.

"저 악대 맘에 드니?"

"괜찮은데요."

나는 솔직히 어떻게 대답해야 좋을지 몰랐다. 이 시간에 선배가 내게 말을 시키고 있다는 사실이 얼떨떨했다.

"난 싫어, 도저히 견딜 수가 없어. 난 악대가 마음에 안 들면 춤추기 싫더라. 저 악대는 너무 제멋대로야. 저런 악대의 연주에 맞춰 춤추느니 차라리 안 추고 말지."

나도 머리를 빗었다. 메리 포춘이 세면대에 기대서서 나를 지켜보았다.

"난 춤추고 싶지도 않고 여기 이대로 있기도 싫어. 가서 담배나 피우자."

"어디서요?"

"따라와. 가보면 알아."

화장실 끝에 문이 하나 있었는데 잠겨 있지 않았다. 들어가 보니 대걸레와 양동이가 가득 찬 컴컴한 벽장이 나왔다. 나더러 화장실 빛이 들어올 만큼 문을 연 채로 잡고 있으라더니 메리 포춘은 또 다른 문의 손잡이를 찾았다. 그 문을 열었더니 깜깜했다.

"여기서 불을 켜면 누가 볼지도 몰라. 여긴 수위 아저씨 방이거든."

나는 평소에 운동부 학생들이 여느 아이들보다 학교 건물에 관해 속속들이 아는 것 같다는 생각을 했었다. 그들은 어디에 무엇이 보관되어 있는지 잘 알았고 출입 금지된 문에서 대담하고 얼빠진 듯한 모습으로 나오곤 했었으니까.

"잘 보고 걸어. 맨 끝에 계단이 몇 개 있어. 2층 벽장으로 통하는 계단이야. 그 문은 위에서 잠겨 있지만, 계단과 방 사이에 칸막이 같은 게 있어. 계단에 앉아 있으면 누가 우연히 들어오더라도 못 볼

거야."

"냄새는 어쩌고요?"

"아, 아슬아슬한 맛이 있잖아."

계단 위 높은 곳에 있는 창문에서 빛이 조금 새어 들었다. 메리 포춘의 지갑에 궐련과 성냥이 있었다. 나는 궐련을 피워 본 적이 없었다. 로니 아버지의 담배말지와 가루담배를 몰래 빼내 로니와 함께 말아서 피워 보기는 했지만, 그건 중간에서 끊어져 버렸다. 이것이 훨씬 더 나았다.

"그런데도 오늘 밤에 내가 온 이유는 딱 하나, 행사장을 꾸미는 책임을 맡았기 때문이야. 너도 알겠지만, 보고 싶은 마음도 있었어. 사람들까지 다 모여들고 난 뒤에 완성된 모습이 어떨지 말이지. 그것만 아니라면 이런 성가신 일을 왜 하겠어? 내가 남자라면 죽고 못 사는 애도 아니고."

높다란 창문으로 새어 들어온 불빛에 비친, 경멸에 찬 메리 포춘의 좁다란 얼굴. 거뭇한 여드름 자국이 있고 경멸에 찬 표정으로 앞니를 악문 게 어른스럽고 당당하게 보였다.

"여자애들은 대부분 그래. 그런 거 못 느꼈니? 남자 밝히는 여자애들이 최대 표본실로 여기는 게 다름 아닌 바로 이 학교의 이 파티라는 거?"

나는 메리 포춘이 내게 관심을 가져준 것도, 함께 있게 된 것도, 담배도 모두 고마웠다. 나도 그렇게 생각한다고 맞장구쳤다.

"오늘 오후만 해도 그래. 아까 저 애들에게 종이며 허섭스레기들을 매달라고 시켰어. 그런데 사다리에 올라가서 한다는 짓이 그저 남자애들이랑 시시덕거리는 거야. 행사장 장식이야 어떻게 되든 아랑곳없이 말이야. 행사장 꾸미는 일은 핑계야. 남자애들과 시시덕거리는 거, 그게 삶의 유일한 목적인 거지. 내겐 골이 빈 계집애들로밖에 안 보여."

우리는 선생님들과 학교생활에 관해서도 이런저런 이야기를 했다. 체육 교사가 꿈이라 대학교에 가고 싶지만 부모에게 그만한 돈이 없다고 메리 포춘은 말했다. 고학을 할 작정이고 어떻게든 독립을 하고 싶어서, 카페에서 일도 하고 여름에는 농장에서 담뱃잎 따기도 할 거라고도 했다. 메리 포춘의 말을 듣고 있자니, 내가 불행하다고 느꼈던 격렬한 통증이 스러지는 듯했다. 나와 똑같이 패배감—그것을 나는 보았다.—에 시달렸지만, 여기 있는 이 사람은 에너지가 넘치고 자기를 존중했다. 자신이 할 수 있는 다른 무언가를 생각했던 거다. 하다못해 담뱃잎 따기라도.

우리가 거기서 담배를 피우며 이야기를 하고 있는 사이, 바깥에 있는 아이들은 음악이 오래 중지된 동안 도넛을 먹고 커피를 마셨다. 음악이 다시 연주되자 메리가 말했다.

"가만, 우리가 여기 계속 있을 까닭이 뭐지? 외투를 입고 밖으로 나가자. 리 카페에 가서 핫 초콜릿을 마시며 편안하게 이야기하면 좋잖아, 안 그래?"

우리는 담배꽁초와 담뱃재를 (싼 종이를) 손에 들고 수위 아저씨의 방을 더듬더듬 건너왔다. 벽장 안에서 우리는 걸음을 멈추고 귀를 기울여 화장실에 아무도 없는지 확인했다. 다시 불빛 속으로 나와 담뱃재를 변기에 버렸다. 밖으로 나가려면 댄스 플로어를 가로

질러 외투 보관실로 가야 했다.

춤이 새로 시작될 찰나였다.

"플로어를 돌아가자. 그럼 아무도 우리를 눈여겨보지 않을 거야."

나는 메리 포춘의 뒤를 따랐다. 누구도 쳐다보지 않고 로니를 찾아보지도 않은 채. 아마도 이제부터 로니와는 친구로 지내기 어려울 거였다. 적어도 예전과 똑같이 지내지는 못할 것 같았다. 로니는 메리가 말한 남자를 밝히는 여자애였으므로.

이왕 마음먹고 댄스 파티장을 떠나기로 한지라 나로서는 겁날 게 별로 없었다. 누군가가 나를 선택해 주기를 기다리지도 않았다. 나는 내 나름대로 할 일이 생겼으니까. 일부러 웃음을 지어 보일 까닭도, 행운을 비는 손짓 따위를 할 까닭도 없었다. 그런 건 이제 무의미했다. 나는 내 길을 가고 있었으니까. 선배 언니와 함께 핫 초콜릿을 마시러 갈 거니까.

한 남자애가 내게 뭐라 뭐라 했다. 내 앞길을 막고서. 필시 내가 무엇을 떨어뜨렸다거나 그쪽으로는 못 간다거나 그도 아니면 외투 보관실이 잠겼다거나 하는 말이려니 지레짐작했다. 댄스 파트너가 되어달라는 말인 줄은 그 애가 거듭 말하고 나서야 비로소 알아들었다. 단 한 번도 말을 주고받은 적이 없는 레이먼드 볼팅이라는 우리 반 남자애였다. 내가 수락한 줄로 알았는지 레이먼드는 내 허리에 손을 올렸고, 나는 본의 아니게 춤을 추기 시작했다.

우리는 플로어 한가운데로 갔다. 내가 춤을 추고 있었다. 다리가 후들거리는 줄도 손에 땀이 차는 줄도 몰랐다. 내가 파트너를 신청한 남자애와 춤을 추고 있다니. 시킨다고 시킨 대로 할 남자애도 아니었지만, 누가 시킨 게 아니라 스스로 내게 신청한 남자애와. 이럴 수가. 이게 도대체 어찌된 영문인가. 그러니까 내게는 아무런 문제가 없다는 얘기?

뭔가 잘못됐다고, 나는 지금 막 나가려던 참이었다고, 선배 언니와 핫 초콜릿을 마시러 가는 길이었다고 말해야 한다고 생각했다. 그런데 아무런 말도 하지 못했다. 내 얼굴은 분명 미묘하게 적응하고 있었다. 선택되어 춤을 추는 여자애들의 심각하고 멍한 그 표정이 내 얼굴에 저절로 나타났다. 그것이 이미 목에 스카프를 두르고 외투 보관실의 창문 너머로 메리 포춘이 본 내 얼굴이었다. 어찌된 일인지 나도 모르겠다고, 그러니 나를 기다려도 소용없다며 미안하다는 뜻으로 나는 남자애의 어깨에 올린 손을 살그머니 흔들어 보였다. 그러고 나서 고개를 돌렸고, 내가 다시 돌아보았을 때 메리 포춘은 없었다.

레이먼드 볼팅은 나를, 해럴드 시먼스는 로니를 집까지 바래다주었다. 로니네 집이 있는 모퉁이까지 넷이서 함께 걸어갔다. 남자애들은 하키 경기에 관해 입씨름을 벌였는데, 로니와 나는 들어도 모를 소리들이었다. 이윽고 쌍쌍이 흩어져 나와 둘이 걸으면서도 레이먼드는 해럴드와 나누던 이야기를 계속했다. 지금 자신이 이야기를 하고 있는 상대가 나라는 사실도 모르는 눈치였다.

"난 그 경기를 보지 않아서 잘 몰라."라고 한두 번쯤 말했다. 그러다가 나중에는 그냥 "흐음."이라고 대답하기로 마음먹었는데 그 애는 그것만으로도 족한 것 같았다.

그것 말고 레이먼드가 한 말은 "네가 이렇게 먼 데 사는 줄 몰랐어."였다.

그러더니 코를 훌쩍거렸다. 날씨가 추운 탓에 나도 콧물이 조금 흘렀다. 나는 외투 주머니 속에 손을 넣어 사탕 껍질들을 뒤적인 끝에 지저분한 휴지 한 장을 찾았다. 그거라도 줄까 말까 망설이고 있는데 레이먼드가 큰 소리로 코를 훌쩍거렸다.

"휴지가 딱 이거 한 장뿐이야. 깨끗하지도 않고. 잉크가 묻었거든. 그래도 반으로 찢어서 나눠 쓸 수는 있을 거야."

"고마워. 그거면 충분해."

그것이나마 주기를 잘했다고 생각하면서 대문 앞에 이르렀을 때 내가 말했다.

"그럼, 잘 가."

"그래, 잘 있어."

레이먼드는 내 쪽으로 몸을 기울여, 그런 상황에서 어떻게 해야 하는지를 잘 아는 아이처럼 내 입가에 살짝 입을 맞추었다. 그런 뒤에 레이먼드는 시내로 돌아갔다. 자신이 내 구원자라는 사실도, 메리 포춘의 영토에서 평범한 세상으로 나를 끌어내 준 사람이라는 것도 영영 모른 채.

나는 집을 돌아 뒷문으로 가면서 생각했다. 내가 댄스파티에 갔다 왔고 한 남자애가 나를 집까지 바래다주고 입맞춤을 했다는 것. 그건 엄연한 사실이었다. 내 인생도 가능성이 있었다. 주방 창문을 지나치다가 엄마를 보았다. 열어둔 오븐 문에 두 발을 대고 앉아서 받침도 없는 컵에다 홍차를 마시고 있었다. 내가 돌아와서 모든 일을 이야기해 주기를 기다리고 있는 거였다. 그런데 나는 이야기할 마음이 없었다, 전혀. 하지만 보풀이 일고 빛바랜 페이즐리 무늬의 실내복을 입고 애써 졸음을 참으며 기대감에 부푼 얼굴로 주방에서 기다리고 있는 엄마를 보는 순간, 내게 이상야릇하고 지긋지긋한 의무가 있다는 게 행복이라는 걸 깨닫는다. 하마터면 그 행복을 놓칠 뻔했다는 것도, 언제고 엄마가 알려고 하지 않는 때가 되면 쉽사리 놓치리라는 것도.

주일 오후
Sunday Afternoon

개닛 부인이 꽃무늬가 놓인 고상한 면직 선드레스를 뽐내며 머릿속에서 맴도는 멜로디에 맞춰 우아한 걸음새로 주방에 들어왔을 때 앨바는 유리컵을 닦고 있었다. 오후 2시 반. 마실 것을 찾아 사람들이 주방에 들어오기 시작한 것이 12시 반쯤이었다. 늘 보던 얼굴이었다. 대부분 앨바가 개닛 씨네 집에서 일한 지난 3주 동안 두어 차례 본 사람들이었다. 개닛 부인의 남동생 내외와 밴스 부부, 프레더릭 부부, 세인트 마틴 교회에서 예배를 마치고 뒤늦게 합류한 개닛 부인의 부모, 그리고 개닛 부인의 친정 부모와 같이 와서 그들이 돌아간 뒤에도 남은 조카뻘쯤 되는 젊은이였다. 개닛 부인의 친정 식구들은 오른쪽에 자리했다. 하나같이 금발인 부인의 세 자매는 직설적이고 경박하고 개닛 부인보다 체격이 좋았으며, 무척 호탕하고 잘생긴 부모는 둘 다 머리가 새하얀 백발이었다. 개닛 부인의 아버지는 조지아만의 섬 하나를 소유하고 있어서 그곳에다 딸들 몫으로 여름 별장을 하나씩 지어주었다. 앨바는 1주일 뒤에 그곳을 구경하게 될 터였다. 반면에 개닛 부인의 시어머니는 나무 한 그루 없는 도로변의 붉은 벽돌집에서 살았는데 도심의 여느 붉은 벽돌집과 다를 바 없었다. 개닛 부인은 1주일에 한 번씩 시어머니와 함께 드라이브를 한 뒤 집으로 모셔와 저녁을 대접했는데, 그 시어머니를 집에 모셔다 드릴 때까지는 모두들 포도주 말고는 술은 입에 대지도 않았다. 언젠가 아들 내외가 저녁을 먹자마자 곧장 외출했던 날, 그 노부인이 주방에 들어와 앨바가 설거지하는 걸 거들어주기도 했다. 만일 앨바네 집에서 하녀를 부린다면 그 집안 여인네들이 하녀를 다루는 태도가 그랬겠다 싶게 노부인은 조금 괴팍하고 쌀쌀맞게 앨바를 대했다. 그런 노부인이 앨바로서는 노련하고 짐짓 상냥한 개닛 부인의 자매들보다 오히려 편했다.

개닛 부인이 냉장고를 열고 문을 잡고 서 있더니 무슨 기분 좋은 일이 있는 사람처럼 웃음 묻은 목소리로 말했다.

"앨바, 점심 준비를 해야겠다……."

"알겠습니다."

개닛 부인이 앨바를 바라보았다. 앨바는 예의에 어긋날 만큼 무례하게 대답한 적이 없었고, 개닛 부인은 시골 학교일망정 중등학교에 다니는 여학생에게 옛날 자기 어머니가 부리던 하녀가 그랬던 것처럼 '예, 마님.' 하며 깍듯이 대답하기를 기대할 만큼 비현실적인 사람이 아니었다. 아무리 그렇다고는 하나 어려워하는 법도 없이 지나치게 다정하고 격의 없게 대하는 앨바의 말씨가, 그

걸 꼬투리 잡을 명분이 딱히 없었기에 더더욱, 개닛 부인으로서는 영 거슬릴 때가 더러 있었다. 어쨌거나 그 때문에 개닛 부인은 웃음기를 거두었고, 햇볕에 그을리고 짙게 화장한 얼굴은 돌연 정색이 되었다.

"감자 샐러드와 아스픽*과 혀 요리 준비하고. 고기말이는 꼭 데워. 토마토 껍질은 벗겼니? 좋아. 이런, 이것 좀 봐. 앨바. 저 래디시**들이 너무 볼품없다고 생각하지 않니? 얇게 썰어봐. 진은 그걸로 장미꽃 모양도 냈는데. 너도 알지 왜, 돌돌 돌려 가면서 깎아 꽃잎처럼 만드는 거. 정말 예뻤지."

앨바는 어설픈 솜씨로 래디시를 자르기 시작했다. 개닛 부인은 주방을 돌아다니며 눈살을 찌푸리고, 푸른 산호로 만든 조리대를 손끝으로 훑어보았다. 머리를 쓸어 올려 치킴머리를 하고 있어서 햇볕에 그을려 거칠어진 갈색 목이 유난히 가늘어 보였다. 선탠을 너무 심하게 한 탓에 억세고 까칠까칠해 보였다. 그런데도 앨바는 하루 중 햇볕이 쨍쨍한 시간에는 대부분 집 안에서 보내야 했으므로 거의 그을리지 않았고 다리며 허리가 너무 퉁퉁해 보여 못마땅한 열일곱 살 여자애였기에, 개닛 부인의 다갈색을 띤 까칠까칠한 우아함이 부러웠다. 개닛 부인은 머리에서 발끝까지 아주 질 좋은 합성 재질로 빚은 사람처럼 보였다.

"너도 알겠지만 에인절 푸드 케이크는 실로 잘라야 해. 서벗과

---

* 소, 송아지, 생선 등의 뼈를 푹 삶은 국물로 투명하게 만든 젤리.
** 무의 일종. 뿌리는 적색, 백색, 황색, 자주색 등이 있으며 둥글고 작으며 샐러드 따위의 요리에 사용된다.

메이플 무스는 몇 개를 해야 하는지 알려 주마. 주인아저씨가 드실 플레인 바닐라는 냉동고에 있어. 네 후식은 얼마든지 있으니 알아서 하고. 저런, 데릭, 이 낮도깨비!"

개닛 부인이 파티오*로 뛰쳐나가며 새된 목소리로 행복한 비명을 질러댔다.

"데릭, 데릭!"

앨바는 데릭이라는 사람이 자신도 알고 있는 주식 중매인 밴스 씨라는 사실이 막 떠올라 이단식 문 위쪽으로 내다보려다 그만두었다. 모두들 흥청망청 먹고 마시며 즐기는 주일마다 앨바가 겪는 고충 가운데 하나가 자신은 조금이라도 긴장을 풀어서도 흥분을 해서도 안 된다는 점이었다. 그건 자신에게 허락되지 않은 일임을 명심해야 했다. 물론 앨바는 술을 마시지 않았다. 다만 사람들이 다 마시고 주방으로 갖다 주는 빈 술잔 바닥에 남은, 그것도 밍밍해진 것만 맛보았을 뿐이다.

그러나 오후가 중반쯤 넘어서면 적대감과 무모함이 엇섞인 비현실감이 집 안에 강하게 풍겼다. 앨바는 우울함에 푹 젖어 화장실에서 나오는 사람들과 마주치기 일쑤였고, 어슴푸레한 침실 안에서 제대로 가누지도 못하는 비틀거리는 몸으로 거울 앞에 서서 느릿느릿 립스틱을 바르는 여자들을 얼핏 보기도 했고, 누군가가 서재의 체스터필드 소파에 누워 잠들어 있는 모습을 보기도 했다. 햇

* 위쪽이 트인 건물 내 안뜰.

볕이 쨍쨍하게 내리비출 때면 거실과 식당 커튼을 모두 쳤다. 그러고 나면 융단이 깔린 기다란 복도에 줄줄이 이어져 있는 시원한 색깔로 칠한 방들이 물속에 비친 한 줄기 빛처럼 둥둥 떠 있는 것 같았다. 가정집에 자잘한 객실이 어찌나 많은지 앨바는 아예 기억할 엄두도 못 냈다. 더욱이 잇댄 흔적도 없이 어디가 어딘지 구분이 안 될 정도로 겉면이 매끈하게 이어져 있었고, 공간—굉장히 길고 너른 복도—은 공간대로 맨 끝 벽 앞에 서 있는 커다란 덴마크산 꽃병 두 개를 빼고는 융단도 벽도 천장도 온통 청회색을 띠고 있었다. 앨바는 그 복도를 가만사뿐 걸어가면서 거울이라도 하나 걸려 있기를 바랐다. 아니면 발부리에 무엇이라도 걸렸으면 싶었다. 그래야 자신이 거기에 있기나 한 것인지 확인할 수 있을 것 같았다.

앨바는 파티오로 점심을 내가기 전에 주방 싱크대 끝에 있는 작은 거울을 보며 머리를 빗고 컬을 얼굴께로 밀어 올렸다. 널따란 허리띠를 단단히 잡아당겨 앞치마를 다시 맸다. 앨바가 할 수 있는 건 그게 다였다. 원래 진이 입던 하녀복을 처음 입었을 때 너무 큰 것 같았으나 개닛 부인의 생각은 그렇지 않았다. 하녀복은 주방 색깔과 같은 파랑이었다. 소맷부리와 목깃은 하얀색이었고 앞치마는 가리비 모양이었다. 또한 반드시 스타킹에 하얀 쿠반 힐 구두를 신어야 했는데, 이것은 샌들이나 펌프스와는 달리 파티오에 깔린 징검돌을 밟을 때마다 육중하게 쿵쿵 울리며 하층민임을 알려 주는 구두였다. 그러나 앨바가 접시며 냅킨이며 음식들을 기다란 장식 철제 식탁에 옮겨도 아무도 돌아보지 않았다. 개닛 부인만 식탁 쪽으로 와서 앨바가 차려놓은 음식을 다시 차렸다. 앨바가 차린 식탁이 크게 손색이 없는데도 언제나 무엇인가가 모자라고 엉성해 보였던 것이다.

그네들이 끼리끼리 점심 식사를 할 때 앨바는 주방 식탁에 홀로 앉아 지난 호 《타임》을 보며 따로 먹었다. 물론 파티오에는 벨이 없었다. 그 대신 벨소리만큼이나 빈틈없고 쩌렁쩌렁한 소리로 개닛 부인이 '애, 앨바!'나 그냥 '앨바!'하며 불렀다. 누군가와 이야기를 하다가 그처럼 자신을 소리쳐 부르고 나서 이내 터져 나오는 웃음소리를 듣는 기분은 묘했다. 마치 개닛 부인의 몸에 앨바를 호출하기 위한 기계 음성이나 버튼 장치가 되어 있는 것 같았다.

식사가 끝나면 그들은 저마다 후식 접시와 커피잔을 들고 주방으로 들어왔다. 밴스 부인이 감자 샐러드가 훌륭했다고 말하자, 거나하게 취한 밴스 씨는 '훌륭했어.'를 연발했다. 싱크대 앞 앨바 바로 뒤에 있던 밴스 씨는 숨소리며 손의 위치까지 감지될 정도로 바투 서 있었으나 앨바의 몸에는 손을 대지 않았다. 밴스 씨는 몸집이 아주 컸고 회색 곱슬머리에다 혈색이 좋았다. 그를 보고 앨바는 무척 놀랐는데, 그건 앨바가 예전에 흠모했던 남자와 닮았기 때문이었다. 꼭 그렇달 수는 없지만, 밴스 부인이 앨바에게 말을 걸 때면 언제나 다른 여자들보다 목소리가 한결 따뜻한 것 같았다. 밴스 부부는 어딘지 모르게 관계가 조금 불안해 보였다. 앨바로서는 무엇 때문인지 알 길이 없었다. 어쩌면 다른 부부들과는 달리 부자가 아니기 때문인지도 몰랐다. 어쨌거나 그 부부는 늘 매우 유쾌했고 열정이 넘쳤으며, 밴스 씨는 언제나 잔뜩 취하도록 술을 마셨다.

"북쪽에 가봤니, 앨바? 조지아만에?" 밴스 씨가 물었고, 밴스 부인도 덩달아 말했다. "오, 무척 좋아할 거야. 거기에 아주 멋진 개닛 부부의 별장이 있거든. 거기 가서 햇볕 좀 쏘이지 그러니, 응?" 그러고 나서 두 사람은 주방을 나갔다. 그제야 비로소 움직일 수 있게 된 앨바가 설거지할 접시들을 거두어 오려고 몸을 돌리고 보니 개닛 부인의 조카뻘 되는 청년이 아직 거기 있었다. 그는 살빛이 검기는 했지만, 피부가 거칠어 보이고 몸매가 호리호리한 것은 개닛 부인과 비슷했다.

"혹시 커피 남은 거 있나?" 그 남자가 말했다.

앨바가 반 잔쯤 남아 있던 커피를 따라주었다. 그는 그 자리에 서서 커피를 마시며 산더미처럼 쌓인 설거지 그릇들을 바라보더니 말했다.

"꽤 재밌겠는데, 어?"

앨바가 쳐다보자 그는 너털웃음을 터뜨리며 나갔다.

설거지를 끝내고 나니 앨바가 할 일이 없었다. 저녁 식사는 느직이 할 터였다. 그래도 집을 벗어날 수는 없었다. 개닛 부인이 언제 무엇을 시킬지 모를 일이었다. 그렇다고 집 바깥을 둘러보기도 뭣했다. 그들이 바깥에 있었으니까. 앨바는 위층으로 올라갔다. 읽고 싶은 게 있으면 서재에 있는 책을 마음대로 읽어도 좋다고 했던 개닛 부인의 말이 문득 떠올라 다시 아래층으로 내려갔다. 홀에서 개닛 씨와 마주쳤다. 진지하고 사려 깊은 눈빛으로 바라보긴 했지만 말없이 지나치는가 싶었다. 그런데 개닛 씨가 물었다.

"나 좀 보자, 앨바. 얘야, 배불리 잘 먹고 있는 거지?"

농담일 리가 없었다. 개닛 씨는 워낙 농담을 모르는 사람이었으니까. 게다가 전에도 그렇게 물은 적이 두어 번 있었다. 집 안에서 마주칠 때마다 앨바에게 책임감을 느끼는 모양이었다. 앨바를 배불리 잘 먹이는 것을 막중한 책임으로 여기는 것 같았다. 자신을 암송아지쯤으로 여기는 듯한 그 곤혹스러운 질문에 앨바는 얼굴을 붉히며 개닛 씨를 안심시켰다.

"책을 가지러 서재에 가는 길이에요. 주인아주머니가 그래도 된다고 하셔서……."

"그럼, 그럼. 보고 싶으면 아무 책이나 보렴."

개닛 씨는 그렇게 말하고는 뜻밖에도 서재 문을 열고 책장까지 안내해 주더니 얼굴을 찡그리고 서서 물었다.

"어떤 책을 좋아하지?"

개닛 씨는 표지가 밝은 추리소설과 역사소설이 꽂혀 있는 책장 쪽으로 손을 뻗었다. 앨바가 얼른 말했다.

"『리어 왕』을 못 읽었어요."

"『리어 왕』이라, 오."

개닛 씨가 그 책이 꽂혀 있는 곳을 몰랐으므로 앨바가 직접 꺼냈다.

"『적과 흑』도 아직 못 읽었고요."

이 책은 개닛 씨에게는 별다른 인상을 주지 못했지만 앨바가 꼭 읽고 싶었던 책이었다. 앨바는 뿌듯한 마음으로 서재를 나왔다. 먹는 것 말고도 자신이 하는 일이 있다는 걸 보여 주었으니까. 남자는 아무래도 여자보다는 『리어 왕』에 더 감동할 터였다. 개닛 부인에게야 어떤 책이든 그게 그것일 테고. 하녀는 하녀일 뿐이듯이.

앨바는 막상 자기 방에 와서 책을 읽으려니 그럴 마음이 싹 가셨다. 그 방은 차고 바로 위에 있는 데다 너무 더웠다. 침대 위에 앉자니 다림질해 둔 여벌 하녀복이 없어서 옷이 구겨질까 걱정부터 앞섰다. 하녀복을 벗어두고 속치마 차림으로 있으면 좋겠지만, 개닛 부인이 부르면 당장 대령해야 했다. 앨바는 창가에 서서 거리를 내려다보았다. 인도는 없이 널따랗고 완만한 곡선을 이룬 초승달 같은 길이었다. 한두 번인가 그 길을 걸으면서 왠지 자신이 별쭝스레 두드러져 보이는 기분을 느꼈었다. 걸어가는 사람은 그림자도 찾아볼 수 없었으니까. 집들은 도로에서 한참 들어간 곳에 듬성듬성 있었고, 그 너머에는 눈부시게 아름다운 잔디밭과 록가든과 관상수들이 있었다. 이 지역에는 집 앞마당에서 시간을 보내는 사람은 중국인 정원사 말고 아무도 없었다. 그네며 식탁 따위의 시설들도 나무나 돌이나 인조 통나무로 울타리를 두른 뒤편 잔디밭에 설치되어 있었다. 오늘 오후에는 길가에 차들이 줄줄이 주차되어 있었다. 집들 뒤쪽에서 이야기 소리며 떠들썩한 웃음소리가 들렸다. 그 무더위에도 이곳에서는 하루 온종일 무엇 하나 흐리멍덩한 게 없었다. 모든 것—돌, 하얀 치장 벽토로 칠한 집들, 꽃들, 꽃빛 자동차들—이 하나같이 단단하고 반짝이고 반듯반듯하고 완벽해 보였다. 보이는 것마다 철저히 계획된 것들뿐이었다. 한 편의 광고 같은 도로 모습은 패기만만한 여름 정기를 형상화한 듯 공격적이었다. 앨바는 그런 도로와 웃음소리, 그런 도로에 걸맞은 삶을 살아가는 사람들에게 아뜩함을 느꼈다. 앨바는 고풍스러운 어린이 책상 앞 딱딱한 의자에 앉았다. 이 방에 있는 가구들은 모두 다른 방들을 새로 꾸미면서 치워둔 것들이었다. 이 집에서 서로 조화를 이루지 못하고 겉도는 물건들이나 볼품없고 하찮고 빛바랜 목재 가구들을 볼 수 있는 곳은 오직 이 방뿐이었다. 앨바는 집에 보낼 편지를 쓰기 시작했다.

……그리고 집처럼 다른 모든 것들도 으리으리하고 대부분 최신식이에요. 잔디밭에는 잡초 한 포기 없고요. 이미 완벽해 보이는데도 하루도 빠짐없이 온종일 정원 손질만 도맡아 하는 정원사가 따로 있어요. 잔디밭이고 뭐고 그처럼 흠 하나 잡을 데 없는 것들 때문에 그 난리법석을 떠는 걸 보면 이 사람들은 참 기운이 넘친다는 생각이 들어요. 이따금씩 바깥나들이를 할 때도 대충대충 한다는 게 사실은 얼마나 복잡한지 몰라요. 모든 일이 하나같이 그래요. 하는 일이면 일마다 가는 곳이면 곳마다 다 마찬가지예요.

행여 제가 외롭지나 않을까 학대받지나 않을까 여느 하녀들이 겪는 갖은 고생을 하지나 않을까 노심초사하지는 마세요. 저한테 그런 짓을 한다면 누구도 가만두지 않을 테니까요. 게다가 제가 진짜 하녀도 아니고 여름철에만 일하는 거잖아요. 외롭지는 않아요. 그럴 이유가 뭐 있어요? 그냥 구경이나 하면서 즐기는 건데요. 엄마, 물론, 그 사람들과 식사를 같이하지는 못해요. 안쓰러워하지 마세요. 그렇다고 해도 절대 고용된 하녀 취급은 받지 않으니까요. 실은 저도 혼자 먹는 게 훨씬 편해요. 설령 엄마가 주인아주머니에게 편지를 보내더라도 부인은 아예 관심도 없을 거예요. 저도 그렇고요. *그러니 편지하지 마세요!*

아 참, 매리언이 온다면 내가 오후 일이 없어 시내에서 만날 여유가 있을 때 오면 좋을 것 같아요. 딱히 왔으면 하는 마음은 없어요. 하녀 가족이 찾아오면 어떻게 대해 주는지도 잘 모르고요. 물론 그 애가 원한다면야 와도 괜찮아요. 주인아주머니가 어떤 반응을 보일지 늘 알기가 힘들다는 게 좀 걸리지만요. 그래서 아예 꼬투리 잡힐 일은 만들지 않으려고 무던히 애쓰고 있어요. 그래도 좋은 분이랍니다.

1주일 뒤에 모두 조지아만에 갈 거예요. 물론 저도 그날을 손꼽아 기다리고 있어요. 날마다 수영을 할 수 있을 거라고, 주인아주머니가 말했고 또…….

앨바의 방은 정말 찜통처럼 더웠다. 쓰다 만 편지를 책상 위 빨종이 밑에 넣었다. 마거릿 방에서 라디오 소리가 들렸다. 앨바는 방문이 열려 있기를 바라며 그쪽으로 걸어갔다. 마거릿은 채 열네 살이 안 되어 보였고, 다른 차이들을 나이로 상쇄할 수 있어서 앨바로서는 마거릿과 함께 있는 게 그다지 껄끄러울 게 없었다.

문은 열려 있었고, 침대 위에는 페티코트며 여름 원피스들이 펼쳐져 있었다. 앨바는 옷이 그렇게 많을 줄은 몰랐다.

"꼭 무슨 짐 꾸리는 사람 같지? 알아, 정신 나간 아이처럼 보인다는 거. 그냥 뭘 입으면 좋을지 살펴보는 중이야. 멋지게 보이고 싶거든." 마거릿이 말했다.

앨바는 침대에 널려 있는 섬세한 빛깔을 띤 원피스, 부드럽고 앙증맞은 보디스, 멋스럽게 주름을 잡아 활짝 핀 꽃처럼 소담한 망사 페티코트 들을 만져보면서 황홀감에 빠졌다. 이런 옷들은 인위적인 순수도 무척 예뻤다. 앨바는 부러워하지 않았다. 그렇다, 그건 앨바와는 무관한 것들이었다. 이건 마거릿의 세상에 속하는 것들이었다. 사립학교의 엄격한 격식(짧은 외투와 긴 검정 양말)이며, 하키, 합창단, 여름날의 요트, 파티, 블레이저코트를 입은 남자애들이 있는 세상의 것들…….

"그걸 입고 어딜 갈 건데?"

"오지브웨이. 호텔이야. 거기서 주말마다 댄스파티가 열리는데 보트를 타고 가야 해. 금요일 밤에는 청소년 파티, 토요일 밤에는 부모나 일반인들 파티를 열어. 거기에 꼭 가고 말 테야. 왕따가 안 되려면. 데이비스 자매도 둘 다 간대." 마거릿의 목소리가 제법 단호했다.

"걱정 마. 넌 멋지게 해낼 거야." 앨바가 은근히 아랫사람을 다독이듯 말했다.

"난 댄스파티 같은 거 진짜 싫거든. 보트 타는 것도 그렇고. 그래도 가야만 돼."

"좋아하게 될 거야."

거기서 열리는 댄스파티에 저들은 보트를 타고 참석할 테고, 앨바는 저들이 가는 모습을 보고 집으로 돌아오는 소리를 듣겠지. 그 모든 게 앨바로서는 감히 꿈꿀 수도 없는 것들이었다.

마거릿은 방바닥에 다리를 꼬고 앉아 천진난만한 얼굴로 앨바를 쳐다보며 말했다.

"올여름에는 진한 키스를 해봐야 할까?"

"응." 앨바가 대답했다. "*나라면*……." 앨바가 뭔가 단단히 벼르는 사람처럼 덧붙였다.

마거릿이 난처한 표정을 짓더니 이윽고 말했다.

"부활절 때 스코티가 내게 파트너 신청을 하지 않은 이유를 들었는데……."

아무 소리도 나지 않았건만 마거릿은 얼른 다리를 내리며 말했다.

"엄마가 오고 있어."

마거릿이 입술만 달싹여 말한 것과 거의 동시에 개닛 부인이 방으로 들어섰다. 그러고는 대단한 자제력을 발휘하며 웃음 띤 얼굴로 말했다.

"오, 앨바. 여기 있었구나."

"앨바에게 섬 이야기를 해주고 있었어요, 엄마."

"오, 그랬구나. 유리컵들이 여기저기 숱하게 널렸다, 앨바. 지금 서둘러 치우지 않으면 저녁 준비하는 데 지장이 있을 거야. 그건 그렇고 앨바, 앞치마 새것 있니?"

"이 노란 옷이 너무 꽉 끼어서요, 엄마. 한번 입어본 거예요……."

"아서라, 얘야. 우리가 (섬에) 가려면 아직 1주일이나 남았는데 쓸데없이 허섭스레기들을 다 꺼내 놓다니……."

앨바가 아래층으로 내려와 푸른 홀을 지나가는데 살짝 취기가 오른 목소리로 서재에서 진지하게 이야기하는 사람들의 말소리가 들렸다. 앨바가 다가가자 바느질 방 문이 안쪽에서 가만히 닫혔다. 앨바는 주방으로 들어갔다. 그러고는 그 섬에 관해 생각했다. 섬 전체가 이들의 소유라니, 눈에 보이는 모든 것이 이들 것이 아닌 게 없다니. 바위, 햇볕, 소나무, 조지아만의 깊고 차가운 바다까지. 자신이 그런 곳에 가서 무엇을 할 것인가. 도대체 하녀들이 할 수 있는 게 무엇이란 말인가. 짬짬이 수영을 할 수도 있겠고, 혼자서 산책을 할 수도 있겠고, 그리고 이따금—그들이 식료품을 사러 간 틈을 타서—보트에서 지낼 수 있을지도 몰랐다. 거기 가면 여기 있을 때만큼 할 일이 많지는 않을 거라고, 개닛 부인은 말했었다. 그래서 하녀들이 좋아했다고도 했다. 앨바는 다른 하녀들, 엽렵하고 싹싹한 다른 여자들에 관해 생각했다. 정녕 그들은 좋아했을까. 자신은 찾지 못했고 그들은 찾은 자유 또는 만족이란 게 어떤 것이었을까.

앨바는 그릇 건조대를 꺼내 놓고 개수대에 한가득 쌓인 유리컵들을 닦기 시작했다. 아무 일도 없었건만 웬일인지 견딜 수 없이 갑갑하고 나른해졌고, 주위의 소리란 소리는 알아들을 수 없는 소음—자신과는 무관한 사람들의 삶과 보트와 차와 댄스파티에 관한—처럼 귓가에서 윙윙거렸고, 햇살이 맹렬하고 현란하게 쏟아지는 지금 이곳의 도로와 가기로 약속된 저곳의 섬이 아뜩해 보였다. 여기서는 아무런 소리도, 단 한마디도 알아들을 수가 없었다.

앨바는 저녁 식사 시간이 되기 전에 위층에 가서 깨끗한 앞치마를 둘러야 한다는 사실을 막 떠올렸다.

바로 그때 문이 열리는 소리가 들렸다. 누군가가 파티오에서 들어왔다. 개닛 부인의 조카뻘 되는 남자였다.

"여기 컵 하나 가져왔는데 어디에 놓지?"

"아무 데나 두세요."

"고맙다는 인사도 안 하나?"

그 말에 앞치마에 손을 닦으며 돌아서던 앨바는 깜짝 놀랐으나 그 놀라움은 이내 사라졌다. 앨바는 조리대에 등을 기댄 채 가만히 있었고, 개닛 부인의 조카는 익숙한 놀이를 하듯이 앨바를 살짝 잡고 꽤 오랫동안 입에 키스를 했다.

"이모님이 8월 중 주말에 시간이 나면 섬으로 오라더군."

파티오에서 누군가가 부르자, 그 남자는 하찮은 사람을 슬쩍 희롱한 듯한 거만한 태도로 밖으로 나갔다. 앨바는 조리대에 등을 기댄 채 꿈쩍도 않고 서 있었다.

그 낯선 남자가 자기 몸에 손댄 것에 앨바는 안도했다. 앨바의 몸은 그저 고맙고 기대감에 달떴으며, 지금껏 이 집에 있는 동안 알지 못했던 경쾌함과 자신감이 솟았다. 그리하여 자기 자신에 관해, 그들에 관해, 그들과 함께 생활하는 것에 관해 아예 생각조차 해보지 않았던 것들이 이제는 그다지 비현실적인 것 같지가 않았다. 그 섬과 햇볕에 고스란히 드러난 바위와 왜소한 검은 소나무들을 생각해도 이제는 꺼림칙스럽지 않았다. 이제는 달리 보였던 것이다. 거기에 가고 싶다는 자신의 바람이 가당찮게 생각되지도 않았다. 그러나 세상일이 어디 그렇게 단순하던가. 앨바가 이처럼 하나만 알고 둘은 모르는 생각을 하는 건 상처 입기 쉬운 그곳, 신기하면서도 불가사의한 굴욕을 느낄 그곳을 아직 가보지 않았기 때문이리라.

어떤 바닷가 여행

A Trip to Coast

지도에는 블랙 호스(Black Horse)로 표시되어 있으나 달랑 가게 하나와 여염집 세 채에 오래된 공동묘지와 불타 버린 교회에 속했던 말 대여점뿐인 마을. 여름철은 찜통처럼 덥고 길가에는 그늘 한 자락 없으며 인근에 개울 하나 없다. 여염집들과 가게를 지은 벽돌은 퇴색하여 불그죽죽하고, 모양을 낸답시고 회색이나 흰색 벽돌을 굴뚝과 창가에 빙 둘러 대강대강 박아놓은 게 고작이었다. 그 너머 들판에는 밀크위드며 미역취며 자줏빛 꽃송이가 커다란 엉겅퀴들이 무성하다. 머스코카호와 북부 숲으로 가는 도중에 이곳을 지나는 사람들은 알아챌지 모른다. 이 부근에 이르면 무성하던 나무들이 드문드문해서 살풍경하고, 점점 줄어가는 들판에는 마모되어 팔꿈치처럼 생긴 바위가 보이고, 짙푸른 느릅나무와 단풍나무가 조화를 이룬 수풀은 온데간데없이 오종종한 자작나무와 미루나무가 다닥다닥 붙어 있어 삭막하고, 길 끄트머리에 서 있는 가문비나무와 소나무는 오후의 열기에 지친 나머지 다 쓰러질 듯이 눈에 띄게 한쪽으로 기운 모습이 마치 유령들이 떼를 지어 먼 곳으로 물러가는 것처럼 보인다는 것을.

메이는 상자들을 한가득 쌓아둔 가게 안쪽 커다란 방에 누워 있었다. 그곳은 위층이 찜통처럼 푹푹 찌는 여름이면 메이가 자는 방이었다. 헤이즐은 앞방 체스터필드 소파에서 자면서 오밤중까지 라디오를 틀어놓았다. 메이의 할머니는 더우나 추우나 위층에서 잤다. 커다란 가구들이 다 차지하다시피 하고 옛날 사진들이 걸려 있는 좁디좁은 그 방에서는 열을 받아 노글노글해진 오일클로스 냄새와 노파의 털양말 냄새가 났다. 오늘처럼 일찍 일어난 적이 거의 없는 메이로서는 몇 시쯤 되었는지 가늠하기가 어려웠다. 메이가 잠에서 깬 여느 때 아침은 대개 발치 끝 방바닥에 햇살 한 자락이 쨍쨍하게 내리비치고, 농부들의 우유 트럭이 덜컹덜컹 고속도로를 지나고, 할머니가 손님 맞으랴 풍로에 올려놓은 커피포트와 두툼한 베이컨 굽는 팬을 살피랴 가게와 주방을 정신없이 오가는 무렵이었다. 메이가 자고 있는 낡은 소파 겸용 침대(쿠션에서는 아직까지도 곰팡내와 솔잎 냄새가 흐릿하게 났다.)를 지나칠 때면 할머니는 자동 기계처럼 홑이불을 홱 낚아채며 말하곤 했다.

"일어나라, 어서 일어나. 눈 뜨자마자 저녁 먹을 게야? 손님이 기름 넣어달란다."

그래도 메이가 일어나지 않고 홑이불을 꼭 끌어당기며 짜증 난 목소리로 중얼거리면, 노파는 바가지에 찬물을 떠 와 손녀딸의 발에 뿌리곤 했다. 그제야 메이는 펄쩍 뛰듯이 일어나 얼굴을 뒤덮은 갈기 같은 긴 머리를 뒤로 넘겼다. 잠기가 남아 찌무룩하기는 해도 신경질은 내지 않았다. 할머니가 정한 규칙은 스콜이나 배앓이처럼 모질지만 지나가게 마련이라고 믿는 아이였다. 메이는 입던 옷 위에 소매 없는 나이트가운을 걸친 채 잠을 잤다. 열한 살 된 메이는 한창 수줍음을 탈 때라 엉덩이에 예방 주사를 맞는 것도 기를 쓰고 마다했고, 옷을 갈아입을 때 헤이즐이나 할머니가 불쑥 방에 들어올라치면 고래고래 악을 써댔다. 두 사람이 그러는 건 자기들 재밌자고 자신의 사생활을 우스갯거리로 삼기 때문이라고 메이는 생각했다. 밖으로 나가 손님 차에 기름을 넣고 돌아올 때쯤이면 으레 잠이 확 깼고 배가 고팠다. 아침으로 마멀레이드와 땅콩버터를 바르고 베이컨을 넣은 토스트를 네댓 개씩 먹곤 했다.

그런데 오늘 아침 메이가 눈을 떴을 때는 방에 빛이 들기 시작하고 있었다. 보드상자에 인쇄된 글자가 겨우 보일까 말까 할 만큼 희붐했다. 하인즈 토마토 수프, 골든 밸리 살구 잼 따위의 상표를 읽고 그 글자를 셋으로 나누는 은밀한 의식을 행했다. 우수리 없이 딱 맞아떨어지면 그날은 운이 좋은 날이라고 여겼다. 그 의식을 치르면서 메이는 무슨 소리를 들은 것 같았다. 누군가가 마당에서 움직이는 기척이 났다. 야릇한 불안감이 발바닥부터 온몸을 휘감아 메이로 하여금 발가락을 오그라뜨리고 소파 끝에 닿도록 다리를 쭉 뻗게 했다. 재채기가 나오려 할 때 머릿속에서 일어나는 것 같은 기분을 온몸으로 느꼈다. 되도록 조용히 일어나 꺼끌꺼끌하고 푹푹 빠지는 모래밭을 걷는 듯이 느껴지는, 빈 상자들이 쌓여 있는 뒷방을 살금살금 가로질러 울퉁불퉁한 리놀륨이 깔린 주방으로 갔다. 헤이즐에게 물려 입은 낡은 면 나이트가운이 메이가 움직일 때마다 뒤가 크게 부풀어 올라 유령처럼 소리 없이 뒤따르고 있었다.

주방에는 아무도 없었다. 싱크대 언저리의 선반에서 시계만이 어김없이 째깍거렸다. 늘 물이 똑똑 떨어지는 한쪽 수도꼭지 밑에 몇 겹으로 접어 대놓은 행주도 여전했다. 노랗게 영글어가는 토마토와 할머니가 틀니를 닦을 때 쓰는 가루 치약통에 가려 시계 글자판이 잘 보이지 않았다. 6시 20분 전이었다. 메이는 방충문 쪽으로 갔다. 빵 상자를 지나칠 때 저절로 뻗어나간 손에 잡힌 시나몬 빵 두어 개를 살펴보지도 않고 먹기 시작했다. 빵이 조금 퍽퍽했다.

하루 이맘때의 뒷마당은 이상하게도 음습했다. 들판은 어스레했고, 수풀이 덥수룩이 자라 곳곳에 거미줄이 쳐져 있는 울타리를 따라 새들이 줄줄이 앉아 있었다. 하늘은 연하고 서늘하고 부드러운 햇살로 이랑졌고 가장자리는 조개껍데기 안쪽처럼 발그스레했다. 할머니도 헤이즐도 이 광경을 못 보고 아직 잠들어 있다고 생각하니 메이는 뿌듯했다. 오늘은 아직 누구도 입에 올리지 않은 광경. 그 순결함에 메이는 흠칫했다. 그런 하늘을 가로지른 한줄기 새벽빛 같은, 자유와 위험을 알리는 미묘한 조짐을 느꼈던 것이다. 장작더미가 있는 집 모퉁이에서 귀에 거슬리는 메마르고 작은 소리가 들렸다.

"거기 누구야? 거기 있는 거 다 알아." 메이가 한입 물고 있던 시나몬 빵을 꿀떡 삼키고 소리쳤다.

할머니가 앞치마에 불쏘시개 몇 개를 감싸들고 모퉁이를 돌아

나오면서 성난 목소리로 혼자 투덜댔다. 할머니를 본 메이는 사실 놀란 게 아니라 지금 이 순간으로부터 과거와 미래까지 통틀어 자신의 삶 전체로 옮게 퍼져 나가는 듯한 기이한 허탈감에 사로잡혔다. 할머니는 자신이 가는 곳이면 어디든 벌써 가 있을 것 같았고, 자신이 알아낸 것이 무엇이든 먼저 알고 있거나 아니면 시답잖다는 것을 밝혀 보일 것 같았다.

"누군가 마당에 있는 것 같아서요."

메이가 변명하듯 말했다.

노파는 나무토막처럼 우두커니 서서 메이를 바라보더니 앞서서 부엌으로 들어갔다.

"할머니가 이렇게 일찍 일어나신 줄은 몰랐어요. 왜 이리 일찍 일어나셨어요?"

노파는 대답하지 않았다. 다 듣고도 내키지 않으면 원래 대답을 하지 않는 노파는 풍로에 불을 피우고 일할 준비를 했다. 그날 노파는 날염 원피스를 입고 닳아빠지고 지저분한 파란 앞치마를 허리에 둘렀다. 거기에다 옛날에 노파의 남편 것이었던, 단추는 다 떨어지고 올이 나가고 빛은 바랠 대로 바랜 스웨터를 걸치고 즈크화를 신었다. 단정하게 잡아매려고 아무리 애를 써도 노파가 걸친 옷들은 헐렁헐렁했다. 임신 4개월째인 여자처럼 봉긋한 배를 제외하고는 몸피가 납작하고 가냘픈 탓에 옷이 몸에 달라붙으려야 달라붙을 데가 없었다. 살이라고는 없는 다리는 뼈마디가 다 드러나서 우툴두툴했고 가뭇한 팔에는 힘줄이 툭 불거져 채찍처럼 꼬여 있었다. 머리통이 몸집에 비해 큰 데다 머리카락이 착 달라붙은 노파의 모습은 영양실조에 걸린 영악한 어린애 같았다.

"가서 더 자거라."

메이는 자러 가는 대신 주방의 거울 앞으로 가서 머리를 빗고 안 말이가 되는지 손가락으로 똘똘 말아보았다. 유니 파커의 사촌이 오는 날이 오늘이란 게 기억났던 것이다. 할머니 몰래 헤이즐의 컬러를 가져와 머리를 말 수 있으면 좋으련만.

노파는 헤이즐이 자고 있는 앞방 문을 닫았다. 그러고는 커피포트에 남아 있던 것을 쏟아버리고 물과 커피를 새로 넣었다. 아이스박스에서 우유 주전자를 꺼내 상하지 않았는지 냄새를 맡아보고 설탕 그릇에서 개미 두 마리를 숟가락으로 건져냈다. 그런 다음 담배를 마는 작은 기계로 담배를 한 대 말고 나서 탁자에 앉아 어제 신문을 읽었다. 커피가 끓자 물을 끼얹어 불을 끄고 방이 낮처럼 환해졌을 때에야 비로소 노파는 메이에게 말했다.

"마시고 싶거든 네 컵을 가져오너라."

아직 어리니 커피를 마시지 말라고 메이를 타이르던 노파였다. 메이는 일어나서 초록 새들이 그려진 예쁜 컵을 가져왔다. 노파는 가타부타 말이 없었다. 치렁치렁한 나이트가운을 입은 채로 할머니와 탁자에 앉아 커피를 마시면서, 메이는 특권을 누리는 것 같으면서도 찜찜했다. 노파는 부엌을 둘러보면서 얼룩진 벽이며 일부러 잘 보이는 곳에 걸어둔 듯한 달력들을 눈여겨보았다. 의뭉스럽고도 멍한 표정이었다.

메이가 먼저 말문을 열었다.

"유니 파커의 사촌이 오늘 온대요. 이름이 헤더 수 머리라는 여자애요."

메이의 말을 귀담아듣지 않았는지 노파가 뜬금없이 물었다.

"내가 몇 살인지 아느냐?"

"아니요."

"그럼 알아맞혀 보거라."

메이가 생각해 보더니 말했다.

"일흔?"

노파가 한참 동안 말이 없었으므로 메이는 할머니의 말문이 또다시 막힌 거라고 생각했다. 그래서 유니 파커의 사촌 얘기를 꺼냈다.

"그 헤더 수 머리라는 애가요, 세 살 때부터 하일랜드 춤*을 췄대요. 경연 대회에도 나갔고요."

"일흔여덟 살이다. 내 나인 아무도 몰라. 내가 말한 적이 없으니까. 난 출생증명서도 없고 노령연금을 받은 적도 없다. 구호금을 받은 적도 없고." 노파는 잠시 생각하더니 말을 이었다. "병원에 입원한 적도 한 번 없었다. 매장하는 데 쓸 돈은 은행에 넉넉히 넣어뒀다. 묘비야 자선단체나 양심 없는 내 일가들이 세워줄 테지."

"묘비가 왜 필요한데요?"

메이가 오일클로스의 닳아 해진 곳을 이르집으며 시무룩하게 물었다. 메이는 이런 이야기를 하는 게 싫었다. 3년 전쯤 할머니가 자신을 속였던 짓궂은 장난이 생각났다. 그때 메이가 학교에서 돌아와 보니 할머니가 지금 메이가 자는 뒷방의 침대에 누워 있었다. 두

---

* 스코틀랜드 고지대에서 거행된 체육 경기에서 추던 춤. 원래는 남자 무용수 혼자서 추었으나 지금은 여자가 더 많이 춘다.

팔을 축 늘어뜨리고 응고된 우유 같은 얼굴빛을 하고서 눈을 감고 있었고, 얼굴은 아무런 표정도 없이 완전히 굳어 있었다. 메이는 처음엔 '다녀왔습니다.' 했다가 평소와 그다지 다를 바 없는 목소리로 '할머니' 하고 불러보았다. 그런데 보통 때는 쉴 새 없이 씰룩거리던 할머니의 얼굴이 움쭉달싹도 하지 않았다. 메이는 다시, 이번에는 더 공손하게 '할머니' 하고 부르면서 몸을 숙였지만 가느다란 숨소리조차 들리지 않았다. 손을 뻗어 할머니의 뺨을 만져보려 했으나, 굴처럼 싸늘하고 초라하게 우묵 팬 그 뺨을 아득하고 주눅이 들게 하는 무엇인가가 가로막고 있었다. 마침내 메이는 울어도 들어줄 사람이 없어 불안감이 복받친 아이처럼 자지러지게 울음을 터뜨렸다. 메이는 또다시 할머니를 부르기가 겁이 났다. 할머니를 만지기도 두려웠고 할머니에게서 눈을 돌리기도 무서웠다. 그때 할머니가 눈을 떴다. 팔을 들어 올리지도 않고 고개도 까딱하지 않은 채 너무도 천연덕스럽고 묘한 승리감에 번득이는 얼굴로 메이를 쳐다보며 "혼자 여기 좀 누워 있으면 안 된다니? 부끄러운 줄도 모르고 갓난애처럼 굴다니."라고 말했었다.

"누군가가 *필요하다*고 말한 적 없다." 노파는 이렇게 말했다. 그리고 나이트가운의 느슨한 목깃 위로 한쪽 어깨를 내밀고 이리저리 살펴보는 메이에게 냉랭하게 말했다. "가서 옷을 입거라. 고대 이집트의 여신이라도 된 듯이 굴지 말고."

"뭐라고요?"

메이가 햇볕에 타서 보기 흉하게 껍질이 벗겨진 어깨를 바라보며 물었다.

"아, 고대 이집트 여신인 듯싶은 게 킨케이드 바자회에 있더구나."

메이가 옷을 갈아입고 주방으로 돌아왔을 때 노파는 계속 커피를 마시며 신문에 실린 구인 광고를 보고 있었다. 가게 문을 열거나, 아침을 준비할 생각은커녕 하루 온종일 아무것도 할 일이 없는 사람처럼. 헤이즐은 일어나서 출근할 때 입을 옷을 다림질하고 있었다. 집에서 5킬로미터쯤 떨어진 킨케이드의 한 상점에서 일하기 때문에 일찍 집을 나서야 했다. 그래서 가게를 팔고 극장이 두 개나 되고 상점과 레스토랑도 많고 왕립 무용 극장도 있는 킨케이드에 나가 살자고 엄마를 들볶았다. 그러나 노파는 귓등으로도 안 들었다. 좋으면 너나 나가서 살라고 말했지만 헤이즐은 무슨 까닭인지 그러지 않았다. 헤이즐은 키가 크고 어깨가 구부정한 서른세 살 된 여자로 머리는 부분 탈색을 했는데, 그렇잖아도 잔뜩 경계하는 빛이 역력한 얼굴에 심사가 뒤틀려 단단히 성난 기색마저 돌게 하는 건 한쪽 눈알이 옆으로 쏠린 사시이기 때문이었다. 헤이즐의 짐 가방에는 수놓은 베갯잇과 수건과 은그릇이 한가득했다. 그릇과 동판 냄비도 한 세트씩 사서 그 가방에 넣어두었다. 헤이즐과 노파와 메이는 내내 이 빠진 접시를 썼고 풍로 위에서 흔들거릴 만큼 쭈그러진 냄비에 요리를 해먹었다.

"헤이즐은 혼수품을 다 마련해 놓았어. 딱 한 가지만 빼고." 노파는 이렇게 말하곤 했다.

헤이즐은 차를 타고 킨케이드 상점에서 일하는 여자들이나 학교 여교사들과 함께 춤을 추러 그 지역 구석구석을 돌아다녔다. 일요일 아침에 일어나면 숙취 때문에 아스피린을 커피와 함께 먹었고 날염 비단 원피스를 입고 성가대에서 노래를 부르기 위해 차를 몰고 교회에 갔다. 노파는 어떤 종교도 믿지 않는다면서 가게 문을 열고 관광객들에게 자동차 기름과 아이스크림을 팔았다.

헤이즐은 다리미판에 팔을 대고 몸을 숙여 하품을 하며 흐리멍덩한 얼굴을 손으로 가볍게 문질렀고 노파는 큰 소리로 광고를 읽었다.

"키가 크고 성실한 남성. 35세. 착실하고, 술과 담배를 하지 않고, 집안일을 좋아하는 여성과 사귀기 원함. 헤픈 여성 사양."

"오호라." 헤이즐이 탄식했다.

"헤프다는 게 뭐예요?" 메이가 물었다.

"혈기 왕성한 장년." 묻거나 말거나 노파는 내처 읽어 나갔다. "부양가족 없는 건강한 여성과 사귀고자 함. 사진 동봉한 편지를 먼저 보내주기 바람."

"맙소사, 엄마 그만해요."

"부양가족이 뭐예요?"

"그나저나 내가 결혼하면 두 사람은 어디서 살지?" 헤이즐은 성가시면서도 만족스러운 표정으로 음울하게 말했다.

"결혼하고 싶거든 언제든 해."

"내겐 엄마와 메이가 있잖아요."

"아이고, 그러셔?"

"어쨌거나 제겐 딸린 식구가 있잖아요."

"부디, 시집가거라." 노파가 넌더리를 치며 말했다. "내 몸은 내가 건사할 테니. 언제고 안 그랬냐마는."

노파는 그야말로 자기 인생의 이정표로 삼을 요량으로 한바탕 연설을 늘어놓을 셈이었다. 그러나 어린아이가 크레용으로 그린 그림같이, 온 기를 다 그러모아 아무런 기교도 부리지 않고 생생하게 색칠한 그 인생 풍경을 마술에 걸린 것처럼 신기하게 변형시켜 보여 주려다가 비현실감에 사로잡히고 지금까지 이런 일들은 단 한 번도 없었다는 이성적인 회의감에 압도되기라도 한 것처럼 그만 눈을 감아버렸다. 노파는 숟가락으로 탁자를 탁탁 두드리더니 헤이즐에게 말했다.

"간밤에 내가 꾼 꿈 같은 걸 넌 꿔본 적이 없을 거다."

"난 꿈이란 걸 꾼 적이 없어요."

노파는 앉은 채로 숟가락을 계속 두드리며 말끄러미 풍로 앞만 바라보았다.

"꿈속에서 하염없이 길을 걸어가고 있었다. 시몬스네 집 대문을 지나칠 무렵 구름 같은 게 해를 가로지르는 것 같더니 한기가 들더라. 올려다보니까 커다란 새였어. 세상에, 그렇게 큰 새가 또 있을까 싶게 크고 저 풍로 덮개처럼 새까만 것이 내 위에서 해를 가리고 있더라. 그런 꿈을 꾼 적이 있냐?"

"난 아무 꿈도 꾼 적이 없다니까요." 헤이즐이 무슨 자랑이라도 되는 듯 말했다.

"홍역에 걸렸을 때 앞방에서 자다가 제가 꾼 그 악몽 기억나요? 그 무서운 꿈?" 메이가 끼어들었다.

"그런 악몽 얘기가 아니다."

"생각해 보니 그 방에서 저마다 색깔이 다른 모자를 쓴 사람들이 빙빙 돌고 돌았어요. 도는 속도가 점점 빨라질수록 모자 색깔들이 한데 섞여 흐리멍덩해졌어요. 사람들이 가지각색의 모자를 썼다는 것 말고 다른 건 하나도 분간이 안 됐어요."

할머니가 혀를 쑥 내밀어 입술에 달라붙어 있는 담배 가루를 핥아내더니 일어나서 풍로 뚜껑을 열고 불 속에 내뱉었다.

"차라리 담벼락에다 말하고 말지. 메이, 풍로에 장작 몇 개비 넣어라. 베이컨 좀 굽게. 오늘은 내가 계속 불 옆에 붙어 있고 싶지 않다."

"오늘 날씨는 어제보다 더 찔 모양이네요." 헤이즐이 태평하게 말했다. "오늘은 스타킹을 절대로 신지 말자고 로이스랑 약속했어요. 피블스 씨가 한마디라도 싫은 소리를 하면, 사람들 다리나 감시하라고 당신이 고용됐다고 생각하느냐고 쏘아붙이자고 입도 맞췄고요."

헤이즐은 머리를 원피스에 쑥 밀어넣으며 쓸쓸하게 웃었다. 그 웃음은 마치 잘못 건드린 종이 한 번 울리고 나서 얼른 손으로 붙잡았을 때 나는 소리 같았다.

"허, 참." 노파가 탄식했다.

오후에 메이는 유니 파커, 헤더 수 머리와 함께 가게 앞 계단에 앉아 있었다. 정오 무렵까지만 해도 구름이 끼어 있었는데 갈수록 쨍쨍한 불볕이 되었다. 귀뚜라미 소리도 새 소리도 들리지 않았지만 바람은 살랑 불었다. 뜨거운 바람이 시골 풀밭 사이로 느릿느릿

불어왔다. 토요일이라 그런지 가게를 찾는 손님은 거의 없었다. 그 지방 자동차들은 그냥 지나쳐 시내로 향했다.

헤더 수가 물었다.

"너희들 히치하이크해 봤어?"

"아니." 메이가 대답했다.

메이와 2년 동안 단짝으로 지낸 유니 파커가 말했다.

"에그, 메이는 그런 거 못 해. 넌 모르겠지만 재 할머니는 아무것도 못 하게 해."

메이는 발로 긁어모아 개밋둑처럼 쌓은 흙더미를 발뒤꿈치로 뭉그러뜨리며 말했다. "너도 그렇잖아."

"난 할 수 있어. 내가 좋으면 무엇이든 다."

헤더 수가 옥신각신하는 두 사람을 바라보다가 말했다.

"그럼 여기선 뭘 해? 여기선 아이들이 뭘 하고 지내느냐고."

머리통을 빙 둘러 전체적으로 짧게 자른 헤더 수의 머리카락은 거칠고 까맣고 곱슬곱슬했다. 입술에는 빨간 캔디 애플 립스틱을 발랐고 다리는 면도를 한 것 같았다.

"공동묘지에 가."

메이가 무뚝뚝하게 말했다. 그랬다. 메이와 유니는 거의 매일 오후 공동묘지에서 놀았다. 거기엔 그늘진 데가 있었고 성가시게 할 조무래기들도 없어서 누가 엿들을까 조바심하지 않고 마음껏 이야기를 할 수 있었기 때문이다.

"*어딜* 간다고?"

헤더 수가 되묻자 유니가 얼굴을 찡그리고 발로 흙을 차대면서 대답했다.

“아냐, 우리 거기 안 가. 난 그 시시한 공동묘지가 싫어.”

메이와 유니는 이따금 오후 내내 비석을 보며 재미있는 이름들을 골라 거기에 묻힌 사람들에 관한 이야기를 짓곤 했었다.

“에구머니나, 소름 돋는 소리 그만해. 지독히 덥다, 그렇지? 이런 오후에 우리 집에 있었다면 친구들이랑 수영장에 갔을 거야.”

“우리도 제3다리 부근에 가면 수영할 수 있어.” 유니가 말했다.

“거기가 어딘데?”

“저 길 아래. 그리 멀지 않아. 1킬로미터도 안 돼.”

“이렇게 더운 날에 걸어서 거길?” 헤더 수가 말했다.

“내가 자전거로 태워줄게.” 유니는 헤더 수에게 이렇게 대답하고 짐짓 무척 명랑하고 친근한 소리로 메이에게 말했다. “넌 네 자전거를 타고 가면 되니까.”

메이는 잠깐 생각해 보더니 일어나서 무지하게 덥고 낮에도 늘 어둑한 가게 안으로 들어갔다. 벽에는 나무로 만든 커다란 시계가 걸려 있었고, 달콤하고 바삭바삭한 것부터 부드러운 오렌지 맛이 나는 것과 양파 맛이 나는 것까지 자잘한 과자들이 통에 한가득씩 들어 있었다. 메이는 가게 뒤쪽, 아이스크림 냉장고 옆 민걸상에 앉아 있는 할머니에게 갔다. 아이스크림 냉장고 위에는 바탕에 은박지를 댄 것이 꼭 크리스마스 카드처럼 보이는 커다란 베이킹파우더 광고 사진이 붙어 있었다.

“유니와 헤더 수랑 수영하러 가도 돼요?”

“어디로 수영을 하러 간단 말이냐.” 노파는 건성으로 물었다. 수영을 할 수 있는 곳은 딱 한 군데밖에 없다는 걸 알고 있었다.

"제3다리요."

유니와 헤더 수가 와서 문가에 서 있었다. 헤더 수는 노파 쪽을 향해 미묘하고도 공손한 미소를 지어 보였다.

"안 된다. 못 가."

"거긴 안 깊어요."

노파는 알아듣기 힘든 말을 구시렁거렸다. 그러고는 앉은 채로 허리를 굽혀 팔꿈치를 무릎에 대고 엄지손가락으로 뺨을 괴었다. 쳐다보기조차 성가신 모양이었다.

"왜 안 되는데요?" 메이가 물고 늘어졌다.

노파는 대답하지 않았다. 유니와 헤더 수가 문가에서 지켜보았다.

"왜요? *할머니*, 왜 안 되냐고요."

"이유는 네가 알잖아."

"뭔데요?"

"거긴 온갖 사내아이들이 다 가는 곳이니까. 전에도 말했잖니. 말만 한 계집애가 어딜 간다는 게야?"

입을 굳게 다물어 고약스럽게 보이는 노파의 얼굴에 만족스러워하는 빛이 은근히 번졌다. 이윽고 노파는 고개를 들어 수치심과 분노로 메이의 얼굴을 빨개질 때까지 바라보고 있었다. 노파의 얼굴에 생기마저 돌았다.

"다른 계집애들이야 남자애들 뒤꽁무니를 좇거나 말거나 그냥 둬. 그러면 걔들이 얻는 게 뭔지 알게 될 테니."

노파는 유니와 헤더 수에게는 눈길도 주지 않았지만 그 말을 듣고서 두 아이는 등을 돌려 가게에서 달아났다. 주유 펌프를 지나쳐 달려가 미친 듯이, 조금은 바락바락 악쓰듯이, 두 아이가 터뜨리는 웃음소리가 들려왔다. 노파는 못 들은 척했다.

메이는 잠자코 있었다. 지금까지와는 차원이 다른 이 새로운 고약함을 속으로 되작거리는 중이었다. 할머니가 이제 더는 자신의 판단력을 *믿지* 않는다는 것, 그러면서도 아랑곳없이 스스로도 믿지 못하는 바로 그 판단력을 비열하게 마구 휘둘러 어떤 손해를 입을 수 있는지 기어코 확인하고야 말 것이라는 느낌이 들었다.

노파가 말했다.

"헤더인가 뭔가 하는 그 애, 오늘 아침에 버스에서 내리는 걸 내가 *보았느니라.*"

메이는 가게에서 나와 곧장 뒷방을 지나고 부엌을 통해 뒷마당으로 갔다. 그러고는 펌프 언저리에 가서 앉았다. 펌프 주둥이에서 물이 흘러 녹색으로 썩어가는, 서늘한 진흙 섬처럼 메마른 풀밭에 놓여 있는 그 삭은 나무 물통으로 떨어졌다. 한참을 앉아 있자니 꽤나 늙고 지쳐 보이는 커다란 두꺼비 한 마리가 풀밭에서 풀쩍풀쩍 뛰어다니는 것이 보였다. 메이는 두꺼비를 잡아 두 손 안에 가두었다.

방충문이 닫히는 소리가 났지만 메이는 돌아보지 않았다. 할머니의 신발과 할머니 것이라고는 믿어지지 않을 만큼 엄청나게 두꺼운 발목만이 풀밭을 가로질러 자기 쪽으로 움직이는 것을 보았다. 메이는 한 손으로 두꺼비를 잡고 다른 손으로 작은 막대기를 집어 들었다. 그러고는 두꺼비의 배를 콕콕 찔러댔다.

“그만둬.” 노파의 말에 메이는 막대기를 떨어뜨렸다.

“그 불쌍한 것을 보내줘라.” 메이는 (두꺼비를 잡고 있던 손의) 손가락을 느릿느릿 하나씩 펼쳤다.

바람도 잠잠한 그 무더운 오후, 메이는 곁에 서서 내려다보고 있는 할머니에게서 독특한 살내를 맡았다. 오래된 사과 껍질이 물러질 때처럼 달큼하게 썩어가는 그 냄새는 독한 비누나 다리미에 눌은 면직물이나 할머니가 늘 달고 다니는 담배처럼 익숙한 냄새보다 훨씬 짙게 훨씬 더 널리 퍼졌다.

“네가 알 턱이 없지. 아까 가게 안에서 내 머릿속에 떠오른 것들을 네가 무슨 수로 알겠니.”

노파가 큰 소리로 말했다.

메이는 가타부타 말도 없이 다리에 난 상처 딱지만 뜯적거렸다.

“아무래도 가게를 팔아야겠다는 생각을 했다.” 귀머거리나 어떤 큰 힘을 지닌 자에게 말하기라도 하듯이 높낮이 없는 큰 목소리였다. 울퉁불퉁한 소나무들이 이룬 파란 지평선을 바라보고 선 채 여느 노파들이 하듯 두 손으로 앞치마를 내리누르며 말했다. “너랑 나랑 기차 타고 루이스를 보러 가면 좋겠구나.”

루이스는 20년이 다 되도록 본 적이 없는 노파의 아들로 캘리포니아에 살고 있었다.

하여 메이는 할머니가 무슨 속임수를 쓰는 건 아닌지 찬찬히 살펴보지 않을 도리가 없었다. 이곳보다 다른 곳이 더 낫다고 생각해서 집 떠나는 걸 즐기는 관광객들은 바보라는 말을 입에 달고 사는 할머니였기 때문이다.

"너랑 나랑 바닷가 여행을 해도 좋겠고. 좌석 칸을 이용하고 먹을거리도 챙겨 가면 돈이 많이 들지는 않을 거다. 네 먹을 음식은 네가 먹고 싶은 걸로 직접 싸는 게 좋겠다. 네가 더 잘 알 테니."

"할머닌 너무 늙었잖아요. 일흔여덟 살이나 되는데." 메이가 대놓고 말했다.

"나만큼 늙은 사람도 유럽 곳곳을 여행하는 거, 너도 신문에서 봤잖니."

"그러다 심장마비 일으키면 어쩌려고요."

"그럼 승무원들이 차에 잘 실어서 집으로 보내주겠지. 상추와 토마토도 넣어주고."

그러면서도 메이는 눈앞에 바닷가가 보이는 듯했다. 더 길고 훨씬 반짝거릴 뿐 호숫가와 다를 바 없는 길게 굽은 모래밭이 또렷이 떠올랐다. *바닷가*라는 말만으로도 시원해지고 기쁨이 차오르는 것 같았다. 그러나 메이는 믿기지도 않았고, 이해할 수도 없었다. 지금까지 사는 동안 할머니가 언제 그런 근사한 약속을 해본 적이 있었던가.

가게 앞에 한 남자가 레몬 라임을 마시며 서 있었다. 몸집이 작은 중년 남자였는데 얼굴은 퉁퉁하고 벌겋게 달아 번들거렸다. 깨끗하지 않은 하얀 셔츠에 연한 실크 넥타이 차림이었다. 노파는 앞쪽 계산대 쪽으로 민걸상을 끌어다 놓고 앉아 남자와 이야기를 나눴다. 메이는 그들을 등지고 서서 문밖을 바라보았다. 구름은 거무충충했고, 세상은 온통 먼지 낀 것처럼 칙칙하고 불길한 빛으로 뒤덮여 있었다. 그 빛은 하늘에서뿐만 아니라 평평한 벽돌담에서도, 하얀 길에서도, 뜨겁고 단조로운 바람에 살랑거리고 딸랑거리는 키 작은 나무의 잿빛 나뭇잎들과 금속 표지판에서도 나오는 것 같았다. 할머니가 자신을 쫓아 뒷마당으로 온 뒤부터 메이는 뭔가가 달라지고 무엇인가가 깨진 듯한 기분을 느꼈다. 그랬다, 그것은 메이가 세상에서 처음 본 빛이었다. 그와 아울러 자신에게서 어떤 힘, 스스로 반감을 품었기에 생각해 본 적도 탐색해 본 적도 없는 그런 힘 비슷한 것을 느꼈다. 그리고 그 힘을 잠시 지니고 있다가 자기 손에 거머쥔 신통한 동전 같은 것으로 바꿔야겠다고 마음먹었다.

"어떤 회사 물건을 팔러 다니시나?"

"융단 회사에 다녀요."

"그 회사는 주말에도 가족들과 지낼 틈도 안 주는 게요?"

"지금은 장삿길에 나선 게 아닙니다. 적어도 융단을 팔러 다니는 건 아니에요. 개인적으로 볼일이 있어 여행 중이라고나 할까요."

"아, 그러시군." 다른 사람의 사사로운 일에 간섭할 일이 아니라는 투로 노파는 말했다. "비가 올 것 같은데 괜찮으시겠소?"

"그럴 모양이네요."

남자는 레몬 라임을 한입에 들이켜고 병을 내려놓은 뒤 손수건으로 입가를 훔쳤다. 그는 자신의 사사로운 일을 거리낌 없이 털어놓는 유형이었다. 사실 그것 말고는 달리 할 말이 없는 것 같았다.

"아는 사람을 만나러 가는 길입니다. 그이가 여름 별장에 머물고 있습죠. 불면증이 심해서 7년 동안 밤잠을 제대로 못 잔 사람이지요."

"저런."

"혹시나 제가 그이를 낫게 할 수 있을까 알아보려고요. 몇몇 불면증 환자들을 제가 제법 잘 치료했거든요. 100퍼센트는 아니지만 꽤나 성공률이 높습니다."

"그럼 의사 양반이신가?"

"아뇨, 그건 아닙니다." 체구가 작은 그 남자는 상냥하게 대답했다. "최면술사입니다. 전문가는 아니고, 그저 제가 좋아서 하는 일이랄까요?"

노파는 아무런 말 없이 몇 번인가 그를 힐끔거렸다. 남자는 그것이 어색했는지 가게 앞을 오락가락하면서 이것저것 들어서 살펴보고는 마음에 든다는 듯이 흡족해했다.

"자신을 최면술사라고 소개하는 사람을 난생처음 보셨을 줄 압니다. 여느 사람과 똑같지요? 아주 별 볼일 없는 사람처럼 보이지 않나요?" 남자는 농담처럼 노파에게 말했다.

"난 그런 걸 믿지 않소."

남자는 그저 웃기만 했다. "*믿지 않는다니* 그게 무슨 뜻인지요?"

"그런 미신 따위는 믿지 않는다 그 말이오."

"이건 미신이 아닙니다, 할머님. 실제로 활발하게 행해지는 겁니다."

"그게 뭔지는 나도 알지."

"글쎄요. 할머님 말씀을 들으면 도리어 어리둥절해할 사람이 많을 겁니다. 이태 전에 《다이제스트》에 최면술이라는 제목으로 실린 기사를 읽어보신 적이 없나 보죠? 그걸 가지고 다닐 걸 그랬습니다. 제가 아는 건 오로지 습관적으로 술을 마시는 사람들을 제가 고쳐주었다는 사실뿐입니다. 하고 싶은 걸 못 하면 안달복달하는 온갖 나쁜 습관들을 치료해 주었지요. 신경성이라고나 할까요? 신경성 습관을 지닌 사람들을 모조리 다 치료했다고 말할 생각은 없습니다만 제게 무척 고마워하는 사람들이 있다는 건 장담할 수 있습니다. 얼마나 고마워하는지 모릅니다!"

노파는 두 손으로 머리를 감쌀 뿐 아무런 대답을 하지 않았다.

"왜 그러세요, 할머니. 어디가 안 좋으신가요? 두통이 있으신가요?"

"아무 문제 없소."

"그런 사람들을 어떻게 치료하시는데요?" 가게에서 낯선 사람들과 이야기할 때 끼어들지 말라고 할머니가 누누이 타일렀는데도 메이가 대담하게 물었다.

그 작은 남자가 돌아서서 자상하게 대답했다.

"최면을 걸지. 내가 그 사람들에게 최면을 거는 거야. 최면을 어떻게 거는지 설명해 달라는 건가, 꼬마 아가씨?"

자신이 정말 묻고 싶었던 게 무엇인지 몰랐던 메이는 얼굴을 붉힌 채 무슨 말을 해야 할지 몰랐다. 할머니가 자신을 뚫어져라 바라보고 있는 걸 보았다. 노파는 우두커니 메이와 온 세상을 보고 있었다. 온 세상이 불길에 휩싸였는데 자신이 할 수 있는 게 아무것도 없고, 그 사실을 알려 줄 수조차 없는 사람처럼.

"저 앤 지금 제가 무슨 소리를 하는지도 모르는 철부지라오."

"그건 아주 간단해." 아이들에게는 으레 그래야 한다고 생각하는 사람처럼, 남자는 친절이 철철 넘치는 상냥한 말씨로 메이에게 직접 말했다.

“사람을 재울 때와 똑같단다. 다만 정말로 잠을 재우는 게 아니라는 것만 다를 뿐이야. 무슨 말인지 알겠니, 얘야? 사람들에게 말을 시킬 수 있어. 그리고 그 사람들이 하는 말을 들으면서—내 말을 듣듯이—마음속 깊숙이 들어가 본인들이 깨어난 뒤에 기억조차 못 하는 것들을 알아내는 거란다. 그들을 고통스럽게 만드는 숨은 걱정과 근심들을 찾아내는 거지. 어떠냐. 재미있을 것 같지 않니?”

“내게는 안 통할걸? 어떤 식인지 알겠구먼. 내게는 어림도 없어.”

“저 아저씬 틀림없이 해낼 거예요.”

자신도 모르게 나온 소리에 소스라치게 놀란 나머지 메이의 입은 헤 벌어져 있었다. 왜 그렇게 말했는지 스스로도 모를 일이었다. 할머니가 바깥세상과 겨루는 모습을 메이는 몇 번이나 지켜보았다. 그건 자부심이 아니라 늙은 여자는 으레 이기게 마련이라는 철석같은 믿음에서 비롯된 것이었다. 메이가 할머니가 질 수도 있다는 가능성을 본 것은 이번이 처음이었는데, 그것은 할머니의 얼굴에서였지 할머니가 미친 사람이 분명하다고 여기며 비웃고 싶어 하는 그 작은 남자의 얼굴에서가 아니었다. 그렇게 생각하니 당황스러움과 고통스러우면서도 뿌리치기 힘든 흥분이 가득 차올랐다.

“직접 해보지 않고는 아무도 장담할 수 없지요.” 남자는 엉너리를 치며 메이를 바라보았다. 노파는 마음을 정했다. 그러고는 코웃음을 치며 말했다.

"까짓것 어디 할 테면 해보시오."

노파는 무엇인가를 쥐어짜는 것처럼 팔꿈치를 계산대에 대고 두 손으로 머리를 감쌌다.

"괜한 시간을 쓰게 해서 미안하구려."

"누우셔야 더 편하실 텐데요."

"앉아 있어도……." 노파는 숨이 찬 듯 잠깐 말을 멈추었다. "앉아 있어도 나는 괜찮소."

이윽고 그 남자는 가게에 있는 잡동사니 상자에서 병따개를 꺼내 계산대 앞으로 걸어갔다. 서두는 기색은 전혀 없었다. 말문을 열었을 때 목소리가 자연스럽긴 했으나 조금 변해 있었다. 온화하면서도 무심하게.

"최면술을 거부하고 있다는 거 압니다. 왜 그러신지, 무엇 때문에 거부하시는지 알지요. 무섭기 때문이죠." 그 남자가 부드럽게 말했다.

따지려는 것인지 으름장을 놓으려는 것인지 노파가 고함을 지르자 남자는 두 손을 들어 말을 제지했지만 목소리는 상냥했다.

"할머닌 겁이 나시는 겁니다. 그런데 제가 할머니에게 알려 드리고 보여 드리고자 하는 건 하나도 겁낼 게 없습니다. 아무것도요. 절대로 없어요. 그저 제가 손에 들고 있는 이 반짝거리는 쇠붙이만 계속 보고 계시면 됩니다. 바로 그겁니다. 제가 손에 들고 있는 반짝거리는 이 쇠붙이에서 눈을 떼지 마십시오. 이것만 응시하세요. 생각하지 마세요. 걱정도 하지 마시고요. 그냥 이렇게 스스로 다독이기만 하면 됩니다. 아무것도 겁날 게 없다, 아무것도 겁날 게 없다, 하나도 안 무섭다……."

남자의 목소리가 나직해지면서 무슨 말인지 갈수록 알아듣기 힘들었다. 메이는 음료 냉장고에 기댄 채 서 있었다. 볼썽사나운 뒤통수며 하얗고 둥그스름한 어깨를 움찔거리는 그 남자의 뒷모습을 보면서 터져 나오려는 웃음을 참기란 여간 힘든 게 아니었다. 그런데도 메이가 꾹꾹 참고 참은 건 할머니가 어떻게 할지 궁금했기 때문이었다. 만일 노파가 항복한다면 지진이나 홍수가 난 것처럼 엄청난 혼란을 겪을 테고, 그래서 삶이 송두리째 흔들리면 메이에게 무시무시한 자유를 줄 것이다. 노파는 어느새 고분고분 눈 한 번 깜박이지 않고 남자의 손에 들린 병따개만 뚫어져라 바라보기 시작했다.

"자, 이제 말씀해 보세요. 지금도 보이시나요, 지금도 보이세요?" 남자가 몸을 숙여 할머니의 얼굴을 살폈다. "아직도 보이시는지 말씀해 보세요……."

무시무시하게 싸늘한 눈에 몹시 분개한 표정을 띤 노파의 얼굴을 마주 보던 남자가 무르춤했다.

"할머니, 왜 그러세요?" 남자가 최면을 거는 목소리가 아니라 평범한 목소리—아니 평범한 목소리보다 훨씬 더 날카로웠다.—로 말하자, 메이는 소스라치게 놀랐다.

"할머니, 왜 그러세요. 자, 눈을 뜨세요. 눈을 떠보시라니까요."

남자가 할머니의 어깨를 잡고 조심조심 흔들었다. 얼굴에 여전히 비웃음을 잔뜩 머금은 노파가 요란한 소리를 내며 계산대 앞으로 폭 고꾸라졌고, 클리넥스며 풍선껌이며 케이크 고명 재료들이 바닥으로 쏟아졌다. 남자는 병따개를 떨어뜨렸고 메이는 사납게 울부짖었다.

"내 책임이 아니야. 전엔 이런 적이 한 번도 없었어."

그 남자는 가게에서 자기 차가 있는 곳으로 뛰쳐나갔다. 자동차의 시동 소리를 듣고 뒤쫓아 간 메이는 '도와주세요.'라거나 '기다려요.'라고 소리칠 요량이었다. 그러나 메이는 아무 소리도 내지 못하고 먼지가 부옇게 이는 주유기 앞에 입을 벌린 채 서 있었다. 그 남자는 메이가 무슨 소리를 하든 아예 들으려고도 하지 않았고 마침내 창문 밖으로 손을 내밀어 부질없이 마구 손을 흔들고 요란한 소리를 내며 북쪽으로 떠났다.

메이는 가게 밖에 서 있었고 고속도로를 지나는 차는 한 대도 없었고 지나가는 사람도 하나 없었다. 블랙 호스의 골목이란 골목은 텅텅 비어 있었다. 조금 전부터 뿌리기 시작한 비가 굵게 방울져 후드득후드득 떨어지며 흙탕물을 튀겼다. 메이는 하릴없이 걸음을 돌려 가게 앞 계단에 앉았는데 거기에도 비가 들이쳤다. 날이 워낙 무더웠으므로 비를 맞아도 그만이었다. 메이는 다리를 포개고 앉아 이제는 어디든 마음 가는 대로 갈 수 있는 길과 편편해서 쉽게 갈 수 있는, 침묵으로 가득 찬 자기 앞에 펼쳐진 세상을 바라다보았다. 메이는 더는 기다릴 수 없을 때까지 한참을 앉아 있다가 비가 와서 여느 때 없이 컴컴한 가게 안, 할머니가 승리를 거둔 당당한 모습으로 계산대에 쓰러져 죽은 그곳으로 걸어 들어갈 도리밖에 없었다.

위트레흐트 평화조약
THE PEACE OF UTRECHT

I

고향 집에 온 지 3주일이 되었는데 내가 뜻한 바는 이루지 못했다. 매디와 나는, 아주 오래간만에 만나 허물없이 즐겁게 이야기를 해도, 이 방문이 끝나야 가슴을 쓸어내릴 것이다. 침묵은 우리를 어지럽힌다. 우리는 생게망게 웃음을 터뜨린다. 나는—모르면 몰라도 매디도—작별할 그 순간이 오는 게 두렵다. 겉시늉으로라도 허겁지겁 입맞춤을 하고 서로 어깨를 부여안지 않으면 둘 사이에 있는 그 황량한 곳을 직시해야 하고 우리가 정녕 외면하는 것만은 아니라는 사실을 인정해야 할 테니까. 서로 마음을 닫고, 숱한 것을 함께했으되 사실은 아무것도 공유하고 있지 않은 저 옛날을 각자 제 속에 꽁꽁 묻어둔 채, 우리는 상대편이 외지인이 되었고 그래서 권리를 박탈당했다고 속짐작을 한다.

밤이 되면 우리는 자주 베란다 계단에 나앉아 진을 마시고 일삼아 모깃불을 피우며 잠자리에 들 시간을 한밤중까지 미룬다. 무더위는, 밤이 깊어서야 기운이 사그라진다. 높다란 벽돌집은 오후 반나절까지도 제법 선선한 반면 한낮의 열기를 어둠이 내린 뒤로도 한참을 가둬두기도 한다. 무덥기는 예나 지금이나 마찬가지라, 매트리스를 질질 끌어 아래층 베란다에 내놓고 누워 별똥별을 헤아리며 동이 틀 때까지 깨어 있으려고 애썼던 때를 매디와 나는 자연스레 떠올린다. 그때 우리는 번번이, 갈대 냄새와 강바닥의 개흙 냄새를 싣고 한 줄기 서늘한 강바람이 불어올 때에야 비로소 잠이 들었다. 10시 반, 그다지 속도를 줄이지 않고서 버스가 마을을 지나간다. 우리는 버스가 우리 집으로 이어진 길목을 지나가는 것을 본다. 대학생 시절 내가 집에 올 때 타고 다니던 그 버스를 보니 어느 따뜻한 밤에 주빌리로 들어서던 기억, 땅을 비집고 나온 우람한 나무뿌리 주변의 맨땅이며 가장자리에 물이 고여 있는 큰길 옆 음수대며 파랑과 빨강과 주황빛 전등을 이용하여 부드럽게 흘려 쓴 '당구장'과 '카페' 간판을 보았던 기억이 난다. 간판 불빛이 명멸하는 방식을 보며 기이한 억압과 해방을 떠올렸고, 학교며 친구들이며 뒷날의 사랑까지 모두 축제처럼 마냥 즐거운 세상을 불행이 그칠 새 없는 수용소 같은 음침한 세상과 맞바꾼 듯했던 그 느낌도 되살아난다. 네 해 먼저 나와 같은 여정을 거친 매디도 분명 똑같은 기분을 느꼈을 것이다. 매디에게 물어보고 싶다. 아이들이 우리처럼 자라면 평범하고 평화로운 현실에 대한—거기에 안주할 수 있다는—

믿음을 잃어버릴 수도 있을까라고. 그러나 묻지 않는다. 우리는 한 번도 그런 이야기는 해본 적이 없다. 여기서는 아무것도 몰아내지 못해, 라고 매디는 내가 잊어버린 고향 말씨가 밴 가늘고 쾌활한 목소리로 말한다. 서로 우울한 일은 하지 말자고. 그러니 그만두자고.

어느 날 밤 매디를 따라 집에서 50킬로미터쯤 떨어진 호숫가에서 열린 파티에 갔다. 주빌리에 사는 여자 두엇이 1주일 동안 세낸 별장에서 하는 파티였다. 보아 하니 여자들은 거의가 과부나 독신녀 아니면 별거했거나 이혼한 것 같았고, 남자들은 대부분 젊은 총각—고작 어린 남학생들로 기억할 만큼 무척 앳된 주빌리 총각들—이었다. 나이 든 남자도 두엇 있었는데 아내와 동반하지는 않았다. 그런데 이 여자들을 보니 놀랍게도 어렸을 적 내가 알았던 여자들이 저절로 떠올랐다. 물론 그때 그 여자들에게 파티를 즐긴다는 인상을 받은 적이 없었고, 그저 가게나 사무실에서 일하거나 가끔씩 주빌리의 주일학교에서 활동하는 모습만 보았을 따름이다. 이네들은 자신들이 유부녀들보다 훨씬 더 활달하고 화려하면서도 난잡하게 세상을 살고 있다는 점을 스스로 잘 알고 있었다.(그러면서도 남부끄러운 행동을 하는 건 아닌지 스스로 따져본 적이 있는 사람은 내가 보기에 한둘뿐인 듯하다.) 그들은 같은 부인복이라도 속에 받쳐 입은 단단한 고무 코르셋에 쓸릴 때마다 사각사각 소리가 나는 옷을 입었으며 과감하게 맵시를 부렸고 코르사주에는 향수를 듬뿍듬뿍 뿌렸다. 매디의 친구들은 꽤나 신식 여성들로, 머리는 구릿빛으로 염색하고 눈두덩은 파랗게 칠했으며 주량이 셌다.

매디는 볼품없는 옷차림으로 보나 그다지 신경 쓰지 않은 본디 검은 머리카락으로 보나 저들의 일행 같지가 않았다. 얼굴은 여위고 상했어도 당돌하고 건방진 소녀 적 모습은 그대로였다. 어릴 적 우리가 장난칠 때 쓰곤 했던 콧소리 강한 사투리로 이야기를 나누기도 하고 이리저리 휘젓고 다니며 술을 마셨지만 꿀리는 기색이 하나도 없었다. 그것이 내게는 그 사람들에게 속하려고 안간힘을 다하는 것처럼 보였고 이내 해내는 듯싶었다. 그것이 내게는 또, 잘해 내고 있는 자신을 여봐란듯이 내게 보여 주고 싶은 몸짓처럼 보이기도 했다. 마치 저 옛날의 비밀은 훌훌 다 털어버리고, 우리 스스로가 주빌리보다 훨씬 더 대단한 걸물이 되자고 다짐하면서 어린 시절에 함께 갈고닦았던 해괴망측한 속물근성에 진짜로 흠뻑 물젖은 모습을 보이려고 작정한 사람처럼.

여자들이 모두 옷가지—체면치레를 하느라 처음에는 구두로—가운데 하나를 바구니에 넣고 나면 남자들이 앞다퉈 그 물건의 임자를 찾는 게임을 하는 사이, 나는 밖으로 나와 차 안에 홀로 앉아 남편과 친구들을 그리다가 떠들썩한 파티 소리와 호숫가에 밀려와 찰싹이는 물결 소리를 들으며 어느 결에 잠이 들었다.

매디가 한참 뒤에 나와 탄식했다.

"맙소사!"

그러고는 깔깔 웃더니 영국 영화에 나오는 어느 귀부인처럼 허풍을 떨었다.

"하는 짓거리들이 보시기에 꼴사나운지요?"

우리는 동시에 웃음을 터뜨렸다. 나는 미안한 마음에, 취하도록 마신 것도 아닌데 속이 조금 메스꺼워서 나왔다고 둘러댔다.

"저 사람들, 말은 촌무지렁이처럼 할지 몰라도 심성은 순박해. 왜 옛날부터 그러잖아들, 촌사람들 순박하다고."

난 가타부타 토를 달지 않았다. 우리는 시속 130킬로미터를 넘나드는 속력으로 차를 몰아 인버휴런*에서 주빌리로 돌아왔다. 그때 이후로 우리는 두 번 다시 파티에 가지 않았다.

그렇다고 해서 내내 우리 둘이서만 지낸 건 아니다. 베란다 계단에 앉아 이야기를 나눌 때면 프레드 파월이 함께할 때가 많다. 이 남자도 호숫가 파티에 참석했었는데, 그때에는 뒤쪽에서 조용히 술 시중을 들거나 흔들거리는 베란다 난간에 위태롭게 기대어 있는 누군가의 머리를 다정하게 받쳐주기도 했다. 우리처럼 주빌리에서 자란 사람인데도 내 기억에 없는 건 아마도 그 남자가 우리보다 몇 해 앞서 학교를 다녔고 졸업한 뒤 전쟁터에 나갔기 때문일 것이다. 내가 여기 온 첫날 매디가 그를 저녁 식사에 초대해 나를 놀랜 날 저녁을 함께 먹은 후에도 많은 날을 같이 지냈다. 이 낯선 남자를 우리 어린 시절을 추억하는 선물, 이를테면 기억을 셀로판지로 포장해서 안전하게 잘 보관해 온, 우리 어린 시절의 일화 모음집으로 삼았던 셈이다. 그런데 어린 시절의 허약한 자화상을 뼈대 삼아 우리가 살을 붙인 공상이란 인식 너머의 것이라 바로잡기도 어렵고 도락에 빠지기도 쉽게 마련이다. 우리는 오순도순 이야기꽃을 피운다.

"여성 분들은 기억력이 좋군요."

---

* 캐나다 온타리오주 휴런호 언저리에 있는 휴양지.

프레드 파월은 이렇게 말하며 감탄스러우면서도 뭐랄까, 온화하고 사려 깊은 사람들이 제 앞에서 아슬아슬한 곡예를 펼치는 어릿광대들을 볼 때 얼굴에 어리는 표정으로—신중하고 당혹스러워하면서도 얕잡아 보는—우리를 지켜보며 앉아 있다.

지금 돌이켜 보면 그때—말하자면 그 상황에서—프레드 파월에 대한 내 반응은 예상 밖으로 인습에 단단히 얽매인 것임을 인정한다. 터무니없기까지 하다. 더군다나 나는 그때 어떤 상황이었는지도 모른다. 그가 유부남이라는 건 안다. 첫날 저녁 매디가 단순한 정보를 알려 주듯 말했었다. 그의 아내는 병자란다. 여름 동안 호숫가에서 요양을 시키는 중이고 아내에게 아주 잘해 준다고 매디가 말한다. 그가 매디의 정인인지는 나로서는 알 길이 없고 매디는 끝끝내 말해 주지도 않을 것이다. 아무려나, 도대체 그게 나랑 무슨 상관이란 말인가. 벌써 서른 고개도 훌쩍 넘긴 매디인걸. 그런데도 다리를 쭉 벋고 두 손바닥을 양 무릎에 올려놓고 계단에 앉아, 매디가 이야기를 할 때마다 무엇이든 다 받아줄 듯이 온화하고 편안한 얼굴로 매디를 바라보는 그의 모습이 나는 내내 신경 쓰인다. 그 곰살맞은 남자는 기분 전환을 할 상대로는 좋을지언정 마음에 오래 담아둘 남성상은 아니다. 매디는 너무 뚱뚱하다는 둥 담배 하나도 제 맘대로 못 피우는 위인이라는 둥 밑도 끝도 없이 트집을 잡고 화를 돋우며 시비를 건다. 그는 묵묵히 받아준다.(그리고 나는 그런 모습에 깜짝 놀라며 비로소 깨닫는다. 그는 묵묵히 받아주고, *매디에게는 그것이 필요하다*는 것을.) 살짝 술기운이 돌자 매디는 변명 섞인 반농담조로 자기에게 진정한 친구는 그 사람뿐이라고 말한다. 그는 자신과 같은 언어를 쓴다고. 그런 사람은 아무도 없노라고. 나는 뭐라 대답할 말이 없다.

그런데 나는 또다시 의문이 들기 시작한다. 그 남자가 유일한 친구라? 주빌리에는 생활을 제재하는 규약—문고본 통속소설에서 소도시를 어떤 식으로 묘사하든 이 규약은 유효하다.—이 있다는 것을, 이처럼 규약이 엄하고 그 규약에 길들여진 사회에서는 제아무리 튼실하고 존중할 만한 관계라고 해도 남녀가 공공연하게 도타운 우정을 키워가지 못하는 법이라 그런 관계는 끝내 인생의 절반을 허비하고 말 수도 있다는 것을 나는 까맣게 잊고 있었다. 그런 생각이 들면서 몹시 우울해진 나머지(내연 관계 때문에 우울한 사람들은 다른 누구보다 당사자의 주변인들이기 십상이다.) 나는 두 사람이 정직한 연인이 되기를 바라고 있는 나를 발견한다.

주빌리에서 기본이 되는 생활 주기는 계절이다. 죽음은 겨울에 일어나고, 결혼은 여름에 거행된다. 여기에는 그럴 만한 까닭이 있다. 겨울은 길고도 갖가지 모진 일들이 많아 늙은이나 병약한 사람들이 늘 무사히 이겨내기가 어렵다. 지난겨울은 10여 년에 한 번 있을까 말까 할 만큼 가혹했다. 오죽했으면 작은 폭격에 가까스로 살아남은 도시처럼 도로 포장이 다 터졌을까. 그런 혹한기에 죽음까지 맞는 겹고통을 겪다 보면 한동안 경황이 없이 지내게 마련이다. 여름이나 되어서야 사람들은 비로소 그때 일을 입에 올릴 짬이 생긴다. 길에서 만난 사람들이 나를 불러 세우는 것은 우리 엄마 이야기를 꺼내기 위해서라는 걸 나는 안다. 내 어머니의 장례식이 어땠는지, 그날 어떤 꽃을 썼는지, 날씨는 어땠는지를 그네들에게 들었다. 엄마가 세상을 떠났으므로 나는 그네들이 '네 어머니' 하면서 말문을 열어도, 뻔히 알면서 교활하게 떠보며 내 자존심에 주먹질을 해대는 기분을 이제 더는 느끼지 않는다. 엄마 살아생전에는 그런 말들을 들을 때마다 사춘기 소녀가 쌓아 올린 허울 좋은 내 모든 정체성이 와르르 무너지는 것을 느꼈었다.

지금 나는 그네들이 아주 점잖게 예를 갖춰 어머니에 관해 말하는 것을 들으며, 어머니가 그 도시의 기이한 소유물이자 짤막한 전설이 되었음을 깨닫는다. 그런 슬픈 유명세를 타지 않도록, 잔인하고 간악한 방법으로 우리는 엄마를 집에 가두어두려고 애썼건만 결국 엄마의 뜻대로 되고 말았다. 우리가 엄마를 집에 붙잡아 두려고 기를 썼던 것은 엄마를 위해서가 아니었다. 이따금씩 눈 근육이 마비되면서 눈동자가 뒤집히는 모습을 보이거나 당혹스러운 발음으로 우물거리는 말을 식구가 아닌 주변 사람들에게 해석해 주면서 겪지 않아도 될 수치감을 느껴야 하는 우리를 위해서였다. 어머니가 앓는 질병은 증상이 희한하기 짝이 없어서 우리로 하여금 (몸은 뻣뻣하게 굳고 얼굴은 하얗게 질리는데도) 심심하기 짝이 없는 막간극을 펼쳐서 미안하다고 울부짖어야 할 것 같은 기분에 휩싸이게 했다. 자존심 따위, 우리는 깡그리 내동댕이쳐 버렸다. 그리고 그 분풀이로 우린 서로 난폭성만 추려낸 엄마의 분신처럼 굴었다.(아니, 분신이 아니었다. 엄마는 오직 단 한 사람뿐이었으므로, 우린 모조품이었다.) 차라리 마을 사람들이 엄마를 만나도록 내버려 두었더라면, 그랬다면 더 나았을까.

매디와, 밤새우다시피 하며 곁을 지킨 매디의 그 10년 세월에 관해서 그들은 별 말이 없다. 어쩌면 내 마음을 다치지 않게 하려는 배려였을지도 모른다. 혼자인 데다 가진 것이라고는 변변찮은 집 한 채뿐인 매디에 비해, 멀리 떠나 있다가 두 아이를 앞세우고 온 나를 생각해 주는 마음이 더 클 수도 있다. 아니다, 나는 그렇게 생각하지 않는다. 주빌리에서는 그런 식으로 남의 감정을 배려해 주지 않는다. 게다가 그들은 왜 장례식 때 오지 않았느냐고 내게 대놓고 묻는 사람들이 아닌가. 그때 세찬 눈보라 때문에 항공기 운항이 중단되었다고 둘러댈 핑계가 있어서 다행이다. 오지 말고 그냥 있으라고 신신당부하는 매디의 편지를 받았을지라도 왔어야 했던 게 아닌지 나는 아직도 잘 모르겠다. 정녕 본인의 뜻이 그렇다면, 이날 이때까지 그랬듯이 그 이후에도 죽 혼자 있을 권리가 매디에게 있다고 나는 굳게 믿었다.

이날 이때까지 죽. 매디는 끝까지 엄마 곁을 지킨 단 한 사람이었다. 매디가 먼저 고향을 떠나 대학에 다녔고 그 다음은 내 차례였다. '내게 4년을 주면 나도 4년을 줄게.'라고 매디가 제안했었다. 그런데 나는 결혼까지 해버렸다. 매디는 놀라지 않았다. 다만 부질없는 죄책감을 느끼는 나의 가증스러움에 치를 떨었다. 내게 늘 그냥 있으라던 매디의 말은 진심이었다. 엄마가 이제는 자신을 '괴롭히지' 않는다면서 덧붙였었다.

"괴기스러운 우리 엄마 말인데, 이젠 나도 지칠 대로 지쳐서 엄마를 그냥 두거든. 엄마를 *사람*답게 만들려고 기를 쓰는 일 따위 이젠 안 해. 무슨 말인지 알 거야."

아주 단순하게 말하자면, 매디는 신앙심이 깊어서 자기희생이라는 희열과 전면 포기라는 강력하고 신비로운 마력을 느꼈을지도 모른다. 그러나 매디를 두고 그렇게 말할 사람이 과연 있을까? 우리가 10대 소녀 적에 친척뻘 되는 애니 할머니와 루 할머니가 병든 부모를 위해 모든 걸 다 포기한 효성스러운 아들딸들에 관해 들려주었을 때, 매디는 당돌하게 현대 정신의학의 견해를 끄집어냈었다. 그런데도 매디는 엄마 곁을 지켰다. 이에 대해 내가 생각할 수 있는 것이라고는, 나를 위안하기 위해 내가 지금껏 생각해 낼 수 있었던 것이라고는 오직, 매디는 시간의 바깥에서 살아갈 수 있고 어쩌면 일부러 그 길을 선택했는지도 모른다는 것이었다. 어린아이들처럼, 아무도 함부로 간섭하지 못하고 언제든 무엇이나 마음먹은 대로 할 수 있는 완벽한 상상의 자유를 누리는 길을 선택했는지도 모른다고.

각설하고, 주빌리로 돌아오니 어떠냐고 사람들은 내게 묻는다. 그러나 나는 모르겠다. 나는 아직도 무엇인가가 내게 말해 주기를, 내가 왜 돌아왔는지 내게 일깨워 주기를 기다리는 중이다. 내 아이들을 차 뒷좌석에 태우고 토론토에서 출발한 그날은 장장 4,000킬로미터가 넘는 여행길의 마지막 노정이었고 그만큼 나는 지칠 대로 지쳐 있었다. 지구상 어디에도 주빌리로 통하는 편한 길이 없었으므로 복잡하게 얽히고설킨 큰길과 샛길을 거쳐 온 탓이다. 이윽고 오후 2시 무렵, 아주 낯익으면서 예상치 못했던, 현란한 장식에 페인트칠이 벗겨지고 있는 시청의 작은 돔이 눈앞에 나타났다. 네

모반듯하게 지은 그 마을의 여느 우중충한 적회색 벽돌 건물들과는 동떨어진 모습이었다.(그 밑에는 커다란 종이 달려 있는데, 어떤 불가사의한 재앙이 일어날 때 울리는 종이다.) 나는 큰길—주유소가 새로 들어섰고 퀸스 호텔의 앞면은 치장 벽토로 새롭게 꾸몄다.—을 돌아 소리 없이 퇴락해 가는 골목길로 접어들었다. 그곳은 고지식한 사람들이 사는 동네로 정원에는 새들이 미역을 감는 수조(水槽)를 마련해 두고 파란 제비고깔을 심었다. 나무 베란다며 검정 휘장을 친 입을 쩍 벌린 듯한 창문들이 있는, 내가 알았던 그 커다란 벽돌집들은 있음 직한 비현실로 보였다.(이처럼 땅속으로 푹 꺼진 듯한 이 골목길의 몽환적인 분위기를 누군가에게 말했다면, 그 사람은 나를 청량음료 공장과 목장식 주택들과 테이스티프리츠 패스트푸드 체인점이 새로 들어선 마을 위뜸으로 데려가 보여 주려 할 것이다.) 드디어 나는 내가 살았던 집 앞에 드리운 그늘한 귀퉁이에 차를 세웠다. 어린 딸 마거릿이 덤덤하지만 조금은 믿기지 않는 듯한 말투로 물었다.

"여기가 엄마네 집이에요?"

나는 딸아이의 목소리에서 착잡한 실망감, 뭐랄까 체념한 듯한, 아니 *벌써부터* 체념하고 있었던 듯한 독특한 느낌을 받았다. 전설의 근원이라는 데가 도대체 신통치 않고 안쓰럽고 악착같은 현실이라는 사실이 드러나는 찰나의 무미건조함과 이상야릇함이 오롯이 담긴 목소리였다. 집을 지은 붉은 벽돌은 햇빛에 심하게 달구어져 잔뜩 인상을 찡그린 것처럼 왜뚤비뚤 두어 군데 금이 가 있었다. 언제 한 번 제대로 꾸며본 흔적이라고는 없는 베란다는 눈에 띄게 쇠락해 가고 있었다. 현관문 옆에 채색 유리를 끼운 작은 붙박이창은 그대로 *있다.* 나는 차 안에 앉아 당혹스러울 뿐 별다른 감흥 없이 그 붙박이창을 바라보았다. 한참을 바라보아도 블라인드도 움직이지 않았고 문도 열릴 줄 몰랐고 베란다에 얼씬거리는 사람도 없었다. 집에 아무도 없었던 것이다. 매디가 읍사무소에서 서기로 일하므로 짐작한 일이었는데도, 버려둔 폐가처럼 휑뎅그렁하니 누추한 모습으로 닫혀 있는 집을 보고 나는 놀랐다. 앞마당을 가로질러 베란다 계단을 올라갔다. 태평양 연안 지방에서 여름을 난 이후로 이글이글 타는 듯한 하늘을 통째로 머리에 이고 다닐 수밖에 없는 노릇이라고 여길 만큼 무지막지한 내륙의 더위를 까맣게 잊고 있었다는 사실이 내 가슴을 쳤다.

매디가 조잡스럽게 잔뜩 멋을 부려 쓴 쪽지 한 장이 현관문에 핀으로 꽂혀 있었다. '방문객 환영, 어린이 무료, 입장료는 둘러본 후에(후회할 것이므로) 정하겠음.' 현관 마루의 탁자에 놓인 분홍빛 꽃잔디 한 다발에서 풍기는 은은한 향기가 여름날 오후 꼭 닫힌 집 안의 무더운 공기를 가득 채우고 있었다.

"위층으로!"

나는 이렇게 말하며 어린 딸과 아들의 손을 잡았다. 딸보다 더 어린 아들은 차 안에서 자다가 깬 터라 내게 기대어 비비적거리고 걸으면서 칭얼거렸다. 한 발을 맨 밑 계단에 올리고 문득 돌아다보니, 햇볕에 가무잡잡하게 그을리고 버릇처럼 주위를 경계하는, 누가 봐도 영락없이 '젊은 엄마'인 가냘픈 여자가 가만히 나를 마주 보고 있었다. 위로 틀어 올린 머리에 보기 좋게 붙어 있던 살은 온데간데

없이 턱뼈가 훤히 드러난 하관에, 뾰족이 불거진 쇄골이 위로 팽창하면서 솟은 것 같은 갈색 목의 영상. 현관 마루에 있는 이 거울로 보았던 내 마지막 모습은, 속에는 무시무시한 공포와 혼란이 도사리고 있을망정 얼굴은 사과처럼 반질반질하고 태평하기 짝이 없는 평범하고 예쁘장한 소녀였다.

그러나 내가 돌아다본 건 그 때문이 아니었다. 그건 내가 분명 엄마가 부르는 소리를 기다리고 있었다는 걸 깨달았기 때문이었다. 블라인드로 뜨거운 여름 햇살을 가린 식당의 긴 의자에 기대앉아, 줄곧 차를 홀짝거리고 식사 때마다 작은 볼에 담아 내놓는 통조림 과일과 케이크 몇 조각을 병든 아이처럼 먹고 있던 그 엄마가. 문을 닫고 돌아서는 찰나 어눌하게 나를 소리쳐 부르는 엄마의 목소리가 들리는 듯했고, 대답을 준비하는 사이 내 온몸이 무지근해지는 것 같았다. *누구 없냐?* 하고 외치는 소리.

나는 아이들을 데리고 매디와 내가 잠을 자던 커다란 뒷방으로 갔다. 창문에는 다 낡아빠진 얄따란 흰 커튼이 드리워져 있고 방바닥에는 네모난 리놀륨 장판이 깔려 있다. 더블베드 하나, 매디와 내가 중등학생 때 책상 삼아 쓰던 세면대, 문 안쪽마다 작은 거울들이 달려 있는 판지 옷장이 있다. 아이들과 이야기를 하면서도 생각—그러나 조심조심, 조급하지 않게—은 딴 데 있었다. *누구 없냐?*라고 소리칠 때 엄마의 심경은 어땠을까? 나는 귀를 쫑긋 세우고 있었다. 이제는—예전처럼 배짱을 부릴 수 없는 사람처럼—도와달라고 외치는 그 소리를, 아, 정말이지 체면이고 뭐고 없이 노골적으로 애걸하는 엄마의 그 불명료한 목소리를 들으려고 애쓰고 있었던 것이다. 외쳐 부르는 소리는 시도 때도 없이 들려왔고, 사실 에누리 없이 말하자면, 아무 보람이 없었기에 매디와 나는 그 외침을 공연히 일을 키워 생고생하지 않으려면 재깍 해치워야 할 자질구레한 집안일쯤으로 여겼었다. 그리하여 우리는 서로 이렇게 말하곤 했다.

네가 가서 엄마 해결해.

잠깐 갔다 올게, 엄마 처리해야지.

끈덕지게 졸라대는 통에 하찮고 지긋지긋한 봉사를 하듯이 마지못해 하거나, 임시방편으로 즐거운 이야기를 하는 데 5분씩이라도 시간을 내지 않을 도리가 없었다. 그래서 어쩌면 우리는 일말의 후회도 없이 소 닭 보듯 했는지 모른다. 단 한순간도 엄마가 겪는 곤경이 무엇인지 제대로 깨닫지 못해서 집요한 눈물 공세에도 마음의 문을 열어주는 한 가닥 동정심조차 내비치지 않았는지 모른다. 동정심은 아니더라도 엄마의 눈물 바람은 어떻게든 통했다. 결국 두 손 두 발 다 들고 만 우리는, 억지로라도—그 소란을 막기 위해서라도—어설픈 애정을 보였다. 그러나 우리는 갈수록 교활해졌고 철두철미 냉혹하게 돌보았다. 엄마를 대하면서 분노하고 조바심치고 혐오스러워하던 마음을 거둔 것이다. 모든 감정을 깡그리 없애버리고 엄마를 대했으니, 수감자의 힘을 빼려고 죽을 때까지 고기를 주지 않는 격이었다.

우리는 엄마에게 말하곤 했다. 책을 읽으라고, 음악을 들으라고, 계절의 변화를 감상하라고, 암에 걸리지 않은 것만도 감사히 여기라고. 그러면서 아무런 고통도 없지 않느냐고도 했다. 딴에는 맞는 말이었다. 감금이 아무런 고통을 주지 않는다면 말이다. 그런 와중에도 엄마는 당신이 알고 있는 온갖 꾀를 다 짜내어, 염치도 분별력도 없는 어린아이가 떼를 쓰듯 우리에게 사랑을 갈구했다. 그럴진대 어떻게 엄마를 사랑할 수 있었겠느냐고, 사랑의 밑천이 모자란 우리에게 그건 너무나 무리한 요구가 아니었느냐고, 게다가 요구를 다 들어준들 달라질 게 아무것도 없지 않았느냐고, 나는 필사적으로 혼잣말을 해본다.

"모든 걸 내게서 가져가 버렸어."

엄마는 이렇게 말하곤 했다. 낯선 사람들에게도, 엄마에게서 떼어놓으려고 언제나 기를 써도 번번이 실패하는 우리 친구들에게도, 죄책감으로 시도 때도 없이 들여다보는 엄마의 오랜 친구들에게도. 느릿느릿 애처로운 목소리로 우물거리는 그 말은 알아듣기도 어렵고 사람 소리 같지도 않아 우리가 통역을 해야 했다. 신파연극처럼 과장된 엄마의 행동 때문에 우리는 부끄러워 죽을 지경이었다. 그런데 지금 생각해 보니 엄마가 그 불행을 미끼로 고집 센 이기주의자처럼 굴지 않았다면 급속도로 쇠약해져 축 늘어진 식물처럼 살아갔을지 모를 일이었다. 엄마는 당신이 할 수 있는 힘껏 이 세상에서 자신을 지켰다. 집 안을 끊임없이 바장였고 동네방네 거리를 누비고 다녔다. 아, 엄마는 체념을 몰랐다. 그러니 보나 마나 그 돌무덤 같은 집에서 마지막까지 울고불고 난리를 쳤을 것이다.(상상할 수는 있지만, 그러나 하지 않으련다.)

그런데 그 그림이 아직 불완전하다는 것을 나는 깨닫는다. 괴기스러운 우리 엄마는 소름 끼치도록 무표정한 떨림 마비*라는 가면을 얼굴에 뒤집어쓴 채, 다리를 질질 끌며 오락가락하고 울부짖으면서 이글거리는 두 눈을 당신 내면에 붙박은 채 무엇이든 걸려들기만 하면 빨아들일 듯한 기세로 꼼짝도 하지 않았다. 그러나 내내 그런 것만은 아니다. 그 병은 종잡을 수도 없고 천천히 진행되어서, 며칠은(그런 날이 시나브로 줄어들고 뜸해지긴 했지만) 제법 말짱한 모습으로 아침에 눈을 뜨고, 마당에 나가 화초에 버팀대를 받쳐 똑바로 세우는 따위의 간단한 집안일도 하고, 차분하고 또렷한 목소리로 우리에게 말을 건네기도 하고, 뉴스를 귀담아 듣기도 한다. 그럴 때면 악몽에서 막 깨어나, 잃어버린 시간을 벌충하려고 애쓰는 사람처럼 집을 깨끗이 치우고 뻣뻣하게 굳고 떨려서 말을 잘 듣지 않는 손으로 한참을 낑낑거리며 재봉틀을 돌리기도 한다. 우리에게 먹이려고, 엄마가 제일 잘하는 바나나 케이크나 레몬 머랭 파이를 만들기도 한다. 이런 일들을 하고 있는 엄마 꿈을, 엄마가 세상을 떠난 뒤에 나는 이따금씩 꾸었다.(당신 살아생전에는 단 한 번도 엄마 꿈을 꾼 적이 없었다.) 꿈속에서 나는 '자 봐, 엄마는 아무렇지도 않아. 그냥 손만 떨릴 뿐이야.'라고 말한다. 왜 그렇게 나 자신에게 그토록 부풀려 말했을까 생각해 본다.

그 평온한 시기가 끝나면 일종의 파괴 에너지가 엄마를 덮치고는 했다. 바득바득 우겨서 이야기를 시작해 놓고는 갈수록 횡설수설하는가 하면, 볼에 연지를 찍어달라 머리를 손질해 달라 조르기

* 파킨슨병. 파킨슨이 처음 보고할 때 쓴 이름.

일쑤였다. 심지어는 봉제사를 고용해 당신이 식당에서 지켜볼 수 있는 곳에서—엄마가 긴 의자에서 지내는 일이 또다시 잦아졌으므로—당신의 옷을 짓게 해달라고 떼를 쓰기도 했다. 이것은 실용성 면에서도(도대체 그런 옷을 입을 까닭이 무엇이며, 그런 옷을 입고 어디를 가겠단 말인가?) 얼토당토않고 쓸데없는 일이었을 뿐만 아니라 정신적으로 무척 피곤한 일이었다. 엄마가 어떤 옷을 원하는지 봉제사가 도무지 이해하지를 못했고 우리마저도 모를 때가 있었기 때문이다. 내가 집을 떠나온 뒤에 매디에게 받은 편지 몇 통이 기억난다. 봉제사와 함께 지낸 이때의 우습기도 하고 심란하기도 한 이야기들을 차분하고 지나치리만큼 꼼꼼하게 적어 보낸 편지들. 그 편지를 읽으면서 공감은 했지만 한때는 내게도 익숙했던, 엄마의 요구들 때문에 격분하고 좌절했던 그 생생한 현장감을 살릴 수는 없었다. 평범한 세계에서 엄마를 재현하는 일은 불가능했으니까. 내 마음속에 담긴 엄마의 얼굴은 너무도 끔찍해서 실재하지 않는 인물 같았다. 그와 마찬가지로 엄마와 함께 살면서 쌓인 복합적 스트레스와 매디와 내가 옛날에 무지막지하게 잔혹한 웃음으로 날려버린 히스테리들도 이제 얼마큼은 허상처럼 여겨지기 시작했다. 이로써 나는 은밀하고 죄스러운 격리가 시작되었음을 느꼈다.

나는 아이들과 그 방에 잠시 같이 있었다. 집도 익숙지 않은데 잠자리까지 바뀌어 낯설어할 아이들을 위해서였다. 이 방에 있는 내 아이들을 보면서 안전하고 편안하게 살고 있으니 무척 운이 좋은 아이들이라는 생각이 들었다. 모름지기 부모라면 자식이 그런 삶을 누리기를 문득문득 바라지 않을까. 옷장을 들여다보니 텅 빈 채 조화로 테를 두른 모자 하나만 달랑 놓여 있었다. 부활절 때 우리 깜냥엔 멋을 내려고 싸구려 잡화점에서 산 모자였다. 세면대 서랍을 열었더니 더는 끼울 수 없을 만큼 빽빽한 바인더 공책이 눈에 띄었다. 한 대목을 읽어보았다. '위트레흐트 평화조약, 1713년, 에스파냐 왕위 계승 전쟁 종결.' 글씨체로 보아 내가 쓴 것이었다. 그 공책이 10년, 아니 10년이 넘도록 여기 있었다고 생각하니 기분이 묘했다. 마치 내가 (조약을 체결한) 그날 쓴 건 아닐까 싶은 생각마저 들었다.

웬일인지 그 글을 읽으면서 나는 어떤 강렬한 힘에 사로잡혔다. 마치 다시 한 번 돌이켜 보기를 바라며 나의 옛날 생활이 내 주변을 맴도는 느낌이었다. 우리가 옛날에 쓰던 그 방에 겨우 잠깐 있었을 뿐인데 그때 그 느낌이 되살아났다. 옛날 중등학교의 갈색 강당(훗날 허물린 건물)이 나를 위해 다시 문을 연 것 같았고, 눈이 다 녹고 시골 사람들이 너나없이 도시로 몰려갔던 봄날의 그 토요일 밤들이 기억났다. 우리 여학생들이 두어 명씩 팔짱을 끼고 어둠이 내릴 때까지 큰길을 오르락내리락하다가 앨스 댄스홀에 들어가 시답잖은 조명 아래서 춤을 추었던 기억이 떠올랐다. 댄스홀의 열려 있는 창문으로 흙냄새와 강 냄새가 고스란히 밴 봄바람이 들어왔다. 농촌 남자애들이 우리와 춤을 추면서 우리의 하얀 블라우스를 손으로 잡아 구겨지고 때가 묻었었다. 그때는 기억하고 자시고 할 거리조차 없어 보였던 경험이(솔직히 앨스 댄스홀은 삼류였고 우리가 무슨 의식을 치르듯 으스대며 큰길을 오르내렸던 것은, 뿌리치지 못해 기어이 저지르고 말았지만, 스스로 생각해도 유치하고 우스꽝스럽기 짝이 없는 짓이었다.) 지금은 신기하게도 뜻깊은 일로 바뀌었다. 그것도 완벽하게. 그 경험은 춤추던 소녀들과 그때 그 거리를 넘어 도시 전체로 확산되었다. 겨우 꼴을 갖춘 도로와 헐벗은 나무들과 막 눈에서 벗어난 질척거리는 골목길, 지저분한 도로 위로 모습을 드러낸 자동차들의 불빛, 열브스름하게 물든 드넓은 하늘을 이고 도시로 내달리는 차들까지.

또 있다. 우리는 발레리나 슈즈를 신고, 새까만 검정 치마에 울새의 새알 빛 파랑이나 버찌 빛 선홍색이나 라임 빛 녹색 따위의 짧은 외투를 입었다. 매디는 블라우스 옷깃에 커다란 상장(喪章) 리본을 달고 머리에는 데이지 조화로 만든 화관을 둘렀다. 이것은 전쟁이 끝난 직후 몇 년 동안 유행한 패션이었다. 아니 어쩌면 우리가 그렇게 믿었는지도 모른다. 매디, 똘똘하고 회의에 찬 그 표정, 내 언니.

내가 매디에게 묻는다. "엄마의 예전 모습 생각해 본 적 있어?"

"아니. 전혀 기억을 못하겠어." 매디가 대답한다.

"난 가끔 기억나." 나는 머뭇머뭇 말한다. "어쩌다 아주 가끔." 훨씬 더 온화했던 실재로 돌아가려고 애쓰는, 비겁한 자의 나약한 향수.

"오지 말았어야 했어. 그런 기억을 찾으려면 요 몇 년, 아니 오랫동안 넌 그냥 있어야 했다고."

그러고 나서 매디가 한 말. 아무것도 몰아내지 못해.

그것 말고 매디가 한 말은 이것뿐이었다. "엄만 한참 동안 물건을 분류했어. 축하 카드, 단추와 뜨개실까지 모든 걸 죄다 분류하고 정리를 해서 무더기무더기 쌓아놓았어. 그 시간에는 차분하게 지냈어."

Ⅱ

나는 애니 할머니와 루 할머니를 찾아뵈러 갔다. 이번이 내가 이곳에 온 뒤로 세 번째였는데 문안 인사를 하러 갈 때마다 두 분은 물들인 헝겊으로 깔개를 만들며 오후를 보내고 있었다. 이제 많이 연로한 두 분은 대나무 발로 햇빛을 가린 무덥고 작은 베란다에 앉아 있다. 헝겊들과 만들다 만 깔개들이 두 분 주위에 어지럽게 널려 있는 것이 여느 가정에서나 있음 직한 활기를 느끼게 한다. 두 분은 이제 바깥나들이는 하지 않지만, 아침이면 일찍 일어나 깨끗이 씻고 곱게 단장한 뒤 지그재그로 된 하얀 끈목으로 가장자리를 두른 밋밋한 날염 통치마를 입는다. 커피와 오트밀로 아침을 한 뒤, 애니 할머니는 위층을 루 할머니는 아래층을 맡아 집 안 청소를 한다. 집 안은 무척 정갈하고, 옻칠을 하여 반지르르한 바닥에서 식초 같기도 하고 사과 같기도 한 냄새가 난다. 오후가 되면 1시간 쯤 누워서 쉰 다음 옷깃에 브로치를 꽂은 옷으로 갈아입고 앉아 다시 손으로 깔개 만드는 일을 계속한다.

두 분은 나이가 들수록 살이 녹아 없어지는지 까닭 없이 여위는 체형이다. 루 할머니의 머리는 아직 까맣지만 뻣뻣하고 메마른 것이 여문 알맹이에 말라붙은 옥수수수염 같다. 허리를 곧게 펴고 앉아서 앙상한 팔을 우아하게 찬찬히 움직인다. 기다란 목하며 작고 뾰족한 얼굴하며 자글자글한 주름으로 보면 꼭 고대이집트 사람 같다. 애니 할머니는 아마도 너그럽다 못해 간드러지기까지 한 모습 때문일 테지만, 여느 인간처럼 훨씬 더 연약하고 지친 모습이다. 머리카락이 거의 다 빠져서, 컬러로 머리를 만 젊은 아낙네들이 잠자리에 들 때 쓰는 예쁜 모자를 내내 쓰고 있다. 이것 보라며 내 눈길을 거기에 붙들어 두고 어울리는 것 같지 않느냐고 애니 할머니는 묻는다. 두 분은 이렇듯 소소한 익살을 잘 부리고, 그것이 무엇이든 괴기스럽다는 말을 들으면 은근히 기뻐한다. 다른 사람들은 더할 나위 없이 편안하게 대하면서도 두 분끼리는 놀리고 따지며 티격태격하는 데 이골이 났다. 그런 두 분의 모습이 참 보기 좋아 나는 어렴풋이 늙은 매디와 내 모습을 그려본다. 모든 것이 다 스러진 후에 자매라는 거미줄에 꼼짝없이 걸려 있는 매디와 내가, 예뻐했던 젊은 먼촌 일가에게 차를 끓여 주며 저렇게 고운 모습을 보일 수 있을까. 누가 그걸 알겠는가. 나를 환대해 주는 친척 할머니 두 분을 지켜보자니 문득 의문이 든다. 노인들이 저렇게 곱게 단장하고 단순하게 행동하는 건 제아무리 정직하게 대해 보았자 젊은 사람들의 참을성을 시험하는 꼴밖에 되지 않으리라는 두려움, 이를테면 세심하게 신경 쓰지 않으면—함께하는 시간 동안 환심을 사려고—현실적으로 커다란 괴리감을 느껴 젊은 사람들과 아무런 얘기도 나눌 수 없으리라는 두려움 때문이 아닐까.

그러나저러나 두 분 사이에서 냉랭한 분위기를 느꼈는데, 세 번째로 찾아온 이날 오후만 해도 내 앞에서 서로의 생각에 반대하고 있다는 몇 가지 낌새를 보였다. 내가 알기로 이런 일은 처음이었다. 분명 매디와 내가 찾아뵈었던 세월 내내 두 분이 다투는 모습을 본 적이 단 한 번도 없었다. 우리가 두 분을 수시로 찾아갔던 것은 의무감 때문이기도 했지만, 우리 집에서 무법천지에 견줄 만큼 엄청난 혼란과 위태로운 통속극 같은 일들을 겪고 나면 여느 집에서 흔히 있음 직한 소란스러운 분위기를 맛보며 안도감을 얻고 싶었기 때문이기도 했다.

애니 할머니는 나를 위층으로 데려가 무엇인가를 보여 주고 싶어 했다. 루 할머니는 싸늘하게 앵돌아진 품이 몹시 당혹스러워 아무래도 그 일을 한사코 반대하는 눈치였다. 워낙 신중하면서도 완곡하게 에둘러 말하는 가풍 속에서 자란 분들이라, 나로서도 무슨 일인데 그러느냐고 선뜻 나설 엄두가 나지 않았다.

"저런, 차라도 한 잔 주지 않고."

"그야 차를 *마시고 나면* 올라가야지."

"좋을 대로 하긴 하는데, 위층은 푹푹 찔 텐데."

"언니도 올라갈 테야?"

"애들은 누가 보고?"

"아차, 내 정신 좀 봐. 애들을 깜박하다니."

마침내 애니 할머니와 나는 그 집에서 어둑한 곳으로 물러 나왔다. 문득 생게망게하게도, 쌈짓돈이라도 쥐어주려는가 하는 생각이 내 뇌리를 스쳤다. 할머니가 지금처럼 은근살짝 문간으로 끌고 가 가끔씩 지갑을 열던 기억이 떠올랐던 것이다. 루 할머니도 그 은밀한 일에 개입했다고는 생각하지 않는다. 그런데 막상 우리가 간

곳은 위층, 애니 할머니의 침실이었다. 순결한 처녀가 쓰는 방처럼 아주 깔끔한 그 침실은 꽃이 수줍게 피어 있는 듯한 벽지로 벽을 발랐고, 경대는 하얀 보자기로 씌워놓았다. 루 할머니 말마따나 위층은 정말 찜통처럼 더웠다.

"저기, 벽장 맨 위 선반에 있는 상자를 내려다오." 애니 할머니가 숨을 죽이고 나직이 말했다.

내가 상자를 내려 건네주자 할머니는 뚜껑을 열며 은근히 들뜬 공모자 같은 목소리로 말했다.

"지금쯤은 네 어머니가 남긴 옷들이 어떻게 되었을지 궁금할 법도 한데?"

나는 생각조차 해본 적이 없었다. 이 집에서는 그러면 안 된다는 사실을 깜박하고서 나는 침대에 걸터앉았다. 침실마다 하나씩 놓아둔 등받이 의자에 앉는 것이 이 집안의 법도였다. 애니 할머니는 말리지 않았다. 할머니는 엄마의 유품을 하나씩 들어 올리기 시작하더니 말했다.

"매디가 아무 소리 안 했지?"

"제가 아무것도 묻지 않았어요."

"그랬겠지. 나도 암말 안 했으니까. 매디에게 입도 벙긋하지 않으려고 마음먹었다. 하지만 네게는 보여 주는 편이 좋겠더구나. 안 될 게 뭐냐? 이것 봐라. 집에서 할 수 있는 건 우리 손으로 깨끗이 빨아 다리고 나머지는 세탁소에 맡겼지. 세탁비는 내가 냈고. 그런 다음에 고칠 데가 있으면 우리가 고쳤어. 자 봐라, 아주 멀쩡하지?"

나더러 보라고 맨 위에 있는 속옷을 들고 있으니 바라보지 않을 도리가 없었다. 할머니는 어디를 어떻게 감쪽같이 꿰매고 고쳤는지 어디 고무줄을 갈아 끼웠는지 낱낱이 알려 주었다. 슬립을 들어 보이며 딱 한 번밖에 입지 않은 것이라고 했다. 잠옷과 가운과 침실에서 덧입는 스웨터를 꺼내 보이며 할머니는 말했다.

"이건 내가 네 엄마를 마지막으로 보았을 때 입고 있던 것이다. 아마 기억이 맞을 게야."

내가 크리스마스 때 사서 보낸 복숭앗빛 스웨터라는 걸 알아본 순간 나는 흠칫했다.

"한눈에 봐도 알겠지? 어떠냐, 입은 티가 거의 안 나지?"

"예."

"밑에 치마도 있다."

할머니는 해가 묵을수록 더 이국적으로 보이는, 엄마가 생전에 몹시 입고 싶어 했던 브로케이드 치마며 꽃무늬 비단 치마를 쓰다듬었다. 공작 깃털처럼 색깔이 화려한 옷을 입고 있는 엄마의 모습을 생각하는지, 애니 할머니도 멈칫거렸다. 이번에는 블라우스를 꺼내 보였다.

"이건 내 손으로 직접 빨았다. 새것 같지? 외투는 벽장에 걸어 두었고. 아주 멀쩡해. 네 엄만 원체 외투를 안 입는 사람이라 병원에 갈 때 딱 한 번 입었지. 너한테 맞지 않겠니?"

"아니, 아니에요." 벌써 애니 할머니는 벽장 쪽으로 가고 있었다. "외투를 새로 장만했어요. 입던 것도 두어 벌 있고요, 할머니!"

"그래도 구태여 새것을 살 게 뭐 있냐. 새것이나 다름없는 이 좋은 옷들을 두고." 애니 할머니는 온화하면서도 단호하게 말했다.

"그냥 사 입을래요." 내 싸늘한 목소리에 이내 죄송스러운 마음이 들었지만, 내친김에 계속했다. "필요하면 그때 제가 살게요."

이제는 나도 가난하지 않다는 뜻을 넌지시 내비친 이 말에 할머니의 얼굴은 딱딱하게 굳으면서 꾸짖는 빛이 어렸다. 할머니는 아무 소리도 하지 않았다. 나는 일어나서 경대 위 벽에 걸려 있는, 애니 할머니와 루 할머니가 부모님과 오빠와 함께 찍은 가족사진을 바라보았다. 사진 속 프로테스탄트 신도들이 엄하게 꾸짖는 얼굴로 나를 뚫어지도록 쏘아보고 있었다. 물질주의를 멀리하고 소박하게 살아야 한다는 믿음을 반석같이 굳게 지켰던 그분들의 뜻을 내가 거슬렀기 때문이었다. 물건은 잘 써야 하며, 무엇이든 끝까지 아껴 쓰고 고쳐 쓰고 다른 것으로 만들어 재활용해야 하며, 옷은 해지도록 입어야 했다. 내가 애니 할머니의 심기를 상하게 했을 뿐만 아니라 모르면 몰라도 루 할머니의 예상이 적중했음을 스스로 증명해 보인 꼴이 되었구나 싶었다. 애니 할머니가 애를 태우는 너무나 약삭빠른 처세를 예리하게 간파하는 사람이라 루 할머니는 내가 엄마의 옷을 물려 입으려 하지 않을 것이라고 말했을 가능성이 컸다.

"어느 누구의 예상보다 먼저 갔다." 애니 할머니는 갑자기 몸을 홱 돌려 말을 이었다. "네 엄마 말이다."

그때서야 나는 비로소 엄마의 유품이 본론이 아닐 거란 의문이 들었다. 모르면 몰라도 그건 엄마의 죽음과 관련된 이야기를 이끌어내려는 서론에 지나지 않았을 것이고, 그 이야기를 하자면 나를 반드시 이곳으로 데리고 와야 한다는 게 애니 할머니의 생각이었을 것이다. 루 할머니의 판단은 달랐을 것이다. 정에 치우치는 행태를 미신만큼이나 끔찍하게 여기는 양반이라 그런 이야기는 입도 벙긋 못하게 했을 터였다.

"입원한 지 두 달 만이었다. 두 달 만에 세상을 떴어."

노인네들이 그러하듯 할머니가 비참하게도 눈물조차 메말라 잘 나오지 않는 눈으로 미친 듯이 울고 있다는 것을 나는 알았다. 할머니는 치마 주머니에서 손수건을 꺼내 얼굴을 문질렀다.

"매디는 네 엄마에게 그냥 검진을 받는 것뿐이라고 했다. 3주일쯤 걸릴 거라고. 네 엄만 3주만 있다가 퇴원할 것이라고 믿었지." 할머니는 누가 엿들을세라 소곤소곤 말했다. "자기 말을 알아듣는 사람 하나 없고, 침대에서 내려오지도 못하게 하는 병원에 있고 싶었겠니? 네 엄만 집에 오고 싶어 했다!"

"하지만 엄만 많이 안 좋으셨잖아요."

"아니, 그렇지 않았다. 만날 그 모양 그 짝으로 시간이 갈수록 아주 조금씩 나빠졌을 뿐이지. 그러던 사람이 병원에 들어가서는 모든 것이 자신을 옥죄어 곧 죽을 것 같았는지 눈에 띄게 악화되었다."

"어차피 언젠가 닥칠 일이었잖아요. 그때가 온 거겠죠."

애니 할머니는 내 말에는 아랑곳없었다.

"네 엄말 보러 갔었다. 무척 반가워했지. 왜 안 그렇겠어. 자기 말을 알아들을 수 있는 사람이 왔으니. 그때 네 엄마가 그러더라. 애니 아주머니, 날 영영 여기 가두어두려는 건 아니겠죠? 그래서 내가 아니라고, 절대 아니라고 그랬다. 그러더니 자기를 다시 집으로 데려가라고 안 그러면 곧 죽을 것 같다고, 매디에게 전해 달라고 부탁하더라. 네 엄만 죽고 싶은 맘이 없었어. 생각해 봐라. 남들이 모두들 더 살아갈 이유가 없는 사람이라고 여긴다고 해서 죽고 싶어 하는 사람이 있겠니? 해서 내가 매디에게 전했다. 그런데 암말도 않더라. 하루도 빠짐없이 엄마를 보러 병원에 가면서도 집으로 데려가진 않았지. 네 엄마 말이, 매디가 자기를 집으로 데려가지 않겠다고 했다더구나."

"엄만 늘 사실을 곧이곧대로 솔직하게 말하지 않았어요. 그건 할머니도 아시잖아요."

"네 엄마가 병원에서 도망쳤다는 건 알고 있니?"

"아뇨."

이상하게도 전혀 놀랍지는 않았다. 그저 몸이 느끼는 막연한 공포와 부디 말하지 말아주었으면 싶어 애달아하고, 더 나아가 내가 이미 알고 있는, 아니 오래전부터 내내 알고 있었던 것을 드디어 듣는구나 하는 조바심이 일었을 뿐이었다.

"매디가 말 안 했지?"

"예."

"글쎄, 네 엄마가 *탈출했었단다.* 구급차가 드나드는 샛문으로. 그 문만 잠기지 않았거든. 밤이라 환자들을 돌보는 간호사가 많지 않을 때였어. 가운에 슬리퍼 차림으로 몇 년 만에 처음으로 혼자서 감행한 일이었지. 그렇게, 1월하고도 눈 내리는 밤에 나가서 돌아오지 않았다. 멀리 떨어진 도로에서 병원 사람들에게 붙잡혔지. 그 후로 네 엄마 침대에 널빤지를 가로질러 놓았다."

눈, 가운과 슬리퍼, 침대를 가로질러 놓은 널빤지. 그것은 내가 한사코 부정하고 싶은 그림이었다. 하지만 그것이 사실임을, 그 모든 일이 한 치도 틀림없는 사실임을 나는 추호도 의심하지 않았다. 엄마라면 얼마든지 할 수 있는 일이었으니까. 당신 평생을 통해 내가 알아온 엄마라면 탈출을 감행했을 사람이니까.

"어디로 가고 있었대요?" 나는 이렇게 물으면서도, 대답할 수 없는 물음이라는 걸 알고 있었다.

"나도 모른다. 차라리 너한테 말하지 않는 편이 좋았을지 모르겠구나. 세상에, 헬렌, 병원 사람들이 쫓아가니까 네 엄마가 달아나려고 기를 썼다. 그 몸으로 *뜀박질*을 하려 했어."

탈출, 거기에 모든 이의 관심이 쏠려 있다. 심지어 인자하고 친숙한 친척 할머니의 얼굴 뒤편에도, 본인의 신념이 절대로 가 닿지 못하는 어느 구석엔가 공포감을 줄 수 있는 아주 원초적인 또 다른 노파가 도사리고 있다.

할머니는 옷가지들을 개서 도로 상자에 넣기 시작했다.

"그들이 네 엄마 침상에 널빤지를 대고 못을 박았어. 내 눈으로 봤다. 누가 그 간호사들을 탓할 수 있겠니. 모든 환자를 지키기도 힘들고 그럴 시간도 없는걸. 장례식이 끝나고 내가 매디에게 그랬다. 부디 너에겐 이런 일이 절대로 일어나지 않기를 바란다고. 그런 말이라도 하지 않고는 내가 지레 죽겠어서."

이제는 할머니가 당신 침대에 앉아 옷가지를 개서 상자에 도로 넣으며, 평상시의 목소리를 되찾으려고 애쓴다. 그리고 이내 해낸다. 인생을 이만큼 오래 살고도 스스로 노련하게 슬픔을 다스리지 못할 사람이 있을까.

"우리는 모질다고 생각했다." 할머니는 이렇게 말을 맺었다. "언니와 난 참 모질다고 생각했어."

이것이 노파들의 마지막 임무일까? 헝겊으로 깔개를 만들고 쌈짓돈을 쥐어주는 것을 넘어, 우리에게 들린 유령은 언제까지나 우리와 함께 있다고, 떠나는 법이 없다고 못 박는 것이?

할머니는 매디를 꺼렸다. 두려워서, 매디를 영영 내친 것이다. 매디가 했던 말이 떠올랐다. 자신과 똑같은 언어를 쓰는 사람이 아무도 없다던 그 말이.

집에 도착하니 매디가 뒷부엌에서 샐러드를 만들고 있었다. 바닥에 깔린 울퉁불퉁한 리놀륨 장판 위에 길쯔막한 햇빛이 누워 있었다. 매디는 하이힐을 벗고 맨발로 서 있었다. 뒷부엌은 너저분해도 널찍하고 볼거리가 많아서 즐거운 곳이다. 난로와 비탈진 뒷마당에 죽 널어놓은 행주들 너머로 캐나다-태평양 철도 역이 보이고, 무성한 수풀 사이로 주빌리 시 거의 전체를 에돌아 흐르는 금빛 강물도 보인다. 지금까지 있다 온 할머니 댁에서 얼마쯤 주눅이 들었던지 아이들은 오자마자 식탁 아래로 들어가 놀기 시작했다.

"어디 갔었니?"

"어디 가긴, 그냥 할머니들 좀 뵙고 왔어."

"그랬구나, 잘들 계셔?"

"그럼. 무탈하게 아주 잘 지내시더라."

"그래? 그럴 줄 알았어. 나는 한참 못 찾아봤어. 사실은 이젠 별로 뵙고 싶지도 않아."

"왜?"

내가 이렇게 물었을 때에야 매디는 비로소 할머니들이 내게 말을 했다는 것을 눈치챘다.

"엄마 장례식 이후로 할머니들이 내 신경을 살짝 건드리기 시작했거든. 게다가 프레드 덕분에 일자리도 구했고 또 이런저런 일들로 무척 바빠지기도 했고……."

매디는 냉소를 머금은 채 나를 바라보며 참을성 있게 내 말을 기다렸다.

"자책하지 마, 매디."

나는 부드럽게 말했다. 그러는 사이 아이들은 줄곧 우리 자매의 다리 사이에서 이리저리 뛰어다니며 빽빽 소리를 질러댔다.

"자책 안 해. 누가 그래? 내가 자책한대?"

매디는 돌아서서 라디오를 켜고는 고개를 외틀고 내게 말했다.

"프레드가 혼자라서 오늘도 우리랑 식사할 거야. 후식으로 라즈베리를 준비했어. 거의 끝물인데 맛이 괜찮을까?"

"맛있겠네. 내가 마저 손질할까?"

"좋지. 그럼 난 가서 그릇을 가져올게."

매디는 식당으로 들어가 라즈베리를 담을 분홍빛 컷글라스 볼을 가지고 돌아왔다.

"계속할 수가 없었어. 나도 내 삶을 살고 싶었어."

매디는 부엌과 식당을 잇는 야트막한 계단에 서 있다가 볼을 손에서 놓쳤다. 갑자기 손이 떨리기 시작해서였을까, 아니면 애초에 어설프게 잡아서였을까. 꽤 묵직하고 아주 정교한 그 유리그릇이 매디의 손에서 미끄러졌고, 매디가 잡으려고 했지만 바닥에 떨어져 박살이 나고 말았다.

매디가 깔깔 웃기 시작했다. 그러면서 저 옛날 우리가 절망에 빠졌을 때 바보 놀이를 하면서 쓰던 말을 내뱉었다. "*오, 제기. 오, 제기. 이런 제기랄.* 이게 도대체 무슨 짓이람. 난 맨발이니까 빗자루 좀 갖다 줘."

"언니 삶을 꼭 붙잡아. 놓지 마."

"그래, 그럴 거야. 그럴 거라고."

"가, 여기 있지 말고."

"알았어, 그럴게."

그러고 나서 매디는 허리를 굽히고 깨진 유리 조각을 줍기 시작했다. 아이들이 뒤로 물러서서 겁먹은 얼굴로 바라보고 있으니 매디는 깔깔대면서 말했다.

"이까짓 것쯤 없어도 그만이야. 유리그릇이라면 선반에 가득 있으니까. 평생을 쓰고도 남을 만큼 많아. 이런, 그렇게 우두커니 보고 서 있지 말고 가서 빗자루나 갖다 줘!"

빗자루를 두는 자리가 어디였는지 좀처럼 생각나지 않아 내가 이리저리 두리번거리고 있는데 매디가 소리쳤다.

"그런데 나는 왜 안 되지, 헬렌? *난 왜 못 할까?*"

행복한 그림자의 춤
DANCE OF THE HAPPY SHADES

마살레스 선생님이 또 파티를 여는가 보다.(음악을 아끼는 순수한 열정에서인지 워낙 잔치를 몹시 갈망하기 때문인지는 몰라도, 선생님은 연주회라고 부르는 법이 없다.) 그럴싸한 거짓말을 둘러댈 꾀도 말주변도 없는 우리 엄마가 일껏 떠올리는 핑계는 누가 들어도 군색하기 짝이 없다. 페인트공이 오기로 했다는 둥, 오타와에서 친구들이 올 거라는 둥, 가엾게도 캐리가 편도선이 부었다는 둥. 그 끝에 할 수 있는 말은 이것뿐이다. "후유, 설마 이 일들이 한꺼번에 터져 골탕 먹이진 않겠죠? *지금 당장?*" 그것은 곧 *지금*은 몇 가지 성가신 일이 겹쳤으니 선생님 좋을 대로 고르시라는 말이나 다름없다. 지금은 마살레스 선생님이 뱅크 거리에 있는 방갈로식 벽돌집에서 발라 거리로, 그러니까 지난 세 번의 파티를 치른 그 비좁은 집보다 훨씬 더 작은—선생님의 설명이 정확하다면—집으로 이사한 때이다.(발라 거리는 어디지?) 그런가 하면 마살레스 선생님의 언니가 뇌졸중을 일으켜 자리보전을 하고 있는 때이기도 하고, 마살레스 선생님이 그야말로 폭삭 늙어가는—엄마 말마따나 그건 피할 수 없는 현실이다.—때이기도 하다.

지금? 마살레스 선생님은 어리둥절한 척 시치미를 떼는 것인지, 아니면 그 문제에 관해 통감하는 것인지 톡 쏘듯이 말을 받는다. 그러고는 언제 어디서 열었든 자신이 마련한 6월 파티가 큰 골칫거리가 된 적이 있었느냐고 묻는다. 마살레스 선생님이 지금까지 연 잔치는 6월 파티뿐이다.(우리 엄마가 알기로는 그뿐인데도 낭패스러움이나 흔들리는 기색은커녕 노련한 마살레스 선생님의 밝고 사근사근한 목소리를 들으면 집에서든 대규모 가족 연회장에서든 자잘한 다과회며 비공개 댄스파티를 숱하게 벌인 사람 같다.) 만일 못하게 되면 아이들보다 자신이 더 낙담할 것이라고, 마살레스 선생님은 말한다. 어디 낙담뿐이겠느냐고, 엄마는 중얼거릴 뿐 큰 소리로 말하지는 못한다. 짜증스러운 표정으로—역거운 오물을 보았으나 스스로 치울 엄두가 나지 않을 때처럼—전화기에서 얼굴을 돌린다. 그건 연민을 느낄 때 엄마가 남몰래 짓는 표정이다. 그리더니 가겠노라고 약속한다. 알량하나마 거기서 벗어날 수 있는 계책이 남은 2주일 동안 떠오를 수도 있겠지만, 그렇더라도 엄마는 자신이 참석하리라는 걸 안다.

엄마가 마지 프렌치 아줌마에게 전화를 한다. 아줌마는 엄마와 함께 마살레스 선생님에게 배웠고 지금은 쌍둥이 자식도 맡기고 있는 사람이다. 두 사람은 한동안 동병상련하다 마침내 함께 가

자고 약속하면서 서로 힘을 북돋는다. 비가 온 날 걸어둘 데가 없는 탓에 그 비좁은 현관홀에 비옷이 잔뜩 쌓이고 우산에서 떨어진 빗물이 거뭇한 바닥에 웅덩이처럼 흥건하게 고였던 지지난해를 두 사람은 지금도 기억한다. 닥지닥지 붙어 앉아야 했으므로 어린 여자애들의 드레스는 구겨질 대로 구겨졌고 거실 창문은 열리지도 않았었다. 지난해에는 한 아이가 코피를 흘리는 불상사까지 생겼다.

"물론 그거야 마살레스 선생님 잘못은 아니지."

두 사람은 체념한 듯 웃는다.

"그거야 그렇지. 그래도 그런 일은 없었어야지."

말이야 바른 말로 사실 모든 일이 그런 식이다. 마살레스 선생님의 파티에 관해서는 딱 꼬집어 말하기가 어려운 것이, 일이 한번 벌어지면 걷잡을 수가 없고 무슨 일이든 생길 수 있어서다. 차를 몰고 파티에 참석하려고 가는 순간까지도 과연 누가 오기는 올까? 하는 의문이 솟는다. 지난 두세 번은 파티 분위기가 여간 뒤숭숭한 게 아니었다. 꾸준히 참석하던 사람들의 수는 눈에 띄게 줄어든 반면 새로운 제자라야 옛 제자들의 자식들밖에 없어 보이는 게 큰 이유였다. 매해 6월은 그만둔 아이들이 얼마나 많은지 확인하는 때이기도 하다. 메리 램버트 아줌마의 딸이 그만두었고 존 크림블 아줌마의 딸도 마찬가지다. 그것이 무엇을 뜻하는지 엄마와 아줌마는 헤아려본다. 그렇지 않아도 괜히 시외로 이사해서 뒤처지는 건 아닌지 문득문득 겁이 나기도 하고 천성에 따라 바르게 살겠다는 자신들의 생각이 잘못된 것은 아닌지 혼란스러웠기 때문이다. 요즘은 예전만큼 피아노 교습을 중요하게 여기지 않는다. 그건 누구나 다 안다. 춤이 어린이의 전인 발달에 훨씬 더 좋다고 믿는 세상이고, 어린이들, 적어도 여자애들은 피아노에 그다지 관심이 없어 보인다. 하지만 그걸 마살레스 선생님에게 어떻게 설명하랴. "모든 어린이에게는 음악이 필요하지. 가슴속으로 음악을 사랑하지 않는 아이들은 없으니까."라고 입버릇처럼 말하는 선생님인걸. 마살레스 선생님은 당신이 어린이의 마음속을 들여다볼 수 있고 거기에서 착한 마음씨와 선한 것이면 무엇이든 다 좋아하는 천성을 간직한 보물고를 찾아낼 수 있다고 철석같이 믿는 사람이다. 독신 여성의 감상성과 아이들은 선하다고 믿는 본래의 아동관이 접목된 그 미혹은 어마어마한 전설 같다. 이렇듯 외곬으로 아이들의 심성이 거룩한 무엇처럼 말하는 선생님이다 보니, 부모된 이는 무슨 말을 해야 할지 난감해한다.

오래전 우리 언니 위니프레드가 피아노를 배우던 때 마살레스 선생님의 집은 로즈데일에 있었다. 그전부터 내내 거기 있었다. 자줏빛 라즈베리에 검댕이 잔뜩 낀 것처럼 거무죽죽한 벽돌로 지은 좁다란 그 집은 2층 창문마다 둥그스름히 도드라진 작고 우중충한 장식 발코니를 내달았다. 어디에도 탑은 없었지만 왠지 모르게 성루 같은 인상을 풍기는 음험하고, 허풍스럽고, 시적으로 보려 해도 추한, 그런 가정집이었다. 그 집에서 해마다 열린 파티가 아주 형편없지는 않았다. 부엌일하는 아줌마가 파티에 익숙하지도 않고 행동이 조금 굼떠서 늘 기다리는 시간이 조금 멋쩍긴 했지만, 막상 차려낸 샌드위치는 언제나 아주 맛났다. 닭고기와 아스파라거스를 넣고 동그랗게 말아 영양도 좋고 보기에도 좋아, 어린아이들 음식으로는 그만이었다. 피아노 연주는 대개 음정이 불안하고 박자를 놓치는가 하면 소리는 둔탁하고 맥없이 울렸다. 그러다가 정신이 번쩍 들도록 주위를 환기하기라도 할 듯 어처구니없는 실수가 생기발랄하게 터져 나왔다. 그럴 만도 한 것이 마살레스 선생님은 이상주의적 관점에서 아이들을 대했기 때문이고, 고지식한 이상주의자의 인자함은 선생 노릇을 하는 데 아무런 쓸모가 없었기 때문이다. 더없이 자상하고 미안하기 짝이 없다는 투로 지적하는 것 말고는 꾸중이라는 걸 할 줄 몰랐고 칭찬할 때는 허무맹랑하리만큼 치켜세우는 선생님이었다. 그러니 보기 드물게 열심히 노력하는 제자조차도 훌륭하다 할 만한 실력을 익히지 못했다.

그러나 대체로 그 시절에는 모임을 하면 모두 하나로 뭉쳤고, 전통이 있었으며, 누가 알아주지도 않는 구식일망정 그 나름의 양식이 있었다. 무엇 하나 예상에 어긋나는 일이 없었다. 바닥에는 타일이 깔리고 교회의 어둑한 제의실에서 나는 듯한 냄새를 풍기는 현관홀에 마살레스 선생님이 루주를 바르고 행사가 있는 날에만 하는 고풍스러운 머리 모양에 실내장식용 낡은 옷감으로 지었음 직한 알록달록하고 바닥에 끌리는 치렁치렁한 드레스를 입고 서 있었다. 그 모습을 보고 아주 어린아이들이나 흠칫할까 아무도 놀라지 않았다. 심지어 그림자처럼 마살레스 선생님의 뒤에 서 있는 또 다른 마살레스 할머니, 더 늙고 더 크고 더 험악할 뿐 아니라 6월 파티 때를 빼고는 1년 내내 존재조차 모르는, 그 마살레스 선생님의 언니를 보고도 당혹해하지 않았다. 그러면서도 눈을 떼지 못한 것은 이 세상에서는 한 얼굴이 아닌 두 얼굴을 지녀야 한다고 일깨워 주기라도 하듯, 길쭉한 자갈빛 얼굴이 인자해 보이는 동시에 코는 터무니없이 큰 반면 작은 데다 붉고 근시까지 있는 눈으로 눈웃음을 치고 있으니 괴기스럽게 보였기 때문이었다. 그리하여 마침내 이런저런 갖가지 방법으로 *불가능하다*고 낙인찍어 둔 삶으로부터 자신들을 보호할 무기로 삼을 수 있는 그 흉측한 모습을 지닌 것이 두 자매에게는 한 가닥 행운이라고 여기기에 이르렀다. 그도 그럴 것이 천진무구한 어린아이처럼 무엇에도 상처를 입지 않는 사람들처럼 두 자매가 천하태평이었던 것이다. 그와 아울러 마살레스 할머니 자매는 혼돈의 시대와 동떨어진 로즈데일의 보금자리에서 서식하고 있는 생식 기능을 잃은 채 기이하지만 길들여진, 온순한 야생동물처럼 보였다.

아이들이 곧 〈집시의 노래〉, 〈흥겨운 대장장이〉, 〈터키 행진곡〉들을 연주할 거실에 더러는 딱딱한 긴 의자에 더러는 접의자에 엄마들이 앉아 있었다. 그 거실에는 벨벳 드레스를 입고 실크 베일을 쓴 메리 스코틀랜드 여왕이 홀리루드 성(城) 앞에 서 있는 그림이 걸려 있었고, 역사적 전투를 그린 누리끼리한 그림들과 하버드 고전문학 선집과 장작 받침쇠와 페가수스 조각상도 있었다. 담배를 피우는 엄마도 없었지만 아예 재떨이도 없었다. 거기 모인 엄마들이 예전에 피아노 연주를 했던 곳도 이 거실과 똑같았다. 인간계 너머의 아련한 세상처럼 꾸민 그 방(작약과 조팝나무의 꽃잎이 떨어져 쌓인 듯한 효과를 내려고 마살레스 선생님이 손수 피아노 위를 풀솜으로 장식했으나 솜씨가 좋진 않았다.)은 마음을 불편하게 하면서도 위안이 되었다. 그 엄마들—개발이 안 된 로즈데일의 옛날 길을 속력을 늦춰 느릿느릿 차를 모느라 조바심쳤고, 1주일 뒤에 낭비하게 될 시간과 아이들의 연주복 때문에 치르게 될 난리굿과 특히나 견디기 어려운 그 지루함에 관해 잔뜩 푸념을 늘어놓고서도, 있을 것 같지도 않은 신의를 앞세워 한자리에 모인 바쁘고 젊은 여자들—이 여기서 해마다 발견한 것은 마살레스 선생님에 관해서가 아니었다. 그보다는 오히려 자신들이 어린 시절에 치른 의식들과, 그 당시에조차 현실과 한참 동떨어졌던 대단히 엄격한 생활 방식이 아직까지도 마살레스 선생님의 거실에 남아 있는 그 설명할 길 없는 사실을 발견했던 것이다. 치마통이 종만큼이나 딱딱한 드레스를 입은 어린 여자애들은 어떻게 의식을 치러야 할지 알고 태어난 것처럼 책들이 쌓여 있는 어두운 벽 앞으로 움직였다. 그리고 달갑지는 않아도 묵인하는 듯 따분한 표정을 짓고 있는 엄마들의 얼굴에는 제아무리 길고 지루한 가정의례라도 견디게 해줄, 어딘지 어색하고 조금은 가식적인 향수가 어려 있었다. 그들은 아주 품위 있게 미소를 주고받았지만, 피아노 연주곡과 샌드위치의 소조차도 예전과 똑같다는 사실에 친근하면서도 익살스럽고 놀라운 표정을 감추지 못했다. 그런 만큼 그들은 마살레스 선생님과 그 언니도 두 자매의 삶도 도저히 믿기지 않을 만큼 현실과 완벽하게 동떨어진 채 끈덕지게 이어져 왔다는 사실을 인정했다.

피아노 연주를 마친 뒤에는 늘 약간 당혹스러움을 자아내는 조촐한 축하연이 열렸다. 유아스러운 분홍과 파란색의 크레이프페이퍼로 덮인 기다란 식탁에 부엌일하는 아줌마가 샌드위치를 담은 접시들, 아이스크림, 엷은 색깔로 곱게 물들인 밍밍한 셔벗 따위를 차려놓은 정원—도심의 여느 정원처럼 좁디좁지만, 그래도 명색이 정원이라 울타리와 차양도 있고 가장자리에는 노란 나리를 줄줄이 심어놓았다.—으로 나가기 전에 아이들은 마살레스 선생님에게 포장을 하고 리본으로 묶은 연말 선물을 차례차례 받아야 했다. 순진하기 짝이 없는 새로 온 제자들 말고는 기대감에 들뜬 사람은 아무도 없었다. 선물이라야 책일 게 뻔했기 때문인데, 자못 궁금한 것은 도대체 그런 책들을 어디서 구했느냐 하는 점이었다. 그 책들은 주일학교의 케케묵은 열람실 아니면 헌책방의 다락이나 지하실을 뒤지고 뒤져 찾아냈을 법한 고서들이었는데도 하나같이 책 표지가 빳빳하고 한 번도 읽지 않은 새것이었다. 『북부의 호수와 강』, 『새의 이해』, 『그레이 아울*이 들려주는 더 많은 이야기』, 『꼬마 선교단』 따위들. 또한 〈깨어 있는 큐피드와 잠든 큐피드〉, 〈목욕한 후에〉, 〈어린 자경단원들〉 같은 그림들도 주었는데, 고상을 떠는 우리들의 내숭이 얼마나 우스꽝스럽고 역겨운지를 일깨워 주는 게 중요한 목적이기라도 한 듯 살결이 보들보들한 어린아이들의 누드화가 대부분이었다. 우리에게 준 보드게임조차도 놀이를 할 의욕이 들지 않을 만큼—모두를 이기기에는 규칙이 복잡하기 그지없어서—김빠지게 하는 것들이었다.

이때쯤 엄마들이 느끼는 당혹감은 선물 자체가 아니라 마살레스 선생님이 선물 비용을 어떻게 마련했을까 하는 강한 의구심에서

---

* 영국에서 태어나 열여덟 살에 캐나다로 이주한 뒤 아메리카 원주민으로 살며 자연보호에 힘쓴 백인.

비롯된 것이었다. 교습비를 10년 동안 딱 한 번 올렸다는 사실을 떠올리지 않을 도리가 없었다.(더욱이 올렸다손 쳐도 그만둔 사람이 두엇은 있었다.) 끝내는 필시 다른 방책이 있을 거라고 입을 모으곤 했다. 틀림없다고. 그렇지 않고서야 이 집에서 살지 못했을 것이라고. 게다가 선생님의 언니가 학교에서 아이들을 가르치거나, 퇴직을 했더라도 프랑스어와 독일어 과외를 하는 거라고들 믿었다. 그 정도 벌이면 두 사람이 살기에 너끈할 터였다. 마살레스 선생님처럼 검소하게 산다면 생활비가 그다지 많이 들지 않을 테니까.

그러나 로즈데일에서 뱅크 거리로 이사한 뒤부터, 마살레스 선생님의 재산을 두고 이러쿵저러쿵 수군대는 뒷말은 없어졌다. 어렵사리 살아가는 마살레스 선생님의 경제 형편을 입에 담는다는 건 무례하고 잔인한 일이니까.

"파티가 열리는 날 비가 오면 내가 지레 죽고 말 거야, 우울병으로."

엄마의 말이 무색하게 파티 당일은 비가 오지 않고 아주 무덥다. 뙤약볕이 내리쬐는 여름날 시내로 차를 몰아 발라 거리를 찾다가 우리는 길을 잃고 헤맨다.

마침내 찾아든 그 거리는 뜻밖에 인상이 좋다. 여태껏 철둑길을 따라 지나온 거리들은 그늘 한 자락 없고 너저분했는데 이곳은 가로수가 줄줄이 서 있다. 이곳의 집들은 정면 베란다 가운데에 경사진 나무 칸막이를 설치해 둘로 나눈 구조이다. 그리고 2단짜리 나무 계단과 흙 마당이 있다. 보나 마나 마살레스 선생님도 그런 반쪽짜리 집에 사는 게 분명하다. 붉은 벽돌로 지은 집들은 현관문과 창문 테두리와 베란다를 크림색과 회색과 반들반들한 초록과 노랑으로 칠했다. 말끔하게 잘 관리해 온 모습이다. 마살레스 선생님이 사는 집 옆집의 앞쪽은 작은 가게로 개조했다. 거기에 '식료품과 과자'라고 쓴 간판이 걸려 있다.

현관문은 열린 채로 괴어 있다. 쐐기를 박아놓은 듯 마살레스 선생님이 문과 옷걸이와 계단 사이에 서 있다. 거실로 들어가려면 선생님 옆을 가까스로 스쳐 지나가야 할 만큼 빈틈이 거의 없고, 그건 위층 거실에서 내려오는 사람도 마찬가지다. 마살레스 선생님은 루주를 바르고 머리를 치장하고 브로케이드 드레스를 입고 서 있는데, 그 드레스 자락을 밟지 않고 지나가기가 난감하다. 어느 모로 보나 청교도라면 상상만으로도 불쾌해할 만큼 요란스러운 차림에 열에 달뜬 창부로 분장하고 가장무도회에 참석하는 듯한 모습이다. 그러나 열에 달떠 보이는 건 루주뿐이다. 바투 다가가 마살레스 선생님의 눈을 들여다보면 여느 때와 다름없이 눈자위는 붉고 아무런 근심 없이 마냥 즐거운 눈빛이다. 엄마와 나는 마살레스 선생님과 입맞춤을 하고—언제나처럼 나를 다섯 살배기쯤으로 맞아준다.—스쳐 지나왔다. 내가 보기에 마살레스 선생님은 우리와 입맞춤을 하면서도 우리 뒤쪽을 바라보는 듯했다. 아직 도착하지 않은 누군가를 기다리며 거리를 살피는 사람처럼.

거실과 식당 사이에 있는 오크나무 문이 뒤로 밀어젖혀 있다. 거실도 식당도 좁다. 엄청나게 큰 메리 스코틀랜드 여왕의 사진이 벽에 걸려 있다. 벽난로가 없어서인지 장작 받침쇠는 보이지 않고, 피아노와 어느 정원에서 꺾었는지 모를 작약과 조팝나무 꽃다발이 있다. 거실이 워낙 코딱지만 해서 혼잡해 보이는 것이지, 사실 그곳에 있는 사람이라야 아이들까지 합쳐서 채 열 명도 되지 않는다. 엄마가 사람들에게 웃으며 인사를 하고 자리에 앉는다. 엄마가 내게 말한다. "마지 프렌치 아줌마가 아직 안 왔는데 우리처럼 길을 헤매고 있을까?"

우리 옆에 앉아 있는 여자는 낯이 설다. 중년 부인으로 인조 다이아몬드 브로치를 단 아롱다롱한 태피터 드레스를 입었는데 세탁소 냄새가 난다. 그 아줌마는 자신은 클레그 부인이고, 미스 마살레스가 사는 집의 다른 반쪽짜리 집에 사는 이웃이라고 소개한다. 미스 마살레스가 아이들 연주를 듣고 싶은지 물었는데, 자신은 그걸 대단히 기쁘게 받아들였다고 했다. 음악이라면 가리지 않고 좋아한다면서.

엄마는 자못 즐거워하면서도 조금 불안한 표정으로 마살레스 선생님의 언니에 관해 묻는다. 위에 계시느냐고.

"그럼요, 위층에 계세요. 안타깝게도 몸이 안 좋으세요."

정말 안된 일이에요,라고 엄마가 맞장구친다.

"그러게요. 얼마나 딱한지. 오후에 푹 주무시게 제가 뭘 좀 드렸어요. 아시겠지만 말씀을 못 하세요. 제어 능력을 거의 다 잃으신 거죠."

은밀한 일들까지 주워섬기며 시시콜콜 떠벌릴지 모르는 다분히 호사가 같은 나직한 목소리를 경계하듯, 엄마는 또다시 얼른 정말 안된 일이라고 말한다.

"미스 마살레스가 수업을 하러 외출할 때면 제가 와서 돌봐드린답니다."

"참 좋은 일 하시네요. 그분도 틀림없이 고마워하실 거예요."

"그게, 뭐랄까요. 할머니 두 분만 사시니 가엾다는 생각이 들어서요. 두 분은 꼭 아기 같아요, 쌍둥이 아기."

엄마는 나직이 뭐라 뭐라 대답은 하면서도 눈은 클레그 부인의 혈색 좋은 붉은 벽돌빛 얼굴이나 틈새가 놀랍도록 크게 벌어진—내가 보기엔—이빨을 보고 있지 않다. 용케 당황스러운 내색을 잘 다스리며 클레그 부인 너머를 응시하고 있다.

엄마가 보고 있는 건 파티 음식들이 아까부터 차려져 있는 식탁이다. 빠짐없이 갖추어놓은 그 식탁. 접시에 담긴 샌드위치는 내놓은 지 좋이 두어 시간은 된 듯, 맨 위에 있는 샌드위치 빵 가장자리가 살짝 말려 올라가기 시작한다. 파리들이 식탁을 윙윙 날아다니다 샌드위치에 내려앉거나 제과점에서 사온 당의를 입힌 작은 케이크 접시들을 느긋이 기어 다닌다. 여느 때처럼 식탁 한가운데 놓인 컷글라스 볼에는 자줏빛 펀치가 가득 들어 있는데, 얼음이 보이지 않는 것으로 보아 밍밍할 게 분명하다.

"상차림을 미리 하지 못하게 어떻게든 말려보려고 했건만. 새벽 5시에 일어나서 샌드위치를 만들데요. 맛이야 어떻든 준비를 해두어야 직성이 풀리는 모양이에요. 제시간에 못 맞출까 걱정이 앞서서." 클레그 부인은 고집쟁이 아이의 변덕이나 실수담을 이야기할 때처럼 우스워 죽겠다는 듯 속살거린다.

"이렇게 무더운 날씨에는 음식을 미리 내놓으면 안 될 텐데." 엄마가 말한다.

"설마 하니 한 번 먹었다고 당장 죽기야 하려고요? 난 그저 샌드위치가 꾸덕꾸덕 마르면 어쩌나 그 생각만 했어요. 게다가 정오에 펀치에다 진저에일을 섞는 걸 보니 웃음밖에 안 나오더라고요. 다 버리게 생겼어요."

엄마는 갑자기 자세를 바꾸고 보일* 스커트를 매만진다. 이런 식으로 파티를 베푸는 주인의, 그것도 그 집 거실에서, 상차림을 흉보는 것이 도리에 어긋날 뿐만 아니라 가증스러운 짓이라는 걸 새삼스레 깨달은 모양이다.

"마지 프렌치 아줌마가 왜 아직도 안 온다니. 분명 오는 중이라고 했는데." 엄마가 딱딱한 목소리로 내게 말한다.

"여기서 내가 제일 나이가 많아." 내가 짜증스럽게 말한다.

"쉬. 그러니 네가 마지막을 장식할 수도 있잖아. 올해는 연주 일정도 그다지 길지 않을 테고, 안 그러니?"

클레그 부인이 우리 쪽으로 몸을 기울이는 순간 가슴골에서 구리터분한 냄새가 훅씬 풍긴다.

"아이스크림을 넣어둔 냉동실 온도를 높게 조절해 놓았는지 아무래도 내가 살펴보아야겠네요. 아이스크림이 다 녹아버리면 미스 마살레스가 무척 난감할 테니."

엄마는 거실을 가로질러 가 아는 여자에게 말을 건다. 들으나 마나 "마지 프렌치가 오는 *중이라고* 했거든요."라고 말할 게 뻔하다.

---

* 성기게 짜서 비쳐 보이는 얇고 가벼운 직물.

아까부터 거실에 자리를 잡고 앉아 있었던 여자들의 얼굴이 더워서 벌겋게 달아오르고 꽤나 불쾌한 기색이 나타나기 시작했다. 언제나 시작하려나, 여자들은 서로 묻는다. 이제 곧 시작하긴 할 것이다. 적어도 15분 사이에 새로 오는 사람이 아무도 없었으니까. "사람들이 어쩜 그리 야박한지."라고 그들은 오지 않은 사람들을 싸잡아 흉본다. 그러나 그 무더위를, 더군다나 그 도시에서도 가장 더운 곳일 게 분명한 지역의 그 끔찍한 날씨를 고려한다면, 그 말을 한 속내를 모를 리 없다. 거실 안을 휘둘러보니 나와 연갑내기는 없어 보인다.

나이가 적은 아이들이 연주를 시작한다. 마살레스 선생님과 클레그 부인이 열심히 박수를 친다. 엄마들은 때마다 두어 번씩 손뼉을 치면서 한시름 놓는다. 엄마는 아무리 애를 써도, 식당의 식탁과 득의양양하게 노략질을 벌이는 파리 떼들에게서 눈을 떼지 못하겠는 모양이다. 마침내 엄마는 펀치 볼 너머 어딘가에 눈길을 모은 채 꿈꾸듯 아련한 표정을 지었다. 그쪽으로 고개를 돌리긴 했지만 좋게 생각하자고 마음을 바꿔서 그런 것은 아니다. 마살레스 선생님도 연주하는 아이들에게 진득이 집중하지 못하고 눈길을 자꾸 현관문 쪽으로 돌린다. 아무런 말도 없이 참석하지 않은 누군가가 나타나 주기를 아직도 기대하고 있는 걸까. 하얀 종이로 싸고 은빛 리본—진짜 리본이 아니라 자투리 천으로 만든 값싼—으로 묶은, 영락없는 선물 상자 대여섯 개가 피아노 옆에 놓여 있다.

내가 피아노 앞에 앉아 〈베레니케〉* 중 미뉴에트를 연주하고 있을 때다. 바로 그때 마살레스 선생님 말고는 누구도 예기치 못했던 마지막 사람들이 등장한다. 처음에는 뭔가 착오가 생겼지 생각한다. 곁눈질로 보니 열 명이 될까 말까 한 아이들이 머리가 붉고 제복 비슷한 옷을 입은 여자를 따라 줄줄이 열을 지어 현관 계단을 오르고 있다. 어느 사설 학교의 학생들이 무슨 단체 여행(똑같은 황갈색 옷을 입었다.)을 하는 것처럼 보이는데 그러기에는 너무 어수선하고 무질서하다. 아니 그건 내 느낌일 뿐이다. 나는 지금 제대로 볼 수 없으니까. 예방주사를 맞으러 가거나 여름 성경 학교에 가다가 집을 잘못 찾은 걸까? 아니다. 마살레스 선생님이 벌떡 일어나 들뜬 목소리로 나직이 양해를 구하고 그들을 맞이하러 나갔다. 내 등 뒤에서 사람들이 비집고 나아가는 소리, 접의자를 펼치는 소리, 그 자리에 전혀 어울리지 않는 희한하고 생뚱맞은 웃음소리 들이 들린다.

그리고 이 조심스럽고도 부산한 등장을 전후로 유난히 응집된 침묵이 흐른다. 생각조차 못했던, 불길한 무슨 일인가가 벌어진 거다. 그런 건 등을 돌리고 있어도 느낄 수 있는 법이다. 나는 계속 연주를 한다. 전에 없이 껄끄러운 침묵을, 내 특유의 집요함으로 헨델의 곡을 엉성하게 해석한, 연주로 채운다. 나는 피아노 의자에서 일어나다가 하마터면 거실 바닥에 자리 잡고 앉은 새로 온 아이들 위로 엎어질 뻔한다.

그중 열 살 안짝으로 보이는 한 남자애가 내 뒤를 이어 연주를 하려는가 보다. 마살레스 선생님이 그 남자애의 손을 잡으며 미소를

---

* 고대 이집트의 여왕 베레니케 3세의 삶을 소재로 헨델이 작곡한 오페라.

보내고 남자애는 손을 홱 뿌리친다거나 당황스러운 고갯짓을 한다거나 하는 따위의, 그 미소를 무참하게 할 행동을 하지 않는다. 참으로 유별난 광경이고, 유별난 남자애다. 그 남자애가 피아노 의자에 앉아 마살레스 선생님 쪽으로 고개를 돌리자 마살레스 선생님이 자신 있게 하라고 용기를 북돋아 준다. 그런데 내 눈길을 사로잡는 것은 마살레스 선생님을 쳐다보고 있는 그 남자애의 옆얼굴이다. 만들다 만 둔탁한 얼굴에 턱없이 작고 한쪽으로 쏠린 눈. 눈을 돌려 거실 바닥에 앉아 있는 아이들을 두 번 세 번 다시 보아도 하나같이 그 남자애와 얼굴이 똑같다. 한 남자애는 머리가 굉장히 크고 갓난아이처럼 머리를 빡빡 밀었다. 특별히 이상하달 것 없이 평범한데 어린아이처럼 유난히 천진난만하고 조용한 게 다르다면 다른 아이들도 있었다. 남자애들은 하얀 셔츠에 회색 반바지를 입었고 여자애들은 붉은 단추와 허리띠로 장식한 회녹색 면 원피스를 입고 있었다.

"저런 애들 중에 음악성이 뛰어난 경우가 더러 있어요." 클레그 부인이 말한다.

"저 아이들이 누구죠?" 엄마가 속삭이는데 얼마나 당황했는지 가늠이 잘 안 되는 목소리다.

"미스 마살레스가 가르치는 그린힐 학교 아이들이에요. 착한 애들이고 음악성이 썩 뛰어난 아이도 몇 있지요. 물론 다 그런 건 아니지만."

엄마는 건성으로 고개를 끄떡인다. 그러고는 거실 안을 휘둘러보며 함정에 빠져 바짝 경계하는 듯한, 그러면서도 선뜻 판단을 내리지 못하는 다른 여자들의 눈과 마주친다. 하릴없는 노릇이다. 그 아이들이 연주하러 나선다. 연주 솜씨는 우리들보다 썩—그렇게 많이—나쁘지는 않지만, 더디더디 연주하는 모습에 눈 둘 곳을 몰라 한다. 그런 아이들을 면밀히 뜯어보는 건 도리가 아니라지만, 그래도 피아노 연주를 하는 동안 연주자를 바라보지 않으면 도대체 어디를 볼 것인가. 거실 분위기가, 해괴하지만 벗어날 수 없는 꿈속 같다. 우리 엄마와 다른 여자들이 수런대는 말소리가 귀에 들릴 만큼 크다. "*그럼요, 저런 아이들에게 혐오감을 느끼는 건 옳지도 않고 나는 혐오감도 없지만, 지적장애아들의 연주를 들으러 오라는 말은 아무한테도 듣지 못했다고요.* 도대체 이 파티가 무슨 파티래요?" 그러면서도 그들은 갈수록 우렁차게 박수를 친다, 이것으로 끝이겠지 하는 바람으로. 하지만 연주 일정이 끝났다는 조짐은 없다.

마치 이름이 곧 축하할 명분인 양 모든 아이의 이름을 차례차례 부른 마살레스 선생님이 "돌로레스 보일!" 하고 부르니, 키는 나만 하고, 다리가 길고 몸은 조금 가냘프고, 머리는 흰색에 가까운 금발을 길게 늘어뜨린 여자애가 거실 바닥에서 일어선다. 이윽고 피아노 의자에 앉아 몸을 이리저리 움찔거리다 긴 머리를 귀 뒤로 넘긴 다음 연주를 시작한다.

마살레스 선생님의 파티에서는 연주에 귀를 기울이는 데 길들여진 우리지만, 그렇다고 음악을 감상하는 아이가 하나라도 있겠지 기대하는 건 무리다. 하지만 이번에는 아무런 힘도 들이지 않고 귀 기울이라는 요구도 거의 없이, 심지어 우리를 그다지 놀래키지도 않고 음악이 스스로 제자리를 찾아든다. 그 여자애가 연주하는 곡은 귀에 설다. 가냘프고 간드러지고 유쾌한 그 곡은 크디큰 무념무상의 행복을 누릴 자유를 퍼뜨린다. 그 여자애가 하는 것은 그저—상상하기 힘들 만큼 대단한—느낄 수 있도록, 이 황당무계한 오후에 발라 거리에 있는 마살레스 선생님의 거실에서조차 느낄 수 있도록, 연주하는 것뿐이다. 그린힐 학교에서 온 아이들도 나머지 아이들도, 너나없이 모두 조용하다. 반발하는 기색이 뚜렷한 얼굴로 앉아 있던 엄마들은, 마치 자신들이 잊은 줄도 모른 채 까맣게 잊고 있었던 무언가가 되살아나기라도 한 것처럼, 마음 깊은 곳에서 열망이 우러나온다. 그리고 머리카락이 백금같이 흰 그 여자애는 고개를 떨어뜨린 채 우아하지 못한 자세로 피아노 앞에 앉아 있고, 음악은 열린 문과 창문들을 넘어 석탄재를 깔아 다진 여름날의 도로로 퍼져나간다.

마살레스 선생님은 피아노 옆에 앉아 평소처럼 모든 사람을 보며 미소를 짓는다. 의기양양하지도 겸손하지도 않은 미소다. 거의 처음이다시피 한 계시의 효과가 어떤지 보려고 사람들의 얼굴을 살피는 마술사 같은 모습이 아니다. 전혀 아니다. 생의 끄트머리에 이른 지금에야 비로소 자신이 피아노 연주를 가르칠 수 있는—반드시 가르쳐야 하는—누군가를 찾아낸, 그 대단한 발견을 한 사람답게 얼굴 가득 기쁨이 넘쳐흐를 것이라고 사람들은 생각할 법도 하다. 그러나 마살레스 선생님은 그 여자애가 오늘처럼 연주를 하게 될 날을 늘 기대했고, 그것을 당연해하고 흐뭇해하는 사람처럼 보인다. 기적을 믿는 사람은 정말로 기적이 일어날 때 법석을 떨지 않는다. 더욱이 마살레스 선생님은 그 여자애를 자신이 아끼는 그린힐 학교의 다른 아이들이나, 사랑하지 않는 나머지 우리들보다 경이로운 아이로 여기는 것 같지도 않다. 마살레스 선생님에게는 아무러한 재능이 없다는 게 뜻밖의 일이니, 어떤 축하연도 열지 않는다는 것이 놀라운 일일 터이다.

그 여자애가 연주를 마친다. 음악은 거실에 머물다 가뭇없이 사라지고 사람들은 당연히 어안이 벙벙해진다. 연주를 마치는 그 순간 그 여자애는 전과 다름없는, 그린힐 학교에서 온 여자애일 뿐이라는 사실이 분명해진다. 그렇다고 음악이 헛것이었냐 하면 그것도 아니었다. 그 두 실체는 아무래도 잘 어울리지 않는다. 그러니 몇 분 뒤 그토록 순수한 연주를 속임수—물론 주위를 환기하는 데는 대단히 성공한—라고, 그래도—글쎄, 뭐라고 말해야 하나—아무리 그래도 *품위 없는 행위*라고 여기기 시작한다. 그 여자애의 재능으로 말하자면 부정할 수 없으되 부질없고, 자리에도 어울리지 않고, 솔직히 누구도 입에 올리고 싶지 않은 것이다. 마살레스 선생님이야 받아들일 수 있어도, 다른 사람들은 아니다. 이 세상에 살고 있는 다른 사람들은 그렇지 않다. 그건 그만두고라도, 무엇인가를 말하긴 해야 하므로 그들은 음악 이야기만 입에 올린다. 정말 감미롭다고, 참으로 아름다운 곡이라고, 제목이 뭐냐고.

"*행복한 그림자의 춤.*[*]"이라고 마살레스 선생님이 대답한다. 단 한 사람이라도 모르는 이가 없도록 *당스 데 옹브레 외뢰즈*(Danse des ombres heureuses)라고 덧붙인다. 그러나 붉은 벽돌집이 늘어

---

* 독일의 작곡가 글루크(1714~1787)가 그리스 신화 오르페우스 전설을 소재로 작곡한 3막 오페라 〈오르페우스와 에우리디케〉에 나오는 발레곡을 편곡한 피아노곡.

선 무더운 거리를 빠져나오고 시내를 벗어나 마살레스 선생님과, 이제 두 번 다시 못할, 앞으로 영영 못할 게 거의 확실한 선생님의 파티를 뒤로 하고 집으로 차를 몰고 가면서 우리는 도대체 왜 *딱한 마살레스 선생님*이라고 말하지 못하는 걸까. 분명코 하고도 남을 이 상황에. 그건 *행복한 그림자의 춤*이 우리를 방해하기 때문이고, 그 음악은 선생님이 사는 저쪽 나라에서 보낸 코뮈니케*이기 때문이다.

* 문서에 의한 국가의 의사 표시를 뜻하는 프랑스어로, 외교상의 공문서, 정부의 공식 성명서 따위를 이른다.

옮긴이의 말

기억의 갈피갈피를 되작이며 톺아보는 일은 오늘을 살아가는 방식을 진지하게 고민하는 것이고 막히고 갇혀 버린 삶의 가능성을 새로이 찾으려는 노력이다. 앨리스 먼로는 자신이 나고 자란 캐나다 온타리오주 휴런호 인근 지역의 땅 혹은 길의 변천사를 사진으로 찍은 듯 세밀하게 묘사한다. 그 길은 제가끔 삶을 꾸려가는 가깝고 먼 사람들의 집 앞에 닿고 햇빛이 들지 않아 곰팡이가 피는 곳처럼 음습하고 어두운 집 안을 엿볼 수 있는 창문으로도 이어진다. 더 나아가 집 안 거실과 방으로 들어가 내밀한 일상을 관찰하고 마음속을 들여다볼 수 있는 내면의 길로 통한다. 작가는 그렇게 사람들의 일상을 그리고 마음을 그린다. 그러면서 나도 모르는, 알면서도 몸에 맡겨 버리는, 내 안 깊숙한 곳에 도사리고 있는 내 마음을 일깨운다. 다시금 들여다보게 한다. 그것이 앨리스 먼로의 작품 세계를 이루는 두 줄기 가운데 하나라면, 다른 하나는 여자이기에 겪었고 보았고 느꼈던 경험을 되새기는 일이다. 그렇다고 해서 여자만의 이야기는 아니다. '세상의 절반'인 여자 이야기는 나머지 절반인 남자의 삶과 떼려야 뗄 수 없기 때문이다.

앨리스 먼로가 살았고 거의 모든 작품의 배경이 된 그곳은 멀리는 프랑스와 영국의 탐험가들이 제 나라 국기를 꽂아 영역 표시를 하면서부터 원주민들은 등이 휘도록 짐을 옮겨주는 짐꾼으로 전락했던 땅이고, 에스파냐 계승 전쟁을 끝내며 맺은 위트레흐트 평화조약에 따라 프랑스의 식민지였던 곳이 영국의 식민지로 바뀐 땅이고, 구대륙의 종교 갈등이 새로운 터전을 찾아 나선 사람들을 따라 와 뿌리 내린 땅이다. 그리고 가까이는 1929년 미국발 대공황에 휩싸여 나라 경제가 무너지고 자영농이 몰락하고 일자리가 없어 대다수 국민이 너나없이 고통을 겪는 땅이다. 그런가 하면 포장도로가 쩍쩍 갈라 터질 만큼 혹독한 추위와 이글이글 타는 듯한 하늘을 통째로 이고 다니는 듯한 무더위가 맹위를 떨치며 생존을 위협하는 땅이고, 환멸의 불씨를 묻어둔 채 그냥저냥 살아가야 하는 지긋지긋한 땅이고, 밥벌이조차 제대로 못할 것 같은 변변치 않은 남자와 눈이 맞아 도망가는 편이 차라리 낫다고 여길 만큼 딸이 납치되어 윤락 업소에 팔려 가는 비극을 당할까 염려해야 하는 참담한 땅이기도 하다. 육체의 죽음뿐 아니라 정신의 죽음까지 위협하는 오만 것이 곳곳에 도사리고 있던 저기 저때의 생활환경 속에서 살아온 사람들의 일상, 그 이면에 숨어 있는 속물근성과 추악함과 뒤틀린 권위와 가식과 응어리 들이 지금 여기 사는 내게 익숙하다. 낯설어야 할 사실들이 오래된 전설이 되지 못하고 끝끝내 살아 지금 여기 사는 내 안에 웅크리고 있다.

우람한 나무들과 풍성한 숲을 밀어내고 조성한 신도시의 새 주택단지. 그곳에 입주하여 집값이 떨어질까 전전긍긍하며 한목소리를 내는 「휘황찬란한 집」의 지역주민들. 50년 가까이 제 손으로 가축을 치고 나무를 키우고 채소를 기르며 달걀을 파는 노파를 몰아내려는 그들과 맞서 노파를 두둔하다 결국 힘없이 물러서고 마는 한 여자. 자식들을 위해 좋은 집을 마련하려고 애쓰고, 자기 재산을 지키기 위해 힘쓰고, 지역사회의 발전을 꾀하는 데 의기투합하는 그 선량한 어른들은 지금도 여전히 이 시대의 승자이다. 그 승자들과, 서명에 동참하지 않고 물러서서 정나미 떨어지는 마음을 억누른 채 두 손을 호주머니에 찔러 넣은 그 소극적이고 미약한 한 여자. 그 두 모습은 여전히 내 안에 있다. 아프다.

아이들을 키우고 살림을 하며 이런저런 치다꺼리를 하는 짬짬이 자투리 시간을 내어 글을 쓰는 『작업실』의 작가. 가족의 품 안에서 보호를 받았으되 숱한 시간을 시달렸고 따뜻한 가족의 정을 누렸으되 줄곧 얽매어 살았음을 자각한 어느 날, 일껏 큰마음 먹고 얻은 사무실에서 만난 이 사회가 만든 괴물. 그 혼자만의 방을 꿈꾸며 발을 동동거리는 주부 작가가 짠하다.

1950년대부터 15년에 걸쳐 써온 단편들을 한데 엮어 1968년에 펴낸 첫 단편집. 그 책이 바로 이 『행복한 그림자의 춤』(Dance of the Happy Shades)이다. 여러 해 동안 출판사에서 퇴짜를 맞았지만 마침내 앨리스 먼로에게 캐나다에서 가장 권위 있는 문학상인 캐나다 총독문학상을 안겨주었을 뿐만 아니라 열렬한 독자층을 확보하고 세계적인 단편 작가로 우뚝 서는 밑거름이 된 책이다.

작가는 한 인터뷰에서 작품을 실은 순서는 아무 의미가 없고 각 작품은 여러 사람이 겪은 각기 다른 경험을 형상화한 것이라고 밝혔다. 이 책이 작가의 의도가 어떠했든 한 편의 성장소설 또는 세상의 절반인 여성의 일대기처럼 읽히고 있다는 반증이 아닐까.

들어가고 싶어 알짱거리는 아버지 세계(남성 세계)의 막힌 문과 죽자고 도망하고 싶은 지긋지긋해 보이는 어머니 세계(여성 세계)의 보호라는 그 '아름다운 이름'을 내건 문, 이를테면 순응을 강압하는 어른 세계(기득권 사회)에 한 발 한 발 다가가면서 겪게 되는 어린 여자아이와 사춘기 소녀들의 고뇌와 방황과 갈등을 비롯하여 어둡고 음침한 폐쇄된 사회에서 여자들이 부대끼는 갖가지 일상들을 다룬 작품들.

그중 「떠돌뱅이 회사의 카우보이」는 제목만으로도 슬픈 시대상(時代相)을 고스란히 전달해 준다. 또한 이 단편의 제목은 아버지가 부르는 희망가이자 노동요의 노래 제목이기도 하다. 경제 공황의 직격탄을 맞아 삶터요 일터였던 목장을 잃고 '워커브라더스 사(떠돌뱅이 회사)'라는 제품회사의 외판원, 곧 현대판 카우보이가 된 한 가장이 스스로를 위로하고 용기를 북돋우려고 즉흥적으로 지어 부르는 아버지의 노래이다. 물건을 팔다 오줌 세례까지 받는 고달픈 신세이지만 사려 깊은 남편이고 자상한 아버지이다. 저녁 산책을 하며 자기 고장이 생겨난 유래를 설명하는 아버지. 작품의 화자인 어린 여자아이는 그런 아버지를 이 세상에 자기보다 아주 조금 먼저 태어나 함께 살아가는 동무처럼 여긴다. 이처럼 자상하고 따뜻한 아버지는 소설 전체를 통해 이 작품뿐이다.

아버지라는 존재를 인생의 든든한 길잡이요 동반자로 여기는 것은 세상에 나온 지 얼마 안 된 아주 어린 시절뿐이다. "천진난만하고 아무것에도 얽매이지 않은" 아이가 세상을 겪고 어른 세계의 이면을 보면서 자의식을 키워 나갈수록, 유구한 역사를 지닌 사회가 만든 계집애라는 꼬리표가 위력을 발휘할수록 아버지는 점점 다가가기 어렵고 거리감을 느껴 헤아릴 길 없는 존재로 바뀌어버린다.

「떠돌뱅이 회사의 카우보이」의 화자인 어린 여자애는 어느 날 아버지의 장삿길에 따라 나선다. 낯선 곳을 구경하면서 새로운 세상에 눈 뜨기 시작한 어린 여자아이는 다시 익숙한 집으로 돌아가는 길에 "어리둥절하고 낯설게 변한" 아버지의 삶을 더듬어본다. 그 삶은 "마치 마술을 부리는 풍경처럼, 바라보고 있는 동안에는 친근하고 평범하고 익숙하다가도 돌아서면 어느새 …… 가늠하기 어려운, 끝끝내 알 길 없이 바뀌어버리는 풍경" 같다.

이것은 곧 사람들이 하찮은 것으로 치부해 버리는 일상, 하루하루를 살아가면서 사람들이 빚어내는 삶의 빛과 결을 오롯이 살려낼 수 있는 능력을 터득하는 것을 무척 중요하고 뜻 깊게 여기는 작가, 앨리스 먼로가 그려내려고 부단히 노력하는 글쓰기의 고갱이이다.

그런 반면 이 책의 표제작이자 마지막 작품인 「행복한 그림자의 춤」은 예술, 곧 소설 세계에서 작가가 이루고자 하는 궁극의 뜻을 펼쳐 보인 작품으로 읽힌다. 삶의 가능성을 탐색할 기회의 문이 막히고 닫힌 세상에서 아이들은 물질만능사회에 물젖고 사회의 온갖 부조리에 익숙해지면서 본연의 순수한 자기를 배반한다. 자신을 지키고 살아남기 위해 '보호를 받고 싶은 욕구, 숨고 싶은 욕구, 위장하고 싶은 욕구'에 휩싸이는 그 아이들은, 그러나 본디 선량하다. 그것이 세상이 어떻게 흘러가든, 모두가 그 대세를 따르는 속세에서 멀찍이 벗어나 꿋꿋하게 자기 신념을 실천하며 피아노를 가르치는 할머니 선생님의 가치관이다. "당신이 어린이의 마음속을 들여다볼 수 있고 거기에서 착한 마음씨와 선한 것이면 무엇이든 다 좋아하는 천성을 간직한 보물고를 찾아낼 수 있다"고 철석같이 믿는 마살레스 할머니 선생님의 가치관이 앨리스 먼로가 예술로 승화한 결정체이다.

자신도 모르는 사이에 오염된 사회에 적응하고 그런 사회에서 오히려 편안함을 느끼며 소시민으로 살아가기 급급한 어른들. 그런 어른들도 한때는 모두 맑고 깨끗한 세상의 순수한 어린아이였다. 언제 어디서 잊어버렸는지조차 까마득히 모르는 그 순수가 우리 마음속 어딘가에서 흐느적흐느적 춤추고 있을지 모른다. 그 '순수'를 일깨우기 위해 마살레스 선생님이 바람에 띄워 보낸 피아노곡이 앨리스 먼로의 귓가를 간질였고, 앨리스 먼로는 그 메시지를 전달하기 위해 우리의 마음을 가차 없이 헤집는다.

하루를 사는 일이 고단하고 내일 당장 어떤 일이 내 뒤통수를 칠지 한 치 앞을 내다보기 어렵지만 그런 가운데에도 배꼽 빠지게 웃을 일이 더러더러 생기기도 하고 당장 속 시원한 해결책이 없어도 살아가야 하는 우리네 일상. 그것은 앨리스 먼로의 작품 세계이기도 하다. 그래서 앨리스 먼로의 작품에서는 뜻밖의 반전이 거듭되고 시원한 결말이 없다. 그게 특징이다. 미욱함을 느끼며 숨을 고르기도 하고, 눈물을 흘리며 고개 숙인 채 스스로 되묻기도 하고, 두 손 두 발 다 든 채 물러나 때를 기다리기도 하고, 지난날의 회한이 유령처럼 들러붙어 있을지라도 내 삶을 포기할 수 없다고 이를 악물기도 하고, 고래고래 악을 쓰며 따져보기도 한다. 우리가 오직 한 평생을 살듯이 앨리스 먼로가 쓰는 작품도 오직 한 편일지 모른다. 나무가 더욱 튼실해지고 해마다 더 풍성해지도록 잎이 질 자리에 생겨나는 떨켜. 앨리스 먼로가 그리는, 저마다 겪는 일상의 희로애락이 우리네 '삶의 떨켜' 같다.

1931년에 태어나 여든 살이 다 된 앨리스 먼로는 여자로서 치열하게 살아왔고 여성의 경험을 치열하게 그려내며 지금까지도 현역으로 활동하는 노작가이다. 영문학이라는 대학 강좌에 영국 문학과 미국 문학은 있어도 국문학[캐나다 문학]이 없던 시절, 여자가 책을 읽고 글을 쓴다는 일 자체가 비웃음거리였던 그 시절부터 글을 써온 작가는 지난 2009년 세계적으로 정평 있는 영국 부커상 국제 부문인 '맨 부커상'의 세 번째 수상자가 되었다. 특정 작품을 기준으로 시상하는 여느 문학상들과는 달리 작가가 쌓아온 업적을 기리는 이 '맨 부커상'의 심사위원들은 앨리스 먼로를 수상자로 선정한 이유를 이렇게 밝혔다.

"앨리스 먼로는 단편소설 작가로 널리 알려져 있지만 대다수 장편소설 작가들이 평생을 들여 써낸 작품 못지않은, 깊이와 지혜와 정밀성을 각 작품마다 이루어냈다. 앨리스 먼로의 작품을 읽을 때마다 예전에는 미처 생각하지 못했던 무엇인가를 반드시 알게 된다."

노작가의 건필을 빈다.

곽명단

옮긴이 곽명단

고려대학교 영어교육과를 졸업했다. 현재 전문번역가로 활동하고 있으며, 옮긴 책으로는 『위험한 요리사 메리』『어느 뜨거웠던 날들』『신이 없는 세상』『소공녀』『창조적 단절』『검은 감자』『육천 년 빵의 역사』(공역) 등이 있다.

행복한 그림자의 춤

초판 1쇄 발행 2013년 12월 31일
2판 1쇄 발행 2020년 5월 11일
2판 2쇄 발행 2023년 11월 27일

지은이 앨리스 먼로
옮긴이 곽명단

발행인 이재진 **단행본사업본부장** 신동해
편집장 조한나 **마케팅** 최혜진 이은미
홍보 반여진 허지호 정지연 송임선
국제업무 김은정 김지민 **제작** 정석훈

브랜드 웅진지식하우스 **주소** 경기도 파주시 회동길 20
문의전화 031-956-7211(편집) 02-3670-1123(마케팅)
홈페이지 www.wjbooks.co.kr
인스타그램 www.instagram.com/woongjin_readers
페이스북 www.facebook.com/woongjinreaders
블로그 blog.naver.com/wj_booking

발행처 ㈜웅진씽크빅 **출판신고** 1980년 3월 29일 제406-2007-000046호

ISBN 978-89-01-24218-7 (03840)

웅진지식하우스는 ㈜웅진씽크빅 단행본사업본부의 브랜드입니다.

※ 책값은 뒤표지에 있습니다.
※ 잘못된 책은 구입하신 곳에서 바꾸어드립니다.